Sandra Henke

Alphaluchs

Teil 3 der Alpha-Reihe

1. Auflage März 2012
Titelbild: Agnieszka Szuba
www.the-butterfly-within.com

Lektorat: Franziska Köhler
Satz: nimatypografik

ISBN: 978-3-939239-05-5

Hat Dir das Buch gefallen? Schreib uns
Deine Meinung unter: gelesen@ubooks.de

Möchtest Du über Neuheiten bei Ubooks informiert bleiben?
Einfach eine Email mit der Postadresse an:
katalog@ubooks.de

Ubooks-Verlag | U-line UG (haftungsbeschränkt)
Neudorf 6 | 64756 Mossautal
www.ubooks.de

Sandra Henke lebt in der Nähe von Düsseldorf. Sie schreibt für mehrere große Verlagshäuser und gehört zu den beliebtesten Liebesroman- und Erotikautorinnen Deutschlands. Besonders mit ihren Spannungsromanen bei Heyne und der Alpha-Reihe bei Ubooks hat sie sich eine große Stammleserschaft erschrieben. Ihre Bücher handeln zum Beispiel von dominanten Vampiren und Gestaltwandlern, romantischen Erziehungsspielen und Krimihelden, die undurchschaubar und genauso unwiderstehlich sind. Eine spannende Handlung liegt der Autorin ebenso am Herzen, wie ein starkes Knistern und eine abwechslungsreiche Erotik, die den Weg sexueller Selbstfindung erzählt.

Prolog

Wie ein Alpha thronte Luca über den Werkatzen.

Aber nur weil er auf einem Felsbrocken stand. In ihren Augen las er keineswegs Unterwürfigkeit oder gar Ergebenheit, sondern Misstrauen und Groll. Er musste überlegt vorgehen, seine Worte mit Bedacht wählen, denn die Diskussion war so hitzig wie nie zuvor. «Wir müssen vorsichtiger sein.»

«Schreib uns nicht vor, was wir zu tun und zu lassen haben!» Drohend machte Ruud einen Schritt auf ihn zu. Seine Boots knirschten auf dem sandigen Untergrund, den normalerweise Ende März Schnee und Eis bedeckten. Doch die Temperaturen waren auf ungewöhnliche vier Grad plus gestiegen und die weiße Landschaft schmolz ebenso wie die Vernunft einiger Therianthropen.

Wegen der Klimaerwärmung spielt die Natur verrückt, dachte Luca zerknirscht, und die Gestaltwandler spüren das am eigenen Leib. Selbst sein Pardelluchs reagierte gereizt, er begehrte, die ständigen Reibereien mit Ruud endgültig zu klären. Aber wenn es eben ging, vermied Luca gewalttätige Auseinandersetzungen, schließlich waren die Clanmitglieder Menschen und in demokratischen Staaten aufgewachsen, keine Barbaren, die jeden Zwist mit den Fäusten regelten.

Er ließ sich auf sein rechtes Knie nieder, um mit den versammelten Werbrüdern und -schwestern auf Augenhöhe zu sein. Der eiskalte Wind, der vom Amundsen-Golf über die Klippen zu ihnen wehte, brannte in seinen Augen, sodass er blinzeln musste. «Das will ich gar nicht, sondern appelliere an eure Vernunft.»

«An unseren Menschenverstand, meinst du wohl.» Abfällig lachte der Mann, der erst vor einem Monat aus Südafrika nach Kanada eingewandert war und sich für etwas Besseres hielt, weil er sich in einen Kaplöwen verwandeln konnte, eine Rasse, die im neunzehnten Jahrhundert ausgestorben war. «Aber wir sind keine *Homo sapiens*, begreif das endlich, Luca.»

«Wenn ihr weiterhin wahllos Mensch und Tier anfallt, wird die kanadische Regierung über kurz oder lang auf unsere Kolonie aufmerksam werden.» Auf Victoria Island, der zweitgrößten Insel Kanadas, die doppelt so groß wie Neufundland war, gab es nur die Ortschaften Cambridge Bay und Ulukhaktok – gut für die Katzen, da sie viel Auslauf brauchten, aber schlecht, wenn man schnell von der Insel flüchten oder untertauchen musste. Zudem sanken die Temperaturen im Winter manchmal auf bis zu dreißig Grad minus und das Eiland zeigte sich von einer kargen Schönheit. Viele der Werkatzen vermissten zunehmend die Wälder, das zerrte an ihren Nerven. Auch Luca sehnte sich danach, stundenlang durch die Algarve zu streifen, übermütig auf Oliven-, Mandel- und Johannisbrotbäume zu springen, während die Sonne auf sein Fell schien. In Faro war es um diese Jahreszeit bereits an die fünfzehn Grad warm. Eine kalte Brise ließ Luca erschaudern und sein Luchs gab einen Klagelaut von sich.

«Wir sind nun mal Raubkatzen.» Ein dunkles Grollen stieg aus Ruuds Kehle auf. «Auch du.»

«Aber keine Schlächter!» Lucas Blick glitt zu Tiago, der ihm zunickte. Madalena dagegen kniff die Lippen zusammen und schaute ihren Gefährten eindringlich an.

«Wir haben uns nach Fort Collinson zurückgezogen, um unsere Natur auszuleben, und das tun wir.» Ram Avtar Singhs Bengaltiger lauerte nah unter der Oberfläche, was Luca an seinen Katzenaugen erkannte. Er glaubte, die Gattung Königstiger würde ihn privilegieren, die Kolonie zu regieren. Seinen wahren Namen kannte niemand. Als er dem Clan vor sechzehn Wochen beigetreten war, hatte er sich nach dem Gott Rama benannt und Singh – König – angefügt, angeblich um seinem Tier zu huldigen, doch Luca wusste es besser.

Stöhnend erhob sich Luca. Die Menschen hatten das Fort verlassen, nachdem man die Post 1939 nach Ulukhaktok umgezogen hatte, und die Insel zählte nur um die eintausendachthundert Bewohner, aber die Bevölkerung wurde langsam skeptisch, da sie hie und da Kadaver fand, darunter auch menschliche Überreste. Es war nur eine Frage der Zeit, bis sie das Fort aufsuchten. «Das bedeutet nicht, dass ihr euren Trieben freien Lauf lassen dürft. Ihr seid zu kaltblütigen Mördern geworden.»

«Auch du tötest», warf Ruud triumphierend ein. Eine Brise fuhr von hinten durch sein blondes Haar, sodass es für einen Moment von seinem Kopf abstand wie eine Löwenmähne.

«Aber keine Menschen, wie ihr es tut. Großkatzen töten, um zu überleben. Ihr dagegen tötet aus reiner Jagdlust.» Luca wusste, dass er sich zu weit vorwagte. Er stand bereits auf dünnem Eis, aber vielleicht würde die nackte und brutale Wahrheit einigen ihrer Gefolgsleuten die Augen öffnen. «Die Macht, die ihr spürt, wenn ihr euer Opfer hetzt, ist wie eine Droge. Ihr seid süchtig danach geworden und habt eurem Tier mehr und mehr die Gewalt über euch überlassen. Eines Tages wird es eure menschliche Seite unterdrücken und seinen Wirt übernehmen.»

«Das behauptest du nur, weil der Luchs in dir dich anwidert, sonst würdest du ihn nicht mit einem Parasiten vergleichen.» Rams spitze Bemerkung traf nicht nur Luca mitten ins Herz, sondern ließ die umstehenden Clanmitglieder aufgeregt tuscheln. Lediglich eine Handvoll wagte es, der Diskussion am Kliff zu lauschen, ausgerechnet diejenigen, die Ruuds und Rams Gesinnung teilten. Der Großteil jedoch hatte sich scheu ins Fort zurückgezogen, weil die Aggressionen ihre Katzen zu sehr beunruhigten.

«Ich lehne mein Tier nicht ab! Ich behalte es nur im Griff.» Lucas Luchs wollte sich behaupten, er verlangte zu kämpfen, aber Luca presste die Lippen fest aufeinander, sodass das Knurren nicht nach außen drang, und erinnerte ihn daran, dass seine kleine Rasse einem Bengaltiger und einem Kaplöwen nicht viel entgegensetzen konnte.

Verständnislos schüttelte Ruud den Kopf. «Man kann Raubkatzen nicht zähmen, du Narr.»

«Ihr müsst sie kontrollieren!» Lucas Tier fauchte. Er versuchte es zu besänftigen, doch das funktionierte nicht, also unterdrückte er es mit Gewalt. Eine Katze ließ sich zu leicht herausfordern, sie brauchte eine starke Hand, um ihren Trieben nicht nachzugeben. Der Mensch mit seinem Verstand und Willen musste die Oberhand behalten, fand er, sonst verwilderte der menschliche Anteil mitsamt seiner Eigenschaften wie Vernunft, Mitleid und vor allen Dingen dem Gewissen.

Ruud stellte sich breitbeinig vor den Felsblock und baute sich in seiner vollen Größe vor ihm auf. «Ist das ein Befehl?»

«Du bist nicht unser Alpha!», fauchte Ram Avtar Singh und erntete Kopfnicken von den Umstehenden.

«Nein, das bin ich nicht», gab Luca zu, auch wenn er sich mehr für die Kolonie einsetzte als jeder andere. «Feliden sind keine Rudeltiere.» Wer konnte das besser wissen als er selbst? Sein Pardelluchs drängte heraus, weil er Gefahr witterte und sich verteidigen wollte. Aber Luca durfte sich nicht verwandeln, da die Werkatzen das als Vorbereitung auf einen Angriff deuten würden.

«Warum versuchst du dann, aus uns ein Rudel zu machen?», fragte Ruud provozierend.

Luca vermied es, ihn darauf hinzuweisen, dass Löwen die einzige Großkatzenrasse war, die in Gemeinschaftsverbänden lebte, denn Ruud ging es nicht um die Kolonie, sondern er vertrug es nicht, dass viele Gestaltwandler Luca aufgrund seines Engagements für den Clan folgten und zu ihm aufschauten. Jeden Verbesserungsvorschlag wertete er als Affront. Von Anfang an war Luca ihm ein Dorn im Auge gewesen. «Wir verfolgen doch alle dasselbe Ziel – in Ruhe und Frieden zu leben.» In diesem Moment waren sie weit entfernt davon.

Ruud schob seine Lippen zurück. Zum Vorschein kamen die spitzen Fangzähne seines Kaplöwens. «Du willst uns beherrschen.»

«Unsinn!» Luca bestand nicht darauf, den Clan anzuführen, aber keinesfalls überließe er die Führung Ruud oder Ram, weil sie ihren Tieren zu viele Freiheiten gewährten. Unter ihrer Leitung würden die Werkatzen bald zu Wilden werden, ohne Gesetz und Moral.

Wie ein Tiger in einem Käfig lief Ram vor dem Felsblock auf und ab. «Du führst dich auf wie ein Gott.»

«Jetzt übertreibst du aber», warf Tiago zaghaft ein. Doch da der Südafrikaner neben ihm knurrte, wich er einen Schritt zurück, stellte sich vor Madalena und schwieg. Unterwürfig senkte er seinen Blick. Seine Gefährtin legte ihre Hände an seine Oberarme und zog ihn zurück an den Rand der Versammlung.

Luca spürte Lenas Furcht. Nie hatte er geplant, den Clan der Werkatzen anzuführen. Er hatte sich lediglich mehr engagiert als jeder andere, und da war es halt passiert – er war in die Führungsrolle hineingewachsen und hatte versucht, die Gestaltwandler aus allen Nationen und Gattungen zu vereinen. «Weil es der einzige Weg ist, um unerkannt zu bleiben. Wir müssen an einem Strang ziehen.»

«Nur weil dir die Weibchen zu Füßen liegen, macht das noch keinen Cristiano Ronaldo aus dir. Dieses Team braucht keinen Kapitän.» Ruuds Blick schweifte durch die Runde. Er lächelte zufrieden, da er Zustimmung erntete. «Du verleugnest dein wahres Wesen und verhältst dich wie ein Mensch, der mit seinem Tier ab und zu Gassi geht.»

Luca war sich sicher, dass einige ihm nur aus Angst beipflichteten. «Ihr missversteht mich.»

«Du siehst dich getrennt von deinem Tier. Aber wir sind nicht zwei.» Abrupt blieb Ram stehen und tippte mit dem Zeigefinger auf seine Brust. «Wir sind eins.»

Ein tiefes Knurren stieg aus Lucas Kehle auf. Er wollte einen Kampf vermeiden, nicht aus Furcht, sondern weil eine gewalttätige Auseinandersetzung ein falsches Zeichen setzte. Aber er schreckte vor einer Konfrontation auch nicht zurück! Nicht umsonst sahen manche ihn als Alpha an. Er konnte nicht nur verbal für seine Ziele einstehen, sondern hatte auch zahlreiche Zweikämpfe gewonnen. «Ihr wollt mich wohl falsch verstehen.»

«Hüte deine Zunge», ermahnte ihn Ruud. Haare wuchsen aus seinem Kinn, die man im ersten Moment für einen Bart hätte halten können, doch sie waren Teil seiner Mähne.

Ram fuhr mit dem Handrücken über seinen Mund, wie eine Katze, die ihre Pfote leckt. Von unten herauf schaute er Luca an, in seinem Blick lag Verschlagenheit. «Du möchtest, dass wir unsere Pantherinae unterdrücken.»

«Dass wir uns dir unterwerfen.» Bei Ruuds Worten nahm Luca wahr, dass der Duft, den er aussonderte, beißender wurde. Alarmiert stellte sein Luchs das Fell auf.

Rams Schopf bekam bereits die rotgelbe Färbung seines Tigers. Immer stärker traten schwarze Streifen hervor. «Du betrachtest die Kolonie als deinen Staat.»

«Uns als Untertanen.» Ruud gab ein markerschütterndes Löwengebrüll von sich. «Aber Katzen fügen sich nicht. Sie haben ihren eigenen Kopf.»

Mit Besorgnis bemerkte Luca, wie Unruhe unter den stummen Zuhörern entstand. Ihre Mienen wurden immer feindseliger. Er erhob sich und seine Schultern fühlten sich an, als stemmte sich ein Riese darauf. «Alles Lügen!»

Ruud fuhr seine Krallen aus. Pelz spross aus seinem Handrücken, während sein Arm noch menschlich war. «Klagst du uns an, zu lügen?»

«Forderst du uns heraus?» Kaum hatte Ram Avtar diese Frage ausgesprochen, wuchs sein Kinn nach vorne, und so wusste Luca – der diese Verwandlung oft genug selbst vollzogen hatte –, noch bevor sich die Fangzähne des Bengaltigers aus dem Kiefer schoben, dass sich gerade das Diastema bildete, eine Furche, in der die dolchartigen Eckzähne ihren Platz fanden, wenn die Katze ihren Mund schloss. Rams Mimik verzerrte sich grotesk.

Sein Luchs zeigte sich kämpferisch, aber nicht Luca – er kannte seine Grenzen. Er und sein Pardelluchs konnten Ruud, der in der Gestalt des Kaplöwens an die zweihundertfünfzig Kilo wog und mit einem Hieb seiner kräftigen Tatzen ein Genick brechen konnte, und Ram, der als Bengaltiger zwei Meter hoch und acht Meter weit sprang, nicht viel entgegensetzen. Außerdem formierten sich ihre Freunde hinter ihnen wie eine Armee.

Doch keinesfalls würde er wie ein Feigling fliehen! Starrköpfig blieb er stehen, obwohl die Meute vor ihm hin- und herstreifte und er nicht den Hauch einer Chance besaß. Auch er hatte Krallen und scharfe Zähne. Auch er war von Natur aus ein Kämpfer. Und er war bereit, seine Ansichten zu verteidigen, notfalls mit Gewalt.

Plötzlich sprang ein junger Rotluchs auf den Felsbrocken vor Luca, machte einen Katzenbuckel und fauchte.

«Wie niedlich!» Zuerst belächelte Ruud ihn, dann holte er aus, um ihn mit einem einzigen Schlag vom Felsen zu wischen.

Im letzten Moment fing Luca seine Hand ab, aus der bereits spitze Klauen ragten. «Hey! Miss dich gefälligst mit deinesgleichen.»

«Meinst du damit etwa dich?» Deutlicher Spott lag in Ruuds Reibeisenstimme. Mit einer Kralle seiner freien Hand ritzte er ein X in die Stelle hinter Lucas Ohr.

Noch während Lucas Luchs an die Oberfläche schoss, spürte er, wie Blutstropfen an seinem Hals herabliefen. Die Wunde brannte, als wäre Ruuds Kralle mit Gift bestrichen gewesen. Er ahnte, dass sein Gegner das Clanzeichen durchgestrichen hatte. Ruud, Ram und einige andere verweigerten die Tätowierung – eine Pfote, die brüderlich auf einer zweiten ruhte als Zeichen der Gemeinschaft –, genauso wie sie prinzipiell alles infrage stellten, was Luca vorschlug. Drohend knurrte er.

Ram schnalzte und sagte abfällig, ja, beinahe mitleidig: «Du und deine Ideale. Behalte sie für dich. Wir wollen sie nicht.»

«Denn du bist nicht wie wir. Wir stehen zu unserem Tier und gewähren ihm genauso viel Freiheit wie unserer menschlichen Seite.» Blitzschnell riss Ruud sich los und schlug Luca gegen die Schultern, sodass er auf dem Rücken landete.

Aus dem Augenwinkel heraus sah Luca, dass ein Rotluchs zum Angriff ansetzte. Die anderen würden ihn zerfetzen. Er ignorierte den Schmerz in seinem Rückgrat, blendete die sich heranpirschenden halb verwandelten Werkatzen aus und achtete nicht auf den Druck, der sich in seinem Brustkorb aufbaute, als würde dieser jeden Moment bersten, weil sein Luchs herausdrängte.

«Verzeih, Lynx», rief er, bevor er seine Beine anzog, sie kraftvoll ausfuhr und den einzigen Gefährten, der ihm zur Unterstützung herbeigeeilt war, vom Felsen stieß.

Indem Luca ihn aus der Gefahrenzone brachte, schenkte er seinen Gegnern einen Vorteil. Sofort stürzten sie sich auf ihn. Sie knieten sich neben ihn auf den Fels und schlugen wie von Sinnen auf ihn ein. Verzweifelt versuchte Luca sich zu verwandeln, aber durch die Hiebe zog sich sein Luchs tief in sein Inneres zurück. Er wusste, er war gegen diese Übermacht chancenlos, ebenso wie Lynx. Dennoch kämpfte Luca um sein Leben. Er wehrte sich, so gut er konnte, musste dadurch aber auch seine Deckung aufgeben. Als ein Boxhieb seine Stirn traf, lag er einige Sekunden benebelt einfach nur da. Erst einige Zeit später merkte er, dass die Schläge und Tritte aufgehört hatten. Doch seine Kontrahenten ließen keineswegs von ihm ab. Sie setzten sich auf seine Beine und Arme und fesselten ihn dadurch an den Stein.

«Ausgerechnet du willst uns anführen, du, der sein Tier geißelt, vor der Welt versteckt und seine Triebe unterdrückt.» Ruud spuckte ihm ins Gesicht.

Rechtzeitig konnte Luca sein Gesicht abwenden, sodass der Speichel ihn nur am Ohr traf. Aber das war schon Schande genug. Er rief seinen Luchs, befahl ihn an die Oberfläche, doch er hatte ihn so oft in sein Inneres zurückgedrängt, dass sein Kater sich nun weigerte hervorzukommen. Verräter, dachte Luca und konnte es ihm gleichzeitig nicht verübeln.

Sein ausgezeichnetes Katzengehör befähigte ihn, Schritte zu hören, die sich entfernten. Sie gehörten zu zwei Personen. Eine trat so leicht auf, dass das Geröll unter ihren Boots kaum knirschte, die andere war schwerer, eindeutig ein Mann, der sich davonschlich, haderte und dann von der Frau weiter in Richtung Fort gezogen wurde.

Zwei Freunde verloren, dafür eine Handvoll Feinde gewonnen – was für eine scheiß Bilanz, dachte Luca. Sein Herz krampfte sich zusammen. Er musste allein mit einer Horde wild gewordener Therianthropen fertig werden.

Plötzlich tauchte eine Nadel in Ram Avtars Hand auf. Überrascht und verunsichert weiteten sich Lucas Augen. Die Härchen auf seinem Körper stellten sich auf, doch sein Tier verkroch sich in den hintersten Winkel seines Ichs.

Der Rotluchs gab ein Gejaule von sich, das Luca durch Mark und

Bein ging und selbst seinen Kuder tief in seinem Inneren erreichte. Danach hörte Luca Lynx nicht mehr. Wütend lugte sein Luchs aus seinem Versteck. Er knurrte drohend und diesmal hielt Luca ihn nicht zurück. Zornig versuchte er sich loszureißen, aber die Werkatzen hielten ihn fest.

Ram holte ein Feuerzeug aus seiner Hosentasche und drückte auf den Zünder. Provozierend schwang er die Flamme hin und her. Er lächelte Luca über das Feuer hinweg an. In aller Seelenruhe erhitzte er die Spitze der Nadel.

Lucas Zorn schwang in Panik um. Was hatten diese Monster vor? Jawohl, Monster! Beleidigt heulte sein Luchs auf, doch Luca beruhigte ihn, denn er meinte keineswegs ihre animalische Seite, sondern ihre menschliche.

Die Männer hielten sein Gesicht wie in einem Schraubstock. Langsam senkte Ram die heiße Nadel nieder. Er hielt Lucas rechtes Lid hoch. Luca roch Angstschweiß – seinen eigenen!

«Seid ihr von Sinnen?», brüllte er und zerrte an seinen menschlichen Fesseln. Die Nadel schwebte dicht über seinem Auge. Sein Körper verkrampfte sich. Sein Herz schlug so schnell, dass es drohte, sich zu überschlagen. «Was ist nur in euch gefahren?»

«Raubkatzen.» Ram kicherte und hielt noch einmal die Feuerzeugflamme an die Nadel. «Genauso wie in dich. Wir werden dir jetzt Katzenaugen machen, damit du deine wahre Natur nie wieder verstecken und dein Tier nie wieder verleugnen kannst, nicht einmal in Menschengestalt.»

In einem Moment spürte Luca noch die Hitze des Feuers, im nächsten stach die Nadelspitze auch schon in seine Pupille. Er schrie. Und schrie. Und schrie. Der Schmerz war mehr, als er ertragen konnte. Doch er war außerstande, seinen Kopf auch nur einen Millimeter zu drehen oder sein Lid zu schließen, und war seinen Peinigern auf Gedeih und Verderb ausgeliefert.

Während Ram die Nadel nach oben führte und sie seine Iris durchstieß, brüllte Luca sich die Seele aus dem Leib. Er drohte wahnsinnig zu werden. Tränen liefen aus seinen Augenwinkeln, sein Körper verkrampfte sich und er biss seine Zähne so fest aufeinander, dass er Angst hatte, sie könnten zersplittern.

Plötzlich schoss sein Pardelluchs an die Oberfläche.

Nie zuvor hatte sich Luca so schnell verwandelt. Normalerweise brauchte er Ruhe dazu, als müsste sein Unterbewusstsein regelrecht überlegen, welche Veränderungen es Schritt für Schritt in der richtigen Reihenfolge und behutsam einleiten musste. Doch durch die Qualen, die den Menschen schwächten, übernahm sein Tier so rasch die Kontrolle, dass sein Körper beinahe auf magische Weise zerfloss, ihm Krallen, ein mörderisches Gebiss und Fell wuchs.

Durch die geringe Größe seines Luchses entwand sich Luca seinen Angreifern. In Windeseile schlüpfte er aus seiner Kleidung und zerfetzte dem ersten das Gesicht. Dieser taumelte rückwärts, ebenso wie der Mann neben ihm, der schließlich kreischend floh.

Luca zögerte keine Sekunde und stürzte sich auf den nächstbesten. Es dauerte keine Minute und Rams Hände waren nur noch blutige Stümpfe.

Ruud, der inzwischen die Gestalt seines Kaplöwen angenommen hatte, griff ihn brüllend an. Als wäre er tollwütig, hakte Luca seine Krallen in seinen Kiefer, zog seinen Kopf hoch und riss ihm die Kehle heraus. Blut tropfte von seinem Maul. Er schüttelte sich, rote Tropfen besprenkelten den Felsblock.

Knurrend wand er sich an Ram Avtar Singh, der rückwärts stolperte. Er fiel zu Boden, die blutigen Stümpfe erhoben. Dann verwandelte auch er sich. Gnadenlos attackierte Luca den Königstiger, der so viel größer war als sein Pardelluchs, doch an diesem Tag konnte Ram nur verlieren. Denn der Schmerz hatte etwas hervorgelockt, vor dem sich Luca mehr fürchtete als vor seinen Feinden – die Bestie in sich. Sie war stärker als er, brutaler, jähzorniger und folgte kompromisslos ihrem Rachedurst.

Luca fiel in einen Blutrausch.

Eins

Lupus musste über Nanouks sauertöpfische Miene lächeln. «Beziehungen sind nie einfach.»

«Wie bitte?» Sie schüttelte die Regentropfen aus ihrem Schopf, als wäre sie in der Gestalt ihrer Timberwölfin.

Die Eingangstür des Nostalgia Playhouse fiel hinter Nanouk ins Schloss. Caleb, der menschliche Wächter der Vampire, verriegelte die Pforte des Theaters. Beiläufig strich er über seine Glatze, die durch die Hitze im Gebäude vor Schweiß glänzte, und verschwand im Bühnensaal, um die nächste Aufführung vorzubereiten.

Theodore trat aus dem Schatten der Garderobe, in die er sich zurückgezogen hatte, damit das Tageslicht, das bei Nanouks Eintreten ins Foyer gefallen war, ihn nicht erfasste. Draußen regnete es zwar in Strömen und das diffuse Licht tötete ihn nicht gleich, dennoch konnte er sich Verbrennungen zuziehen, wie er bereits am eigenen Leib erfahren hatte. «So gut sie auch sind, irgendwann gibt es immer Unstimmigkeiten. Wichtig ist, miteinander darüber zu reden.»

«Kristobal und ich verstehen uns blendend», ließ sie fallen, während sie ihr langes braunes Haar auswrang und es mit den Fingerspitzen auflockerte.

Lässig lehnte er sich gegen den Tresen vor der Garderobe. «Ich sprach von Claw und dir.»

Nanouk schnaubte. «Er sagt nichts, wirft mir nicht einmal böse Blicke zu, aber ich spüre dennoch, dass ihm meine Liaison mit einem anderen Alpha nicht passt. Ich gehöre weder richtig zu seinem Rudel noch zu Kristobals dunkler Gefolgschaft.»

Theo nickte. Er verstand sie gut. Nanouk saß zwischen den Stühlen. «Er wird sich damit arrangieren, dass du nicht nur zu ihm, sondern auch zu Kristobal gehörst. Tala gibt ihr Bestes, um ihn abzulenken.»

«Das kann ich mir gut vorstellen.» Sie grinste frivol und errötete darauf, woraus er schloss, dass es ihr mit Kristobal ähnlich ging.

«Mir gefallen deine neuen roten Strähnchen.»

«Hat Tala gefärbt.»

In letzter Zeit trug Nanouk ihre Haare immer öfters offen, anstatt zu einem strengen Zopf zurückgebunden. Sie lachte viel, betonte ihre mandelförmigen Inuit-Augen mit einem schwarzen Kajal, verteilte Topfpflanzen im Theater und trug sogar ab und zu farbenfrohe Oberteile.

Doch heimlich hatte sie Theodore zugeraunt: «Falls ich irgendwann mal mit einer pinkfarbenen Bluse auftauche, schlag mich einfach k.o. und bring mich in die Klapse. Haben wir einen Deal?»

Die beiden Frauen hatten Freundschaft geschlossen, nun da die Fronten geklärt waren. Obwohl es nie einen Kampf um die Hierarchie gegeben hatte, sondern lediglich Gespräche, war Tala zur Alphawölfin des Rudels aufgestiegen und Nanouk zu einer Art Alphaweibchen der Vampire, die immerhin früher einmal ebenfalls Lykanthropen gewesen waren.

Claw stand dieser Entwicklung kritisch gegenüber, weil er die Überzeugung vertrat, dass sich ihre Tiere auf lange Sicht nicht damit zufriedengeben würden, weil diese Ordnung gegen ihre Natur war.

Die beiden Gestaltwandlerinnen ergänzten sich. Während Talas Weiblichkeit auf Nanouk abfärbte, brachte diese Tala das Kämpfen bei. Bisher hatten ihre Wölfinnen sie erstaunlicherweise nicht dazu gedrängt, sich miteinander zu messen. Theo hoffte so sehr, dass der Friede sich nicht als trügerisch entpuppte.

Apropos trügerisch, dachte er – warum fiel ihm in diesem Moment ausgerechnet Arctos ein? Der alte Inuit glaubte wohl, er könnte seinen Platz im Rudel einnehmen, nun da Theodore ein Vampir war und seinen Rudelnamen Lupus ablegen musste. Aber das würde niemals geschehen! Er mochte seinen Rang geerbt haben, aber er genoss nicht dasselbe Ansehen.

Du bist nur neidisch, dass sein dunkles, volles Haar lediglich von einzelnen grauen Strähnen durchwoben ist, seine Haut gesund aussieht und er Steaks genießen kann, während du von Blut lebst, stichelte eine Stimme in ihm.

Instinktiv fuhr er seine Krallen aus, doch als er sah, wie filigran – er bezeichnete sie als kümmerlich – sie im Gegensatz zu seiner Zeit als Werwolf waren, zog er sie wieder ein und ballte lediglich seine Hände zu Fäusten. Zugegeben, er hatte ein Problem damit, dass sein Schopf weiß wie Schnee leuchtete, ebenso wie sein Teint, wodurch seine Altersflecken hervortraten. Außerdem standen seine Knochen genauso hervor wie sein Adamsapfel. Herrgott noch mal, im Profil sah er ja aus wie ein Albino-Truthahn!

Besser ausgemergelt als tot, sagte er sich, denn hätte Kristobal ihn nicht in einen Blutsauger verwandelt, wäre er an dem Virus der Skua gestorben oder über kurz oder lang an Bauchspeicheldrüsenkrebs. Dank des Alphavampirs erfreute er sich bester Gesundheit – soweit man davon sprechen konnte. Er kam nur noch nicht damit klar, dass er seinen Wolf dafür hatte opfern müssen!

Unauffällig blinzelte er die Feuchtigkeit aus seinen Augen.

Arctos und sein lebendiges Aussehen konnten ihn mal kreuzweise! Doch was Theodore wirklich – wirklich! – störte, war, dass der alte Polarwolf Elise schon zweimal aufgesucht hatte, natürlich am hell-lichten Tag, wenn Lupus im Theater bei den anderen dunklen Lords und Ladys schlief. Kristobal bestand darauf, weil Theo nun unter seinem Schutz stand.

«Er soll ja die Finger von ihr lassen», murmelte Theodore und glättete das Foto, das er die ganze Zeit in der Hand gehalten und versehentlich zerknüllt hatte.

Nanouk legte ihren Kopf schräg. «Du hast zugenommen, habe ich recht?»

Ihr Kompliment war nur eine Höflichkeit, wusste er und lächelte müde. Seine Gier nach Blut wuchs mit jedem Tag. Aber wie konnte er sich damit zufriedengeben, sich nur von Flüssigkeit zu ernähren? Wo blieb der Spaß beim Essen?

Verschwörerisch schaute sich Theo im Nostalgia Playhouse um, prüfend, ob jemand sich in der Nähe aufhielt, der die Unterhaltung mit anhören konnte. «Ich muss *sie* in unser Geheimnis einweihen», flüsterte er.

«Wen?»

«Camille», formte er tonlos mit den Lippen.

«Deine Nichte?» Nanouk hielt ihn am Arm fest. «Das wird Claw nicht gefallen.»

«Er ist nicht länger mein Alpha, sondern Kristobal», stellte er klar und streifte sanft ihre Hand ab. «Der Alphavampir befürwortet mein Vorgehen. Er befürchtet, Camille könnte eine zweite Meinung einholen, weil das Blut der Gestaltwandler und Vampire sie misstrauisch gemacht hat.»

Nanouk hatte sich als eine der Ersten im Rudel mit dem Virus angesteckt, das die Skua – eine Gruppe von sechs morallosen Jägern – ausgesetzt hatten. Es war um Leben und Tod gegangen, nicht nur bei den Rudelgefährten, sondern allen Caniden in Anchorage. Hunde, Wölfe, Füchse, Kojoten – sie alle verdankten Dr. Camille Brass, die als Kuratorin am Alaska Zoo arbeitete, ihr Leben, denn die Biologin hatte mithilfe von Kristobals Blut das Gegenmittel hergestellt.

«Außerdem ist sie in Gefahr.» Nervös strich er über den Schnappschuss, der Elise, Camille und ihn zeigte, wie sie mit Puderzucker bestäubten Mündern auf dem Sommerfest von Camilles Highschool in Berkeley standen. Damals hatte er noch als Arzt praktiziert und zwanzig Kilo mehr gewogen. Sunbeam, wie er Camille nannte, hatte sich für ihre Zahnspange in Grund und Boden geschämt und er hatte noch keinen blassen Schimmer von der Existenz übernatürlicher Geschöpfe gehabt. Nun musste er auch Camille einweihen, dabei war Unwissenheit manchmal ein Segen. Was hatte er Elise in den letzten Jahren alles zugemutet? Vielleicht spülte er sie selbst in Arctos' Arme.

«Weil sie die Spuren einer Werkatze im Chugach State Park entdeckt hat?» Nanouk zog ihre Outdoorjacke aus und wischte sich die Schweißperlen von der Stirn.

Ein verrückter Wunsch, aber Lupus sehnte sich danach, auch mal wieder zu schwitzen, denn Vampire froren ständig, weil sie keine eigene Körperwärme produzierten. Alle Heizkörper im Theater waren ständig voll aufgedreht und trotzdem empfand er die Temperatur als mäßig. «Als sie neulich bei uns vorbeikam, hat Rufus die Raubkatze an ihr gerochen. Sie muss Camille näher gekommen sein, als meine Nichte weiß. Wahrscheinlich hockte sie in den Büschen um das Eagle River Nature Center, als Camille den Tatort untersuchte, weil die Polizei sie um ihren professionellen Rat gebeten hatte. Der Werkater ...»

Überrascht riss Nanouk die Augen auf. «Kater?»

«Er hätte sich jederzeit auf sie stürzen und sie ebenfalls ...» Lupus wagte es nicht, seine Befürchtungen auszusprechen. Die fünf Skua waren förmlich in Stücke gerissen worden. Nur ein sechster konnte entkommen. Die Cops suchten noch nach ihm. Seltsamerweise hatte er sich nicht, wie das Anchorage Police Department erwartet hatte, auf dem Revier gemeldet, sondern war einfach untergetaucht. Nur die Dark Defence – die Gemeinschaft der Werwölfe und Vampire – kannte seinen Namen: Montalbán. «Was für ein Monster muss dieser Kuder sein?»

«Noch hat Camille keine Erklärung dafür, dass Tatzenspuren zum Tatort hinführen, aber nicht mehr davon weg, stattdessen Spuren von nackten Füßen, oder?» Nachdenklich legte Nanouk ihre Jacke auf den Tresen.

«Das weiß die Bestie aber nicht.» Liebevoll strich er mit dem Daumen über die Fotografie. «Er hat fünf Männer umgebracht. Eine Frau mehr oder weniger macht für solch eine rücksichtslose, brutale Raubkatze keinen Unterschied. Erinnere dich an Dante.»

«Beziehe ruhig alle Übernatürlichen ein», korrigierte Nanouk ihn. «Jarek ist ein Vampir, aber ebenso gewissenlos. In welchem Loch mag er hausen, seit Kristobal ihn rausgeworfen hat?»

Lupus ging nicht darauf ein, seine Gedanken waren bei seiner Nichte. «Hauptsache, ihre Identität bleibt anonym. Der Werkater könnte ihr gefolgt sein oder ihre Witterung aufnehmen und sich auf die Suche nach ihr machen oder längst in ihrem Haus ...»

«Beruhige dich, mein alter Freund.» Nanouk drückte ihn kurz, ging zum Ausgang und lugte hinaus. Schwungvoll drehte sie sich um und ließ die Tür einen spaltbreit offenstehen. «Durch den Regen setzt die Dämmerung bereits ein. Geh und suche Camille auf. Dann siehst du mit eigenen Augen, dass es ihr gut geht.»

«Wenn ich auch nur den Geruch des Katers an ihr oder ihrem Haus wahrnehme, verfolge ich die Bestie und reiße sie in Stücke.» Erneut fuhr er seine Krallen aus. «Selbst mit diesen lächerlichen Waffen.»

«Betrachten Vampire es nicht als Verschwendung, Blut zu vergießen?» Sie gluckste.

«Ach, Nanouk.» Theodore wischte sich eine Träne von der Wange. «Ich vermisse meinen MacKenzie-Wolf so schrecklich! Diese Leere in meinem Inneren macht mich depressiv. Ich weiß nicht, ob ich ohne ihn leben kann.»

«Denk an deine Frau.» Sie kam zu ihm, streifte mit dem Handrücken seine Wange und zeigte auf das Foto. «Du bist für sie damals zum Werwolf geworden und neulich erst zum Vampir, damit das Pankreaskarzinom und das Virus dich nicht umbringen und der Tod euch trennen konnte. Gib jetzt nicht auf. Außerdem braucht Camille dich. Und ich erst recht. Du bist doch wie ein Großvater für mich. Nicht der Werwolf oder der Vampir in dir, sondern du, Theo.»

Nun konnte er seine Tränen nicht länger zurückhalten. Er legte die Stirn auf Nanouks Schulter und weinte bitterlich, während sie die Arme um ihn schlang und über seinen Rücken streichelte. Aus Verzweiflung, Ratlosigkeit und einer beißenden Einsamkeit, die nur Werwesen nachvollziehen konnten, formte sich ein hässlicher Gedanke in seinem Hinterkopf.

Vielleicht sollte er Arctos ermutigen Elise auszuführen.

Zwei

Schnuppernd hielt Luca seine Nase in *ihre* Richtung. Woher kannte er diesen Geruch?

Schon im Chugach State Park hatte er Lucas Aufmerksamkeit erregt. Weil er ihm vertraut vorkam, ohne zu wissen woher, war er dem Duft bis an den Rand von Anchorage gefolgt. Nun hockte er verdeckt von einem Strauch im Garten eines der kleinen Einfamilienhäuser, die die Elk Road säumten, atmete tief ein und versuchte sich zu erinnern, doch es wollte sich einfach kein klares Bild vor seinem geistigen Auge formen.

Selbst der dank eines zusätzlichen Organs im Gaumen viel ausgeprägtere Geruchssinn seines Tieres half ihm nicht. Luca kam sich wie ein Idiot vor, als er in Menschengestalt seinen Mund öffnete, um das Jacobson-Organ hinzuzuziehen. Doch anstatt den seltsamen Geruch verstärkt wahrzunehmen, lenkte ein anderer Duft, ein weitaus köstlicherer, seinen Pardelluchs ab.

«Ja, ja, sie fällt in dein Beuteschema, ich weiß», schließlich spürte er es auch, «aber sie ist kein Weibchen, das für uns infrage kommt, sondern unsere Feindin.»

Sein Luchs, der so leicht seinen Trieben nachgab, anstatt seiner Vernunft zu folgen, drängte ihn dazu, zu ihr zu gehen, seine Zähne in ihren Nacken zu schlagen und sie von hinten zu besteigen.

Wütend über diese Gedanken, die sein Kater ihm schickte, stieß Luca die Fingernägel in seine Handballen, bis es wehtat, doch das Ziehen in seiner Lende blieb. Um seinem Tier zu beweisen, dass noch immer er die Kontrolle hatte, bewegte er sich keinen Millimeter vom Fleck. Drei Schritte von der Terrassentür entfernt schienen ihm nah genug.

Ziellos wandelte die junge Frau von einem Raum in den anderen, während sie ihre Haare bürstete. Die Bürste blieb immer wieder in ihren Locken hängen. Die Blondine musste ständig daran zerren, um sie wieder loszubekommen. Überraschenderweise machten der himmelblaue Morgenmantel, die beige-blau-gestreifte Schlafanzughose und die Hausschuhe, die wie dicke rosafarbene Wattebäusche aussahen, sie nur noch attraktiver.

«Vergiss es!», zischte Luca seinem Luchs zu. «Sie steht nicht auf unserem Spiel-, sondern unserem Speiseplan.»

Wie konnte eine Frau, die so zerstreut wirkte, als Biologin und Kuratorin im Alaska Zoo arbeiten? Er schnalzte und schüttelte den Kopf. Es machte ihn verlegen, als ihm auffiel, dass er lächelte.

Ein leises Grollen stieg aus seiner Kehle auf. Es galt nicht seinem Opfer, sondern seinem Tier. «Reiß dich gefälligst zusammen.»

Dr. Camille Brass. Er hatte den Namen auf ihrem Klingelschild gelesen, war ihr morgens bis zum Zoo und abends zuerst zur Post, dann zur 5th Avenue Shopping Mall gefolgt und hatte unruhig umherlaufend darauf gewartet, bis sie das Police Department an der East Tudor Road wieder verließ.

Obwohl er dem Zeitungskasten auf der gegenüberliegenden Straßenseite des Polizeireviers ein Exemplar der *Alaska State News* entnommen und Camille abgewandt so getan hatte, als würde er lesen, hatte er beobachtet, wie ihr eine Packung Zigaretten aus der Hand gefallen war, als sie ihr Auto aufschloss, denn sein Luchs ermöglichte ihm einen Sichtwinkel von zweihundert Grad.

Wie durch ein Wunder hatten Ruud, Ram und die anderen mit der Nadel den Gelben Fleck – der Teil der Netzhaut mit der größten Dichte an Sehzellen – in seinem Auge nicht verletzt.

«Glück im Unglück.» Luca schnaubte. Durch diesen Zufall und dank der übernatürlich schnellen Heilung seiner Katze war er nicht erblindet. Nur ab und zu litt er unter Sehstörungen. Sie traten plötzlich auf, meistens wenn er sich unwohl fühlte, und verschwanden genauso schlagartig.

Angewidert betrachtete er seine Hände. Blut klebte für immer an ihnen, auch wenn man es nicht mehr sah. Wie hatte er auch so naiv sein und daran glauben können, dass es im Bereich des Machbaren lag, Raubkatzen in einer Art Rudel zu vereinen. Sie waren und blieben Einzelgänger!

Die Kolonie selbst hatte sich als fixe Idee herausgestellt, im Grundgedanken bereits zum Scheitern verurteilt. Lediglich ein Traum.

Für Luca war er geplatzt. Er verachtete sich für das Massaker, das er angerichtet hatte. Hatte er wirklich geglaubt, sie wie ein Alpha auf einen gemeinsamen Pfad führen zu können? Wie dumm von ihm! Ruud und Rama hatten recht gehabt. Endlich erkannte auch Luca seine wahre Natur.

Er war zur Hälfte ein Wildtier! Unzähmbar. Sein Luchs machte ihn unberechenbar, weshalb Luca beschlossen hatte, alleine zu bleiben. Keine Bindungen, keine Bleibe, kein Ärger – nur so konnte er unerkannt und unbehelligt leben.

Wäre nur nicht dieser unerwartete Zwischenfall im Chugach State Park gewesen! Sein Blick, der sich in die Vergangenheit gerichtet hatte, klärte sich wieder.

Er hatte Victoria Island schnellstmöglich verlassen und war als blinder Passagier mit einem Güterzug nach Westen gereist. Hauptsache weg, egal wohin. Allerdings mied er Menschenmengen, weil er nicht wusste, ob die Bestie in ihm nicht jederzeit wieder ausbrechen könnte, was eine Reise mit dem Flugzeug oder Schiff ausschloss.

Wie sich inzwischen gezeigt hatte, war Lucas Entscheidung richtig gewesen, denn in Anchorage hatte er ein zweites Mal die Kontrolle über sein Tier verloren. Er konnte sich so oft einreden, wie er wollte, dass die sechs Jäger, die sich laut *Alaska State News* den Namen Skua gegeben hatten, ihn gnadenlos durch den Chugach State Park gehetzt, auf ihn geschossen und ihn am Eagle River Nature Center in die Enge getrieben hatten.

Das alles entsprach der Wahrheit, aber es war keine Rechtfertigung dafür, erneut in einen Blutrausch zu fallen.

Fünf der Männer hatte er kaltblütig niedergemetzelt. Es war erschreckend leicht gewesen. Auch diese Gegner waren stärker als er, groß und kräftig gebaut und mit zahlreichen hochmodernen Waffen ausgestattet. Doch am Ende hatte er über sie gesiegt, weil er eben nicht nur ein Pardelluchs war, sondern ein übernatürliches

Wesen, ausgestattet mit einer Kraft, die man solch einem kleinen Tier nicht zutraute.

Wenn er in einen Blutrausch fiel, konnte ihn niemand stoppen! Nicht einmal er selbst.

Der sechste Skua, der ihm entkommen war, hatte nicht gesehen, wie Luca sich in einen Menschen verwandelt, entsetzt über all das Blut, die abgerissenen Glieder und verstreuten Innereien in den Wald getaumelt und sich in einen Bach erbrochen hatte.

Aber Camille waren die seltsamen Spuren im Schnee aufgefallen. Nur sie konnte ihm gefährlich werden.

Lauernd beobachtete Luca, wie sie die Bürste auf die Treppe legte, die ins Obergeschoss führte, und das Wohnzimmer durchquerte, um etwas in der obersten Schublade des Sideboards zu suchen. Wie würdevoll sie immer ging. Langsam und elegant wie eine Königin. Ihr Gang wirkte beeindruckend erhaben auf Luca.

Doch er durfte nicht beeindruckt von ihr sein, denn die Spuren, die er am Center hinterlassen hatte, hatten sie skeptisch werden lassen. Glücklicherweise war der Schnee geschmolzen, bevor die Polizei brauchbare Abdrücke hatte nehmen können.

Dennoch blieb ein Risiko, und das hieß Dr. Brass. Nicht auszudenken, wenn Camille weitere Hinweise auf die Existenz von Gestaltwandlern fand – auf seine Existenz – und diese an die Cops weitergab. Das musste er unter allen Umständen verhindern! Wild fauchte er.

Unerwartet öffnete sie die Terrassentür und trat hinaus.

«Nicht», flüsterte Luca und wich zurück, als wollte er sie vor sich selbst schützen. Hatte sie das Knarzen seiner Lederjacke gehört? Dann besann er sich und stellte sich auf alle viere, um sich jederzeit verwandeln zu können. Der Druck in seiner Jeans wuchs. Fest presste er die Lippen aufeinander, um einen Ranzruf zu unterdrücken. Camilles weiblicher Duft erregte seinen Luchs noch stärker, und wenn sein Kater erregt war, war Luca es auch.

Sie steckte sich eine Zigarette an, ließ das Feuerzeug in die Tasche ihres Morgenmantels gleiten und rieb sich schlotternd über die

Oberarme. Als sie zum Thermostat, das an der Hauswand hing, schlenderte, trat sie auf den Saum ihrer viel zu langen Hosenbeine.

«Sieben Grad», las sie laut ab. «Fühlt sich aber an wie null.»

Menthol- und Nikotingeruch stachen in Lucas empfindliche Nase und dämmten sein Verlangen nach ihr erfreulicherweise etwas. Kaum hatte sie zwei Züge gemacht, klingelte es an der Haustür.

«Mist!», sagte sie, als fühlte sie sich ertappt. Rasch drückte sie die Zigarette an der Wand aus, ging ins Haus und zog die Terrassentür hinter sich zu. Sie legte die Zigaretten zurück in die Schublade, warf die Kippe in den Mülleimer und schritt zum Eingang, immer noch langsam und erhaben, obwohl ihr Gast ein zweites Mal läutete.

Wer mochte das sein? Doch wohl nicht ihr Freund? Wen sonst würde sie in dem Aufzug ins Haus lassen? Leise knurrte Luca. Sie hatte sich doch wohl nicht für einen Typen eine gefühlte halbe Stunde gekämmt? Bürsteten Frauen nicht ihre Haare, damit sie mehr glänzten? Irgendwo hatte er das aufgeschnappt, ob es stimmte, wusste er nicht.

Warum fühlte sich das Blut in seinen Adern auf einmal an wie glühende Lava?

Just als ihm auffiel, dass Camille die Terrassentür zwar zugezogen, aber vergessen hatte zu verriegeln, kehrte sie ins Wohnzimmer zurück. Mit einem Mann! Lucas Knurren schwoll an, klang bedrohlich, und es war ihm sogar egal, dass jemand ihn hören könnte, vielleicht sogar Camille durch die Scheibe hindurch.

Unbewusst rieb er sich an dem Strauch, hinter dem er hockte, und merkte erst einige Sekunden später mit Schrecken, wie die Äste hin und her wiegten. Abrupt hörte er auf. Der Drang zu urinieren war übermächtig. Luca erhob sich, blieb jedoch geduckt stehen. Ohne zu zögern öffnete er seinen Hosenschlitz und lenkte seinen Strahl mal hierhin und mal dorthin.

Auf leisen Sohlen zog er sich etwas weiter nach hinten in den Garten zurück, fuhr seine Krallen aus und kratzte so lange an dem Stamm des einzigen Baumes, einer Kastanie, bis ihm bewusst wurde, warum er sich so seltsam verhielt.

Lucas Pardelluchs markierte sein Revier.

Drei

«Hallo Patenonkel, schön dich zu sehen.» Camille wagte kaum, ihn an sich zu drücken, wie sie es üblicherweise tat, weil er so dünn geworden war. Er sah blass und erschöpft aus, als würde er an Blutarmut leiden.

«Sag doch nicht Onkel, sondern Theo zu mir.» Kraftvoller, als sie es erwarte hatte, schob er sie an den Oberarmen von sich fort. «Ich komme mir sonst alt wie Methusalem vor.»

Aber du *bist* alt, konnte sie sich gerade noch verkneifen zu sagen und atmete unauffällig nach unten aus, damit er den Nikotingeruch nicht wahrnahm. In den letzten Wochen schien er um zwanzig Jahre gealtert zu sein, stellte Camille bedrückt fest. Sie liebte ihn, genauso wie ihren Vater. Doch während Eugene Brass ständig versuchte, ihr in ihr Leben reinzureden, ließ Theo sie gewähren und unterstützte sie bei allem, was sie tat.

Fast allem, korrigierte sie sich selbst, denn er zeigte keinerlei Verständnis dafür, dass sie rauchte. Sie bemühte sich ja redlich, ihre Sucht in den Griff zu bekommen – Nikotinpflaster, Akupunktur und jetzt Mentholzigaretten –, und sie rauchte auch tatsächlich schon weniger ... selten ... fast kaum noch, aber noch hielt das Laster sich hartnäckig.

«Dein Haar ist so schnell silbergrau geworden, wie ich es noch bei niemandem gesehen habe», eigentlich strahlte es sogar so weiß wie der Schopf des Papstes, «beinahe über Nacht.»

Er verzog das Gesicht und trat ein.

Camille schloss die Haustür hinter ihm, führte ihn durch die Diele ins Wohnzimmer und bemerkte, wie locker sein grauer Wollmantel an ihm hing. Sie bot ihm an, den Mantel an die Garderobe zu hängen, doch er behielt ihn lieber an. Dabei hatte sie die Heizung aufgedreht. Da sie noch baden wollte, hatte sie nach der Arbeit nur rasch die Schlafanzughose und den Morgenmantel übergestreift.

Unschlüssig blieb er mitten im Raum stehen. Hatte er etwas auf dem Herzen?

Tee lehnte er genauso ab wie Kaffee und Wasser. Die Unruhe in Camille wuchs. «Was macht das Karzinom?»

«Ist nicht schlimmer geworden.» Ein zarter, rosa Schimmer ließ seinen Teint etwas gesünder aussehen. Oder fiebrig. Camille war sich nicht sicher.

«Wie ist das möglich?» Sollte sie ihm glauben? Oder belog er sie, damit sie sich keine Sorgen um ihn machte?

«Wunder sollte man nicht infrage stellen.» Lapidar zuckte er mit den Achseln. «Was machen Esther und Eugene?»

Camille verdrehte die Augen. «Mom ruft einmal wöchentlich an und will wissen, was zum Henker ich in Alaska will. Im Hintergrund meckert Dad jedes Mal, dass die Smuggler's Lodge ausgebucht sei, sie immer älter werden und ihnen die Arbeit über den Kopf wächst.»

«Dieser Kindskopf von Bruder hat immer noch nicht aufgegeben, dich zu überreden, die Pension zu übernehmen? Das nenne ich hartnäckig.»

«Wohl eher stur. Ich werde im Sommer zweiunddreißig und bin schon vor acht Jahren aus der San Francisco Bay Area weggezogen.» Camille brauchte nicht zu erwähnen, dass ihr Vater, so sehr sie ihn auch liebte, einer der Gründe dafür war. Es gab zwei Dinge, in denen er erfolgreich war: Hotellerie und Nörgeln. Für ihn stellte es eine Selbstverständlichkeit dar, dass Camille in seine Fußstapfen trat und die Lodge übernahm, obwohl es überhaupt nicht ihrem Wunsch entsprach, bis ans Ende ihrer Zeit Betten zu beziehen und Frühstück zu servieren.

Als sie an der University of California studierte, hatte ihr Dad ihr die Hölle heiß gemacht und gemeint, sie denke ebenso wie Theodore sie sei etwas Besseres. Nach dem Studium arbeitete sie für Zoos in Phönix, Denver und Indianapolis. Er kam in jeder Stadt vorbei und ließ abfällige Bemerkungen über ihre Unterkunft, ihre Arbeitsstätte und das Wetter fallen. Die Menschen im Alameda County seien aufgrund der vielen Sonnentage und der unmittelbaren Nähe zum

Pazifik viel freundlicher und das Essen besser. Schließlich floh Camille nach Alaska.

«Das liegt doch am Arsch der Welt. Dort können wir dich nicht einmal besuchen. Ich fahre nicht durch Kanada, um von Amerika nach Amerika zu kommen. Das ist doch krank! Warum spricht ein Teil von denen überhaupt Französisch? Die spinnen total! Und deine Mom steigt in kein Flugzeug», hatte ihr Vater durchs Telefon gezetert, was Camille in ihrer Entscheidung bestätigt hatte.

Außerdem wollte sie in Theos Nähe sein. Wer wusste schon, wie lange er noch zu leben hatte? Der Krebs hatte ihn gezeichnet, auch wenn seine Krankheit in den letzten Jahren, entgegen der Prognose der Ärzte, kaum fortschritt. Leider schien sie in letzter Zeit einen regelrechten Sprung gemacht zu haben.

Er sieht beschissen aus, brachte Camille es mit den Worten ihres Dads auf den Punkt.

«Ich bin nur erschöpft», sagte Theodore, als hätte er ihre Gedanken erraten, und nahm auf dem Sofa Platz. «Die vergangene Woche hat mich viel Kraft gekostet. Aber ich brauche nur ein wenig mehr ...», er leckte sich über seine Unterlippe, «Nahrung und ich werde mich rasch erholen, versprochen.»

«Iss mehr, versprich mir das.»

«Ich muss vor allen Dingen mehr trinken.» Seine rosafarbenen Wangen färbten sich rot.

«Heißt das, du möchtest doch einen Kaffee?» Das Koffein würde seinen Kreislauf anregen und vielleicht sähe er dann weniger wie eine Figur aus dem Film *Corpse Bride* aus.

«Nein, nein, das ist es nicht.» Er klopfte auf den Sitz zu seiner Rechten. «Setz dich bitte. Ich muss mit dir reden.»

Besorgt folgte Camille seiner Aufforderung, drehte sich zu ihrem Onkel und nestelte an ihrem Frotteemantel. «Ist etwas mit Tante Elise?»

«Ihr geht es gut. Sie überlegt, sich einen Hund zu kaufen, einen mit einem langen, dichten Fell, durch das sie mit den Händen streichen kann, das warm und weich ist, richtig schön pelzig und ...»

Stirnrunzelnd unterbrach sie seine Schwärmerei. «In eurer Etagenwohnung? Besser nicht.»

Theo seufzte. Für einen Moment wirkte er traurig und abwesend, dann klärte sich sein Blick, er tätschelte ihr Knie und schaute sich im Raum um. «Überall Tierfotos an den Wänden und auf dem Sideboard. Keine Schnappschüsse deiner Familie oder von Freunden.»

«Ich hatte ein Bild von Dads letzter Geburtstagsfeier aufgestellt, aber seine vorwurfsvolle Miene hat mich in meinen Träumen verfolgt, daher habe ich es in die Schublade gelegt.» Über Freunde wollte sie lieber nicht sprechen. Das war ihr wunder Punkt.

Obwohl sie wusste, dass der Fehler bei ihr lag, schaffte sie es nicht, sich zu ändern. Im Alaska Zoo war es wie an den anderen Arbeitsplätzen auch. Die Kollegen hatten sie eingeladen, doch Camille lehnte ab. Man hatte sie ein zweites Mal gefragt, aber wieder war sie nach Hause gefahren, anstatt mit in eine Bar zu kommen.

Das Gefühl, nicht mithalten zu können, ließ sie nicht los. Sie kam sich vor wie ein Sportwagen, unter dessen Haube der Motor eines Beetles steckte und niemand sollte davon erfahren. Nach außen hin spielte sie die engagierte Kuratorin, die fürsorgliche Nichte und die moderne Single-Frau. Im Grunde traf das auch alles zu. Allerdings spürte sie jeden Abend, wenn sie sich zuhause auf die Couch fallen ließ, wie anstrengend es war, ständig gut gelaunt und hoch motiviert zu wirken und mit beiden Beinen im Leben zu stehen. Dabei kam sie so schnell von der Stelle wie das Karibu im Zoo, dem sie heute zusammen mit dem Tierarzt Dr. Cassey das Hinterbein geschient hatte.

«Ich kann gut mit Tieren.» Aber nicht gut mit Menschen, dachte sie und hatte das Bedürfnis, sich zu erklären, weshalb sie anfügte: «Seit Teenagertagen träume ich davon, im Zoo zu arbeiten.»

Theo neigte sich vor. «Hast du das Blut, das ich dir gebracht hatte, entsorgt?»

«Du meinst das, mit dem ich experimentiert habe, um ein Gegenmittel gegen dieses neuartige Virus herzustellen?» Er nickte und sie fuhr fort: «Nein.»

«Das solltest du aber.»

«Auf keinen Fall!» Dazu würde er sie niemals überreden können. Es war zu einzigartig! «Ich möchte noch weitere Tests durchführen, denn es zeigt interessante Abnormalitäten.»

«Das hatte ich befürchtet.» Seufzend lehnte er sich zurück und fuhr mit der Hand durch sein Haar. «Es ist wichtig, dass es nicht in fremde Hände gerät.»

Sie hatte lediglich das Serum an Dr. Cassey gegeben und durch eine Freundin ihres Onkels an Walter Sarks überbringen lassen, damit die Kommission von Bürgermeister Benderman alle Tiere damit impfte und Köder mit Impfstoffen in und um Anchorage auslegte. «Das wird es nicht.»

«Aber deine Kollegen könnten es im Kühlschrank des Zoolabors entdecken und misstrauisch werden.»

«Es ist hier. Alle Proben befinden sich in der Küche.»

Erleichtert atmete er aus.

Sie legte eine Hand auf sein Knie und drückte sanft. «Was ist los? Irgendetwas stimmt doch nicht mit diesem Blut. Du wusstest es schon immer, habe ich recht?»

«Ich schulde dir eine Erklärung, und genau deshalb bin ich gekommen.»

«Jetzt bin ich aber neugierig, wie du mir plausibel begründen kannst, warum das Blut sowohl menschliche als auch tierische Bestandteile aufweist, die teilweise sogar mutiert sind und sich verbunden haben.» Aufgeregt rieb sie die Handflächen über den Morgenmantel. Ihrer Meinung nach war das ein Ding der Unmöglichkeit. Es sei denn, ein moderner Dr. Mengele hätte Gen-Experimente mit Menschen und Caniden durchgeführt, und in so etwas sollte Theodore besser nicht verwickelt sein. Camille war zierlich, aber sie konnte kräftig zuschlagen, wenn sie wütend war. «Dann wäre da noch die Probe dieses Kristobals. Ich kann mir absolut nicht erklären, wie ...»

«Glaubst du, dass Jackalope existieren?» Er lächelte unsicher.

«Das ist ein Fabeltier.»

«Aber wäre es deiner Meinung nach möglich, dass die Natur aus einer Laune heraus einen Hasen mit einem Geweih hervorbringen könnte?»

«Der Papillomavirus kann ein Karnickel befallen, worauf ihm Tumore wachsen, die Hörnern ähneln.» Hinter vorgehaltener Hand gähnte sie. «Wenn du mich fragst, gehören Hasenböcke ins Reich der Legenden.»

«Ebenso wie Werwölfe?»

«Und wie Bigfoot, ja! Hast du zu viele Artikel dieses furchtbar schlechten Reporters Matt Jerkins gelesen?» Camille winkelte ein Bein an. Erst in Gegenwart eines Besuchers fiel ihr auf, wie verwaschen die Streifen der Hose aussahen. «Marty, einer unserer Tierpfleger, ist ein Fan von skurrilen Artikeln und hat Jerkins' Berichte in einen Ordner geheftet, feinsäuberlich in Folie, versteht sich. Erst vor wenigen Tagen brachte er seine gesammelten Werke mit. Dass jemand mit solch einem Schund Geld verdient, ist unglaublich!»

«Okay, nehmen wir Bigfoot oder den Sasquacht, wie die Indianer ihn nennen. Ein Mann mit Fell.» Er kratzte sich an der Schläfe und überlegte. «Wie fange ich das nur an? Es ist nicht leicht. Wenn ich nicht aufpasse, rufst du postwendend die Cops und lässt mich in die Psychiatrie zwangseinweisen.»

Das, was ihr Onkel ihr mitzuteilen hatte, schien dramatischer zu sein, als sie erwartet hatte. Sie setzte sich im Schneidersitz hin und kam sich vor wie damals, als Theo ihr aus Märchenbüchern vorgelesen hatte, weil ihr Vater das für Unsinn hielt. Sie sollte nicht in einer Fantasiewelt leben, hatte er gemeint, dabei war sie erst fünf Jahre alt gewesen. «Du machst mir Angst.»

«Du brauchst dich nicht zu fürchten. Ganz im Gegenteil! Was ich mir wünsche, ist deine Neugier zu wecken und dich mit meiner Faszination anzustecken.» Laut klatschte er in die Hände. «Herrje, stell dir vor, es gäbe einen Hasen, der sich in einen Gabelbock verwandeln könnte. Jemand beobachtet ihn während der Wandlung, aber nur einige Sekunden lang, und glaubt danach, diese Mischform – Hase mit Hörnern – wäre seine ursprüngliche Gestalt, dabei war er noch gar nicht fertig.»

Camille legte ihren Kopf schräg. Auf was lief dieses Gespräch hinaus? Vielleicht ging es ihrem Onkel wirklich nicht gut. Aus Scherz sagte sie: «Oder die fiktive Person sieht einen Menschen, der sich in einen Eisbär verwandelt – und hält ihn für einen Bigfoot.»

«Nur dass die Gestaltwandlung noch gar nicht vorüber war. In Wahrheit ist er entweder ein Mann oder ein Bär, aber niemals beides gleichzeitig, zumindest wäre das die Regel. Ausnahmen gibt es, wie man leider an Dante und Kristobal ...»

«Kristobal.» Sie streckte den Rücken durch und legte die Hände auf die Oberschenkel, als würde sie meditieren. «Wer ist das?»

Anstatt auf ihre Frage einzugehen, fuhr er fort: «Ich kenne keine Wereisbären, daher ist das reine Theorie. Ich bin nur ein Spezialist auf dem Gebiet der Lykanthropie.»

War er womöglich der Arzt, der teuflische und perverse Operationen durchgeführt oder Gene manipuliert hatte? Hatte er den Caniden-Virus hergestellt und ihn versehentlich freigesetzt? «Ich verstehe kein Wort.» Camille fühlte, ob er Temperatur hatte, aber seine Stirn war eiskalt.

«Erinnerst du dich an die Spuren am Eagle River Nature Center?»

«Natürlich.» Die Polizei ließ ihr ja keine Ruhe.

«Spuren einer Raubkatze führten zum Tatort», mit Zeige- und Mittelfinger tänzelte er über den Couchtisch zu der Kerze in der Mitte und wieder zurück, «aber nicht wieder davon weg.»

«Es war ein Luchs, eine kleine Rasse, wahrscheinlich sprang er auf einen der Bäume.» Sie nahm beide Hände zur Hilfe, um die vermutete Größe des Tieres zu zeigen.

«Und woher stammten die Abdrücke nackter Füße?», fragte er und wackelte mit einem Schuh, als könnte sie seine Zehen durch das Leder hindurch sehen.

«Vielleicht von einem der sechs Jäger.» Es dürfte wohl kaum ein Wanderer, der zufällig vorbeigekommen war, durch den blutgetränkten Schnee gelaufen sein, danach seine Schuhe ausgezogen haben und wieder gegangen sein.

«Trugen die fünf Getöteten alle ihre Boots?»

Sie überlegte kurz. «Ja, schon.»

«Und der sechste Skua, der zum Wagen gerannt und abgehauen ist?» Ungeduldig trommelte er mit den Fingern auf seinem Bein.

«Auch, die Abdrücke waren eindeutig.» Worauf wollte er sie hinweisen?

«Also, zu wem gehörten die nackten Füße?»

«Moment mal, du willst doch wohl nicht behaupten ...» Sie wagte nicht, den Gedanken auszusprechen, weil er so abwegig war.

«Die Vermutung liegt nahe, dass es sich bei dem Luchs um einen Gestaltwandler handelt.»

Camille prustete. Fassungslos schüttelte sie den Kopf. Diese Äußerung war verrückt!

Er schockierte sie, indem er todernst sagte: «Werwölfe, es gibt sie.»

«Ja, sicher.» In seiner Fantasie.

«Ich bin einer von ihnen.» Er rieb sein Gesicht und murmelte: «Irgendwie bin ich das immer noch, werde ich das immer bleiben – im Herzen.»

Vielleicht hatte er recht und brauchte tatsächlich die Hilfe eines Psychologen. «Und ich werde dich immer lieben, komme, was wolle.»

«Gut, dann werde ich dir jetzt alles beichten, und ich schwöre, dass es die Wahrheit ist und nichts als die reine Wahrheit.»

Sprachlos lauschte Camille, wie Theo von dem Anchorage-Werwolf-Rudel erzählte.

Von Claw, dem Alphawolf, dessen Dominanz nur sein Weibchen Tala ins Wanken brachte, von Dante, der genauso in einer Mischform stecken blieb, wie Theo es anhand der Jackalope- und Bigfoot-Beispiele erklärt hatte.

Davon wie er, Theo, früher heimlich das Rudel medizinisch betreut hatte und, als die Ärzte Krebs bei ihm diagnostiziert hatten, sich von der Werwölfin Nanouk zu einem Gestaltwandler hatte machen lassen, weil die übernatürliche Stärke des Tiers den Verlauf der Krankheit verlangsamte, um seine geliebte Elise nicht zurückzulassen, und er schließlich einen Jungen gebissen und verwandelt hatte, weil dieser sonst gestorben wäre, und er sich von da an Rufus nannte, wie Theo Lupus gerufen wurde.

Bis hin zu seiner Befürchtung, der Werluchs könnte Camille jagen, damit sie ihn nicht verriet oder weil er an Tollwut litt, denn es war keineswegs normal, das betonte Theo mehrfach, dass ein Metamorph ein solches Massaker anrichtete.

Nachdem ihr Patenonkel verstummt war, holte er ein Stofftaschentuch aus seiner Manteltasche und rieb damit über seinen Mund. Sie schwiegen bestimmt zehn Minuten. Camille zweifelte keine Sekunde daran, dass Theo an diese Märchen glaubte. Alles, was er gesagt hatte, kam wie aus der Pistole geschossen. Er hatte nicht nachdenken müssen, wie es der Fall gewesen wäre, hätte er sich die Details aus den Fingern gesogen. Ihm war es bitterernst, er versuchte nicht, sie an der Nase herumzuführen, dazu kannte sie ihn zu gut.

Die Spuren im Chugach State Park waren in der Tat seltsam und die Blutproben absonderlich. Aber Werwesen? Das konnte sich Camille beim besten Willen nicht vorstellen. «Verwandle dich.»

Erstaunt hob er seine Augenbrauen. «Das kann ich nicht.»

«Dachte ich's mir doch.» Sie verkniff sich ein Schnalzen, da sie ihn nicht beleidigen wollte.

«Ich ... ich ... das jetzt zu begründen, würde dich überfordern.»

«Lass mich das beurteilen.»

«Es geht nicht.» Mit dem Taschentuch tupfte er über seine Stirn, obwohl Camille keine Schweißperlen sah, daher vermutete sie, dass er nur beabsichtigte Zeit zu schinden. «Ich, also, ich bin zu schwach, das siehst du ein, Sunbeam.»

Damit er sich nicht aufregte, küsste sie ihn versöhnlich auf die Wange und erschrak, da seine Haut sich an ihren Lippen eiskalt anfühlte. «Dir geht es nicht gut, das liegt auf der Hand.»

«Bitte, bewahre unser Geheimnis.» Er strich über ihre Locken und sah sie an, als wäre sie wieder fünf Jahre alt. Wie damals im Garten ihrer Eltern in Berkeley, wo sie so getan hatten, als hätten sie am Teich Elfen entdeckt, die in Wirklichkeit Libellen waren. «Niemand darf jemals von der Existenz von Gestaltwandlern erfahren oder wir sind alle in großer Gefahr.»

«Oh, keine Sorgen!» Sie würde doch nicht so verrückt sein und seine Theorien Dritten gegenüber wiederholen. Ausgenommen Elise natürlich, gleich morgen würde Camille mit ihrer Tante reden. Sie mussten etwas gegen seine wirren Gedanken unternehmen, bevor er Wahnvorstellungen entwickelte.

Theos Bemerkung über eine Zwangseinweisung fiel ihr ein. Manchmal musste man grausame Entscheidungen treffen, um Menschen, die man von ganzem Herzen liebte, zu helfen.

Vier

Lucas menschliche Seite wollte Camille drohen, damit sie ihre Nachforschungen einstellte, sein Luchs drängt ihn, sich mit ihr zu paaren, und die Bestie verlangte, sie für immer zum Schweigen zu bringen.

Es wäre besser gewesen, aus dem Garten, der Elk Road und Anchorage zu verschwinden. Besser für Camille. Stattdessen huschte Luca ins Haus und pirschte sich an die Diele heran.

Camille ging vom Eingang zur Kommode, nahm das Telefon aus der Aufladestation und zögerte. Seufzend stellte sie es wieder weg.

Hätte ihr Onkel Theo sie nicht soeben über die Existenz von Therianthropen aufgeklärt, auch wenn sie ihm offenbar – noch – kein Wort glaubte, hätte Luca sie weiterhin beobachtet, um über den Stand ihrer Untersuchungen auf dem Laufenden zu bleiben. Aufgrund der neuen Umstände musste er jedoch sofort handeln. Es blieb ihm nichts anderes übrig. Sie kannte bereits sein Geheimnis und wusste nun, in welche Richtung sie forschen musste.

Werwölfe, die hatten ihm noch gefehlt!

Luca hatte die Schnauze voll von egozentrischen Gestaltwandlern. Ob Raubkatzen oder Wölfe, das machte für ihn keinen Unterschied. Sie alle hatten mit den Trieben ihrer Tiere zu kämpfen. Er wollte nichts mehr damit zu tun haben! Nur in der Einsamkeit würde er die Ruhe und den Frieden finden, nach denen er sich sehnte, das war ihm inzwischen klar.

Warum zog ihn diese Frau dann magisch an?

Noch etwas verwirrte ihn: Der alte Mann hatte einen Körperduft hinterlassen, der nur noch vage an einen Metamorph erinnerte. Er sollte ein Werwolf sein? Hatte er seine Nichte belogen oder gab es etwas – Lykanthropen betreffend –, von dem Luca nichts wusste? Das Animalische, das dem Alten anhaftete, war so schwach, wie bei einer Tierhaut, die seit vielen Tagen in der Sonne trocknete. Er roch nur noch entfernt nach Tier, eher nach Leder – für Lucas Luchsnase unangenehm tot.

Als Camille ins Wohnzimmer kam, stellte sich Luca ihr in den Weg. Erschrocken wich sie in die Diele aus und blieb wie angewurzelt stehen. Sie bemerkte sein entstelltes Auge. Wie ein Dorn ragte das Schwarze der Pupille nach oben in die Iris hinein. Kurz flackerte Neugier in ihrem Blick auf, doch die Angst kehrte rasch zurück. «Wer sind Sie?»

«Das kannst du dir doch denken, Camille.» Er nahm wahr, dass sie zitterte.

«Woher kennen Sie ... kennst du meinen Namen?» Offenbar sah sie nicht ein, ihn zu siezen, während er sie einfach duzte, und beantwortete ihre Frage im nächsten Moment selbst. «Das Klingelschild.»

«Ich habe dich beobachtet. Im Chugach State Park. Als du mein Trittsiegel untersucht hast.»

«Unmöglich, da waren überall Polizisten.» Ihrer Mimik entnahm er, wie es ihr dämmerte, denn als Trittsiegel wurden Tierspuren und keine Fußabdrücke von Menschen bezeichnet.

Abschätzend linste Camille zur Treppe und zum Korridor, der in die Küche und in ein kleines WC führte, wie Luca längst herausgefunden hatte, doch das war nur ein Ablenkungsmanöver, denn sie öffnete überraschend die Haustür hinter sich. Luca sprang nach vorne. Dadurch erschrak Camille so sehr, dass sie gegen die Tür stieß und diese ins Schloss fiel, bevor Camille durch den Spalt schlüpfen konnte.

«Bleib, wo du bist!», sagte sie in einem Befehlston, den Luca aufgrund ihrer Unterlegenheit unangebracht, aber imponierend fand. «Keinen Schritt näher!»

Er blieb eine Armlänge von ihr entfernt stehen und hob eine Augenbraue. «Sonst was?»

Unentschlossen kaute sie auf der Unterlippe, schaute sich um, wahrscheinlich nach einer Waffe, doch es war kein brauchbarer Gegenstand in ihrer Nähe, und hob kämpferisch die Fäuste.

Schmunzelnd betrachtete Luca ihre kleinen Hände. «Wie niedlich!» Mit einer tiefen Genugtuung fuhr er seine messerscharfen, dolchartigen Krallen aus und kratzte sich geschickt an der Schläfe, ohne sich selbst zu verletzen.

Camilles Augen weiteten sich. Geräuschvoll stieß sie die Luft aus den Lungen, überkreuzte die Arme vor ihrem Körper und presste die Hände an ihre Schultern. «Wer bist du?»

Das Beben in ihrer Stimme blieb ihm ebenso wenig verborgen wie ihr Versuch, es zu verbergen.

«Die Frage müsste lauten: Was bist du?» Er ließ es zu, dass sein Luchs sanft an die Oberfläche stieg, sodass Camille ihn in seinen Augen sehen konnte.

«Wow!» Fassungslos rang sie nach Atem. Mit offenem Mund starrte sie ihn an.

Selbst ihre Zähne waren klein, stellte Luca fasziniert fest. Dr. Camille Brass war eine zierliche Frau, was blöderweise seinen Beschützerinstinkt weckte. Zuerst ärgerte er sich darüber, weil er keineswegs vorhatte, nett zu ihr zu sein. Doch mit einem Mal erkannte er den Vorteil darin, denn es zähmte die Bestie in ihm. Jegliche Aggression war verschwunden, und er nahm sich vor, diese unsinnige Gefühlsregung rein praktisch zu sehen. Eine rein rationale Entscheidung. Nicht mehr! Seit langer Zeit herrschte Friede in seinem Inneren.

Da war nur noch sein Pardelluchs, der ihn aus selbstsüchtigen Gründen aufforderte, näher an Camille heranzutreten, aber Luca bemerkte, wie die Furcht in ihr anwuchs, weshalb er auf Distanz blieb.

Noch während er seine Krallen einzog und seine Hände dabei betrachtete, rannte Camille plötzlich an ihm vorbei in den Gang. Ihr Mut erstaunte Luca ebenso sehr wie die Erkenntnis, dass sie hinkte. Sie kam mühsam vorwärts und lief ungelenk, als hätte sie sich schon lange nicht mehr so schnell bewegt.

Auf einmal verstand er, warum sie immer so langsam ging. Nicht weil sie wert darauf legte, würdevoll zu schreiten, sondern aus reiner Vorsicht, weil sie eine Verletzung oder Behinderung hatte. Er tippte auf Letzteres, denn eine Wunde hätte sein Luchs sofort gewittert.

Sie wusste wohl, dass sie niemals schnell genug sein würde, um zu fliehen, denn sie versuchte erst gar nicht, die Küche vor ihm zu erreichen, sondern riss die Schublade der Kommode, auf der das Telefon stand, auf und kramte hektisch darin herum.

Luca fauchte, als sie eine Handfeuerwaffe auf ihn richtete.

Ihre Hände zitterten wie Espenlaub. Aber sie stand nur zwei Armlängen von ihm entfernt, sodass sie ihn mit Sicherheit treffen würde, falls sie schoss. Sein Tier beschleunigte zwar den Heilungsprozess, allerdings nutzte dieser Vorteil ihm nichts, wenn er tot war.

«Du hast die Jäger am Eagle River Nature Center abgeschlachtet.»

Ihr Vorwurf versetzte ihm einen Stich, aber sie hatte ja recht. «Sie hatten mich durch den Park gehetzt, auf mich gefeuert.»

«Menschenjagd? Dass ich nicht lache!»

«Ich war in der Gestalt meines Tieres.» Er legte den Kopf schräg und lockte seinen Luchs ein Stück weiter heraus, sodass ihm die für seine Art typischen Fellpinsel auf den Ohren und ein Backenbart, der auch zur Kommunikation unter Artgenossen diente, wuchsen.

Das brachte Camille einige Sekunden lang aus der Fassung. Unbeabsichtigt senkte sie die Waffe. Sie schnappte nach Luft, fing sich wieder und richtete erneut den Lauf auf ihn.

Seine Stimme wurde dunkel und rau. «Ich saß in der Falle. Sie ließen mir keine andere Möglichkeit, als zu kämpfen. Entweder sie oder ich würden den Park lebend verlassen.»

«Du hast sie niedergemetzelt.»

Vor seinem geistigen Auge tauchten die zerfetzten Körper auf, die um das Center verteilt lagen und die Schneelandschaft rot färbten. Der metallische Geruch des Blutes stieg ihm in die Nase, als wäre er noch dort. Vielleicht traf das tatsächlich zu, wie auch auf die Werkatzen-Kolonie. Manchmal hatte er den Eindruck, sowohl auf den Victoria-Inseln als auch im Chugach State Park etwas von sich zurückgelassen zu haben – mehr als nur seine blutigen Spuren, nämlich ein Teil seiner Seele, leider jeweils ein Stück von der hellen Seite.

Er ekelte sich vor sich selbst. Aber die beiden Angriffe, die die Bestie in ihm erst geweckt hatten, nährten unglücklicherweise seinen Zorn und stärkten sie. Dabei hatte er sich nur gewehrt. Man hatte ihn angegriffen und er hatte instinktiv sein Leben verteidigt.

Wenn es nur das gewesen wäre. In Wahrheit hatte er mehr als das getan. Er hatte gemordet. Aber war ihm wirklich eine Wahl geblieben?

Vielleicht hätte ich eine gehabt, dachte er, wenn ich nicht auf ewig mit einer Raubkatze verbunden wäre.

«Diese sechs Männer waren die wahren Monster», brachte er durch zusammengebissene Zähne hervor. «Aber ich bin nicht hier, um dich davon zu überzeugen, dass ich keine Schuld an dem Massaker trage, sondern um dich zu warnen – vor mir!»

Blitzschnell schlug er Camille die Waffe aus der Hand, stieß sie mit der Schulter an und brachte sie zu Fall. Er stürzte sich auf sie, sodass sie reglos mit dem Rücken auf dem Teppichläufer liegen blieb, sichtlich schockiert darüber, dass das Blatt sich so schnell gewendet hatte.

Luca stützte sich rechts und links neben ihrem Kopf ab, versehentlich auf eine ihrer goldenen Haarsträhnen. Unauffällig strich er darüber. Wie weich ihre Locken waren! Ihren Atem auf seinem Gesicht zu spüren lenkte ihn einen Moment ab. Die Flügel ihrer Stupsnase flatterten vor Angst. Ihr Grübchen zitterte.

Entsetzt keuchte Camille, als eine Seite ihres Morgenmantels herunterrutschte, weil der Gürtel sich gelockert hatte, und ihren rechten Busen freilegte. Lucas Luchs spielte verrückt. Wie wunderschön ihre Brust war! Weiß wie Milch und groß, mit rosafarbenen Warzenhöfen und kleinen, harten Nippeln. Sein Tier forderte ihn dazu auf, zu lecken, zu kosten und zu genießen.

Stattdessen zog Luca das Frottee über ihren Oberkörper, ohne sie zu berühren, nicht einmal kurz, nicht einmal gespielt zufällig. Er mochte ein Scheusal sein, aber so tief gesunken war er nicht, dass er über eine Frau herfiel. Es freute ihn festzustellen, dass wenigstens noch ein Rest Anstand in ihm vorhanden war.

«Ich bin nicht nett, auch nicht harmlos. Ein großer Teil von mir ist wild», und unberechenbar, fügte er für sich hinzu. «Aber ich vergreife mich nicht an Wehrlosen. Ich suche Gegner und keine Opfer.»

«Du ... du bist ein ... Kuder?» Ihr Brustkorb hob und senkte sich heftig.

«Ich bin ein Pardelluchs, aber eben auch ein Mensch.»

«Dann hatte Onkel Theo recht. Oh, mein Gott!»

Luca nickte, denn er hatte jedes Wort der Unterhaltung zwischen den beiden mitbekommen, obwohl er draußen im Garten gehockt und Camille die Terrassentür zugezogen, wenn auch nicht verriegelt, hatte. Das empfindliche Gehör seines Katers befähigte ihn dazu, den Pfiff einer Pfeife auf annähernd fünf Kilometer Entfernung zu hören, während ein Mensch nach zweieinhalb und ein Hund nach drei kapitulieren musste.

Dieser Duft, der ihn zu Camilles Haus gelockt hatte, war in ihrer Nähe übermächtig. Luca neigte sich vor und schnupperte an ihrer Halsbeuge. Camille versteifte sich unter ihm. Die feinen Härchen in ihrem Nacken stellten sich auf.

Ihr Puls raste. Luca hörte die Paukenschläge so laut, als würde ihr Herz in seiner Hand liegen und er es an sein Ohr halten. Doch in dem von Furcht angepeitschten Rhythmus mischten sich auch einige Schläge, die seinem Luchs gefielen – kaum wahrnehmbar, geradezu verstohlen, heimlich. Sie waren nicht hart und laut, wie das Gros, sondern weich, nachgiebig und empfänglich, und fielen deshalb kaum auf, aber sein Tier nahm sie dennoch wahr und wollte ihnen nachspüren, aber Luca hielt ihn zurück.

Mit seiner Nasenspitze rieb er hauchzart durch den Flaum auf ihrer Wange.

Er erlaubte es seinem Luchs so weit herauszukommen, dass ihm feine Tasthaare um seinen Mund herum wuchsen. Eine sinnliche Erfahrung, aber auch eine praktische, denn die Sinneszellen an den Haarwurzeln setzten die Vibrationen, die Camilles Körper aussandte, in ein räumliches Bild um, und er nahm diese schöne Frau für einen Moment auf eine Art wahr, wie es nur eine Katze vermochte. Ein magisches Erlebnis! Luca hatte das Gefühl sie zu berühren, obwohl er sie nicht anfasste.

Er roch an ihrem Kinn, glitt höher zu ihren Lippen und öffnete seinen Mund leicht, als wollte er ihren Atem inhalieren. In Wahrheit nutzte er sein Jacobson'sches Organ, um ihren Duft intensiver wahrzunehmen und abzuspeichern.

Du bist ein Narr, Luca Sócrates, dachte er. Nein, dein Tier!

Er versteckte seine Verlegenheit hinter einer Maske der Härte, drängte seinen Luchs zurück in sein Inneres, sodass er wieder vollkommen sein menschliches Aussehen annahm, und entfernte sich eine Handbreit von Camilles Gesicht, bevor er etwas tat, was er bereuen würde. Seine Zunge prickelte bereits.

Um sich von ihrem Mund abzulenken, sah er ihr in die Augen. Ein Fehler, denn er verlor sich in ihnen. Sie waren braun wie ungeschälte Mandeln, lebendig wie die Algarve und strahlten wie die Sonne Portugals. Erinnerungen an seine Heimat erwachten, so stark und schmerzlich, dass er erschrak, als Camille leise fragte: «Was ist mit deiner Iris passiert?»

Schmerz, Zorn und Hass löste die Sehnsucht ab und Luca konnte die Bestie in sich nur bändigen, indem er seine Gedanken auf andere Dinge als die Erinnerung an den Werkatzen-Clan lenkte. «Was ist mit deinem Bein?»

«Ich habe zuerst gefragt.»

«Kannst du dir in deiner Lage erlauben, so kess zu sein?» Sein Blick wurde eindringlicher, doch sein Mundwinkel zuckte. «Dein Bein.»

Ganz langsam schob sie die Arme zwischen Luca und sich, wagte jedoch nicht, ihn abzuwehren. «Ich will nicht darüber reden.»

«Aber ich verlange es!»

«Und wenn ich mich weigere?»

«Werde ich dich zwingen.» Er würde ihr nicht wehtun, aber seine scharfen Krallen und Zähne stellten überzeugende Argumente dar, selbst wenn sie nicht zum Einsatz kamen, sondern er sie nur präsentierte.

Ihr Blick verdüsterte sich. Sie wandte das Gesicht ab und schnaufte aufgebracht.

Er ärgerte sich über sein schlechtes Gewissen, denn er spürte, wie sie unter der Erinnerung litt. «Ich möchte lediglich erfahren, was passiert ist, vorher werde ich nicht gehen. Und du möchtest mich doch wieder loswerden, oder?»

«Nichts lieber als das», presste sie hervor und seltsamerweise verletzte ihn ihre Antwort. Er hörte, wie schwer ihr die Worte über die Lippen kamen: «Es passierte während meines Biologie-Studiums. Auf einer Exkursion in den Yosemite-Nationalpark. Irgendein Idiot hatte eine alte verrostete Tellereisenfalle aufgestellt.»

Eine schreckliche Vorahnung erwachte in Luca. «Ein Fangeisen in einem Nationalpark?»

«Ob sie von einem Wilderer oder einem gelangweilten Jugendlichen stammte, haben die Ranger nicht herausgefunden. Es wurde nie jemand zur Rechenschaft gezogen, nicht einmal die Parkverwaltung.»

«Es ist so eine Sache mit der Gerechtigkeit.» Er konnte sich nicht verkneifen, einen sarkastischen Unterton beizumischen.

Hellhörig geworden schaute Camille ihn an. Aber sie fragte nicht nach, was er damit meinte, sondern fuhr mit dünner Stimme fort: «Mein linker Fuß ... wurde ... wurde, nun, er wurde zersplittert. Die Ärzte konnten ihn ...» Sie räusperte sich und schaute an ihm vorbei an die Zimmerdecke, «nicht retten und mussten den Mittelfuß ... amputieren.»

Luca schätzte, dass der Unfall viele Jahre zurücklag, aber es belastete sie noch immer. Eine Amputation musste für eine junge Frau, die in der Blüte ihres Lebens stand, eine Karriere anstrebte und sich nach Liebe und Leidenschaft sehnte, ein einschneidendes Erlebnis sein.

Er zog ihr Hosenbein hoch und fragte sich, ob Camille diese Schlafanzughose nicht gekauft hatte, weil sie auf beige-blaue Längsstreifen stand, sondern weil die Beine über den Boden schleiften und ihr Geheimnis verdeckten – sogar vor sich selbst. Bevor er etwas sehen konnte, ergriff Camille sein Handgelenk. Etwas löste der Hautkontakt bei ihr aus, doch die Angst, die Luca in ihren Augen erkannte, richtete sich nicht gegen ihn.

«Ich will die Prothese sehen», bat er mit sanftem Nachdruck.

«Bitte, nicht.» Ihre Stimme war nicht mehr als ein Hauch.

«Du tust gerade so, als ginge es um dein Höschen.»

Camille biss sich auf die Unterlippe und nahm die Hand so schnell weg, als hätte sie sich an seiner Haut verbrannt. Ein köstlicher Duft stieg zwischen ihren Schenkeln auf. Überrascht ließ Luca ihre Hose los. Doch er machte sich nichts vor. Es war nur ihr Körper, der auf ihn reagierte. Er folgte ähnlichen Trieben wie sein Luchs. Ihr Verstand dagegen hätte ihn jederzeit niedergeschossen, wenn Camille an die Waffe herangekommen wäre. Glücklicherweise lag die Pistole zu weit weg.

Obwohl Camille heftig errötete, schaute sie ihn weiterhin fast trotzig an. «Du verbirgst deinen Kuder und ich meine Prothese.»

«Gehst du ständig langsam, um deine Behinderung zu verheimlichen?»

«Wie lange beobachtest du mich schon?», wollte sie aufbrausend wissen und hob den Kopf etwas an, legte ihn jedoch sofort wieder ab. Ein zweites Mal gab sie sich die Antwort selbst. «Seitdem die Polizei mich zum Eagle River Nature Center gebeten hat, um die Spuren der Raubkatze am Tatort zu untersuchen.»

«Erzähl niemandem von mir, hast du verstanden? Absolut niemandem!» Instinktiv gab er ein warnendes Knurren von sich. Die Bestie in ihm meldete sich. Er versuchte sie zu unterdrücken, befürchtete aber, erneut zu schwach zu sein. Doch sie witterte Gefahr und wollte sich verteidigen.

Camille keuchte. «Sonst kommst du wieder und belässt es nicht bei einer Warnung?»

«Du weißt, zu was ich, Luca Sócrates, fähig bin», sagte er, und das Entsetzen, das er in ihrem Gesicht las, schmerzte ihn. Ihr Herz pochte schnell und hart, diesmal ohne weiche Zwischentöne.

Das harte Stakkato machte seinen Luchs rasend. Er fühlte sich von Camille herausgefordert. Bevor seine Instinkte durchbrachen und die wilde Seite die Kontrolle übernahm, sprang Luca auf. Durch das Fenster neben dem Eingang sah er, dass es draußen in Strömen goss. Er zog die Kapuze seines grünen Hoodies über und schloss den Reißverschluss seiner braunen Lederjacke. Eilig verließ er das Haus durch die Eingangstür wie ein Gast, der er gerne gewesen wäre.

Geschickt verschmolz er mit den Schatten und rannte so lange, bis er erschöpft war und Seitenstiche bekam.

Luca fand sich am anderen Ende von Anchorage wieder. Nach Atem ringend flüchtete er vor dem Regen in einen Hauseingang, stützte sich auf den Oberschenkeln ab und genoss den Schmerz in seiner Seite, weil er ihn von dem ablenkte, was er soeben getan hatte.

Er war in ein fremdes Haus eingebrochen.

Hatte eine Frau überfallen.

Sie genötigt, einen Seelenstriptease vor ihm hinzulegen.

Und war somit der dunklen Seite wieder ein Stück näher gekommen.

Stöhnend richtete er sich auf. Er befand sich in einem heruntergekommenen Viertel, in dem die meisten Geschäfte vor langer Zeit aufgegeben hatten. Die Gebäude wirkten wie überdimensionale dreckige Aborte, bis auf ein altmodisches Playhouse, das einige Strahler hell erleuchten und vor dem die Menschen Schlange standen, obwohl es kurz vor Mitternacht an einem Werktag war.

Warum hatte er Camille seinen Namen genannt? Dabei wäre es schlauer gewesen, ihr so wenig wie möglich zu verraten. Aber er hatte gewollt, dass sie wusste, wie er hieß. Sein paarungswilliger Luchs machte ihn schwach.

Immerhin wusste Luca nun, woher er den Duft kannte, der Camille umgab. Von sich selbst. Es handelte sich um den Geruch der Verbitterung.

«Wer hätte gedacht, dass die Schöne und das Biest eine Gemeinsamkeit besitzen?», spöttelte er, doch der Gedanke wärmte ihn.

Fünf

«Okay, okay, Pardelluchse gehören zu den seltensten Säugetieren der Welt. Und wenn schon! Mögen sie auch in freier Wildbahn nur noch in Spanien und abgelegenen Gegenden Portugals zu finden sein – trotzdem ist dieser Typ nicht faszinierend!», redete sich Camille ein, stand vom Boden auf und schloss die Haustür zweifach ab. Weiter ließ sich der Schlüssel leider nicht herumdrehen. «Bestimmt sind Gestaltwandler auch selten. Möglicherweise ist dieser ... dieser ... Schuft sogar der einzige Werluchs auf der Welt. Dennoch soll er in der Hölle schmoren!»

Er hat dir doch nichts getan, meldete sich eine Stimme in ihr.

«Oh doch, er hat mir eine Heidenangst eingejagt.» Sie hob die Pistole auf und fühlte sich gleich besser. Als sie sich zum Telefon umdrehte, fiel ihr Blick auf die Terrassentür – sie stand einen spaltbreit offen.

Immerhin hat er Onkel Theodores Worte bestätigt und den Beweis für die Existenz von Gestaltwandlern geliefert.

«Und dieses Wissen reitet mich nur tiefer in den Sumpf hinein. Besten Dank auch.» Steif lief sie durchs Wohnzimmer und sah ihr Spiegelbild in der Fensterscheibe, humpelnd wie ein Krüppel. Ihre Augen wurden feucht. Sie schaute weg, um den Anblick nicht länger ertragen zu müssen. Man hatte ihr gesagt, sie würde mit der Prothese normal gehen können. Von Laufen war nie die Rede gewesen. Aufgewühlt knallte sie die Glastür zu und verriegelte sie diesmal.

Eilig kehrte Camille in die Diele zurück, riss im Vorübergehen das Telefon aus der Station und versteckte sich im Abstellraum unter der Treppe, in den sie gerade eben hineinpasste, wenn sie sie sich setzte und die Beine anzog. Sie zog die Holztür zu, die zu einer Hundehütte gepasst hätte, und richtete den Lauf der Waffe darauf.

Möchtest du ihm lieber niemals begegnet sein?

Wie von Zauberhand tauchte in der Dunkelheit, die sie umgab, ein Gesicht mit olivfarbenem Teint auf. Seine Augen hatten etwas Stechendes und waren so blau wie der Pazifik an seiner tiefsten Stelle – kalt, dunkel und gefährlich. Woher mochte die Entstellung seiner rechten Pupille stammen? Handelte es sich um einen Geburtsfehler oder eine Verletzung? War sein Sehvermögen vermindert, litt er Schmerzen?

Camille murrte, weil sie beinahe so dumm gewesen wäre und Mitleid für ihn empfunden hätte, und sparte sich eine Antwort. Innere Dialoge waren ohnehin müßig, aber da sie oft alleine war, entstanden sie wie von selbst in ihrem Kopf.

Wenn sie darüber nachdachte, konnte sie Luca, abgesehen von Elise und Theo, als ersten Besucher in diesem Haus bezeichnen und als den ersten Mann seit vielen Jahren, mit dem sie nach Feierabend allein gewesen war. Welch eine Ironie!

Seine dunkelbraunen Haare hatten feucht geschimmert, er musste in einen Regenschauer geraten sein. Früher schien er sie kurz getragen zu haben, aber der Schnitt war herausgewachsen, sodass ihm einige Strähnen ins Gesicht hingen und ihm etwas Wildes verliehen.

Er *ist* wild, dachte sie fassungslos. Im nächsten Moment lächelte sie, weil sie sich an die Pinselohren und den Backenbart erinnerte, die im Nachhinein recht lustig an seinem Menschengesicht ausgesehen hatten. Seine Krallen dagegen weniger. Durch die Ernüchterung erstarb ihr Lächeln.

Die verbrannte Ein-Dollar große Stelle hinter seinem Ohr war ihr erst aufgefallen, als Luca ihr Haus verlassen hatte. Sie sah frisch aus. Hatte er sich die Brandverletzung versehentlich zugefügt oder war er selbst ein Opfer?

Ihr wurde schwer ums Herz und ihr Stumpf juckte. Etwa aus Sympathie? Aus Trotz, aber auch weil sie es in diesem Moment nicht ertragen hätte, ihr Bein zu berühren, vermied sie es, sich zu kratzen und tippte sich mit dem Telefon an die Schläfe, um sich selbst einen Vogel zu zeigen. «Bist du so verzweifelt, so ausgehungert, dass du dich zu einem Mörder hingezogen fühlst?»

Sie redete sich ein, dass ihr Interesse nur seinem Pardelluchs galt, nicht etwa Luca selbst, denn das Thema ihrer Dissertation waren Raubkatzen gewesen. Ausgerechnet! Ihr Studium hatte sie mit einer umfassenden Analyse über die Berglöwen in der Sierra Nevada bestanden. In der Gebirgsregion, die sich von Kalifornien nach Nevada erstreckt, waren sie fast ausgerottet, wurden aber erfolgreich neu angesiedelt. Inzwischen jedoch durften die Ranger einzelne Exemplare erschießen, wenn ein Löwe die nun ihrerseits von der Ausrottung bedrohten Mufflons riss.

Was hätte sie in diesem Moment für eine Zigarette gegeben! Eine Richtige, nicht eine mit Menthol. Camille kam sich so schwach vor, in jeglicher Beziehung. Aber sie würde sich erst wieder trauen, ihr Versteck zu verlassen, wenn Theodore kam. Angestrengt lauschte Camille. Ermutigt durch die Stille öffnete sie die Tür einen Fingerbreit, hielt das Telefon in den dünnen Lichtstrahl, der aus dem Korridor in das Kämmerchen fiel, und wählte Theos Handynummer.

«Ist alles in Ordnung, Sunbeam?», meldete er sich flüsternd. «Du hast bestimmt großen Redebedarf ...»

Lautstark beschwerte sich eine Frau im Hintergrund: «Hören Sie gefälligst auf zu telefonieren. Die Vorstellung fängt an.»

«Er war hier.» Auch Camille sprach leise. Sie konnte nicht sicher sein, dass Luca wirklich verschwunden war. Er mochte jederzeit zurückkommen, um seine Drohung wahr zu machen. Törichterweise fielen ihr nicht seine Krallenhände ein, sondern wie er über ihr gelegen und an ihrer Wange geschnuppert hatte.

«Wen meinst du, Liebes?»

«Den Werluchs.» Den Schlächter, der fünf Menschen auf dem Gewissen hat. Menschen, die ihn töten wollten. Camille legte die Waffe neben ihre Füße und umschlang ihr Handgelenk mit der linken Hand, damit sie nicht so stark zitterte.

Als Theo entsetzt aufschrie: «Den Luchs?», fühlte es sich für einen Moment an, als würde jemand mit einer Nadel in Camilles Trommelfell stechen. Sie hielt den Hörer weiter weg und konnte ihren Onkel dennoch reden hören. Er regte sich ziemlich auf.

Als Camille das Telefon wieder ans Ohr hielt, krakelte die Dame erneut: «Sie sind in einem Theater, schon vergessen? Haben Sie keinen Anstand?»

«Versteck dich. Ich bin in wenigen Minuten da und bringe die Kavallerie mit.» Ohne sich zu verabschieden, legte er auf.

Kavallerie, wen meinte er damit? Camille zog die Tür wieder zu. Bebend saß sie umgeben von Finsternis und konnte kaum verarbeiten, was sie in den letzten Stunden erfahren hatte.

Gestaltwandler, es gab sie wirklich. Das war unglaublich! Sie fragte sich, warum sie nicht heftiger auf diese Neuigkeit, die so manchen an seinem Verstand hätte zweifeln lassen, reagierte.

Lag es an den Märchen, die Onkel Theo ihr früher vorgelesen hatte? In ihnen verwandelte sich schon mal ein Frosch in einen schönen Prinzen. Oder an ihren zweisamen Ausflügen in den üppigen Garten der Smuggler's Lodge, auf denen sie sich vorgestellt hatten, dass nichts so war, wie es schien. In ihren Tagträumen wurden Bienen zu Kriegern und ihre Stachel zu kleinen Schwertern.

Manchmal hatten sie sich auch hinter dem Ginsterstrauch versteckt, wenn ihr Dad sie suchte. Während er lautstark nach ihr rief, malten sie sich aus, er wäre ein zornig brüllender Bär, was nicht von weit her kam, da mehr Haare auf seiner Brust als auf seinem Kopf sprossen.

Theo hatte ihre Fantasie auf mannigfaltige Weise angeregt. Doch dies war kein Spiel, sondern die Realität. Luca hatte sich zwar nicht vollkommen verwandelt, aber sie zweifelte keine Sekunde daran, dass er dazu fähig war.

Luca, sein Namen hallte in ihr wider. Was sollte sie von ihm halten? Mühelos hätte er sie umbringen können. Es wäre nicht sein erster Mord gewesen. Doch er hatte ihr nicht einmal den kleinsten Kratzer zugefügt. Was hatte ihn davon abgehalten? Er hätte sich seines Problems doch sofort entledigen können.

Sie glaubte ihm, dass die Skua auf ihn geschossen hatten, schließlich waren sie Jäger und hatten, wie die Polizei durch Befragungen herausgefunden hatte, keinen guten Ruf in Anchorage hinterlassen.

Zudem wussten sie nicht, dass dieser Luchs keine normale Großkatze, sondern ein Gestaltwandler war. Aber Luchse waren ohnehin nicht für den Abschuss freigegeben, nur Elche, Karibus, Schafe und Schwarzbären. Hatte Luca die Männer angefallen? Hatten nicht vielmehr die Jäger ihn bedroht als er sie?

Camille verabscheute die Skua. Sie waren außerhalb der Jagdsaison – im Frühjahr, wo viele Weibchen trächtig sind – mit Munition für eine ganze Armee im Chugach State Park unterwegs gewesen, bestimmt nicht, um bei einer Wanderung die Natur zu genießen.

Kein Wunder, dass ich mich zu Tieren mehr hingezogen fühle, dachte Camille wütend.

War ihre Faszination für Großkatzen der Grund, weshalb sie es als durchaus erotisch empfunden hatte, als er an ihr geschnuppert hatte? Natürlich wäre sie fast vor Angst gestorben, doch diese animalische Verhaltenweise hatte auch eine Seite in ihr berührt, die eine traurig lange Zeit auf nichts und niemanden reagiert hatte.

«Warum ausgerechnet auf ihn?» Sie legte das Telefon neben die Waffe auf den Boden und fuhr sich mit beiden Handflächen übers Gesicht. Ihr stieg immer noch Hitze in die Wangen, wenn sie daran dachte, dass ihre Empfänglichkeit ihm nicht verborgen geblieben war.

Entgegen aller Vernunft fühlte sie sich zu Luca hingezogen, das konnte sie vor dem Rest der Welt leugnen, nicht aber vor sich selbst. Lag es daran, dass sie mit niemandem mehr intim gewesen war seit ihrem Unfall? Sie hatte seitdem keinen Mann mehr an sich herangelassen, aber Luca hatte sich einfach dreist genähert, ohne sie darum zu bitten, ohne zu flirten, sie zum Dinner einzuladen und das ganze Balzverhalten, das ihr seit der Entlassung aus dem Krankenhaus Angst machte. Wer verliebt sich schon in eine Frau mit nur einem Fuß? Die meisten Männer, die ihr Blumen geschenkt hatten, wussten nicht einmal von ihrer Prothese. Camille versteckte sie so gut es ging und war recht erfolgreich darin. Dieser fragwürdige Erfolg hatte jedoch einen hohen Preis.

Es wäre logisch gewesen, Luca für seine Dreistigkeit zu hassen, stattdessen war sie ihm, so grotesk es schien, sogar ein wenig dankbar. So viel Sinnlichkeit hatte sie seit Jahren nicht mehr gespürt! Unglücklicherweise war sie sich dadurch wieder bewusst geworden, was sie vermisste.

Sie schluchzte.

Als es plötzlich energisch an der Haustür klopfte, erschrak sie bis ins Mark. In der Finsternis tastete sie nach der Waffe und hielt sie mit beiden Händen fest.

«Camille? Geht es dir gut? Mach auf.»

«Onkel Theo», stieß sie erleichtert aus.

Erneut wurde gegen die Eingangstür gepocht, aber diesmal so laut, als wollte derjenige sie eintreten. Camille beeilte sich, aus ihrem Versteck zu kriechen, und stand auf. Hätte ihr Rücken Stimmbänder besessen, hätte er aufgeschrien.

Wieder war Theodore zu hören. «Gib ihr einen Moment. Sie kann nicht so schnell öffnen. Ihr Fuß.»

«Willst du sie nun retten, oder nicht? Wenn der Werluchs noch nicht über alle Berge war, dann ist er es jetzt. Macht ihr ...», der zweite Mann schnaubte, «dunklen Lords das so – erst den Täter warnen und dann zuschlagen?»

«Ich komme», rief Camille und ging den Korridor entlang zur Diele.

«Ich habe deinen Charme vermisst, Claw.»

Ein Murren war zu hören, worauf Theo lachte.

Die Pistole noch in der Hand riss Camille die Tür auf. Sofort nahm ihr Onkel sie beiseite und ein Mann trat ein. Camille kannte ihn flüchtig. Er war ein Nachbar ihrer Tante und ihres Onkels. Außerdem war er derjenige gewesen, dem sie das Antiserum gegen das Skua-Virus überreicht hatte. Mehr wusste sie allerdings nicht von ihm.

Sein schwarzer Crown Coat schwang auf, als er an ihr vorüberging. Der Stoff spannte sich über seine breiten Schultern. Abrupt blieb er stehen. Er zog den Gürtel um seine schlanke Taille enger, als wollte er sie mit dieser Geste warnen. Ein Knurren stieg aus seiner Kehle auf, als er die Waffe sah, worauf sie die Pistole senkte.

Hinter ihm strömten zwei athletische Frauen und zwei Männer ins Haus. Camille war der Frau mit den Mandelaugen schon begegnet. Nanouk war eine Freundin von Theo. Auch sie hatte etwas mit dem Gegengift zu tun. Je mehr Camille darüber nachdachte, desto suspekter erschienen ihr die Freunde ihres Onkels.

«Tala und Nubilus, ihr sichert das Untergeschoss.» Claw zeigte erst den Flur entlang, dann ins Obergeschoss. «Nanouk und Canis, die Treppe hoch.»

Ohne zu zögern folgten die vier seinem Befehl.

«Moment mal!», sagte Camille entrüstet.

«Das ist Claw, Liebes.» Beruhigend streichelte Theo über ihren Arm. «Der Alphawolf.»

Sie musste schlucken. Offen über Lykanthropen zu sprechen, erschien ihr verrückt. Märchen blieben ja auch in Büchern und Filmen – in den Köpfen der Menschen. Auf einmal zu erfahren, dass ein Mythos gar keiner war, ließ sie schwanken. Ihr wurde schwindelig, als stände ihr Hirn kurz davor herunterzufahren. Halt suchend lehnte sie sich gegen ihren Onkel. Eben noch hatte sie sich gewundert, warum sie nicht den Verstand verlor, nun überrollten sie die verschiedensten Gefühle.

Das war also die Kavallerie. Natürlich! Wölfe jagten immer im Rudel. Aber sie hatten wohl vergessen, dass sie sich in ihrem Heim befanden. «Sie können doch nicht einfach das Kommando übernehmen.»

Claw drehte sich zu ihr um, wölbte mokiert seine Augenbrauen und starrte sie finster an.

«Doch, das kann er.» Unentwegt tätschelte Theo ihre Schulter. «Es liegt in seiner Natur.»

Ein warmes Lächeln milderte Claws harte Züge. Nichts wies darauf hin, dass er ein Werwolf war. Aber seine Dominanz umgab ihn wie eine Respekt einflößende Aura, das spürte selbst Camille. Überraschenderweise fühlte sie sich in seiner Nähe sicher.

Wie gut, dass er auf meiner Seite steht, dachte sie und hoffte, dass es der Wahrheit entsprach.

Seine nächsten Worte ließen sie daran zweifeln: «Du hättest sie nicht über uns aufklären sollen, Lupus!»

«Lupus?» Camille krauste die Stirn.

«Mein Rudelname.» Sein Lächeln wirkte bemüht. «Ich musste es tun, um uns zu schützen.»

Claw verlagerte das Gewicht von einem Fuß auf den anderen und verschränkte die Arme vor dem Brustkorb. «Uns?»

«Ja, verdammt», presste Theo hervor.

«Wenn du so um das Rudel besorgt bist», Claws Stimme wurde eine Nuance tiefer, «hättest du mich vorher fragen müssen.»

Besorgt nahm Camille wahr, wie Theo erbebte. Er schien großen Respekt vor Claw zu haben. Umso mehr erstaunte sie, dass er klarstellte: «Du bist nicht mehr mein Alpha.»

Claw breitete die Arme aus und tat so, als würde er jemanden suchen. «Wieso sind dann dein neuer Anführer und seine Gefolgschaft nicht hier? Warum hast du uns gerufen?»

«Weil die Theatervorstellung noch läuft.»

«Du meinst die Fütterung.»

«Wovon redet er?» Camilles Blick glitt von Theodore zu Claw und wieder zu ihrem Onkel zurück. «Gibt es ein zweites Rudel?»

«So könnte man es nennen.» Die Schnoddrigkeit, mit der Claw das hervorbrachte, ließ sie erahnen, dass die beiden Lager keineswegs freundschaftlich verbunden waren. Wohl auch nicht direkt feindschaftlich, denn sonst hätte Theo ihn nicht um Hilfe gebeten. «Aber sie halten sich für etwas Besseres, weshalb er uns alarmiert hat. Wir haben keine Angst, uns die Tatzen schmutzig zu machen.»

«Red keinen Unsinn. Es ist nicht einfach für mich. Ja, ich folge einem anderen Alpha», kleine rote Flecken übersäten Theodores Wangen, «aber ein Teil von mir wird immer zu deinem Rudel gehören, ob es dir nun passt oder nicht. Über mein Herz bestimme nur ich.»

Der Gefühlsausbruch machte Claw offenbar sprachlos. Einen Moment schaute er ihn schweigend an. Dann drehte er sich brummend um und ging ins Wohnzimmer. Camille, die ihm hinter Theo folgte, warf einen nikotinsüchtigen Blick zum Sideboard. Claw schob die

Terrassentür zur Seite und schnupperte, was bei ihr wohlige, verbotene Erinnerungen weckte. «Hier hat sich der Werluchs reingeschlichen.»

Luca, lag ihr auf der Zunge, aber sie behielt seinen Namen für sich, als wäre er ein Geheimnis, das sie nicht teilen wollte.

«Was ist das?» Energisch stapfte Claw in den Garten hinaus. Seine Schritte schmatzten, als er den nassen Rasen überquerte. Es regnete in Strömen. Er klappte den Kragen seines Mantels hoch, blieb vor dem ausrangierten Eisenbahnwagen am Ende des Grundstücks stehen und betrachtete ihn neugierig von allen Seiten.

Als er wieder dahinter hervorkam, zuckte Camille mit den Schultern. «Der Vorbesitzer des Hauses arbeitete bei der Alaska Railroad und hat sich das altmodische, Entschuldigung, nostalgische Ungetüm als Erinnerung in den Garten gestellt, erzählte mir mein Vermieter Philipp Fairstream.»

Sie fand das rostige Gefährt scheußlich und hatte nach ihrem Einzug erst einmal einige Eimer Farbe gekauft und ihn samt Fenster in Tarnfarben angestrichen, damit er nicht so stark auffiel. Auf und unter den Sitzbänken bewahrte sie Blumentöpfe, Mutterboden und Gartenwerkzeug auf.

Bevor Claw einstieg, warnte sie ihn: «Ich benutze ihn als eine Art Rumpelkammer.»

Es dauerte keine Minute, da kam er zu ihnen zurück. Nachdenklich stand er im Wohnzimmer an der offenstehenden Schiebetür und schaute den Personenwagen an. «Hinter dem Grundstück beginnt der Wald, richtig?»

«Ja, warum?» Camille war nicht wohl zumute. Fragend schaute sie ihren Onkel an, aber dieser zuckte nur mit den Achseln.

«Die Hütte im Knik River Valley ist doch abgebrannt», begann Claw und kraulte sein Kinn.

Meinte er die Hütte des Serienkillers Robert Hansen? Die *Alaska State News* hatte einen absurden Artikel dieses schrecklichen Matt Jerkins veröffentlicht, in dem er die These vertrat, ein Chupacabra hätte dort seine Opfer, an deren Blut er sich vorher erquickt hatte, verbrannt, damit ihm niemand auf die Schliche kam. Beweise lieferte er freilich nicht. Aber was scherte das die Werwölfe?

«Das Rudel braucht doch einen neuen geheimen Versammlungsort», ließ Claw lapidar fallen. Seiner selbstgefälligen Haltung entnahm Camille, dass er äußerst zufrieden mit seiner Idee war.

Theo legte seine Handflächen aneinander. «Lass meine Nichte aus allem heraus, bitte.»

«Du hast sie eingeweiht. Sie weiß nun von unserer Existenz und das lässt sich nicht mehr rückgängig machen.» Er stellte sich unmittelbar vor Camille. Eindringlich, aber keineswegs bedrohlich sah er ihr in die Augen. «Sie werden mit uns zusammenarbeiten müssen, Ms Brass.»

«Was bedeutet das?» Mit einem Mal fröstelte sie.

«Als Sympathisantin. Das sind Sie doch, oder?» Sein Blick wurde intensiver. «Wie Ihr Onkel.»

«Aber mein Onkel ist doch ein Mitglied des Rudels.» Dann fiel ihr ein, dass die beiden Männer von einem zweiten Verbund gesprochen hatten. «Zumindest ein Gestaltwandler.»

«Du hast ihr wohl nicht die ganze Wahrheit erzählt.» Abschätzig lächelnd schüttelte Claw den Kopf. «Wie macht sich Rufus bei der Mitternachtsvorstellung?»

«Will Adamo nicht länger assistieren, sondern eigene Zaubertricks vorführen», antwortete Theodore. «Er fordert das ziemlich vehement ein.»

«Früh übt sich, wer ein Alpha werden will. Schön dich wiedergesehen zu haben, alter Freund.» Erhaben schritt er aus dem Wohnzimmer, um sich mit seinen vier Rudelmitgliedern in der Diele zu besprechen.

Nun, da sie alleine im Raum waren, zog Theo sie ihn seine Arme. «Es gibt da noch etwas, das du wissen solltest. Ich wollte dir nichts verschweigen, das musst du mir glauben, sondern hatte es nur noch nicht zur Sprache gebracht, um dich nicht zu überfordern.»

Wovon redete er nun schon wieder? Camille fühlte sich, als entglitte ihr ihr Leben, als säße sie in ihrem eigenen Wagen, aber jemand anderes lenkte. Sie befand sich auf einem ihr unbekannten Highway, kannte weder die Straßenschilder noch den Zielort und befürchtete, im Graben zu landen, weil das Auto ständig hin und her schlingerte.

«Aber nun überschlagen sich die Ereignisse und ich muss dich vollständig ins Bild setzen.» Er zog sein Taschentuch hervor, tupfte sich die Feuchtigkeit aus den Augenwinkeln und murmelte: «Wie dumm kann jemand sein, gleich zwei Alphas gegen sich aufzubringen! Kristobal wird ziemlich sauer auf mich sein.»

«Ich will endlich wissen, wer das ist! Sein Blut weist abnorme Werte auf, Werte, die gar nicht möglich sein können», sagte sie ebenso beeindruckt wie besorgt. «Nur aus seinem Blut konnte ich das Gegenmittel für das Caniden-Virus herstellen, als wäre es geradezu magisch.»

«Das trifft es fast.» Theodore steckte das Taschentuch weg, setzte sich auf die Couch und zog sie neben sich. Während er ihre Hand hielt, berichtete er ihr vom Nostalgia Playhouse, von den Vampiren und beichtete, dass er aus Liebe zu Elise – und zu ihr, wie er betonte – erst kürzlich selbst zu einem Geschöpf der Nacht geworden war.

Hätte Theo sie nicht festgehalten, wäre Camille vom Sofa gefallen.

Sechs

Wie eine verletzte Raubkatze schleppte sich Luca durch den Alaska Zoo.

Manche Tiere reagierten panisch, sodass er sich rasch von den Gehegen entfernte, bevor ein Pfleger auf ihn aufmerksam wurde. Er fiel ohnehin zu sehr auf, denn bei dem Sauwetter waren nur wenige Besucher gekommen. Es regnete zwar nicht mehr, aber der Wind war empfindlich frisch.

Dunkle Wolken hingen tief über der Stadt. Die Abenddämmerung tauchte den Zoo in ein apokalyptisches Licht. Er trug zwar keine Armbanduhr, da für ihn als Nomade Zeit keine Rolle mehr spielte – es gab nichts, was er erledigen musste, niemanden, der auf ihn wartete –, aber sein Pardelluchs spürte, dass der Tag weit fortgeschritten war und der Zoo bald schließen würde.

Bis dahin musste er Camille in seiner Gewalt haben.

Die Schnee-Eule in ihrer Voliere schrie so laut, dass es in seinen Ohren klingelte. Sie flatterte hektisch, flog gegen die Decke und stürzte ab. Kreischend erhob sie sich vom Boden, versuchte seitlich zu fliehen und knallte doch nur gegen das Gitter. Bevor sie sich noch einen Flügel brach, eilte Luca davon.

Ärger würde seinen Plan zunichtemachen.

Er blinzelte. Die kalte Luft machte alles nur noch schlimmer, aber er wagte nicht, eins der Tierhäuser zu betreten, weil er mit an Sicherheit grenzender Wahrscheinlichkeit eine Massenpanik ausgelöst hätte. Zu den Aquarien hätte er gehen können – er mochte Fische, weil sie ihn ignorierten –, aber sie befanden sie am anderen Ende des Geländes und somit zu weit weg von seinem Ziel: Camille.

Luca blieb in Bewegung, damit ihn keiner der Tierpfleger ansprach und weil er fröstelte. Unbewusst hob er seine Hand, um sich sein vermaledeites Auge zu reiben, senkte den Arm jedoch wieder, weil er die Erfahrung bereits gemacht hatte, dass jegliche Berührung den Schmerz nur verstärkte.

Es hatte schon am Morgen damit angefangen, dass er auf seinem Freak-Auge, wie er es nannte, nur noch verschwommen sah. Der Film auf der Pupille verschwand wieder, doch nach etwa einer Stunde tauchten stattdessen weiße Punkte auf, die durch die Gegend zu schweben schienen. Sie blinkten auf wie Warnlichter, glitten an den Rand seines Sehfeldes und stoben von dort auseinander. Auf seine Sehnerven wirkten sie wie Explosionen.

Zuerst hatte Luca nur einen Druck verspürt, doch dieser nahm zu, so sehr er auch versucht hatte, sich zu entspannen und abzulenken, war zu einem Ziehen geworden, bald darauf zu einem Brennen und schließlich tat sein Auge so weh, dass er unruhig durch Anchorage gestreunt war.

Er hatte sich vor dem Zoo wiedergefunden. Zuerst wusste er nicht, warum sein Luchs ihn hierher geführt hatte. Dann bemerkte er eine Frau mit blonden Locken auf einem der Plakate in der Vitrine am Eingang. Ihre sinnlichen Lippen wölbten sich zu einem Lächeln. In einer Sprechblase bot sie Schulklassen, Pfadfindergruppen und auch Erwachsenen Führungen durch den Zoo an. Sein erster Gedanke war, dass bestimmt personelle und vermutlich auch finanzielle Engpässe dafür verantwortlich waren, dass die Kuratorin persönlich die Gruppen zu den Gehegen brachte und sie über deren Bewohner informierte. Doch er erinnerte sich an die zahlreichen Tierfotos, die in Camilles Haus hingen, und er schätzte, sie tat nichts lieber, als ihr Büro zu verlassen und ihre Zeit mit den Wildtieren zu verbringen.

Bei aller Sympathie, sie aufzusuchen hatte einen rein rationalen Grund, redete er sich ein. Sie war der einzige Mensch, den er in Anchorage kannte. Er würde sie zwingen, ihm zu helfen, bevor er sein Augenlicht verlor oder die Bestie in ihm zum Vorschein kam, weil der Schmerz ihn wahnsinnig machte.

Abrupt blieb er stehen, da er etwas im Augenwinkel huschen sah. Er hielt seine Nase in alle Richtungen und schnupperte, öffnete sogar den Mund, um alle Sinne auf den Geruch zu richten, den er soeben vage wahrgenommen hatte. Es roch nach Luchs, sogar irgendwie vertraut. Seltsam war nur, dass sich das Gehege seiner Artgenossen im westlichen Teil des Geländes befand. Luca selbst stand in der Nähe des Eingangs im Norden. Außerdem beherbergte der Zoo im Moment nur *lynx canadensis*, wie er gesehen hatte, und er hatte deutlich einen *lynx rufus* gewittert. Möglicherweise handelte es sich um einen Neuzugang, der noch in einem Käfig hinter den Kulissen gehalten wurde, da er erst noch ärztlich untersucht werden musste.

Die zunehmenden Kopfschmerzen brachten ihn dazu, seinen Weg fortzusetzen.

Alles war ruhig, als er sich ins Verwaltungsgebäude schlich. Da die meisten Fenster dunkel waren, vermutete er, dass ein Großteil der Mitarbeiter längst Feierabend gemacht hatte. Er hatte Camille nicht wegfahren sehen, folglich musste sie noch arbeiten. Sie verließ den Zoo ohnehin selten vor neun Uhr, hatte er bei seiner Observation festgestellt, es sei denn, sie musste noch einkaufen oder zur Polizei.

Sein Knurren, so leise es auch war, hallte im Gang unangenehm laut wider.

Er spitzte die Ohren, weil er ihre Stimme hörte. Sie musste sich in einem der Büros zu seiner Linken befinden. Und sie war nicht alleine. Ein Mann antwortete ihr. Luca presste die Lippen fest aufeinander, um nicht zu fauchen. Der Schmerz, der mittlerweile bis in seinen Hinterkopf ausstrahlte, machte ihn leicht reizbar. Das lockte die wilde Seite seines Luchses hervor, und unter Qualen war sie noch schwerer zu kontrollieren.

Schon die Tatsache, dass Camille offenbar mit einem Kerl zusammen war, machte ihn aggressiv. Er bemühte sich, sein Tier zu zügeln. Das Problem war nur, dass es selbst seiner menschlichen Seite nicht passte! Hatte dieser Typ die Gelegenheit beim Schopf gepackt und Camille abgepasst, als alle Kollegen schon heimgegangen waren? Das konnte nur bedeuten, dass er unlautere Absichten hegte. Dass er flirtete. Ihr an die Wäsche wollte.

Ohne auf seine Deckung zu achten, pirschte er vorwärts. Kurz vor dem Zimmer, in dem sich Camille und dieser Kerl aufhielten, drückte er seinen Rücken gegen die Wand und lauschte. Unwillkürlich wuchsen ihm Fangzähne.

Das Flurlicht erlosch. Alarmiert schaute Luca in beide Richtungen, sah und witterte jedoch niemanden. Wahrscheinlich schaltete es sich nach einer gewissen Zeit von selbst aus.

«Wenn das Ihre Einschätzung ist, Dr. Cassey», Camille zögerte, «befürchte ich, müssen Sie Jegor leider einschläfern.»

«Das ist die negative Seite meines Berufs, aber es ist besser so für den sibirischen Tiger.»

Theatralisch seufzte der Mann, anscheinend der Tierarzt des Alaska Zoos, doch Luca nahm wahr, dass er seine Anteilnahme nur vorspielte, weil man das von ihm erwartete. Oder um bei Camille zu punkten.

Sie kam auf die Zimmertür zu, die eine Handbreit offenstand. Luca sah ihren Schatten größer werden und wollte schon zurückweichen, als sie stehen blieb und sich noch einmal zu dem Arzt umdrehte. «Sehen Sie wirklich keine Chance auf eine Besserung seines Zustandes?»

«Ich habe mein Möglichstes getan, Dr. Brass.»

«Also gut. Er soll nicht leiden. Geben Sie ihm morgen Vormittag die Spritze.»

«Warum nicht gleich morgen früh?»

Hast es wohl sehr eilig, dachte Luca und hinterließ eine Kratzspur an der Wand. Erst jetzt merkte er, dass er seine Krallen ausgefahren hatte.

«Ich muss Zebediah ... Direktor Birch erst in Kenntnis setzen.» Zuerst klang ihre Stimme empört, dann bebte sie kaum merklich, als würde Camille mit den Tränen ringen. «Außerdem möchte ich mich noch von Jegor verabschieden.»

Sie drehte sich auf dem Absatz um und schritt für ihre Verhältnisse schnell aus dem Zimmer, sodass Luca es kaum schaffte, in das angrenzende WC zu huschen. Er hielt die Tür fest, damit sie nicht ins Schloss fiel und ihn verriet. Durch den Spalt beobachtete er, wie Camille an ihm vorüberging, sich seitlich über die Haare strich, als wollte sie prüfen, ob sich Strähnen aus ihrem Pferdeschwanz gelockert hatten, und in ein Büro am Ende des Flurs eintrat.

Zu seinem Erstaunen trug sie einen braun-beige-karierten Rock. Er hatte erwartet, dass Röcke für sie per se Tabu waren, doch sie versteckte ihre Prothese unter hohen, braunen Stiefeln. Luca hätte beinahe einen Pfiff von sich gegeben, denn er hatte noch nie so sexy Knie gesehen.

«Sexy Knie?» Hatte er das eben wirklich gedacht? *Bist du noch ganz bei Trost?* Der Schmerz musste langsam wirklich zu stark zu werden.

Allerdings hinkte Camille am heutigen Abend und das, obwohl sie langsam ging. Lag es an den Fünf-Zentimeter-Absätzen?

Würde sie sein Augenleiden wirklich lindern können? Sie hatte soeben das Todesurteil für einen ihrer Schutzbefohlenen ausgesprochen, einer Raubkatze wie ihm, das schlug Luca auf den Magen.

Leise öffnete er die Tür. Sollte er nach links oder nach rechts abbiegen? Es wäre klüger gewesen, sich wegen seiner Sehstörung an Dr. Cassey zu wenden, doch Luca wollte nicht riskieren, dass sein Luchs durchdrehte – wegen der sicherlich qualvollen Untersuchung oder der Tatsache, dass der Doc Zeit mit Camille verbrachte – und ihm einen Hinweis auf seine wahre Natur gab.

Außerdem ahnte er, dass nur sie fähig war, ihm zu helfen. Warum, konnte er sich selbst nicht erklären.

Auf leisen Sohlen lief er zu ihrem Büro. Ihr Duft wurde immer intensiver, je näher er ihr kam. Hinter dem Milchglas, das in die obere Hälfte der Tür eingelassen war, konnte er sehen, wie sich ihr Schatten durch den Raum bewegte. Er zog seine Krallen und seine Fangzähne ein, damit er sie nicht gleich zu Tode erschreckte.

Er machte ihren Schatten neben dem Eingang aus. Ein Kopiergerät war zu hören. Eine bessere Chance würde sich ihm nicht bieten und er musste dringend aus dem Flur verschwinden.

In Windeseile trat er in das Büro. Überrascht drehte sich Camille zu ihm um. Ihre Augen weiteten sich. Im ersten Moment glaubte Luca, ein Leuchten in ihnen zu entdecken, doch er musste sich getäuscht haben, denn nun schlug ihm dieselbe Angst wie bei ihrer ersten Begegnung entgegen.

Rasch schlang er einen Arm um ihre Hüften, zog sie zu sich und verschloss ihren Mund mit seiner Handfläche. «Ganz ruhig, dann wird alles gut.»

Er wartete, und als sie sich nicht wehrte, nahm er seine Hand langsam fort.

«Alles wird gut? Du machst wohl Witze», zischte sie aufbrausend, doch ihre Stimme klang brüchig und ihr Puls raste.

Lucas Mundwinkel zuckten. Für einige Sekunden vergaß er seinen Schmerz. Erst als Camille versuchte, sich aus seinem Griff zu befreien, kehrte das Brennen zurück. Um ihr zu zeigen, dass sie ihm unterlegen war, drückte Luca sie enger an sich. Dummerweise erwachte dadurch ein neues Problem, ein Ziehen in seiner Lendengegend.

«Ich bin nicht wegen dir hier.» Er kam sich tölpelhaft vor, als würde er seine Gefühle verbergen wollen, indem er die Hosen runterließ, um zu zeigen, dass er keine Erektion hatte, und damit das Gegenteil bewies. Um von seiner Schwäche für sie abzulenken, klang er barscher als beabsichtigt: «Mein Auge tut höllisch weh. Du musst es behandeln.»

«Ich bin kein Arzt, weder für Menschen noch für Tiere.»

«Du bist Biologin, das muss reichen.» Er legte einen Finger an ihre Lippen, damit sie leiser sprach.

Das brachte sie einen Moment aus dem Konzept. «Ich könnte alles nur schlimmer machen.»

«Tu es einfach!», befahl er, führte seinen Zeigefinger, der eben noch ihren Mund gestreift hatte, unter ihr Kinn und hob es an.

Sie schnaubte. «Das ist töricht.»

«Nennst du mich einen Narren?» Luca presste Camille eng an sich, sodass ihr Gesicht dem seinen so nah war, dass er ihren Atem riechen konnte.

Für einige Augenblicke stand die Zeit still.

Ihr Herzschlag erschütterte ihn wie kleine Detonationen. Ihr Brustkorb wogte auf und ab, die Spitzen ihrer Nippel rieben gegen seinen Oberkörper und regten seine Fantasie an. Er ertrank beinahe in ihrem Blick, in dem sich die verschiedensten Emotionen widerspiegelten. Zusätzlich sandte ihr Körper die unterschiedlichsten Signale aus. Sie zitterte vor Furcht, bebte vor Wut und schaute zum Ausgang, wohl weil der Drang zu fliehen in ihr wuchs. Nach einer Weile entspannte sie sich, da er nichts weiter tat, als sie festzuhalten und anzuschauen. Eingehend betrachtete sie sein Freak-Auge, worauf Mitleid in ihren Blick trat und sie jegliche Gegenwehr aufgab.

«Du solltest aufhören zu rauchen, Camille.» War sie erschauert, als er ihren Namen ausgesprochen hatte?

«Das ist zwei Stunden her. Es sind nur Mentholzigaretten.»

«Angeblich öffnet das Menthol die Bronchien und andere Gefäße, somit kann das Nikotin tiefer eindringen und ist noch schädlicher als es normale Zigaretten ohnehin sind. Ob das stimmt oder Humbug ist, ist mir egal, bewiesen ist, dass Menschen, die Mentholzigaretten rauchen, mehr Glimmstängel am Tag paffen. Also, hör auf damit, ganz!» Jetzt klang er schon wieder wie ein Alpha. Aber er war keiner und Camille gehörte ganz sicher nicht zu seinem Rudel.

Ein Anflug von Trotz blitzte in ihren Augen auf. «Warum sollte ich?»

«Weil das nicht gut schmeckt.» Bevor sie ahnte, was er vorhatte, und das Gesicht wegdrehte, küsste er sie.

Während er seine Lippen sanft auf die ihren drückte, vergrub er seine Hand in ihren Haaren und hielt ihren Kopf fest. Sie versteifte sich, zerrte an seinem Arm und drückte gegen seine Schulter. Recht halbherzig, fand Luca und massierte ihren Mund mit dem seinen, bis Camille immer nachgiebiger wurde und schließlich seine Leidenschaft erwiderte.

Dieser Kuss war das Köstlichste, was er jemals geschmeckt hatte. Delikater als die Oliven, die auf den Plantagen um Faro wuchsen, und gleichzeitig süßer als das Carob, das aromatische Fruchtfleisch des Johannisbrotbaums.

Schritte waren auf dem Flur zu hören. Beunruhigt löste sich Luca von ihr und beobachtete die Tür, aber wer immer durch den Korridor ging, eilte an Camilles Büro vorbei, vermutlich um endlich für heute der Arbeit den Rücken zu kehren.

«Das sollten wir nicht tun.» Camille flüsterte beinahe.

Erneut wehrte sie sich gegen ihn. Diesmal gab er sie frei. «Wegen Dr. Cassey?»

«Du hast uns belauscht», sagte sie empört und wich rückwärts, bis sie gegen den Kopierer stieß.

Luca ließ sie keine Sekunde aus den Augen, um zu prüfen, wie sie reagierte. «Trefft ihr euch öfters nach Feierabend?»

«Das eben war eine Dienstbesprechung.»

«Auch hier kann man wunderbar alleine sein, wenn die Kollegen schon nach Hause gegangen sind.» Mit den Fingerspitzen strich er über seine Unterlippe, um sie darauf hinzuweisen, dass sie sich ja auch eben geküsst hatten, ohne dass es jemand von der Belegschaft mitbekommen hatte.

«Uns verbindet eine rein professionelle Beziehung.»

Sie wich seinem Blick aus, ein untrügliches Zeichen, dass sie log. Luca grollte. «Hat er dich schon mal gefragt, ob du mit ihm Essen gehst?»

Sie zögerte.

Aus einem Impuls heraus griff er das Bündchen ihres Rocks. Seine Finger berührten ihren nackten Bauch, ihren Slip. «Die Wahrheit!»

«Ja. Und?», fragte sie, während sie versuchte, seine Hand loszumachen, doch sein Griff war wie Stahl.

«War es ein teures Restaurant?»

Sie bemühte sich, seine Finger aufzubiegen, doch dafür musste Camille den Bund etwas von ihrem Bauch wegziehen und erreichte nur, dass ihr blauer Slip hervorlugte. Verlegen hörte sie auf. «Ich schätze schon.»

Konnte sie nicht sagen, dass Cassey ihr fettige Fritten in einem Restaurant mit Plastikblumen auf dem Tisch spendiert hatte? Er rümpfte die Nase. «War es schön?»

«Was geht es dich an?» Mit lächerlichem Kraftaufwand schlug sie auf seinen Arm, als wollte sie vermeiden, ihm ernsthaft wehzutun. Das tat sie bereits verbal.

Angesäuert, dass er sich dazu hatte hinreißen lassen, aus der Haut zu fahren, ließ er sie los und trat zurück. Was tat er überhaupt noch in Anchorage? Er sollte weiterziehen und Camille vergessen. Doch was, wenn die Werwölfe seine Witterung aufnahmen und ihn jagten? Wenn Camille die Cops informierte und sie eine Fahndung einleiteten? «Du hast recht. Kümmere dich um mein Auge.»

«Dazu müssen wir ins Labor gehen. Es ist im Kellergeschoss.» Sie zupfte an ihrem himbeerfarbenen Pullover herum, dabei war längst nichts mehr von ihrem Bauch zu sehen, was Luca bedauerte. «Ich schätze, Dr. Cassey soll ich nicht um den Schlüssel für seine Tierarztpraxis bitten, oder?»

«Wenn du nicht willst, dass ich ihn in Stücke reiße, besser nicht.» Er meinte, was er sagte. Eine Aggression schwelte in ihm, die ihm Sorgen bereitete. Der Schmerz in seinem Kopf nahm wieder zu und Luca merkte erst jetzt, dass seine Sehstörungen für einige Minuten aufgehört hatten. Doch nun flackerten die hellen Punkte wie Irrlichter und machten seinen Luchs nervös.

Es wurde Zeit, dass er den Zoo wieder verließ. Seltsamerweise fühlten sich seine Füße wie Blei an, als er Camille aus dem Büro folgte. Luca schaute den Korridor entlang in beide Richtungen, aber niemand war zu sehen. Camille streckte den Arm aus, um das Deckenlicht anzuschalten, doch er packte ihr Handgelenk und zog es rechtzeitig weg.

«Wir wollen beide nicht zusammen gesehen werden.»

«Ganz bestimmt nicht.» Ihr schnippischer Ton verriet ihm, dass seine Worte ihr nicht gefielen.

Schmunzelnd schloss er ihre Bürotür. «Du müsstest dem Doc erklären, wer der gut aussehende Fremde ist, den du ihm vorziehst, und mir liegt daran, nicht aufzufallen.»

Um sie auf dem Weg unter Kontrolle zu haben, legte er seinen Arm um ihre Hüften, während sie durch den Flur gingen. Am Treppenabsatz zögerte sie. Befürchtete sie, durch ihre Prothese in eine peinliche Situation zu geraten? Luca fackelte nicht lange, nahm sie auf die Arme und trug sie in den Keller. Überrascht hielt sie sich an seiner Schulter fest und schwieg. Seine Lippen prickelten, weil ihr Mund ihn magisch anzog, doch diesmal hielt er sich im Zaum. Im Augenwinkel sah er, dass sie ihn musterte. Mit jeder Stufe, die er hinabstieg, entspannte sie sich mehr, wurde weich, nahezu anschmiegsam.

Die letzten Meter zum Labor brachte Camille wieder auf eigenen Füßen hinter sich. Als sie die Tür aufschloss, stellte sich Luca dicht hinter sie und roch an ihrem Nacken. Der Drang, ihre Locken um seine Finger zu wickeln, war groß, aber er hielt sich zurück. Die Anziehungskraft, die Camille auf ihn ausübte, kam ihm unheimlich vor. Noch nie zuvor hatte er eine Frau ständig berühren wollten. Er musste wohl recht passabel aussehen, denn an weiblichem Zuspruch hatte es ihm nie gefehlt, besonders nicht, seitdem er eine animalische Seite besaß. Die Wildheit zog die Frauen an, ohne dass sie wussten, was es war. Normalerweise flirteten sie ungeniert mit ihm. Camille dagegen zeigte ihm in einem Moment die kalte Schulter, im nächsten errötete sie.

War das ein Wunder? Er bedrohte sie, zwang ihr einen Kuss auf und hatte sich als ihr Feind vorgestellt. Du bist eben doch schlecht, dachte er und presste eine Hand auf sein Freak-Auge, weil sich ein plötzliches Stechen bis tief in sein Gehirn bohrte.

Er trat hinter ihr ins Labor. Um sich von der Qual abzulenken, zeigte er auf ein Schwarz-Weiß-Foto, das links neben dem Eingang hing. Ein Mann legte seine Hand auf den Rücken eines kleinen Elefanten.

«Das ist der Gründer des Zoos, Jack Snyder», erklärte sie und krauste die Stirn, als Luca die Tür schloss. Doch ihre Nackenhärchen stellten sich keineswegs vor Angst auf, sondern sie atmete schwerer und hielt ihre zusammengefalteten Hände vor den Schoß. «1966 gewann er ein Preisausschreiben und hatte die Wahl zwischen dreitausend Dollar oder einem Jungelefanten.»

«Er wählte das Tier.» Die Schlussfolgerung lag für Luca nahe, denn schließlich hatte sich Snyder nicht mit den Geldscheinen ablichten lassen.

Sie nickte. «Der asiatische Elefant hieß Annabelle. Er wurde zuerst in den beheizbaren Ställen der Diamond Horse Ranch untergebracht. Natürlich machte das Furore, und weil das Interesse der Menschen so groß war, kaufte Jack Snyder das Nachbargrundstück der Ranch und gründete eine gemeinnützige Gesellschaft, die es den Bürgern ermöglichte, Tiere zu beobachten und von ihnen zu lernen.»

Als er auf sie zukam, wich sie zurück, was das Pochen hinter seinem Augapfel verstärkte. «Den Alaska Zoo.»

«Damals hieß er noch Alaska Children's Zoo. Annabelle bekam einen Kameraden, der einsam war, nachdem sie gestorben war.» Betont unauffällig spazierte sie im Labor umher, bis der Edelstahltisch im Zentrum des Raums sich zwischen ihnen befand. «Tierschützer gingen deshalb auf die Barrikaden, auch weil Elefanten nicht in diese kalten Gefilde gehören. Das ist der Grund dafür, dass es heutzutage nur noch heimische Arten im Tierpark gibt.»

Langsam machte ihre kühle Fassade ihn wahnsinnig. Er sehnte sich danach, von ihr umarmt zu werden und ihre Wärme zu spüren, dabei wusste er ganz genau, dass er keine Herzlichkeit von ihr erwarten konnte. Stöhnend rieb er über seine Brauen und setzte sich auf den Tisch. «Guck dir bitte mein Auge an, dann verschwinde ich sofort, versprochen.»

Als sie eine Packung mit Einmalhandschuhen zu sich heranzog, hielt er sie davon ab: «Keine Handschuhe.»

«Aber Bakterien ...»

«Ich sagte, keine Handschuhe!» Es tat ihm leid, seine Stimme erhoben zu haben, aber die Tatsache, dass er ihre Berührung ohne Latex spüren wollte, machte ihn wütend auf sich selbst. Töricht hatte sie ihn in ihrem Büro genannt, und es stimmte.

Er gab einen animalischen Laut von sich, der in Camilles Ohren grausam klingen musste, aber der Pein nicht einmal annähernd gerecht wurde. So weh hatte seine Pupille nur unmittelbar nach der Gräueltat von Ruud und Ram Avtar getan. Sein Luchs hatte die Heilung beschleunigt, aber in den letzten Tagen litt Luca, als wäre die Wunde erneut aufgeplatzt.

Zu seiner Überraschung legte Camille eine Hand auf seine Schulter und fragte einfühlsam: «So schlimm?»

Feuchtigkeit lief seine Wangen hinab. «Das Auge sondert nur Flüssigkeit ab.»

«Auch das intakte?» Skeptisch hob sie eine Braue, bestand aber nicht auf einer Antwort, sondern öffnete eine Schublade und entnahm ihr eine Art kleine Taschenlampe, an der eine Ein-Dollar große Lupe befestigt war.

Als sie eine Hand an seine Wange legte und seinen Kopf ausrichtete, hielt Luca die Luft an. Es fühlte sich so gut an, ihre Haut zu spüren, besonders da die Berührung von ihr ausging. Er hatte kein Problem damit, sie zu unterwerfen, schließlich lag das in der Natur seines Luchses, aber der Mann, der er nun einmal auch war, sehnte sich nach einem Zeichen ihrer Zuneigung.

Ihre Miene zeigte jedoch keine Regung. Äußerlich wirkte sie wie eine kühle Blonde, aber Luca bemerkte, dass sich die feinen Härchen auf ihrem Körper aufgerichtet hatten. Der Körperkontakt ließ sie keineswegs so kalt, wie sie tat. Aber es änderte nichts an ihrem abweisenden Verhalten. Geradezu nüchtern schaltete sie die Lampe an und richtete das Vergrößerungsglas auf sein Auge aus. Sie zog sein Ober- und Unterlid vorsichtig auseinander, leuchtete mal hie, mal dorthin und presste vor Konzentration die Lippen aufeinander.

«Ich habe abgelehnt», ließ sie beiläufig fallen.

«Wie bitte?»

«Ich habe Dr. Casseys Einladung nicht angenommen. Zufrieden?»

Es fiel ihm schwer, ein breites Lächeln zu unterdrücken, aber irgendwie schaffte er es. «Wie du schon sagtest, es geht mich nichts an.»

So behutsam, wie sie zuvor vorgegangen war, so knallhart leuchtete sie ihm nun direkt in die Iris. Luca verkrampfte sich, weil er Schmerz erwartete, aber er blieb überraschenderweise aus. Sein Tier schnurrte sogar in seinem Inneren, da es Camilles Aufmerksamkeit genoss.

Ein Teil von ihm wollte das Thema ruhen lassen, ein viel größerer jedoch verlangte nach weiteren Erklärungen: «Warum bist du nicht mit ihm weggegangen?»

Sichtlich überrascht, dass er das Gespräch über den Tierarzt nun doch wieder aufnahm, schaltete sie die Taschenlampe aus. «Er ist nicht mein Typ.»

«Was ist denn dein Typ?» Es lag etwas Sexuelles darin, wie er sich zurücklehnte, die Arme hinter seinem Rücken abstützte und die Beine etwas spreizte, eine stumme Einladung näherzutreten.

Camille errötete bis in die Haarspitzen, was Hitze in Lucas Lenden trieb und seinen Schritt deutlich anschwellen ließ. Die hellen Flecken in seinem Freak-Auge tanzten nicht mehr, sondern blieben auf einer Stelle am Rand des Sichtfeldes. Wohltuend!

«Tut mir leid, aber ich kann dir nicht helfen. Dein Augapfel sieht normal aus, keine Verfärbungen oder geplatzte Äderchen. Du musst zu einem Fachmann. Alles, was ich dir anbieten kann, ist eine Wasserspülung.» Ein Mensch hätte nicht bemerkt, dass ihre Hand zitterte, als sie die Plastikflasche mit dem abgeknickten Schlauch von der Arbeitsfläche nahm. Luca dagegen konnte dank seiner Katzenfähigkeiten sogar wittern, dass Erregung der Grund dafür war, denn Camille gab einen süßlichen Duft ab, der ihn förmlich anlockte. «Ich könnte dir allerdings die Brandblasen am Hals desinfizieren und verbinden.»

«Das ist nicht nötig.»

«Wer hat dir das angetan?» Camille blieb zwei Armlängen von ihm entfernt stehen. Ihr Blick flackerte.

«Ich war es.» Das bisschen Schmerz hatte keinen Unterschied gemacht. Im Gegenteil, es hatte ihn für einen Moment vergessen lassen, was man ihm in der Werkatzen-Kolonie angetan hatte. Er war nach Kanada gekommen, um ein Leben in Frieden unter seinesgleichen zu führen – und hatte alles verloren. Seine Stimme klang nüchtern, aber seine Worte musste er herauspressen: «Ich habe Feuer gemacht, das glühende Ende eines Astes genommen und ...»

Fassungslos schnappte sie nach Luft. «Warum zur Hölle?»

Das Mitleid, das ihm entgegenschlug, tat ihm gut. Er schien ihr nicht gleichgültig zu sein, ein Fortschritt. «Weil ich ein Tattoo loswerden wollte, und zwar sofort. Ich konnte es keine Minute länger ertragen.»

Durch die grausame Erinnerung pochte der Kopfschmerz wieder stärker. Luca rieb sich die Schläfen und stand auf. Schon wurde es besser. Er machte einen Schritt auf Camille zu. Noch besser. Es schien fast so, als würde es ihm in ihrer unmittelbaren Nähe gut gehen.

«Bleib ja, wo du bist.» Warnend hielt sie die Wasserflasche hoch wie eine Waffe.

Da Luca nicht vorhatte, dieser Bitte nachzukommen, sprühte sie ihn an. Dreimal drückte sie auf das Plastik, bis sein Pullover vorne nass war, als hätte er gesabbert.

«Beeindruckend», bemerkte er amüsiert. Kompromisslos wischte er die Flasche aus ihrer Hand. Das Plastik war nicht sonderlich laut, als es auf dem Boden aufkam und ausrollte.

Er drängte Camille gegen den Kühlschrank hinter ihr, stemmte seine Hände rechts und links neben sie, damit sie ihm nicht entwischen konnte, und neigte sich vor, um an ihrer Halsbeuge zu schnuppern. Sie musste sich am Morgen mit einer Mandellotion eingecremt haben, der Geruch war noch schwach wahrnehmbar. Darunter mischte sich ihr eigenes Odeur, das ihn geradezu berauschte.

Selbst wenn er gewollt hätte, wäre er nicht in der Lage gewesen, seinen Pardelluchs von ihr wegzuzerren. Aber er wollte es auch gar nicht. Ihm stand nicht der Sinn danach, ein Gentleman zu sein. Zum einen weil er sich gesünder fühlte, wenn er ihr nah war. Zum anderen weil er sein Tier in letzter Zeit ohnehin nicht unter Kontrolle gehabt hatte. Wieso sich geißeln, wenn nicht nur sein Luchs, sondern auch er sie riechen, schmecken und spüren wollte?

Sein Mund prickelte, als er ihren Hals küsste. Sinnlich strich er mit den Lippen über ihre samtig-weiche Haut höher bis zu ihrem Ohr. Ihre Locken kitzelten ihn an der Nase, aber er kratzte sich nicht, denn er genoss selbst diese subtile Berührung. Er dürstete nach Körperkontakt.

Camille bewegte sich nicht. Sie war keineswegs vor Angst erstarrt, sondern atmete schwer.

Kurz saugte er die weiße Perle, die an einer kleinen Kreole hing, ein und zupfte dabei an ihrem Ohrläppchen. Sie seufzte, worauf sie einen verärgerten Laut von sich gab, wohl weil sie sich hatte gehen lassen. Demonstrativ legte sie ihre Hände an seinen Brustkorb und übte leichten Druck aus, als wollte sie ihn fortschieben – oder ihn anfassen.

«Wir sollten das nicht tun», sagte sie atemlos.

Mit seiner Nasenspitze streichelte er über ihre Stirn. «Was spricht dagegen?»

Camille öffnete den Mund, schloss ihn jedoch wieder, ohne etwas gesagt zu haben, und schaute zur Decke, als würde sie dort nach einer Antwort suchen, aber offenbar wollte ihr keine einfallen.

«Tut mir leid.» Das war eine glatte Lüge, seine nächste Aussage jedoch entsprach der Wahrheit: «Wir Gestaltwandler sind nun mal sexuelle Wesen.»

Ihre Wangen färbten sich rot. «Aber ich nicht.»

«Oh doch, du weißt es nur noch nicht.» Lächelnd schob er ihre Hände unter seinen Pullover. Zu seiner großen Freude zog Camille sie nicht weg, sondern ließ sie eine Weile auf seiner Brust liegen und erkundete dann zaghaft seinen Oberkörper. Die Gänsehaut, die er daraufhin bekam, war stärker als bei minus dreißig Grad auf den Victoria-Inseln.

Stöhnend schloss er seine Augen und gab sich ihren Liebkosungen vollkommen hin. Das schien sie zu ermutigen, denn sie streichelte ihn nun mit weniger Scheu. Ihre Fingerspitzen tanzten auf seinem Bauch und zogen seine Muskeln nach, die er anspannte, weil sein Luchs ihn dazu drängte, sie zu beeindrucken. Ein Schauer rieselte durch ihn hindurch, als sie seine Brustwarzen fand und mit ihren Daumen hauchzart darüberrieb. Seine Hose war ihm mit einem Mal zu eng.

«Gott, ist mir heiß!» Er glaubte zu verbrennen, streifte hastig seine Lederjacke von den Schultern und warf sie achtlos fort.

Seine Zunge glitt über Camilles Oberlippe, stieß in ihren Mund hinein, nur mit der Spitze, nur kurz, um sie zu necken, und dann küsste er sie heißblütig. Fest zog er sie in seine Arme. Wie zerbrechlich sie war! Um ihr nicht wehzutun, gab er sie wieder etwas frei, aber nur so viel, dass er seinen Arm zwischen sie bringen und ihren Busen massieren konnte. Sachte knetete er ihre linke Brust, die aus seiner Handfläche quoll. Er hob ihre rechte an und zwirbelte geschickt ihre Brustwarze, was Camille so sehr erregte, dass sie ihr Gesicht an seinen Hals drückte und ihn unentwegt küsste.

Die Seufzer, die er Camille entlockte, spiegelten sich in einem Pochen in seinem Unterleib. So gut hatte er sich seit einer Ewigkeit nicht mehr gefühlt. Flüchtig flackerte sein schlechtes Gewissen auf, weil er sie bedrängt hatte, aber es fühlte sich richtig an, was er tat. Außerdem sollte sie es ebenso genießen wie er.

Seine Hand stahl sich unter ihren Pullover. Ohne sich mit ihrem BH aufzuhalten, hob er eine Brust heraus und hielt sie besitzergreifend fest. Tief schob er seine Zunge in ihren Mund und keuchte, als er Camilles Finger an seinem Rücken spürte. Sie kraulte seine Wirbelsäule auf und ab und erzeugte ein Kribbeln, das ihn dazu animierte, leidenschaftlicher mit ihr zu züngeln. Sanft rieb er ihre Brustwarze zwischen Daumen und Zeigefinger. Camille stöhnte, ihre Küsse wurden immer feuchter und sie hielt sich an seinem Hosenbund fest, was die Qual für ihn vergrößerte.

Um nicht über sie herzufallen, löste er sich von ihr. Etwas zu gierig, wie ein Junge, der kurz davor stand, das erste Mal ein Mädchen nackt zu sehen, hob er ihren Pullover an. Der Anblick ihrer milchigweißen Brüste ließ ihn innehalten.

«Du bist so schön», säuselte Luca, worauf sein Pardelluchs protestierte, weil es seiner dominanten Natur widersprach, Süßholz zu raspeln. Sein Kater wählte ein Weibchen aus und unterwarf es. Luca genoss die Dominanz bei der Paarung ebenfalls, verführte allerdings auch gerne. Im Gegensatz zu seinem Kuder fand er, dass sich beides nicht ausschloss.

Da Camilles Scheu zurückkehrte und sie den Baumwollstoff herunterzog, neigte er sich hinunter und stülpte rechtzeitig seine Lippen über ihren Nippel. Sie keuchte und hielt sich an Luca fest.

Während er behutsam saugte, lehnte sie ihren Hinterkopf gegen den Kühlschrank und krallte sich in seine Schultern. Er leckte über die harte Erhebung und ließ sie seine Zähne spüren. Ihr Herz schlug immer schneller, ihr Atem ging rascher.

Der Duft, der von ihrer Mitte aufstieg, machte sein Tier verrückt. Der Lockstoff roch so intensiv und köstlich, dass Luca nicht anders konnte, als ihm nachzugehen. Während er seinen Oberkörper aufrichtete, zog er gleichzeitig den Saum ihres Rocks bis zu ihren Hüften hinauf.

Erschrocken wollte Camille flüchten, aber er drückte sie mit seinem Körper gegen den Kühlschrank und stellte einen Fuß zwischen ihre Beine, sodass sie sie nicht mehr schließen konnte.

«Hör auf, Angst vor deiner eigenen Courage zu haben», sagte er ruhig und überlegen.

Mit der Kraft einer Fliege trommelte sie auf seinen Rücken. «Hab ich gar nicht! Ich ... ich fürchte mich ... vor dir.»

«Dann erregt dich also ein kleines bisschen Angst?» Er sah sie eindringlich an, wusste, dass er sie damit nervös machte – und genoss es.

Hitze stieg in ihre Wangen. «Unsinn!»

Ihm bereitete dieses kleine Spielchen diabolische Freude. «Und warum bist du feucht?»

«Bin ich gar nicht.» Auch ihr Hals färbte sich rot. «Woher willst du das ...»

Sie schrie auf, als er seine Hand auf ihr Höschen legte. Mit dem Zeigefinger kreiste er über die Mitte des Stegs. «Genau hier ist ein Fleck. Ich brauch ihn nicht zu sehen, ich rieche ihn und kann ihn spüren.»

Kämpferisch versuchte sie ihre Schenkel zu schließen, aber Lucas Bein hinderte sie daran. Sein Finger drang unter den Slip, zärtlich zeichnete er ihre äußere Schamlippe nach. Camille seufzte und tastete nach seiner Hand, schaffte es jedoch nicht, sie wegzuziehen. Verlegen wich sie seinem Blick aus.

Deutlich spürte er, wie ihre Erregung weiter wuchs. Hätte er etwas Gegenteiliges wahrgenommen, hätte er das Labor sofort verlassen.

Langsam führte er seinen Mittelfinger in sie ein. Camille spannte ihre Muskeln an, hielt sich an seinem Arm fest und biss in seine Schulter, aber nicht fest. Er liebte es zu sehen und zu spüren, wie ihre Lust anschwoll. Sinnlich nahm er sie mit seinem Finger. Er schob ihn tief in sie hinein, wo ihre Hitze am glühendsten war, zog ihn wieder heraus und tauchte erneut in ihre Feuchtigkeit ein. Ihr Duft roch immer würziger, er wirkte wie ein Aphrodisiakum auf ihn.

Sein Glied drohte seine Jeans zu sprengen, aber er wagte es nicht, seine Hose zu öffnen, da er befürchtete, Camille auf der Stelle zu nehmen. Auf keinen Fall wollte er zu weit gehen. Sie hatte sich ohnehin mehr auf ihn eingelassen, als ihr vermutlich recht war. Er durfte sie nicht verletzen, indem er sie so hemmungslos und heftig nahm, wie er es am liebsten getan hätte.

Leise jammerte sie, als er einige Male mit zwei Fingern in sie eindrang, diese über ihre Schamlippen nach vorne zog und auf ihre empfindsamste Stelle drückte. Während er ihren Oberkörper an sich zog, ließ er seine Finger kreisen.

Sie stöhnte laut und hielt sich an ihm fest wie eine Ertrinkende. Sie reagierte so heftig, so verzweifelt auf seine Stimulation, dass er sich fragte, wie lange sie schon mit keinem Mann mehr intim geworden war. Umso kostbarer empfand er die Tatsache, dass sie ihm nun, da er ihre Mauer durchbrochen hatte, vertraute. Er würde sie nicht enttäuschen!

Zu dumm nur, dass ihre harten Nippel an seinem Brustkorb ihn in den Wahnsinn trieben! Unauffällig rieb er die Wölbung in seiner Hose an ihrer Hüfte. Er konnte nicht anders. Er brauchte ein Ventil für seine Lust, sonst würde er platzen.

Anscheinend machte Camille es an, dass er sich an ihrem Körper dezent bediente, denn der Orgasmus ließ nicht lange auf sich warten. Zuckend lag sie in seinen Armen. Ihr Stöhnen hallte laut von den Laborwänden wider. Ihr Atem überschlug sich fast, dass Luca schon befürchtete, es ginge ihr nicht gut. Zu seiner Erleichterung fing sie sich bald. Ihr glückseliges Lächeln brachte die endgültige Sicherheit, dass sie in bester Verfassung war.

Geradezu gelöst legte sie den Kopf in den Nacken und lachte. «Du schnurrst ja.»

«Tu ich gar nicht», log er und knurrte. Er sah in ihre Augen, die ihn das erste Mal offenherzig anstrahlten, und zwar mit einer Wärme, die ihn überraschte und das Blut in seine Lenden trieb, sodass er sich prompt in seine Boxershorts ergoss.

Eine Weile standen sie umschlungen da. Beinahe wäre Luca eingeschlafen, da der Takt von Camilles Herz ihn einlullte und er sich geborgen fühlte. Doch sie zog ihren Rocksaum nach unten, hob ihren Busen wieder in den BH und richtete ihren Pullover, sodass Luca sie notgedrungen losließ.

Der Schmerz in seinem Auge war wie weggeblasen.

Selbst als Luca das Herren-WC aufsuchte, um sein Geschlecht abzutrocknen, kehrten das Stechen und Brennen nicht zurück. Dass seine Qualen in Camilles unmittelbarer Nähe schwächer wurden, hatte er ja schon festgestellt, aber nun waren sie sogar ganz verschwunden, und das, obwohl er das *Pling!* des Fahrstuhls hörte.

Die Spülung klang unangenehm laut in seinen Ohren. Er schlenderte zum Waschbecken, wusch sich die Hände und schaufelte sich Wasser ins Gesicht. Griesgrämig betrachtete er im Spiegel die Tropfen, die über seine nach unten gewölbten Mundwinkel liefen. Er witterte, dass er inzwischen alleine im Keller war.

Während er mit einem Tuch über sein Kinn tupfte, fiel sein Blick auf einen Computerausdruck, den irgendjemand mit Tesafilm an die Tür geklebt hatte. Unter einem Smilie las Luca:

Wende dein Gesicht der Sonne zu, dann fallen die Schatten hinter dich.

Sieben

Camille lenkte ihren Wagen vom Mitarbeiterparkplatz des Zoos. Ihre schlechte Laune nervte sie schon selbst. Vielleicht würde Musik helfen. Ohne den Verkehr zu vernachlässigen, schaltete sie das Radio an. Sie probierte einige Sender aus und blieb bei einem Lied von Kid Rock aus den 90er-Jahren hängen. Eigentlich hörte sie eher Songs von Sarah McLachlan, Jewel und Enya, aber am heutigen Abend spiegelte der harte Gitarrensound ihre Gefühle gut wider. In ihrem Inneren tobte ein Sturm, der an Intensität zunahm, je mehr Zeit verstrich.

Vierundzwanzig Stunden lag der Sex mit Luca zurück.

Vierundzwanzig Stunden lang hatte sie an nichts anderes denken können.

Vierundzwanzig Stunden hatte sie nichts mehr von ihm gehört.

Hatte er bekommen, was er wollte, und war auf und davon? Befand er sich überhaupt noch in der Stadt? Das Rudel ging davon aus, dass Luca neu in Anchorage war, weil sie ihn sonst gewittert hätten. Streuner, egal ob Werwolf, Luchs oder Mensch, waren nie gern gesehen.

Was hätte Camille in diesem Moment für eine Zigarette gegeben! Aber sie war so dumm gewesen und hatte die Packung, die sie für Notfälle immer in ihrer Handtasche mit sich herumtrug, am Morgen weggeworfen. Sie wollte vermeiden, wie ein Aschenbecher zu schmecken, falls Luca plötzlich vor ihr stand.

Schnaubend schüttelte sie den Kopf. Als sie an einer Ampel halten musste, lockerte sie den Gürtel ihres beigefarbenen Trenchcoats, beugte sich zum Beifahrersitz hinüber und öffnete das Handschuhfach. Hektisch kramte sie darin herum. Keine versteckten Reserven.

«So ein Mist», sagte sie und war sich selbst nicht sicher, ob sie tatsächlich die fehlenden Glimmstängel meinte.

Im Laufe des vergangenen Tages hatte sie immer wieder unter Vorwänden das Labor aufgesucht, hatte den Kühlschrank, gegen den Luca sie gedrückt hatte, verträumt angestarrt und sich gefragt, ob ein Gestaltwandler noch den Duft von Sex riechen konnte, obwohl eine ganze Nacht und mehr dazwischen lag. Manchmal glaubte sie sogar noch ihn zu schmecken, das Spiel seiner Muskeln an ihrer Handfläche und seinen Finger in ihrer feuchten Wärme zu spüren.

Warum bist du dann abgehauen, wenn du dich jetzt nach ihm verzehrst?

«Ich habe keine Lust, auf innere Dialoge!»

Nur weil du Angst vor der Antwort hast.

Die Frage nagte an ihr. So sehr, dass sie immer nervöser wurde. Sie schrieb es ihrer Nikotinsucht zu, hielt an der 5th Avenue Shopping Mall und besorgte sich Menthol-Zigaretten. Mit schlechtem Gewissen zündete sie sich eine an, inhalierte den Rauch tief und fühlte sich kein Stück besser. Rauchend saß sie im Auto und beobachtete das Treiben auf dem Parkplatz. Sie ließ das Seitenfenster ein Stück herunter, damit der Rauch abziehen konnte. Kühle, feuchte Abendluft strömte ins Wageninnere.

Sie fürchtete sich vor Luca, das war die Wahrheit.

Nur die halbe, Sunbeam, nur die halbe.

Er war ein Fremder, er schien ein Vagabund zu sein, die Werwölfe nannten ihn Outlaw, ein Gesetzloser, der getötet hatte, nicht nur einen Mann, sondern gleich fünf Männer. Dafür gab es keine Entschuldigung. Sie verurteilte die Morde zutiefst! Zudem hatte er sie bei ihrem ersten Treffen bedroht, ihr bei ihrem zweiten einen Höhepunkt aufgezwungen und keinen Zweifel daran gelassen, dass er zu allem fähig war.

«Nun hör schon auf!» Aufgewühlt warf sie ihre Kippe in die Pfütze Orangensaft, die sich in dem Pappbecher in der Halterung befand.

Er hatte ihr nie Gewalt angetan – angedroht, ja, vielleicht, aber jeder Blick, jede Geste und jedes Wort troffen vor Erotik. Am gestrigen Abend war er nicht zu ihr gekommen, um sie erneut zu warnen oder gar um ihr etwas anzutun, sondern weil Schmerzen ihn quälten. Wie verzweifelt und einsam musste jemand sein, der seinen Feind um Hilfe bat?

Doch da war noch eine andere Furcht, die sie sich nur ungern eingestand.

Seufzend startete Camille den Motor, fuhr die Scheibe hoch und übte mit ihrem gesunden Fuß leichten Druck auf das Pedal aus. Genauso wie Luca leichten Druck auf sie ausgeübt hatte, um sie rumzukriegen. Es war grotesk und sie war froh, dass niemand ihre Gedanken lesen konnte, denn sie dankte ihm dafür. Freiwillig hätte sie sich ihm niemals hingeben, weil sie schon zu lange enthaltsam lebte und dieser Makel an ihr haftete. Sie hatte schon befürchtet, nicht mehr zu wissen, wie es geht. Aber Luca hatte sein Spiel mit ihr auch nicht zu weit getrieben und sie weder zum Äußersten gezwungen noch dazu ihn zu befriedigen. Bewies das nicht, dass er sie begehrte und nicht nur sein eigenes Vergnügen im Sinn gehabt hatte?

Ohne die natürliche Dominanz seiner Raubkatze hätte er die Mauer, die sie um sich errichtet hatte, nicht niedergerissen. Luca dagegen hatte die Phase der Annäherung übersprungen und sich einfach genommen, nach was ihm gelüstete, weil sein Luchs gewittert hatte, dass sie ihn ebenfalls begehrte.

«Warum ausgerechnet ihn?», murmelte sie und bog nach rechts ab. «Wieso nicht Dr. Cassey? Er ist wenigstens normal.»

War sie das denn? Nein, in ihren Augen nicht, sie war genauso ein Freak wie Luca, wenn auch auf andere Art.

Jedes Mal, wenn sie Gas gab oder anhielt, rollte die Flasche durch den Fußraum des Beifahrersitzes. Dr. Cassey hatte sie ihr heute geschenkt, angeblich um sie mit seiner Begeisterung zu infizieren. Es handelte sich angeblich um seinen Lieblingsrotwein, der schwer zu bekommen war. Vermutlich hatte er erwartet, dass sie ihn fragte, ob er den Shiraz zusammen mit ihr genießen wollte, doch sie hatte ihm den Gefallen nicht getan.

Luca würde ihn in kleine Häppchen zerlegen, wenn er davon wüsste, dachte sie, doch anstatt über diesen Gedanken entsetzt zu sein, schlug ihr Herz einen Vierteltakt schneller. So traurig es auch klang, aber dieser wilde, Furcht einflößende und unverschämte Kerl war das Beste, was ihr seit Langem passiert war.

Unglücklicherweise hatte er jedoch auch eine Leere hinterlassen. Sie spürte, was sie all die Jahre ignoriert hatte – die Sehnsucht nach Lust und Liebe. All die einsamen Nächte, die bohrenden Nachfragen ihrer Familie, ob sie denn endlich einen Freund hätte ... das alles kehrte geballt in ihr Bewusstsein zurück und fühlte sich an wie ein Schlag in die Magengrube.

Ihr war übel, als sie in die Elk Road einbog. Vom Rauchen. Das war ihr nicht mehr passiert, seit sie damit angefangen hatte. Nach dem Unfall hatte sie eine Zeit lang aus sinnlosem Trotz rebelliert. Allerdings nur zuhause in ihrem Zimmer bei ihren Eltern. Sie hatte selten geduscht, sich die Haare schwarz gefärbt und Zigaretten gekauft. Und was hatte es ihr gebracht? Nikotinsucht. Ihr Fuß war deshalb nicht nachgewachsen.

Luca stahl sich in ihre Gedanken zurück. Ihr Schoß prickelte, aber ihr wurde schwer ums Herz, als hätte jemand einen Hinkelstein auf ihren Brustkorb gelegt.

Als sie in ihrer Garageneinfahrt parkte, gab sie endlich zu, dass sie vor ihren eigenen Gefühlen Angst hatte. Sie fürchtete, zurückgewiesen oder ausgenutzt zu werden und den Erwartungen des männlichen Geschlechts nicht gerecht zu werden. Eine Ewigkeit lang war sie nicht mehr mit einem Mann allein gewesen. Wusste sie überhaupt noch, wie das Spiel der Verführung ging? Sie kam sich dabei genauso linkisch vor wie beim Laufen. Seit Kurzem hinkte sie sogar beim langsamen Gehen, weshalb sie ausstieg und zum Tor schlich wie eine Schnecke. Nach dem Unfall hatte sie sechzehn Monate gebraucht, um normal gehen zu können, so lange wie kein anderer Patient, bei dem der Stumpf so gut und schnell verheilt war, hatten die Ärzte im Alta Bates Summit Medical Center in Berkeley damals gesagt.

«Sie wehren sich gegen die Prothese, aber sie ist jetzt ein Teil von Ihnen.» Die Worte klingelten ihr heute noch im Ohr.

Sie stemmte das Garagentor nach oben und kehrte zu ihrem Wagen zurück. Im Moment hasste sie den künstlichen Fuß mehr denn je, und das alles nur, weil sie Luca gefallen wollte, einem Kerl, von dem sie nichts wusste, außer dass er ein Killer war.

Schniefend stellte sie ihr Auto in der Garage ab. Sie lehnte sich zur Beifahrerseite, nahm ihre Handtasche vom Sitz und die Weinflasche aus dem Fußraum und richtete sich auf.

Plötzlich meinte sie, einen Schatten im Rückspiegel gesehen zu haben. Erschrocken schaute sie ein zweites Mal hinein. Nichts. Sie drehte sich um, aber die Einfahrt war leer. Ihr Herz klopfte hart und schnell. Einen Moment lang überlegte Camille ernsthaft, ob sie sich mit Kühlflüssigkeit und Wagenheber bewaffnen sollte, ließ es dann aber bleiben, weil es lächerlich wirkte und sie nur fünf Schritte von der Haustür trennten.

Verunsichert stieg sie aus, den Blick auf den Gehweg vor dem Grundstück gerichtet. Im Licht der Straßenlaternen war niemand zu sehen. Camille krampfte die Hand um die Tasche, als ein Van vorbeifuhr, aber der Fahrer drosselte weder das Tempo noch beachtete er sie.

Tief durchatmend schloss sie das Garagentor und ging zwei Schritte in Richtung Straße, um den kleinen Weg einzuschlagen, der durch den Vorgarten zur Haustür führte. Während sie ihren Blick über den schlammigen Rasen schweifen ließ und sich vornahm, neues Gras zu säen, sobald das Wetter beständiger wurde, nahm sie aus dem Augenwinkel heraus eine Bewegung wahr.

Ihr Puls kletterte auf hundertachtzig, als sie zwei Männer in ihrer Nähe ausmachte. Schweigend standen sie vor dem Nachbargrundstück. Der ältere lehnte sich gegen eine der Pappeln, die die Elk Road säumten, sein Gesicht leuchtete orangefarben wie eine chinesische Fackel. Der Lichtkegel der Laterne erfasste den anderen kaum. Camille konnte nur sein blondes Haar und seine schlanke Silhouette erkennen und schätzte ihn sehr jung ein. Er biss von einem Schokoriegel ab. Die beiden dubiosen Gestalten teilten sich eine Dose Soda, sprachen jedoch kein Wort.

Camille wurde das Gefühl nicht los, dass die zwei krampfhaft versuchten, nicht zu ihr rüberzuschauen. Wäre es nicht normal, jemanden zu beobachten, der sich in der Nähe aufhielt? Immerhin schienen sich die Männer zu langweilen.

Ihr war unwohl zumute. Vor Nervosität fiel ihr das Schlüsselbund aus der Hand. Sie ging in die Hocke, um es aufzuheben, da kam der Jüngere auch schon auf sie zu gerannt, seine Augen grotesk aufgerissen und seine Arme ausgestreckt, als wollte er sie packen. Nun, da er ins Licht trat, sah Camille das Kainsmal auf seiner rechten Wange. Sie kannte den Teenager – doch ihre Erleichterung wich Entsetzen, als ihm Krallen wuchsen. Sein Kumpel öffnete den Mund, doch es kam kein Laut heraus, stattdessen wurden seine Eckzähne immer länger.

Lechzten die beiden nach ihrem Blut? Panik lähmte ihre Glieder. Camille hätte sofort aufstehen und losrennen sollen, doch sie konnte sich nicht bewegen. Ihre Kehle war wie zugeschnürt, selbst die Hilfeschreie blieben ihr im Hals stecken. Sie bebte so stark, dass die Schlüssel rasselten. Sie sah zur Tür und schätzte ein, wie schnell sie sie erreichen, aufschließen und ins Haus eintauchen konnte.

Selbst eine Frau mit zwei gesunden Füßen hätte bloß eine geringe Chance gehabt. Ihre dagegen war gleich null.

Acht

Matt Jerkins erkannte sich in letzter Zeit selbst kaum wieder. Ihm kam es so vor, als wäre etwas in seinem Leben passiert und er selbst hätte davon nichts mitbekommen, denn er wurde das Gefühl nicht los, etwas zu vermissen – in seinem Kopf und in seiner Wohnung.

Lässig lehnte er sich in seinem abgewetzten Clubsessel vor. Er schob sich den letzten Bissen des Burgers in den Mund, zerknüllte die Verpackung und warf sie laut schmatzend in Richtung Papierkorb. Wie so oft traf er nicht, und sie gesellte sich zu den anderen Schachteln, Papieren und Servietten auf dem Boden.

Während er seine fettigen Finger an seiner Hose abwischte, ließ er den Blick durch sein Apartment schweifen. Alles schien an seinem Platz zu sein. Dennoch glaubte er, dass etwas fehlte. Nur was es war, daran konnte er sich beim besten Willen nicht erinnern, egal wie sehr er sich konzentrierte.

Zuerst hatte er geglaubt, er hätte vergessen, seiner Mom zum Geburtstag zu gratulieren, doch als er sie in Kotzebue anrief, warf sie ihm nur vor, schon immer ein Idiot gewesen zu sein, und hatte aufgelegt. Wie er dieses Dreitausendsechshundert-Seelen-Nest hasste! An sechsunddreißig Sommertagen im Jahr ging die Sonne nicht unter. Seit er in die Pubertät gekommen war, hatte er in diesen anderthalb Monaten kaum schlafen können, weshalb er mit achtzehn nach Anchorage geflüchtet war und seine Mutter selten besuchte. Warum sie ausgerechnet von Fairbanks an den Kotzebuesund gezogen war, nachdem sein Dad die Familie verlassen hatte, war ihm ein Rätsel. Dort wohnten doch nur Eskimos.

Letztes Wochenende hatte er in Ruhe einen Kanister Milch geleert, nicht die fettreduzierte Sorte, sondern richtige, weil sie sättigte und er meistens nichts anderes im Haus hatte, seit sein Kühlschrank vor einem halben Jahr seinem Herd ins Nirwana der Küchengeräte gefolgt war, aber die Erleuchtung war ausgeblieben.

Also hatte er sich gedacht, es könnte eine Unterzuckerung sein, möglicherweise auch ein Mangel an Vitaminen und Mineralstoffen, und hatte in einer Woche so viel Fast Food in sich reingestopft wie sonst im ganzen Monat. Obwohl sein Magen ständig voll und ihm von dem Fraß immer öfter kotzübel war, sodass er die Scheißerei bekommen hatte, war sein Schädel leer geblieben wie ein ausgehöhlter Halloween-Kürbis.

Ratlos zündete er sich eine Zigarette an. Er war extra auf eine stärkere Marke umgestiegen, um seine Gehirnzellen anzuregen. Das Brennen auf der Zunge hatte inzwischen aufgehört, gebracht hatte das zusätzliche Nikotin nichts.

«Wirste schon meschugge?» Hart schlug er sich gegen die Stirn, als wollte er sein Oberstübchen zurechtrücken. «Oder biste wirklich so 'n Holzkopf, wie deine Mama sagt?»

Er blies eine Rauchschwade in Richtung seines Laptops. Zigmal hatte er seine Dateien durchforstet. Ihm war nichts aufgefallen, außer dass er die Informationen über Chupacabras umsonst gesammelt hatte. Irgendjemand hatte ihm geflüstert, dass eins dieser lateinamerikanischen Fabelwesen in der Nähe gesichtet worden war. Eine Story witternd, die ihn endlich über die Grenzen von Anchorage, ach was, von Alaska oder gar den USA berühmt machen würde, sodass er in Talkshows eingeladen und Angebote über die Veröffentlichung eines Buch mit seinen Artikeln bekommen würde, war er von Ranch zu Ranch gefahren und hatte sich zum Deppen gemacht, indem er Fragen stellte, die nur Gelächter ausgelöst hatten.

Gedankenversunken aschte er in einen leeren Milchkanister ab. Wer hatte ihm noch gleich von dem Chupacabra erzählt? Noch etwas, an das er sich nicht erinnerte. Die Spur war im Sande verlaufen.

Als es an der Tür so heftig klopfte, dass Matt schon glaubte, die Scharniere würden brechen, schrak er zusammen. Selten wollte jemand etwas von ihm und wenn, dann waren es meistens unangenehme und lästige Anlässe, wie eine vergessene Mietzahlung oder Vertreterbesuche. Kaum hatte er sich dazu entschieden, nicht zu öffnen, wurde das Klopfen energischer. Irgendetwas knackte, ob die Angeln, die Zarge oder die Tür vermochte er nicht zu sagen.

Bevor er irgendetwas davon ersetzen musste, stand er auf und wollte seine Hose hochziehen, wie er es immer tat, bis ihm einfiel, dass er seinen Gürtel am Morgen ein Loch weiter hatte stellen müssen. Ab sofort würde er nur noch einmal am Tag Burger und Fritten essen, wenn er zur Recherche unterwegs war, wie er es bis vor einer Woche noch gehalten hatte. Ansonsten blieb er lieber bei Milch. Auch wenn Kinder ihm Klappergerüst oder Skelett hinterher riefen. Dürr war er immer gewesen und so wollte er bleiben. Im Moment fühlte er sich in seinem eigenen Körper fremd.

«Scheiß Bälger!» Träge schlurfte er zum Eingang und öffnete einen Spaltbreit. «Ja?»

«Lass mich schon rein, Mann.» Ein Mexikaner drückte die Tür auf, schaute noch einmal in den Flur hinaus und schloss dann die Tür hinter sich.

Im ersten Moment war es Matt unangenehm, dass ein Fremder in seinem Schlafzimmer stand, denn sein Apartment besaß keine Diele, nur einen Hauptraum mit einem Bett, einem Clubsessel und einem Tisch, auf dem sein Laptop lag. Von dort aus führten Türen in die Küche, die er seit Wochen nicht betreten hatte, und ins Bad.

Dann meldete sich sein Fluchtinstinkt, aber seine Wohnung befand sich im sechsten Stock eines Hochhauses ohne Feuerleiter. Der einzige Ausgang wurde von einem Kerl versperrt, der aussah, als wollte er ihm jeden Moment eine reinschlagen. Möglicherweise erweckte auch nur sein Knautschgesicht diesen Eindruck.

Wie konnte er durch so eine platte Nase atmen? Matt versuchte, nicht auf die Perserkatzenfratze des Kerls zu starren, aber das war beinahe unmöglich, denn er sah aus, als hätte seine Mutter ihm als Kind täglich eins mit der gusseisernen Bratpfanne verpasst.

Auf einmal konnte Matt sogar den Barbesuchen seiner Mama etwas Gutes abgewinnen. Wenigstens hatte er in der Zeit seine Ruhe gehabt. Immerhin hatte der Alkohol sie nicht aggressiv, sondern müde gemacht. Leider hatte ihr Dauerrausch zur Folge gehabt, dass der Kühlschrank immer leer war. Bis auf Milch. Die brauchte seine Mama für ihren Kaffee, um nach einem Absturz wieder in Schwung zu kommen.

«Verlass'n Sie sofort mein Apartment!» Er strecke seinen Arm zum Türgriff aus, doch der Kerl schlug ihn fort.

Verdutzt stemmte der Mexikaner seine Hände auf seine beleibte Mitte. «Du erkennst mich nicht, oder?»

«Sollte ich?» Matt betrachtete ihn genauer, aber alles, was ihm zu diesem Typ einfiel, war, dass man ihn aufgrund seiner birnenförmigen Figur bestimmt gut als lebensgroßen Kegel benutzen konnte. Den meisten Amerikanern war nur Bowling geläufig, aber in Kotzebue stellte die marode Kegelbahn die größte Attraktion dar. Teufel noch mal, war er froh, dort weg zu sein. Zur Hölle mit dem Kaff!

«Montalbán.» Der Fremde klang nasal. Kein Wunder, bei der Nase. «Klingelt es jetzt?»

«Öh, nö.»

Ungehalten rieb sein Gegenüber über seine Oberlippe. «Ich habe mir doch nur den Schnurrbart abrasiert und meine Haare schwarz gefärbt.»

«Sie müss'n mich verwechseln.»

Sein Blick glitt von Matts Zehen zu seinen Haaren und wieder hinab. «So etwas wie dich verwechselt man nicht.» Er neigte sich zu ihm und roch. «Hast du gesoffen?»

«Ja, das ist mein verdammtes Recht», blaffte Matt patzig, aber dann fiel ihm ein, dass er den Bullen besser nicht reizen sollte, und zeigte auf die leeren Milchkanister, die an der Wand neben dem Eingang aufgereiht standen, um sie in den Container vor dem Hochhaus zu werfen – irgendwann einmal.

Montalbán schaute sich um und rümpfte die Nase. Erst jetzt, da ein Fremder in seinem Apartment stand, fiel Jerkins auf, dass er mal wieder sauber machen sollte. Wie gut, dass Wollmäuse nicht kackten, sonst wäre der Linoleumboden längst mit Kot bedeckt gewesen.

«Setz dich.» Der Mexikaner zeigte auf das Bett. Da Matt keine Anstalten machte, seiner Anweisung Folge zu leisten, wiederholte er, diesmal laut und nachdrücklich: «Setz dich!»

Matt zuckte zusammen und tat ihm den Gefallen. Normalerweise hasste er jedes Gramm Fett auf seinen Hüften, in diesem Moment jedoch wünschte er sich, dem Stiernacken mit mehr Masse entgegentreten zu können. Da er nicht von jetzt auf gleich wie ein Ballon aufgehen würde, gab er gezwungenermaßen klein bei.

Der Koloss zog den Sessel heran, setzte sich und stützte sich auf seinen Knien ab, als wäre sein Oberkörper zu schwer, um allein von seiner Wirbelsäule aufrecht gehalten zu werden. «Haben die irgendwas mit dir gemacht?»

«Hä?» Von wem sprach dieser hässliche Kleiderschrank?

«Die müssen was mit dir angestellt haben, dein Gehirn manipuliert oder so.»

Ja, klar, dachte Matt und rechnete sich aus, ob er schneller zur Tür sprinten konnte als Speckie. Doch dann sagte dieser etwas, das Matts Aufmerksamkeit erlangte und ihn dazu veranlasste, sitzen zu bleiben.

«Vampire können so was, da bin ich mir sicher.» Montalbán unterstrich seine Worte mit einem Murren.

Jeder andere wäre in diesem Moment aufgesprungen und losgerannt, weil er glaubte, es mit einem Psycho zu tun zu haben. Matt dagegen war plötzlich ganz Ohr.

Er war schon Feuer und Flamme für Übernatürliches, seit seine Mama ihm aus Magazinen wie *ESP* und *Weirdo* vorgelesen hatte, weil sie kein Geld hatte, um Kinderbücher zu kaufen. Seit er denken konnte, befand er sich auf der Jagd nach einem Hinweis auf die Existenz von Übernatürlichem und hatte schnell gemerkt, dass er damit Geld verdienen konnte. Die Zeitungsverleger in Alaska hielten ihn zwar für einen Spinner, Matt war nicht so dumm, das nicht zu merken, aber sie kauften seine Artikel trotzdem, weil ein Aufreger pro Ausgabe die Auflage erhöhte, etwas Freakiges, worüber die Leser sprachen, selbst wenn sie sich über solch einen Blödsinn aufregten.

Eines Tages würde er den Beweis erbringen, dass es absonderliche Geschöpfe und paranormale Phänomene gab, und seine Mama doch noch stolz machen.

Aufgeregt plauderte der Mexikaner drauflos: «In Baresakes glaubte ich, es gäbe nur Werwölfe, aber Scheiße noch mal, in Alaska haben sie sich verändert und scheinen jetzt irgendwas mit Magie draufzuhaben. Kein Wunder, dass sie als Illusionisten arbeiten. Das Publikum hält das für Hokuspokus, aber ich habe sie beobachtet. Einige der Zuschauer verlassen das Theater erst viel später als die meisten anderen. Sie haben dann so einen glasigen Blick. Hab sie angesprochen, Mann, aber sie waren wie weggetreten und erinnerten sich an nichts.» Mit dem Zeigefinger tippte er so fest gegen seine Schläfe, dass sich die Haut an der Stelle rötete. «Deshalb glaube ich, sie haben auch dein Gehirn manipuliert.»

Erst Blutsauger, nun Lykanthropen, das wurde ja immer besser. Jerkins glaubte kaum, was er hörte, nicht weil er so etwas per se als Unfug abtat, sondern weil es zu schön war, um wahr zu sein. Aber er brauchte Beweise. Montalbán mochte der Spinner sein, für den man ihn, Matt Jerkins, hielt. «Wo finde ich die Gestaltwandler und Vampire?»

«Sie sind gefährlich. Du kannst nicht einfach zu ihnen gehen und sie darauf ansprechen.» Der Mexikaner pulte sich eine Fleischfaser aus einem Backenzahn, betrachtete sie kurz auf seiner Fingerspitze und wischte sie an seinem Holzfällerhemd ab. «Erinnerst du dich immer noch nicht an mich?»

«Tut mir leid.» Tat es ihm nicht. Der Typ interessierte ihn nicht die Bohne, wohl aber sein Wissen, darum lächelte Matt versöhnlich.

«Also gut, fangen wir von vorne an.» Mit einer Engelsgeduld, aber einem hitzigen Unterton, erzählte der Bulle ihm, dass er zu den Skua gehörte, einer Gruppe von sechs Jägern. Sie waren nach Anchorage gekommen, weil sie Werwölfe verfolgten. Seine Freunde waren alle getötet worden: «Der Luchs war klein, wir hielten ihn für harmlos, aber als wir ihn durch den Chugach State Park jagten und schließlich einkesselten, wurde er zur Bestie. Ich schwöre, so etwas habe ich noch nie gesehen. Das Vieh muss tollwütig gewesen sein!»

Was interessierte Matt eine Wildkatze! Nicht mehr als der Dreck unter seinen Fingernägeln. «Was war mit den Werwölfen?»

Das Baresakes-Rudel hätte sich irgendwie in Vampire transformiert, wie genau, das wusste Montalbán auch nicht, sie arbeiteten als Zauberkünstler, köderten durch ihre Vorführungen Menschen, um ihnen einige Liter Blut auszusaugen. Aber er hätte dank eines Artikels von Jerkins von einem zweiten Rudel erfahren. Die Anchorage-Wölfe lebten unter den Bürgern, als seien sie normal.

«Von mir?» Ungläubig schüttelte Matt den Kopf. Das konnte nicht stimmen! Doch etwas regte sich tief in ihm.

«Du konntest deine Vermutung nicht untermauern, warst dir aber sicher. Gemeinsam wollten wir sie aufspüren und zur Strecke bringen ...» Hart schlug er sich auf den Brustkorb und hustete, als hätte er etwas quer sitzen. «Indem wir sie öffentlich bloßstellen natürlich.»

Konnte er die Wahrheit sagen? Wenn jemand etwas über Gestaltwandler in Erfahrung gebracht hätte, dann wäre er, Matt Jerkins, es gewesen. Aber seine Erinnerung ließ ihn im Stich. Er konnte doch nicht solch eine bahnbrechende Information vergessen haben.

Es sei denn, Magie war im Spiel. Hieß es nicht, dass Vampire die Fähigkeit besaßen, Menschen zu beeinflussen? Stück für Stück setzten sich die Puzzleteile zusammen. «Sei mir nicht böse, alter Freund, aber ich brauch Beweise. Dann glaub ich dir die ganze Geschichte, ich schwör.»

«Nun gut, die verdammten Blutsauger schlafen und arbeiten im Nostalgia Playhouse.» Montalbán hob eine alte Ausgabe der *Alaska State News* auf, die unter dem Bett hervorschaute, kritzelte mit dem Kugelschreiber aus seiner Hemdtasche eine Adresse darauf und reichte ihm die Tageszeitung.

Obwohl sich Matt nicht erinnerte, dort gewesen zu sein, kam sie ihm bekannt vor. Die Leere, die er seit Tagen in seinem Kopf spürte, füllte sich allmählich. Er hatte das Gefühl, dem, was er vermisste, langsam näherzukommen.

«Die Werwölfe wohnen in der Stadt verteilt. Am besten spürst du sie hier auf.» Der Mexikaner riss ihm die Zeitung aus der Hand, schrieb etwas an den Rand und warf sie so aufs Bett, dass Matt die Anschrift lesen konnte:

Dr. Camille Brass, Elk Road 9.

Neun

Camille hielt den Rotwein am Flaschenhals wie eine Keule. Eine lächerliche Waffe, aber bis auf die Nagelfeile in ihrer Handtasche hatte sie nichts anderes. Außerdem war die Flasche viel zu schwer, denn als sie sie schwang, um den beiden Männern, die über die Wiese vor ihrem Haus auf sie zustürmten, zu zeigen, dass sie ihnen nicht kampflos ihr Blut überlassen würde, fiel ihr der Shiraz beinahe aus den Händen.

Abrupt blieben die Angreifer mitten im Vorgarten stehen. Camilles Augen weiteten sich, als Kyle, der Junge mit dem Feuermal, der bei Elise und Theo wohnte, und der Alte sich die Kleider in einer solch fließenden Bewegung abstreiften, als hätten sie das schon Tausende Male getan, und sich verwandelten.

Sie waren gar keine Vampire, sondern Werwölfe!

Warum bedrohen sie mich dann?, fragte sich Camille. Hielten denn nicht alle Gestaltwandler zusammen? Oder waren sie sauer, dass Theo seine Nichte in ihr Geheimnis eingeweiht hatte, und wollten das Problem – ein unerwünschter Mitwisser – auf ihre Weise lösen? Hatte gar Claw seine Häscher ausgeschickt? Ihr war nicht verborgen geblieben, dass er sauer war, weil ihr Onkel sie über sich und seine übernatürlichen Freunde aufgeklärt hatte.

Plötzlich hörte sie ein Fauchen hinter sich.

Ihre Nackenhaare stellten sich auf. Erschrocken flog sie herum. Die Flasche rutschte ihr aus der Hand, fiel zu Boden und zerbrach. Der Shiraz ergoss sich wie Blut über die Pflastersteine. Die Raubkatze auf dem Garagendach hinter ihr knurrte aggressiv. Camilles geschultes Auge erkannte auf den ersten Blick, dass es sich um einen Pardelluchs handelte.

Luca.

Völlig verwirrt starrte sie ihn an. Jeder seiner Muskeln schien angespannt zu sein. Sein Blick war stechend. Er hatte den Kopf leicht geneigt und fixierte seine beiden Opfer. Im ersten Moment erleichterte Camille die Erkenntnis, dass er es nicht auf sie abgesehen hatte. Aber wie konnte sie da sicher sein? Womöglich wollte er nur die zwei stärkeren Gegner zuerst ausschalten und danach über sie herfallen, um sie auf ewig zum Schweigen zu bringen?

Der Anblick der fünf zerfetzten Körper am Eagle River Nature Center blitzten vor ihrem geistigen Auge auf. Blut, Hautfetzen, abgetrennte Glieder – Luca schien zu allem fähig. Was machten schon drei Kerben mehr in seinem Gürtel?

Die Luft war zum Zerreißen gespannt.

Camille sah zu den Lykanthropen, deren Verwandlung noch nicht vollendet war. Ihre Leiber – weder menschlich, noch wölfisch und dennoch von beidem ein bisschen – ließen sie erschaudern. Die beiden boten ein groteskes Bild, das sowohl gruselig war, als auch ihr Mitleid weckte. Unsicher schweifte Camilles Blick von den Werwölfen zu Luca und wieder zurück. Wem konnte sie trauen? Wer war ihr Freund und wer ihr Feind? Stand überhaupt eine der beiden Parteien auf ihrer Seite?

Wenn, dann müssen es die Lykanthropen sein, sagte sie sich, schließlich hatte Theo zu Claws Rudel gehört und fühlte sich ihnen noch immer verbunden, selbst als Vampir. Aber gehörten die zwei Männer überhaupt zu Claw? Was wusste sie schon über die übernatürlichen Geschöpfe von Anchorage? Nichts. Weder über Wertiere noch Vampire. Sie war eine Außenseiterin, nur ein Mensch und vielen bestimmt ein Dorn im Auge.

Camille musste weglaufen oder sich Schutz suchen. Vor ihrem Haus war sie nicht sicher – vor keinem der drei Gestaltwandler.

Just als sie sich erheben wollte, vollendeten die Werwölfe ihre Metamorphose. Mit einem Riesensatz sprang die Wildkatze vom Dach herunter über Camille hinweg und rannte auf die beiden zu. Unter anderen Umständen hätte sein Sprint sie über alle Maße fasziniert, doch er griff den Rotwolf und den Polarwolf so kompromisslos an, ohne jegliche Furcht oder Zweifel, dass ihr ein Schauer über den Leib lief und sie erstarrt hocken blieb.

Der Luchs – Luca, er musste es sein – war etwas kleiner als der *canis arctos*, aber ungefähr gleich groß wie der *canis rufus*, doch weitaus wendiger, schneller und gefährlicher. Sein Zorn schien in ihm eine tödliche Präzision zu entfesseln, die Camille sowohl beeindruckte als auch beängstigte.

Die drei verbissen sich ineinander. Doch Luca schlug seine Krallen in seine beiden Kontrahenten, riss sich los und schnappte nach der Kehle des Weißwolfes, der im letzten Moment auswich, sodass Luca nur ein Stück Fell, an dem noch etwas Haut hing, zu fassen bekam.

Es dauerte nicht lange und Blut tropfte von seinem Backenbart. Ob sein eigenes oder das seiner Gegner, vermochte Camille nicht zu sagen. Sein geflecktes Fell wies mehrere Wunden auf, aber sie beeinträchtigten ihn nicht, denn er kämpfte mit der Kraft eines Tigers, rannte sich immer wieder Geparden schnell frei und kletterte einmal sogar einem Leoparden gleich behände auf eine Pappel, um sich auf den Rotwolf fallen zu lassen und sein Gewicht somit zu verdoppeln.

Erbarmungslos bekämpfte er die beiden Wölfe und schonte sich selbst dabei nicht. Er knurrte und fauchte wütend, kratzte und biss, schlug Haken, wich Attacken aus und griff sofort wieder an.

Als er für einen kurzen Moment zu Camille hinüberschaute, bevor die Wölfe ihn erneut anfielen, wurde ihr angst und bange. Ihr war übel vom Duft des Rotweins, daher erhob sie sich endlich. Ihre Beine zitterten.

Sie schaute zur Straße, befürchtete jedoch, dass der Luchs sich auf sie stürzen würde, sollte sie versuchen davonzulaufen, weil es in seiner Natur lag und ein flüchtendes Opfer seinen Jagdinstinkt weckte. Mit ihrer Prothese käme sie ohnehin zu langsam vorwärts. Wieso hatte sie sich an diesem Tag für einen langen Wildlederrock und Stiefel entschieden? Sie würden sie zusätzlich hindern.

Die kämpfenden Tiere kamen immer näher auf sie zu.

Inzwischen befanden sie sich am Rand des Vorgartens, nur wenige Schritte von ihr entfernt. Ihre Hände fest um den Griff ihrer Handtasche gekrallt und die Tasche wie ein Schutzschild vor sich haltend, trat sie den Rückzug an, stieß gegen das Garagentor und überlegte, ob sie schnell genug wäre, das Tor hochzuschieben und in ihren Wagen zu steigen. Dafür musste sie den Wertieren allerdings den Rücken zudrehen, etwas, das ihr ganz und gar nicht behagte.

Ihr Zögern wurde bestraft. Die drei rollten ineinander verbissen direkt auf sie zu.

Es war zu spät, um die Garage zu öffnen. Der Rotwolf jankte, als Luca sein mörderisches Gebiss in sein Bein schlug und ihn zu Fall brachte. Bevor der Weiße sich auf ihn stürzen konnte, wandte sich Luca ihm zu und gab ihm einen Tatzenhieb auf seine empfindliche Schnauze. Aufjaulend zog sich der Polarwolf zurück und rieb mit der Pfote über seine blutende Nase.

Camille lief über den Rasen in Richtung Eingangstür. Im Haus wäre sie sicher und könnte Theo anrufen – außerdem lag dort ihre Pistole. Aber sie musste es erst einmal so weit schaffen. Ihre Hand zitterte wie Espenlaub. Damit ihr das Bund nicht entglitt, hielt sie den Türschlüssel sehr fest, doch das hatte zur Folge, dass sie sich verkrampfte und Probleme hatte, das Schlüsselloch zu treffen.

Reiß dich zusammen, ermahnte sie sich und hielt mit der Linken ihre Rechte fest.

Im Augenwinkel nahm sie wahr, dass der Luchs auf sie zukam. Als sei er auf der Pirsch, schlich er sich über den aufgewühlten Rasen an, der durch den Kampf und den Regen einem Schlammcatch-Becken glich, doch der kleinere der beiden Wölfe warf sich auf ihn. Gereizt fuhr Luca herum und hackte seine dolchartigen Krallen in das rotbraune Fell.

Endlich schaffte es Camille, den Schlüssel in das Loch zu stecken. Sie drehte ihn, aber nichts geschah. Ein zweiter Versuch brachte auch nicht die gewünschte Wirkung. Prüfend betrachtete sie den Schlüssel. Vor Aufregung hatte sie den Falschen erwischt.

Das Knurren, Jaulen und Janken hinter ihr hörte auf, was sie dazu veranlasste, nervös über die Schulter zu sehen. Der Luchs hetzte die beiden blutüberströmten Wölfe durch den Vorgarten bis zum Gehweg, wo er im Lichtkegel einer Straßenlaterne stehen blieb und ihnen hinterherknurrte. Der *canis rufus* – Kyle, Camille konnte es immer noch nicht fassen, dass der Junge ein Gestaltwandler war – hinkte, während das weiße Fell des *canis arctos* zahlreiche Fleischwunden aufwies. Die Dunkelheit verschluckte sie. Luca verstummte. Er leckte über seine Tatze, strich mit ihr mehrfach über seinen Kopf und machte einen zufriedenen Eindruck.

Für einige Sekunden war es mucksmäuschenstill in der Elk Road. Eine trügerisch friedliche Stille trat ein. Camille bekam eine Gänsehaut.

Plötzlich kam ein Mann hinter einem Mustang hervor. Mit panisch geweiteten Augen gaffte er den Pardelluchs an, der zwei Autolängen von ihm entfernt saß. Sein dürrer Körper bebte sichtlich. Er drehte sich um, als wollte er wegrennen, überlegt es sich im letzten Moment anders und streckte seinen Arm nach der Hintertür des Wagens vor ihm aus. Dann ließ er sich auf den Rücksitz fallen, wie ein Soldat im Krieg sich hinter einen Schutzwall warf. Er knallte die Autotür zu, presste seine Hakennase an die Fensterscheibe und stierte Luca mit offenem Mund an. Linkisch stieg er zwischen den Vordersitzen hindurch auf die Fahrerseite und fuhr mit quietschenden Reifen davon.

Camille beeilte sich, ihr Bund durchzuschauen. Mit dem richtigen Schlüssel glitt die Eingangstür – für menschliche Ohren – lautlos auf, aber Lucas ausgezeichnetes Katzengehör entging das Geräusch offenbar nicht. Er wandte sich um und kam über den Rasen zu ihr. Vor den zwei Stufen, die ins Haus führten, setzte er sich hin.

Sein Blick ging ihr durch und durch, er nagelte sie auf die Schwelle. Camille erstarrte neben der offenen Tür. Sie wagte kaum zu atmen, geschweige sich zu bewegen. War sie nun an der Reihe? Im Gegensatz zu den Werwölfen konnte sie der Raubkatze nichts entgegensetzen.

Gemächlich erhob sich der Pardelluchs. Die Pinselohren nach hinten gerichtet lief er federnd auf leisen Sohlen an ihr vorbei ins Haus. Er hinterließ blutige Abdrücke auf den Dielen. Sein kurzer Schwanz schwang hin und her, als wollte er Fliegen verscheuchen.

Im Flur gab der Kuder einen kläglichen Laut von sich, fuhr drei Hornkrallen an seiner Hinterpfote aus und reinigte die Wunde an seinem vierten Zeh, was Camille schließen ließ, dass die Kralle herausgerissen worden sein musste. Er legte sich auf die Seite, seine langen Beine von sich gestreckt, und sah sie mit großen Augen an. Nun wirkte er auf einmal erstaunlich harmlos. Wie ein zu groß geratener exotischer Hauskater.

Durch diese Geste erwachte eine Ahnung in ihr. Konnte es sein, dass Luca niemals die Absicht gehegt hatte, sie anzugreifen? Hatte er sie in Wahrheit beschützt?

Mit vollem Körpereinsatz und Risiko für sich selbst.

Wie ein Schutzschild.

Ein Leibwächter.

Ein Freund.

Zehn

Alarmiert lauschte Luca. Er stellte die Dusche aus und ging zur Badezimmertür, während er sich abtrocknete. So leise wie möglich öffnete er sie einen spaltbreit.

Tatsächlich, Camille sprach ein Stockwerk tiefer mit jemandem. Hatte sie die Werwölfe entgegen ihrer Aussage doch ins Haus gelassen? Er schnupperte, roch jedoch nur Camille; ihr Duft ließ das Blut in seinen Adern pulsieren und sich in seinen Lenden sammeln. Außerdem hörte er ausschließlich ihre Stimme. Sie musste im Erdgeschoss telefonieren.

Er lockte seinen Luchs so weit an die Oberfläche, dass er sein ausgezeichnetes Gehör nutzen konnte.

«Pfeif deine Hunde zurück, Onkel Theo, ich bitte dich. Sie haben mich zu Tode erschreckt!»

Einen Moment war es still im Haus.

«Ich weiß, dass Claw sie nur zu meinem Schutz abgestellt hat, aber ich will das nicht! Kannst du dir vorstellen, was für eine Angst ich hatte, als sie auf mich zustürmten und sich verwandelten? Ich glaubte, meine letzte Stunde hätte geschlagen.»

Unruhig lief sie im Flur auf und ab und hörte wohl, was ihr Gesprächspartner dazu zu sagen hatte.

«Der Luchs hat mich nicht angegriffen, zu keinem Zeitpunkt, sondern deine beiden ehemaligen Gefährten ... Wie hattest du sie genannt? Arctos. Und Kyles Rudelname ist Rufus? Ich kann nicht fassen, dass ihr mir all die Jahre verheimlicht habt, dass ihr Gestaltwandler seid. Es tut mir leid, wie zugerichtet sie sind, sehr sogar, trotzdem -»

Offenbar hatte Theodore sie unterbrochen. Nach einer Weile antwortete sie: «Er ist weg. Ich habe alle Fenster und Türen kontrolliert, sie sind zu, und die Jalousien geschlossen. In meinen eigenen vier Wänden bin ich sicher.»

Luca schmunzelte. Sie hatte wirklich alles verbarrikadiert, aber um die Wölfe auszuschließen. Ihn dagegen hatte sie noch in der Gestalt des Pardelluchses ins Bad geschickt, damit er schon einmal seine Wunden auswusch, später wollte sie ihm helfen.

Wieso stellte sie sich auf seine Seite? Er hatte während des Kampfes deutlich die Furcht in ihren Augen gelesen und machte ihr keinen Vorwurf. Schließlich hatte er sich wie ein blutrünstiges Monster auf die Gestaltwandler gestürzt, er war ausgetickt. Von einer Sekunde auf die andere hatte sein Luchs die Kontrolle übernommen. Die wilde Seite seines Tiers.

Die Bestie.

Er lehnte seine Stirn gegen den Türrahmen und schloss seine Augen. Warum war er so unvernünftig und blieb? Er brachte Camille in Gefahr. Tief ein- und ausatmend hörte er in sich hinein. Glücklicherweise hatte sich sein Kater wieder beruhigt. Nur der menschliche Anteil in ihm war immer noch aufgewühlt.

Energisch machte Camille klar: «Auf keinen Fall will ich heute noch jemanden von euch sehen. Ich habe erst einmal genug von euch Übernatürlichen! Ich will meine Ruhe haben und brauche Zeit, um mich zu beruhigen und nachzudenken. Seitdem du mich aufgeklärt hast, gibt es ständig Ärger. Gute Nacht.»

Ein Klicken war zu hören, sie musste das Telefon in die Ladestation gestellt haben.

Luca warf das Badehandtuch auf das Waschbecken und stieß die Tür weiter auf. Die Instinkte seines Kuders zogen ihn förmlich zu Camille. Er war ihr dankbar, dass sie ihm Unterschlupf gewährte. Sie belog sogar ihren Onkel, das hätte er niemals von ihr verlangt.

Seine Verletzungen schmerzten mehr, als er sich anmerken ließ. Als er die Treppe herunterstieg, fühlte er Stiche an zahlreichen Stellen seines Körpers und das Brennen der Wunden nahm zu, doch er bemühte sich, entspannt zu wirken. Er hatte es verdient zu leiden, nachdem er schon wieder ausgerastet war. Außerdem wollte er, verdammt noch mal, nicht wie ein Weichei vor Camille dastehen.

Ihre Augen weiteten sich. «Du bist nackt.»

Das war ihr wichtiger zu erwähnen als der furchtbare Anblick der Kratzer und Bissspuren? Interessant, dachte er und spürte das Wippen seines Glieds, das er bisher kaum wahrgenommen hatte, mit einem Mal intensiver. Es erregte ihn sogar. Nein, eigentlich waren es Camilles Blicke, die seinen Penis etwas anschwellen ließen.

«Kleidung verwandelt sich nun mal nicht mit.» Seine Mundwinkel zuckten, ebenso sein Geschlecht, doch er beabsichtigte nicht, es zu verbergen. Gestaltwandler gingen offen mit ihrer Sexualität um. Sie betrachteten sie nicht als Tabu, sondern als natürlichen Teil ihres Lebens.

Verlegen betrachtete Camille ihre Stiefelspitzen. Sie hatte ihren beigefarbenen Trenchcoat an die Garderobe gehängt und ihre blonden Locken im Nacken mit einem blauen Band zusammengebunden. «Aber dein Luchs trägt doch auch Fell.»

Demonstrativ verschränkte er die Arme vor dem Brustkorb, anstatt sein Geschlecht mit den Händen zu bedecken, und nahm amüsiert zur Kenntnis, dass Camille seine fehlende Scham mit einem leisen Schnauben quittierte. «Das Fell gehört zu mir wie die Behaarung bei Menschen, Kleidung dagegen nicht.»

«Im Badezimmer hängt mein Morgenmantel hinter der Tür.» Ohne in seine Richtung zu gucken, zeigte sie zum Obergeschoss. «Du kannst ihn anziehen.»

«Eigentlich fühle ich mich recht wohl so.» Es gefiel ihm, entblößt vor ihr zu stehen. Er wünschte sich nur, dass sie ebenso wenig Stoff am Leib tragen würde.

Endlich sah sie ihn wieder an, jedoch merkte er, wie sehr sie sich bemühte, sich auf sein Gesicht zu konzentrieren und ihren Blick nicht über seinen Oberkörper nach unten schweifen zu lassen. «Aber ich nicht.»

«Wieso nicht?» Er schlenderte auf sie zu – langsam, selbstsicher, sich seiner Wirkung bewusst. Ihre Verlegenheit reizte ihn. «Bist du abgelenkt?»

«Lass uns ins Bad gehen», schlug sie betont nüchtern vor, aber ihm fiel das unsichere Vibrieren ihrer Stimme trotzdem auf. «Dort habe ich Jod und Verbandsmaterial.»

Sie wollte sich an ihm vorbeidrängeln, doch er stellte sich ihr in den Weg. «Meine Wunden heilen von selbst. Schon jetzt bluten sie nicht mehr. Morgen früh wirst du nichts mehr davon sehen.»

«Morgen früh? Ich?» Empört schnappte sie nach Luft, aber ihre Wangen röteten sich.

Ohne sie aus den Augen zu lassen, drängte er sie rückwärts und stemmt seinen Arm gegen die Wand hinter ihr. Ihr Duft betörte ihn, sodass er nicht anders konnte, als sich vorzuneigen und mit seinen Lippen über ihre Halsbeuge zu streichen. Dabei streckte er seine Zungenspitze heraus und leckte über ihre Haut. Camille war so warm, so weich, so köstlich!

Obwohl sie bereits schwerer atmete, schob sie ihn sanft von sich fort. «Nicht, Luca.»

«Tut mir leid. Es ist verständlich, dass du mich verabscheust nach dem Gewaltausbruch, den du hautnah miterlebt hast.» Er konnte sich ja selbst nicht leiden. Nicht weil er gekämpft hatte – dass er sich schützend vor Camille gestellt hatte, war für ihn selbstverständlich –, sondern weil er die Werwölfe schwer verletzt hatte. Seine eigene Grausamkeit erschreckte ihn.

Zu seiner Überraschung sagte sie: «Du hast mich nur verteidigt.»

«Ich bin ausgerastet, mal wieder», gab er zu. Diesmal war er es, der ihrem Blick auswich. «Ich hätte sie beinahe getötet.»

«Aber das hast du nicht.» Mit dem Handrücken strich sie über seinen Oberarm und hinterließ dort eine heiße Spur, die wundervoll kribbelte.

Verzweifelt über seine Unfähigkeit, die Aggression seiner Wildkatze zu zügeln, schüttelte er den Kopf. «Das macht keinen Unterschied.»

Möglicherweise sollte er sich in die Wälder zurückziehen, Städte meiden und ein Leben als Einsiedler führen. Doch allein die Vorstellung riss ihn innerlich entzwei. Er sehnte sich nach Geborgenheit, nach Zuneigung, nach Camille. Das Schicksal hatte ihn wie Treibholz durch die halbe Welt geschaukelt und am Ende an ihren Strand gespült. Das musste doch etwas zu bedeuten haben.

Sie drehte sein Kinn in ihre Richtung, damit er sie ansah. «Das ist sogar ein großer Unterschied! Du hast die Wölfe nur verjagt. Wie du schon sagtest, du hättest sie umbringen können, aber sie leben noch.»

«Ich habe sie fast auseinandergenommen.» Er war viel zu brutal vorgegangen. Seit dem traumatischen Erlebnis in der Werkatzen-Kolonie auf Victoria Island schien die Bestie in ihm immer wieder zum Vorschein zu kommen. Von einer Sekunde auf die andere beherrschte sie seine Gedanken und sein Tun, sodass er zum Alptraum wurde, ausgerechnet er, der vor Ram, Ruud und den anderen so groß getönt hatte, dass man sein Tier zähmen müsse. Aber sie hatten es nun mal nicht mit Hamstern und Wellensittichen zu tun, sondern mit Raubkatzen.

«Du hast die beiden gerade so viel verletzt, dass sie aufgaben und flüchteten. Wärest du weniger konsequent vorgegangen, hätten sie gesiegt. Außerdem bist du ihnen nicht hinterhergelaufen, um sie zu jagen und zur Strecke zu bringen.» Sie zuckte mit den Achseln und legte ihre rechte Hand an seine Taille. Diese simple Geste wärmte ihn mehr, als ein Pullover es jemals getan hätte.

«Du willst nur das Gute sehen.» Warum das so war, vermochte er nicht zu sagen. Vielleicht fühlte sie sich dazu verpflichtet, weil er sie verteidigt hatte. Dabei war sie nie in Gefahr gewesen. Er lächelte müde. «Wäre ich nicht auf der Bildfläche erschienen, hätten sie sich nicht verwandelt und du hättest keine Todesangst ausstehen müssen. Daran trage ich die Schuld.»

«Luca.» Sie hauchte seinen Namen so sinnlich, dass es ihn beinahe um den Verstand brachte.

Er verlor sich in ihren großen braunen Augen. Bevor er wusste, was er tat, küsste er ihre Nasenspitze, ihre Wange knapp über diesem süßen Grübchen und ihre Stirn. Diesmal wehrte sie sich nicht, sondern hielt sich an seiner Hüfte fest. Es tat aufgrund seiner Verletzungen weh, aber er würde einen Teufel tun und sie davon abhalten.

«Als ich die zwei Kerle entdeckte, waren sie für mich wie ein rotes Tuch.»

«Jetzt weiß ich immerhin, dass das Rudel mich beobachtet.» Sie klang atemlos.

Seine Lippen streiften ihren Mund. «Versuchst du immer etwas Gutes in allem zu sehen?»

«Nein, ganz und gar nicht.» Ihr Herz schlug so schnell, dass Luca befürchtete, es könnte sich überschlagen. Sie schwitzte leicht. Ihr Griff wurde stärker, als müsste sie sich regelrecht an ihm festhalten.

Camille war bereit für ihn, signalisierte ihm ihr Körper. Sie wollte ihn genauso sehr wie er sie, aber anhand ihrer Aufregung erkannte er ebenfalls, dass sie schon lange mit niemandem mehr intim gewesen war. «Wieso bin ich dann die Ausnahme?»

Es dauerte einen Moment, bis sie antwortete.

«Ertappt», sagte sie und zauberte das breiteste Lächeln seit einer Ewigkeit auf sein Gesicht, worauf er sie in seine Arme zog und behutsam an sich drückte, nicht wegen seiner Verletzungen – diese schlossen sich längst –, sondern weil er Camille in Watte einpacken wollte. Er würde eher sterben, als ihr wehzutun.

Plötzlich wurde Luca etwas bewusst.

Wenn es hart auf hart gekommen wäre, hätte er sie vor den Werwölfen mit seinem Leben beschützt.

Elf

Vor Aufregung zitterte Camille. Sie kam sich vor wie ein scheues Reh, das einer Raubkatze gegenüberstand, dabei tat es so gut, von Luca gehalten zu werden. Aber konnte sie seine Erwartungen erfüllen? Sie begehrte ihn mit jeder Faser ihres Körpers, befürchtete jedoch gleichzeitig, die falschen Dinge zu tun und sich lächerlich zu machen. Ihr fehlte die Übung.

Zu Eis zu erstarren setzte allerdings das falsche Zeichen, daher schob sie ihre Ängste beiseite und streichelte seinen muskulösen Rücken. Da er seinen Unterleib stärker an ihren Bauch drückte, glitten ihre Hände hinab zu seinem Hintern und packten zu. Er fühlte sich herrlich fest an. Kraftvoll massierte sie seinen Knackpo.

Zum ersten Mal seit schmerzlich vielen Jahren war das Begehren stärker als ihr Fluchtinstinkt.

Ein Grund dafür war sicherlich, dass der richtige Mann vor ihr stand, ihre Halsbeuge und ihr Dekolleté mit Küssen liebkoste und sich sein erigierter Schaft schamlos gegen ihren Bauch drückte. Ein anderer, dass er nicht brav an ihre Tür klopfte, die sie seit dem Unfall stets geschlossen hielt, sondern einfach eintrat, wann immer es ihm passte. Vor ihr stand der attraktivste Mann, dem sie seit Langem begegnet war.

Er verhielt sich dreist und fordernd – dominant –, genau das brauchte Camille, um aus ihrem Dornröschenschlaf zu erwachen, denn von selbst hätte sie ihr Schneckenhaus wohl nie verlassen.

Ungeniert ließ er seine Hüften kreisen und rieb sein Geschlecht an ihr, während er seine Lippen auf die ihren presste und sie leidenschaftlich küsste. Seine Zunge glitt in sie hinein und machte den Kuss noch intensiver, noch köstlicher und erregender.

Ohne seinen Mund von ihrem zu lösen, zog er sie eine Handbreit von der Wand fort und raffte ihren Wildlederrock an ihren Hüften Stück für Stück zusammen, sodass ihre Beine immer mehr zum Vorschein kamen.

Aufgeregt verlagerte Camille das Gewicht von einem Fuß auf den anderen und umkreiste Lucas Zunge mit der ihren eifriger. Er besaß so einen göttlichen Körper, dass sie gar nicht aufhören konnte, ihn zu streicheln. Sie ließ ihre Handflächen über seine weiche Haut an Rücken und Po gleiten und genoss das Spiel seiner harten Muskeln.

Sinnlich schob Luca den Saum ihres Rockes über ihr Gesäß und legte ihren Slip frei. Er knetete ihren Hintern, küsste Camille stürmischer und rieb seinen Phallus an ihr. Sie bekam kaum noch Luft, wollte ihn aber nicht fortstoßen. Er fühlte sich so männlich an, er schmeckte nach mehr – nach viel mehr! –, und so ließ sie die Atemlosigkeit einfach zu. Sie kämpfte weder gegen Luca noch gegen das Prickeln an, das sich von ihren Lippen aus in ihrem ganzen Körper ausbreitete. Die Gefühle überwältigten sie jetzt schon. Wie sollte sie es noch ertragen, von ihm ausgefüllt zu werden.

Bei dem Gedanken stöhnte sie in seinen Mund.

Er löste sich von ihr. «Ist alles okay?»

«Mehr als das.» Sie konnte sich nicht daran erinnern, wann ihre Stimme das letzte Mal so lasziv geklungen hatte. Vielleicht hatte sie doch noch nicht alles verlernt.

Katzentypisch rieb er seine Wange an der ihren, um ihren Geruch aufzunehmen und seinen zu übertragen. Ein Markierverhalten, das das Zusammengehörigkeitsgefühl stärkt, wusste Camille. Sie war ganz entzückt, als er über ihre Wange, ihren Hals und ihren Nacken leckte, weil dieses Verhalten nicht nur erotisch auf sie wirkte, sondern es ihr auf Lynx-Art zeigte, wie nah Luca sich ihr fühlte und dass sein Luchs sie ebenfalls akzeptierte.

Ohne Erklärung hob er sie auf seine Arme und trug sie ins Wohnzimmer. Mit dem Fuß stieß er den Couchtisch beiseite und ließ Camille vor dem Sofa herunter. Sanft drückte er sie an den Schultern nach unten, bis sie vor ihm saß, erwartungsvoll und mit so laut pochendem Herzen, dass sie glaubte, er müsste den Trommelwirbel hören. Möglicherweise war es tatsächlich so, dass sein Tier ihren Puls wahrnahm und ihre Aufregung witterte wie bei der Jagd auf seine Opfer.

Die Vorstellung, dass er sie auf mehr Ebenen wahrnahm als ein normaler Mann, machte sie an. Sicherlich roch er ihre Erregung, sah sogar die kleinen Härchen auf ihrer Haut, die sich vor Lust aufgerichtet hatten, und hörte, dass ihr Atem flatterte. Für einen Gestaltwandler musste sie ein offenes Buch sein. Unter anderen Umständen hätte sie sich unwohl gefühlt, bei Luca jedoch fachte es ihre Begierde an, ihm emotional ausgeliefert zu sein.

Sie konnte es kaum glauben, als er sich vor sie hinkniete und ihre Schenkel auseinander schob. Instinktiv versuchte sie, ihre Beine wieder zu schließen, diesmal nicht vor Scheu, sondern weil ihr mit Schrecken bewusst wurde, dass sie einen Mädchenslip trug. Weiße stecknadelkopfgroße Blüten auf safrangelbem Baumwollstoff. Das Blut strömte nicht nur in ihre Mitte, sondern auch in ihre Wangen. Sie wäre Luca so gerne als Frau entgegengetreten, mit einem Seidenhöschen in einer feurigen Farbe, bordeauxrot zum Beispiel oder violett, auch schwarz wäre verführerisch gewesen. Doch diese Unterhose machte sie in dieser Situation verlegen.

Luca jedoch hinderte sie an ihrem Vorhaben und starrte ihn an, als wäre der Slip aus purem Gold. Seine Augen funkelten. Sein athletischer Brustkorb hob und senkte sich, und Camille glaubte, dass sein Glied noch eine Spur härter wurde, obwohl das kaum mehr möglich war.

Sie erregte ihn, einen Mann, der so umwerfend aussah, dass er bestimmt jede Frau haben konnte, und der etwas Besonderes war, nämlich ein Gestaltwandler, ganz im Gegensatz zu ihr, die nicht nur als gewöhnlich bezeichnet werden konnte, sondern auch als gehandicapt – das allein trieb ihr Tränen vor Glück in die Augen.

Entgegen ihrer Erwartungen riss er ihr den Slip nicht wie ein wildes Tier vom Unterleib, sondern er zog ihr Gesäß bis an den Rand des Sitzes. Er streifte ihr den Pullover über die Schultern und machte ihr geschickt den Büstenhalter mit einer Hand auf. Camille meinte, die Rundung einer dolchartigen Hornkralle gespürt zu haben, und fragte sich, ob er damit den Verschluss aufgehakt hatte, sprach ihn jedoch nicht darauf an. Als er ihr den BH auszog und mit seinen

Händen an ihren Seiten auf und ab glitt, waren jedenfalls keine Anzeichen davon zu sehen.

Mit geöffnetem Mund betrachtete er ihren milchweißen Busen. Er fasste ihn so behutsam an, als wäre er aus kostbarstem chinesischen Porzellan. Hauchzart strich er über die vollen Wölbungen.

Seine Daumen rieben über ihre Brustwarzen und Camille erschauerte wohlig. Auf magische Weise wurden die zarten Berührungen vervielfacht. Sie spürte sie bis in ihr Inneres. Wellenartige Schauer rieselten durch sie hindurch und sammelten sich zwischen ihren Schenkeln, wo das Echo darauf so groß war, dass sich bald ein feuchter Fleck auf ihrem Höschen zeigte.

Begehrlich drückte Luca sie an sich. Er vergrub sein Gesicht zwischen ihren Brüsten. Tief inhalierte er ihren Körperduft. Seine Lippen liebkosten die empfindlichen Hügel, streiften ihre Knospen und ließen sie seine Zungenspitze spüren.

Mit solch einer Zärtlichkeit hatte Camille nicht gerechnet. Plötzlich bekam sie Angst und schob ihn von sich fort.

Lucas Oberkörper bebte. Sein Phallus war so hart, dass eine Ader hervortrat. Seine Hände glitten an ihren Seiten tiefer bis zu ihrem Hintern, dann über ihre Beine hinab zu ihren Stiefeln. Sinnlich strich er über die Stelle, wo ihre Unterschenkel unter dem Leder verschwanden und hakte seine Daumen ein.

Als er ihr die Stiefel abstreifen wollte, schrie Camille auf: «Nicht!»

Überrascht krauste Luca die Stirn.

«Auf keinen Fall.» Sie schüttelte energisch den Kopf und befürchtete, die erotische Atmosphäre zerstört zu haben. Würde er das prickelnde Liebesspiel abbrechen, weil er sie für zickig hielt?

Er legte seine Hand auf ihren Stiefel. «Es macht mir nichts aus.»

«Mir aber.» Und zwar gewaltig. Nicht auszudenken, wenn er ihre Prothese zu sehen bekäme! Camille würde augenblicklich vor Scham im Boden versinken. Bei dem Gedanken an ihren toten Fuß, wie sie den Gliedersatz manchmal nannte, schmolz ihre Erregung dahin. «Ich kann nicht.»

Bevor sie sich erheben konnte, um aus dem Zimmer zu stürmen, sich auf ihr Bett zu werfen und zu heulen, sagte er etwas, mit dem sie niemals gerechnet hatte: «Du möchtest die Stiefel anbehalten, wenn ich dich nehme? Sexy! Das macht mich an. Lehn dich zurück.»

Sie wusste nicht, ob er das erst meinte oder nur sagte, um ihre Bedenken wegzuwischen, aber beide Möglichkeiten wärmten sie, daher tat sie ihm den Gefallen und entspannte sich, als er seine Hand von ihrem Stiefel nahm.

Ihr Herz setzte einen Schlag aus, da er ihren Slip auszog. Hüllenlos und mit gespreizten Schenkeln saß sie vor ihm und ärgerte sich über ihre Unsicherheit. Gefiel ihm, was er sah, war sie nicht zu dünn und zu blass? Genügte sie ihm, war sie nicht zu schüchtern, mehr Opfer als Liebhaberin? Gehörte nicht eine selbstbewusste Frau an die Seite eines selbstsicheren Mannes, eine Geliebte ohne Makel, die genauso attraktiv war wie er?

Nur ihre Schultern berührten die Rückenlehne des Sofas, denn sie saß immer noch am Rand des Sitzes. Geradezu obszön bot sich ihr Schoß ihm an. Ihr Herz hämmerte in ihrem Brustkorb, weil dieser muskulöse Mann sich zu ihrer Spalte hinabneigte und schnupperte.

Zuerst küsste er nur ihre Oberschenkel, zärtlich und beruhigend. Erst nach einer Weile liebkoste er mit seinem Mund ihre äußeren Schamlippen. Behutsam zupfte er an ihren inneren Lippen und setzte einen Kuss auf ihre empfindsamste Stelle. Camille hielt die Luft an, aber Luca zog sich von ihrem Kitzler zurück und lachte leise.

Seine Zunge schlängelte sich über ihren anschwellenden, heiß pulsierenden Schoß. Feuchtigkeit floss heraus. Sie konnte sich selbst riechen. Wie viel intensiver musste ihr Aroma für Luca sein, nicht nur weil er viel näher an der Quelle dran war, sondern weil er über den ausgezeichneten Geruchssinn eines Katers verfügte!

Sie oral zu verwöhnen schien in zu berauschen, denn er leckte immer enthusiastischer. Schließlich schob er ihre Beine so weit wie möglich auseinander, schlang seine Arme um ihre Hüften, als wollte er vermeiden, dass sie zurückwich, und stieß seine Zunge in sie hinein.

Stöhnend bäumte sich Camille auf. Sie packte seine Schultern, um sich an ihm festzuhalten, doch das Spiel seiner Muskeln erregte sie nur noch mehr an. Sie ertrug es kaum, seine Zunge in ihrem Inneren zu spüren, wie sie sich schlangengleich bewegte. Selbst sein harter, unnachgiebiger Griff um ihre Taille machte sie an.

Luca war fordernd, selbst wenn er Lust schenkte.

Nachdem er sich aus ihr entfernt und seinen Oberkörper aufgerichtet hatte, glänzte sein Mund. Herausfordernd sah er sie an, während er ihre Feuchtigkeit von seinen Lippen ableckte.

Plötzlich trat sein Luchs an die Oberfläche, was Camille erkannte, da er Katzenaugen bekam. Mit einem raschen Blick prüfte sie seine Finger, die in diesem Moment auf ihren Oberschenkeln ruhten. Keine Krallen. Auch keine Fangzähne. Er verwandelte sich nicht weiter. Erleichtert, aber angespannt, wartete sie. Was hatte er vor?

«Keine Angst. Ich nutze nur die Vorzüge meines Partners.» Luca lächelte unverschämt anziehend.

Erneut neigte er sich zu ihrer glühenden Mitte hinab. Als er ein einziges Mal über ihre Scham leckte, gab Camille vor Überraschung einen Schrei von sich. Seine Zunge war rau wie die einer Katze!

Camille glaubte jede einzelne Papille, die, wie sie seit ihrem Studium wusste, im hinteren Bereich dornartig wuchsen und zur Fellpflege dienten und im vorderen Bereich Geschmacksknospen besaßen, an ihrer sensiblen Scham zu spüren. Da eine Katze weitaus besser schmecken kann als ein Mensch, musste das Kosten ihrer Feuchte eine Geschmacksexplosion für Luca sein.

Sein amüsiertes Lachen wurde immer mehr zu einem leisen Schnurren, dessen Vibrationen sie bis in ihren Unterleib spürte. Sie konnte nicht in Worte fassen, wie sehr sie Luca begehrte!

Als er mit flinken Zungenschlägen ihren Kitzler bearbeitete, glaubte sie augenblicklich vor Lust zu vergehen. Doch er dosierte die Stimulation so geschickt, dass er sie immer wieder an den Rand der Ekstase trieb, sich jedoch kurz vor dem Orgasmus zurückzog. Jedes Mal widmete er sich eine Weile ihren roten, geschwollenen Lippen, bis Camille sich entspannte, nur um just in diesem Moment wieder schnell und fortwährend über ihre Klitoris zu lecken.

Stöhnend wand sie sich unter seiner rauen Liebkosung. Sie versuchte tapfer zu sein und durchzuhalten, doch Luca schien niemals aufhören zu wollen. Ihre Kräfte schwanden. Ihr Hals war trocken und ihre Beckenmuskulatur tat weh. Irgendwann hielt sie diese bittersüße Folter nicht mehr aus und legte ihre Hände auf seine Schultern, doch da peitschte er ihre Erregung ein weiteres Mal an, sodass sie sich an ihm festhielt, anstatt ihn wie geplant wegzuschieben.

Er gab einen Schmerzenslaut von sich und ließ von ihr ab. Seine Augen wurden wieder menschlich. Während er vor ihr hockte, rieb er sich die Schultern. «Du hast ja fast so lange Krallen wie ich.»

Noch immer hob und senkte sich ihr Brustkorb. Sie betrachtete erst ihre Fingernägel und dann die Abdrücke in Lucas Haut. «Selbst schuld», sagte sie atemlos.

Drohend erhob er sich, baute sich in seiner ganzen Größe vor ihr auf und stemmte die Hände in die Hüften. Doch an Camille prallte sein Machogehabe ab, denn sie hatte nur Augen für seinen Schaft, der in Höhe ihres Gesichts auf und ab wippte. Ihre empfindsamste Stelle pulsierte noch immer von der rauen Liebkosung. Ihre Mitte sehnte sich danach, ausgefüllt zu werden, und ihre Lippen prickelten verlangend.

Ihren Blick auf das Glied geheftet, setzte sie sich auf. Es war nun nur noch eine Handbreit von ihrem Mund entfernt.

«Du musst das nicht tun.» Sein Schnurren erstarb.

Unsicher schaute sie zu ihm auf. «Möchtest du es nicht?»

«Und ob.» Gefühlvoll strich er ihr eine Haarsträhne aus der Stirn. «Ich will nur nicht, dass du denkst, du wärest mir etwas schuldig.»

Sie blinzelte. «Das nicht, aber ich zahle immer mit barer Münze zurück.»

Ein gefährliches Katzengrollen kam als Antwort, aber er hielt sie keineswegs ab.

Anstatt sofort seinen Penis in ihrem Mund zu versenken, drückte sie ihn mit der rechten Hand nach oben an Lucas Schamhügel, ihre

Linke legte sie an seinen Oberschenkel. Zärtlich küsste sie seine Hoden. Sie saugte die Haut sanft ein, ließ jedoch rechtzeitig wieder los, weil sie ihm nicht wehtun wollte, und auch, da sie befürchtete, sein Tier herauszulocken.

Als sie die prallen Säckchen mit ihrer Zungenspitze massierte, spürte sie unter ihrer Hand, dass er seinen Schenkel anspannte.

Sie hatte vorgehabt, ihn zappeln zu lassen, aber nun hielt sie es selbst nicht mehr aus und leckte von der Wurzel bis zur Spitze. Es mochte frivol für Luca aussehen, wie sie ihre Lippen befeuchtete, doch sie tat dies aus rein praktischen Gründen. Ein natürliches Gleitmittel. Sie führte die Eichel in ihren Mund ein, nahm ihre Hand von seinem Geschlecht und legte sie ebenfalls an sein Bein.

Langsam beugte sie sich nach vorne, sodass sich sein Phallus in sie hineinschob. Er schmeckte nach Mann, nach Erregung und noch immer ein wenig nach Duschgel. Ihre Hände glitten an der Rückseite seiner Oberschenkel höher und fassten seine Pobacken an. Unweigerlich fing sie an zu kneten, es geschah wie von selbst, während sie sich wieder aufrichtete und sein Penis aus ihrem Mund glitt.

Über ihr keuchte Luca. Seine Finger vergruben sich in ihren Haaren, aber er ließ sie nur dort und drängte Camille nicht, ihn weiter oral zu verwöhnen. Das brauchte er auch nicht, denn sie fuhr von selbst fort. Sie presste ihre Lippen fest um den harten Schaft und fuhr daran auf und ab. Lucas Keuchen ging in Stöhnen über. Seine Beine zitterten leicht. Seine Gesäßmuskeln spannten sich sehr an und machten ein Kneten unmöglich.

Plötzlich ließ er Camilles Haare los. Seine Hand streifte ihre Wange. Dann gab er einen Schmerzenslaut von sich und stieß sie sanft von sich weg.

«Hab ich dir wehgetan?», fragte sie entsetzt. Sie war zu weit gegangen und hätte nicht selbst die Initiative ergreifen sollen. Ihr letzter sexueller Kontakt hatte in einem anderen Leben stattgefunden, damals war sie noch ein Twen gewesen. Mit zwei gesunden Füßen. Sich Luca hinzugeben, war keine gute Idee gewesen. Das Missgeschick – was auch immer sie falsch gemacht hatte – war ihr unglaublich peinlich. Sie kam sich wie ein unerfahrener Teenager vor, nicht wie eine einunddreißigjährige Frau.

«Hast du nicht. Im Gegenteil, dein Verwöhnprogramm hat mich zu sehr erregt. Ich habe nur an meinem Hodensäckchen gezogen, damit der Schmerz mich davon abhält, in deinem Mund zu kommen. Es war knapp.» Betont lässig fuhr er durch seinen dunkelbraunen, wilden Schopf und zuckte mit den Achseln, aber die roten Flecken an seinem Hals verrieten Camille, dass er keineswegs so cool war, wie er tat.

Vielleicht kam er sich ebenso wie ein Teenie vor, wie ein Junge, der sich beinahe nicht hätte beherrschen können. Mühsam unterdrückte sie ein Glucksen.

Er hob ihre Beine an, drehte Camille parallel zur Sitzfläche und stellte ihre Füße darauf ab. Geschmeidig sprang er auf die Couch und kniete sich zwischen ihre Schenkel. Indem er seinen Oberkörper hinabsenkte, zwang er sie, sich auf den Rücken zu legen. Er stürzte sich rechts und links von ihr ab, um sie nicht mit seinem Gewicht zu belasten.

Es erregte sie, ihm so nah zu sein. Als er seinen Blick über ihre Rundungen unter ihm schweifen ließ, fiel ihr bereits wieder das Atmen schwer. Er hob ihr Bein an, öffnete ihre Mitte dadurch noch weiter, und drückte ihr Knie gegen die Rückenlehne. Es sah komisch aus, dass sie nur Stiefel trug und ansonsten hüllenlos war.

Seine Stimme klang samtig, als er sagte: «Du liebst deinen Körper nicht.»

«Wie bitte?» Sie versteifte sich.

«Du schaust mich an, als wolltest du vermeiden, deine eigene Nacktheit wahrzunehmen.»

«Unsinn, du siehst nur besser aus als ich.» Sie zwinkerte, aber ihr Lächeln wirkte bemüht.

Er strich an ihrem Stiefel auf und ab. «Die Fußprothese macht nicht automatisch einen hässlichen Menschen aus dir.»

«Das vielleicht nicht, aber einen unattraktiven, wenn es ...» Sie stockte. Dann dachte sie: *Was soll's*, und rückte mit der Wahrheit heraus: «Um die Partnerwahl geht.»

«Soll das heißen, ich leide an Geschmacksverirrung?» Pikiert hob er eine Augenbraue, doch seine Mundwinkel zuckten.

«Vielleicht bin ich einfach nur ... da.»

«Ich bin wählerisch wie jede Katze.» Er legte seine Hände an ihre Wangen, als befürchtete er, sie könnte ihr Gesicht wegdrehen, und küsste sie so weich und gefühlvoll, dass ihre Augen feucht wurden. Doch kaum hatte er seine Lippen von den ihren gelöst, zeigte er wieder seine dominante Seite: «Berühre dich!»

«Was?» Er schien es tatsächlich ernst damit zu meinen.

«Hab dich selbst gern.» Sein Zeigefinger hinterließ eine heiße Spur zwischen ihren Brüsten. «Liebkose deinen Körper und nimm ihn wieder wahr.»

«Ich bin kein körperliches Wesen.» Nicht umsonst reiste sie nur in Gedanken in ferne Kontinente, hatte bis vor Lucas Erscheinen Leidenschaft nur in ihr Leben gelassen, wenn sie einen Liebesroman las, und drosselte im Sommer das Tempo ihres Wagens, wenn sie am Schwimmband vorbeifuhr, um dem Planschen und Quieken der Kinder zu lauschen, dem Lachen der Frauen und den Rufen der Männer, weil die Geräusche ihrer Fantasie neue Nahrung gaben, denn sie selbst hätte sich nie in einem Badeanzug gezeigt. Nicht wegen ihrer Figur, sondern ihres toten Fußes.

«Doch, das bist du. Das sind wir alle. Menschen vergessen es nur manchmal.» Katzentypisch rieb er seine Wange an der ihren, um Camille ihre Zusammengehörigkeit ein zweites Mal zu demonstrieren. «Deine Prothese ist nur ein Makel, wenn du sie als solchen ansiehst.»

«Hör auf, bitte.» Sie versuchte, ihre Tränen wegzublinzeln.

Unnachgiebig nahm er ihre Hand und führte sie zu ihrem Busen. «Fass dich an. Spüre dich. Und sieh, wie wunderschön du bist.»

Er schien sie wirklich so zu sehen, denn sie konnte kein Anzeichen erkennen, dass er flunkerte.

Nun gut, sie wollte es probieren. Aber nur, weil sie sah, dass sein Phallus zuckte und ihn wohl allein die Vorstellung anmachte, zumindest redete sie sich das ein.

Ganz unrecht hatte er nicht. Seit dem Unfall schminkte sie sich nicht mehr, da sie den Blick in den Spiegel nicht lange genug ertrug. Sie versuchte erst gar nicht, ihre Naturlocken mit einem schicken Haarschnitt in den Griff zu bekomme. Shoppen betrachtete sie als Notwendigkeit. Den Spaß daran hatte sie mit ihrem Fuß verloren. Anstatt es zu genießen, schöne Kleidung anzuprobieren, dachte sie nur daran, wie sie am besten ihren Makel verbergen konnte.

Von alldem bekam die Außenwelt nichts mir, denn Camille war immer adrett gekleidet, nett zurechtgemacht und offiziell eine Anhängerin von Natürlichkeit. Schon ihre Mutter Esther hatte sie gelehrt, den schönen Schein zu wahren, in dem sie allen vorgaukelte, Eugene sei der beste Ehemann der Welt, dabei war sie mit Ebenezer Scrooge verheiratet.

Sie wandte den Blick von Luca ab, als sie ihren Busen streichelte. Zaghaft strich sie über dieses weibliche Attribut. Es war ja nicht so, dass sie ihren Körper nicht mochte. Aber egal, welchem Part sie sich widmete, sie musste automatisch an ihre Prothese denken.

Lucas Stimme vibrierte sinnlich. «Sieh dich an.»

«Mich?» Ihr linker Nasenflügel juckte. Sie hob die Hand, doch Luca drückte sie sanft zurück auf ihren Busen.

«Natürlich dich.»

Aus Neugier folgte sie seiner Aufforderung. Was sie sah, raubte ihr den Atem. Nackt lag sie auf der Couch, ihre Beine schamlos gespreizt, noch immer trug sie ihre braunen Stiefel und kam sich vor wie eine Bardame in einem Westernsaloon, die mit einem Kunden auf ihr Zimmer gegangen war.

Als ob jemand für die Lustdienste eines Krüppels zahlen würde, kam es ihr in den Sinn, doch ihr Sarkasmus verstummte, als ihr bewusst wurde, dass Luca sogar ohne Bezahlung mit ihr schlief.

Sein athletischer Körper schwebte dicht über ihrem. Seine hochrote Schaftspitze lag auf ihrem Bauch und seine Oberschenkel berührten fast ihre Spalte. Der Duft ihrer Geschlechter hüllte sie ein.

«Schau dich an, nicht mich!» Er knurrte, aber selbst diese Drohung klang erotisch.

Als hässlich würde sie sich keinesfalls bezeichnen. Ihre Hüften waren schmal, ihre Brüste voll und im Grunde gefiel Camille ihr wilder Schopf. Eigentlich fand sie sich sogar recht hübsch. Sie wäre mit sich zufrieden gewesen, hätte die Falle sie damals nicht verstümmelt. Dank ihrer Stiefel fiel die Behinderung in diesem Moment nicht auf. Sie machte den Anschein, eine normale junge Frau zu sein.

Und für diesen Abend war sie bereit, sich der Illusion hinzugeben.

Schwer atmend massierte sie ihren Busen. Sie knetete ihn, zwirbelte ihre Spitzen und liebkoste sie dann, wohl wissend, dass sie Luca damit erregte. Während sein Phallus lustvoll zuckte, klopfte seine Eichel gegen ihren Bauch.

Ein lasziver Seufzer entfloh ihrem Mund, als sie beide Brüste gleichzeitig streichelte. Sie presste die empfindsamen Hügel zusammen und rollte ihre Brustwarzen zwischen Daumen und Zeigefinger, selbst erstaunt darüber, auf welche Ideen sie kam, obwohl es ihr an Erfahrung mangelte.

Aber sie nahm daneben noch etwas wahr: ihren Hunger nach Berührung, nach Verschmelzung. Ihre feuchte Mitte prickelte intensiv. Camille wollte endlich von Luca ausgefüllt werden, wollte seinen Penis nicht länger auf ihrem Bauch spüren, sondern dort, wo es am schönsten war.

Sie sprach die Worte aus, bevor sie zweimal darüber nachdenken konnte. «Dring endlich in mich ein.»

«Erst deine Finger, dann mein Schaft», sagte er und führte ihre Hand zu ihrem Schoß. «Lern dich selbst kennen. Spür, wo und wie du es gerne magst. Liebe deinen Körper wieder und zeig es ihm.»

Sie tat ihm den Gefallen, damit er seine Zurückhaltung verlor und ihrem Wunsch nachkam. Aber als ihre Fingerspitzen über ihre äußeren Schamlippen glitten, gefiel ihr das wider erwarten selbst so sehr, dass sie stöhnte. Das Kribbeln sprang auf ihre Klitoris über, ließ diese ungeduldig pochen und weiter anschwellen.

Camille kraulte ihre Scham eine Weile und umkreiste mit dem Zeigefinger ihren Kitzler mehrere Male, bis sie sich auf dem Sofa wand und Luca für ein paar Sekunden sogar vergaß.

Da sein Glied gegen ihren Venushügel stieß, schaute sie ihn an. Wärme stieg in ihr Gesicht, aber sie hielt seinem vor Lust getrübten Blick stand. Sie hob ihren Oberkörper an, küsste Luca, erstaunt darüber, dass es ihr mit einem Mal so leicht fiel, die Initiative zu ergreifen, und zog den Rand ihres feuchten Eingangs mit der Fingerspitze nach.

Während seine Zunge in ihren Mund drang, schob er ein Kissen unter ihren Rücken. Er hielt ihren Kopf fest, wohl um es ihr bequemer zu machen.

Immer leidenschaftlicher schnäbelte sie mit ihm. Er schmeckte nach Abenteuer, ein wenig nach Macho und nach Wildheit. Je stärker ihre Erregung zunahm, desto mutiger wurde sie, bis sie es schließlich sogar wagte, ihren Finger einzuführen, einen zweiten hinzuzunehmen und sich selbst zu nehmen, wie sie es sich von Luca ersehnte. Ihn zu küssen und es sich dabei selbst zu machen, brachte sie an den Rand der Ekstase.

Doch das reichte ihr nicht mehr. Sie wollte nicht durch ihre eigene Hand kommen, sondern durch den Mann, den sie begehrte wie nichts und niemanden zuvor.

Daher schloss sie ihre Finger um seinen Phallus. Luca keuchte in ihren Mund, als sie seine Vorhaut vor und zurück schob. Sie führte seine Penisspitze zu ihrer Mitte und neckte ihn, in dem sie seine Eichel die Feuchtigkeit, die aus ihr heraussickerte, spüren ließ.

Plötzlich riss er das Kissen unter ihr weg, löste den Kuss und drang mit einem kraftvollen Stoß in sie ein. Stöhnend bäumte sich Camille unter ihm auf, seufzte, als er sich aus ihr zurückzog, und lächelte glückselig, da er sofort wieder in sie eindrang.

Sanft und dennoch ungeduldig nahm er sie. Seine Lenden bewegten sich langsam, aber sein Körper war angespannt, vermutlich weil er versuchte, sich zurückzuhalten und diesen wundervollen Moment der Verschmelzung nicht zu rasch vorbeigehen zu lassen. Dass er den Kampf verlor, merkte sie daran, dass er die Armbeugen in ihre Kniekehlen legte, ihre Beine anhob, und seinen Phallus tief in sie hineinpresste.

Seine Stöße wurden kräftiger. Sie kamen jetzt schneller hintereinander. Völlig losgelöst gab Camille Laute von sich, die sie eher von einem weiblichen Gestaltwandler erwartet hätte, jedoch nicht von sich selbst.

Wie eine Katze, die sich unterwarf und dem starken Männchen ihren Schoß hinhielt, lag sie unter ihm und hieß seinen Schaft willkommen. Sie hielt sich an seinen Armen fest, schloss ihre Augen und wisperte immer wieder leise seinen Namen, was ihn dazu veranlasste, sie noch härter zu nehmen.

Als sie kam, versank die Welt um sie herum in Dunkelheit und Stille. Aber beides war weder unangenehm noch beängstigend, sondern höchst friedvoll. Während ihr Körper im Rhythmus des Höhepunktes tanzte, ruhte ihr Geist. Alles war perfekt, sie war eins mit ihrem Körper und eins mit Luca. Sie war in Sicherheit, zweisam, satt – glücklich.

Mehr wie ein Löwe als ein Luchs brüllte er seinen Orgasmus heraus. Schnaufend schwebte sein Gesicht eine Weile über ihrem. Dann legte er sich neben sie und schlang besitzergreifend seinen Arm um sie.

Sein lautes, zufriedenes Schnurren zauberte ein Lächeln auf Camilles Lippen.

Zwölf

Wie das schlafende Dornröschen sah Camille aus. Oder ein blondes Schneewittchen, das nicht in einem Sarg, sondern nackt auf einer Couch lag. Jedenfalls so wunderschön wie eine Prinzessin, fand Luca und genoss das Geräusch ihres gleichmäßigen Atems.

Als ihm bewusst wurde, dass er – ein ganzer Kerl – gerade in Märchenmetaphern dachte, schnaubte er, worauf Camille die Augen öffnete.

«Ich wollte dich nicht wecken.» Er stützte seinen Kopf mit einer Hand ab und strich mit seinem Daumen über ihr Kinn. Während er auf der Seite lag mit der Rückenlehne hinter sich, ruhte sie auf dem Rücken an der Sitzkante.

«Hast du nicht. Ich habe nur deinem Schnurren gelauscht», sagte sie lächelnd. Dann erschauderte sie und rieb sich die Oberarme.

«Ist dir kalt?» Ohne ihre Antwort abzuwarten, griff er nach der schwarzen Fleecedecke auf dem Sessel und breitete sie über Camille aus, ein wenig wehmütig, da ihm nun der Anblick ihres nackten Körpers verwehrt wurde.

Zu seiner Überraschung deckte sie ihn ebenfalls zu. Er betrachtete diese Geste als Einladung und schmiegte sich an sie. So wohl hatte er sich seit Langem nicht mehr gefühlt. Aber er wusste, dass dieses Gefühl trügerisch war, denn Glück war immer nur von kurzer Dauer. Möglicherweise hatte Camille seiner Verführung nur aus Dankbarkeit nachgegeben oder weil sie ausgehungert war. Vielleicht hatte er sie auch zu sehr bedrängt. Dieser Gedanke nagte an ihm, aber er sprach ihn nicht aus, da er befürchtete, den Nagel auf den Kopf getroffen zu haben.

Er verspürte einen Stich in seinem Freak-Auge und blinzelte.

«Tut es wieder weh?»

«Nein», log er trotzig, weil es ihn sauer machte, dass jegliche Zufriedenheit immer wieder von Schmerz zerstört wurde.

Zögerlich fragte sie: «Warum siehst du immer so traurig aus, selbst jetzt?»

Die letzten beiden Worte hallten in ihm wider. Sie hatte ja recht, er sollte dämlich grinsend neben ihr liegen und das Nachglühen genießen. Stattdessen trübten dunkle Wolken sein Denken. Machte sich die Bestie wieder bemerkbar? Es wäre weiser, Camille zu verlassen und nie wiederzusehen, um zu vermeiden, dass sie eins seiner Opfer wurde, doch er konnte sich nicht von ihr losreißen. Luca horchte in sich hinein. Sein Luchs war satt und befriedigt, kein Anzeichen dafür, dass seine wilde Seite hochkochen könnte. Lag das Problem ganz woanders? Konnte es sein, dass er, der noch vor Kurzem einem Alpha ähnlich die Werkatzen-Kolonie angeführt hatte, unsicher war?

«Zu viele negative Gedanken.» Leiser fügte er hinzu: «Zu viele schlechte Erfahrungen.» Sie hatten sich in ihm festgesetzt und färbten alles schwarz. Nur Camille schien ein Lichtblick zu sein. Doch sie mochte sich auch zum größten Leid entwickeln, wie der Werkatzen-Clan, der als große Hoffnung begonnen, jedoch als Albtraum geendet hatte.

«Es ist bestimmt nicht leicht, sein Tier zu verbergen.» Sie zog ihre Knie zum Bauch hoch, streckte ihre Beine wieder durch und winkelte nur ihr rechtes an. War sie nervös, weil sie nicht wusste, ob ihm das Thema unangenehm war? «Wie bist du zu einem Gestaltwandler geworden?»

Er kratzte sich an seinem linken Nasenflügel. «Ich wurde angefallen.»

«Oh, mein Gott!» Ihre Wangentasche wölbte sich nach innen. Camille musste sie zwischen ihre Zähne einsaugen.

«Zum Teil war ich selbst schuld.» Vor Lucas geistigem Auge tauchte ein Clown auf, der die Eintrittskarten abriss und Joao einen grünen Luftballon in die Hand drückte. Er meinte sogar das Popcorn, das am Süßigkeitenstand frisch zubereitet wurde, riechen zu können. Die Maiskörner sprangen mit vielen leisen *Plops!* auf und wurden nur vom fröhlichen Lachen der Kinder übertönt. «Damals hatte ich Portugal noch nie verlassen, aber ich glaubte, mir gehöre die Welt.»

«Daher kommt dein süßer Akzent.»

«Süß?» Er bedachte sie mit einem warnenden Blick, doch er verfehlte seine Wirkung, denn sie grinste unangebracht frech. «Joao und ich, wir hatten ...», er hatte einen Kloß im Hals und musste sich räuspern, bevor er sich korrigierte: «Wir haben beide am achten August Geburtstag, allerdings liegen zweiundzwanzig Jahre dazwischen. Es hatte Tradition, dass wir nachmittags zusammen etwas unternahmen und erst abends unsere Sippe, wie wir sie nannten, trafen.»

«Klingt nach Onkel Theodore und mir, als ich noch ein Kind war.»

Damals hatte Luca noch Familie gehabt. Jetzt war er vollkommen auf sich allein gestellt. «Der berühmte *Circo Mágico* gastierte Anfang August in Faro. Als mein Neffe neun wurde und ich einunddreißig, lud ich ihn dorthin ein.» In seiner Erinnerung schlich er sich noch einmal in den Garten seines Bruders, baute aus dem Flyer, der die Vorstellungen bewarb, einen Gleiter und schickte diesen in Joaos Kinderzimmer. Nachdem der Junge den Flieger entfaltet hatte, hatte er gequiekt vor Freude. «Es sollte ein entspannter Nachmittag werden. Mittags gingen wir Pizza essen, dann besuchten wir den Zirkus und danach wollten wir uns an einer der Buden mit Eis vollstopfen.»

«Hört sich an, als wäre es dazu nicht gekommen.»

«Ich war immer ein Kind der Sonne gewesen. Mir mangelte es nie an Zuspruch von Frauen ...», obwohl er erzählte, entging ihm nicht, dass Camille ihre Lippen aufeinander presste. «In der Schule war ich einer der besten Schüler und bekam nach dem Studium gleich drei Jobangebote. Verdammt, ich wurde nicht nur im Hochsommer, sondern sogar an einem Sonntag geboren. Doch an jenem Tag verließ mich Fortuna.»

Er spürte, wie sich Camille neben ihm anspannte.

«Der *Circo Mágico* war am Golf von Cádiz beliebt, die Karten schnell ausverkauft, aber ich bot den doppelten Preis und plötzlich gab es noch zwei.» Er sah die Kuppel des Zirkuszeltes vor sich, als stünde sie direkt vor ihm. Der Stoff war in den Farben der portugiesischen Flagge gestreift. Das Rot leuchtete in der Augustsonne, als würde es von innen heraus angestrahlt werden, die dunkelgrünen

Bahnen wirkten aus der Ferne wie Ranken und das Gelb wie Goldfäden. «Mit funkelnden Augen verfolgte Joao, was in der Manege passierte. Er konnte sich gar nicht sattsehen an den Zauberern, den Artisten und Dompteuren.»

Camille schob ihre Hand zwischen seine Schenkel und ließ sie dort ruhen. Diese intime Geste lenkte ihn einen Moment ab.

«Die Vorstellung war viel zu schnell vorbei. Er wollte noch nicht wieder nach Hause, weil er dort den restlichen Tag brav zwischen den Erwachsenen an der Geburtstagtafel sitzen musste. Außerdem meinte er, dass der Besuch der Vorstellung ein schönes Geschenk gewesen sei, aber noch schöner wäre es, wenn er die Elefanten anfassen dürfe.» Lucas Arm, auf dem er sich abstützte, kribbelte unangenehm, daher streckte er ihn aus und legte seinen Kopf auf seinem Oberarm ab. «Was hätte ich darauf antworten sollen?»

«Du hast ihm den Wunsch erfüllt.» Es war eine Feststellung, keine Frage.

«Ich wollte es versuchen. Dazu musste ich erst den Direktor fragen, weil Besuche hinter den Kulissen wohl nicht üblich waren. Nun, ich kaufte Joao Eiscreme und sagte ihm, er solle am Ausgang auf mich warten.» Kurz schloss Luca seine Augen. «Welch ein Glück! Nicht auszudenken, wenn er mitgekommen wäre.»

Camille drehte sich zu ihm, schwieg jedoch.

«Ich suchte den Direktor. Man schickte mich hier und dorthin, bis ich schließlich zwischen den Wohnwagen umherlief. Wie ich dahin gekommen war, wusste ich selbst nicht. Zufällig ...», das Leben ist eine Hure, kam ihm bei diesem Wort in den Sinn, «sah ich aus dem Augenwinkel heraus, wie eine Frau in einem der Wagen umkippte. Sie fiel nicht in sich zusammen, sondern einfach um, wie ein Baum, den jemand gefällt hat.»

«Was war mit ihr?», fragte Camille besorgt.

Er rümpfte die Nase. «Vielleicht geht es ihr nicht gut, dachte ich damals, möglicherweise hat jemand sie zu Boden geworfen. Was immer es war, ich musste ihr helfen, denn irgendetwas stimmte offensichtlich nicht.»

«Hat niemand von den Angestellten etwas mitbekommen?», fragte sie und strich ihm eine Strähne aus der Stirn.

«Als ich auf den Caravan zustürmte, stürzte sich ein Luchs auf mich. Er riss mich zu Boden und schnappte nach meiner Kehle, aber ich schaffte es irgendwie, ihn auf Abstand zu halten.» Camille neben ihm spannte sich erneut an. «Dann hörte ich das Gebrüll einer zweiten Raubkatze. Wie durch ein Wunder ließ der Luchs von mir ab. Arbeiter, die für den Auf- und Abbau zuständig waren, fanden mich und riefen den Notarzt.»

Sie zog die Decke bis über die Schultern, als wäre ihr kalt, aber Luca spürte deutlich ihre Wärme. «Hatte der Luchs die Zirkustiere gewittert oder hatte der Duft der Fressbuden ihn angelockt?»

«Den Dompteuren war jedenfalls keine Wildkatze aus ihren Käfigen entkommen.» Die ganze Geschichte kam ihm so absurd vor! Und dennoch handelte es sich um die schreckliche Wahrheit. «Meine Arme waren völlig zerfetzt, aber ich lebte. Die Verletzungen heilten so schnell, dass die Ärzte mich das achte Wunder von Portugal nannten.»

«Das achte?»

«Die Tourismusbranche hat sieben der angeblich wichtigsten Kulturdenkmäler meines Heimatlandes auserkoren, um eine Reiseroute daran anzulehnen. Reine Marketingstrategie. Aber so alt wie ein Kulturdenkmal bin ich noch nicht und vor allen Dingen nicht so wichtig.»

Ihre Stimme klang butterweich: «Aber genauso besonders.»

«Die Wunden heilten zwar, allerdings kaum entlassen, wurde ich krank. Ich litt unter hohem Fieber, Schüttelfrost, Schwächeanfällen, Übelkeit und hatte immer stärker werdende Schmerzen. Ich fühlte mich, als würde jemand meine Knochen verschieben und neu ordnen.» Diese Zeit würde er niemals vergessen! Nie zuvor hatte sein Körper derart wehgetan. Er dachte sogar darüber nach, mit seinem Wagen auf den höchsten Berg der Sierra Monchique, den Fóia, zu fahren und rein zufällig – um es der Hure heimzuzahlen – von der Straße abzukommen und über die Algarve zu fliegen. Doch bevor er seinen Plan umsetzen konnte, war Tiago in sein Leben getreten.

«Die Transformation», vermutete Camille.

«Hört sich an, als wäre ich einer dieser Typen, die sich in Autos verwandeln können.» Ihm fiel ein, dass Joao die *Transformers* förmlich verehrt hatte – ausgerechnet.

«Gestaltwandeln bleibt Gestaltwandeln», sagte sie und knetete ihre Unterlippe.

Sie hatte recht. Er konnte sich eine Bemerkung einfach nicht verkneifen: «Ich wäre natürlich ein imposanter Truck wie Optimus Prime.»

«Wenn du meinst ...» Ihre Augen funkelten belustigt.

Er schlang den Arm um ihre Taille, drehte sie zurück auf den Rücken und zog sie ein Stück höher, damit ihr Hinterkopf auf der Armlehne lag. Drohend neigte er sich über sie. «Was willst du damit andeuten?»

«Nichts.» Betont unschuldig klimperte sie mit den langen Wimpern.

Da kam ihm in den Sinn, dass Prime der Anführer der Autobots war. Luca schüttelte den Kopf und legte sich wieder neben Camille. «Nein, ich bin nicht wie er. Ich habe keine Alphaqualitäten. Die schmerzhafte Wandlung habe ich nur dank Tiago überstanden. Wäre er nicht gekommen, hätte ich womöglich im Wahn meine eigene Familie zerfleischt.»

«Tiago?» Sie drehte sich wieder auf die Seite und kraulte beruhigend seinen Brustkorb.

Er konnte sich des Eindrucks nicht erwehren, dass sie nicht ihn, sondern vielmehr sein Tier liebkoste.

«Er reichte mir gerade mal bis zu den Schultern. Ein Haarband hielt seine blonden glatten Haare zurück, wie Nuno Gomes' bei Fußballspielen. Ich fand's immer scheußlich. Er stand irgendwann in meiner Wohnung, kochte mir bitteren Tee aus obskuren Kräutern, der mich schläfrig und die Schmerzen erträglich machte, und füllte meinen Kühlschrank randvoll mit Steaks. Ich war zu schwach, um ihn rauszuwerfen.» Luca sah an die gegenüberliegende Wand, aber sein Blick richtete sich nach innen. «Außerdem erklärte er mir einiges.»

Sie streckte ihre Hand nach seinem Gesicht aus, zog sie jedoch zurück, bevor sie es berührte. «Er wusste Bescheid, nicht wahr?»

«Mehr als das, er trug die Schuld an meinem Zustand.» Er knirschte so heftig mit den Zähnen, dass sein Kiefer wehtat.

«Das verstehe ich nicht», sagte sie und biss leicht auf den Nagel ihres kleinen Fingers.

«Er entpuppte sich als die Raubkatze, die mich im *Circo Mágico* angefallen hatte.»

Überrascht hört sie auf, an ihrem Fingernagel zu kauen. «Er war ein Werluchs?»

«Tiago fühlte sich mies und entschuldigte sich tausend Mal, aber das änderte nichts daran, dass mein Leben nie wieder so sein würde, wie es gewesen war.»

Energisch drückte sie seinen Arm. «Wieso tötete er dich nicht in deiner Wohnung, wo er es doch im Zirkus schon versucht hatte?»

«Er wollte mir nie die Kehle rausreißen, sondern mich lediglich davon abhalten, Madalena als Werkatze zu entlarven.» Das glaubte ihm Luca, denn Tiago hätte ihn an dem schicksalhaften Tag ohne Weiteres zur Strecke bringen können, doch er hatte von ihm abgelassen.

«Wer ist das schon wieder?»

Hörte er Eifersucht heraus, oder war das reines Wunschdenken? «Die Frau im Wohnwagen, die ich retten wollte.» Er schnalzte. «Sie brauchte meine Hilfe gar nicht. Tiagos Freundin war gerade dabei, sich in eine Leopardin zu verwandeln, und er wollte verhindern, dass ich Zeuge wurde.»

«Dann griff er dich nur an, um sie zu schützen?»

«Wir drei wurden so etwas wie Freunde.»

«So etwas wie?», echote sie sarkastisch.

Er klang nüchtern, dabei brannte die Enttäuschung in seinen Eingeweiden wie Säure. «Damals dachte ich, wir wären es, aber heute weiß ich, dass wir nur eine Zweckgemeinschaft darstellten.»

«Man trifft bestimmt nicht jeden Tag auf andere Gestaltwandler.» Mit den Fingerknöcheln strich sie von seinem Brustbein über seinen Bauch tiefer, doch bevor ihre Hand unter der Decke verschwand, hielt er sie fest.

Er hatte ihr schon so viel erzählt, jetzt wollte er ihr auch das Ende der Geschichte verraten. Es drängte ihn zu einer Art Beichte, denn das Reden hatte eine unerwartet reinigende Wirkung. «Wahrlich nicht. Die Sehnsucht nach Gleichgesinnten war ebenso groß wie nach Normalität. Kannst du dir vorstellen, wie anstrengend es ist, ständig seine wahre Natur verbergen zu müssen?»

«Ja, das kann ich tatsächlich.»

Stirnrunzelnd sah er sie an. Erst als sie die Fleecedecke von ihrem linken Stiefel zog, begriff er, dass sie von ihrem künstlichen Glied sprach. «Du hast einen Vorteil: Deine Prothese kann niemanden zerfleischen.»

«Ich sollte eine mit Krallen in Auftrag geben, um mich das nächste Mal selbst gegen mutmaßliche Angreifer verteidigen zu können.»

Das Wörtchen *mutmaßlich* tat weh. Er hatte sich nicht nur vor Camille zum Narren gemacht, sondern die Aufmerksamkeit der Werwölfe unnötig auf sich gezogen. Liebevoll küsste er ihren Handrücken, rieb ihn an seiner Wange und fuhr fort: «Tiago und Madalena träumten davon, sesshaft zu werden und unter ihresgleichen zu leben. Sie hatten von einer Werkatzen-Kolonie gehört, aber ich hielt das für eine fixe Idee, an der sie sich festhielten, um ihre Hoffnung auf ein normales Leben nicht zu verlieren, eine Art Utopia.»

«Ich schätze, ihr habt die Reise nach Alaska angetreten.»

«Nach Kanada», korrigierte er sie, vermied es jedoch spezifischer zu werden, um den Clan trotz allem nicht zu gefährden – falls er noch existierte. «Es gab sie wirklich! Niemand wunderte sich mehr darüber als ich. Es schien ein Traum zu sein. Ich traf Gestaltwandler jeder Nationalität, jeden Alters und Geschlechts, die dasselbe Schicksal teilten. Der Ort war abgelegen, wir hatten unsere Ruhe, lebten weitestgehend autark.»

«Diese senkrechte Falte auf deiner Stirn lässt keinen guten Ausgang vermuten.» Sie zog sie mit ihrer Fingerspitze nach.

«Die erste Freude wich schnell. Der Clan bestand aus einem Haufen hitziger Raubkatzen, viele von ihnen hatten ihre Tiere nicht im Griff. Die meisten Katzen sind nun mal Einzelgänger. Es herrschte Chaos, einige wollten das Recht des Stärkeren durchsetzen. Ein Miteinander schien kaum möglich. Ich spürte instinktiv, dass es in der Kolonie brodelte und das Projekt in einem Blutbad – ob nun innerhalb des Clans oder in einer der beiden Städte in der Nähe – enden würde, wenn wir nicht an einem Strang zögen und Regeln aufstellten.»

«Gehe ich recht in der Annahme, dass du versucht hast, sie zu vereinen?» Ihr Lächeln war warmherzig.

«Nach meinem Marketingstudium entschied ich mich dazu, nicht in einer Agentur zu arbeiten, sondern in einer Firma, was meine Familie und einige Freunde als falsch empfanden, da ich mich unter Wert verkauft hätte. Aber ich kannte meine Stärken. Ich war kein kreativer Kopf, sondern ein Stratege. Ich war nicht gut darin, mir kreative Konzepte auszudenken, wusste aber haargenau, in welches Wespennest ich stechen musste, um ein Produkt auf dem Markt zu platzieren.» Inzwischen hatte er erkannt, dass er einen entscheidenden Fehler gemacht hatte: Er hatte vergessen, dass er es nicht mit Menschen zu tun hatte, sondern mit Wertieren. «Behutsam stellte ich Regeln auf und bemühte mich um Strukturen, ohne den Anschein zu erwecken, die anderen an die Leine legen zu wollen, aber genau das warfen mir einige Neuankömmlinge vor.»

«Und sie haben den Rest rebellisch gemacht?» Missbilligend spitzte sie die Lippen.

«Nein, sie waren so aggressiv, dass sich die anderen ihnen unterworfen haben. Entweder schlossen sie sich Ruud und Ram Avtar Singh an oder brachten sich selbst in Sicherheit, wenn die Emotionen mal wieder hochkochten. Als die beiden mir in Menschengestalt mit einer glühenden Nadel Katzenaugen stechen wollten, half mir niemand, na ja, fast.»

«Mit einer Nadel?», fragte Camille schrill. Jegliche Farbe war aus ihrem Gesicht gewichen. Sie starrte sein Freak-Auge an. Eine Träne lief über ihre Wange. «Nicht einmal Tiago und Madalena attackierten die Aufrührer?»

«Nur ein junger Luchs, aber er hatte keine Chance.» Ob Lynx noch lebte? Wohl kaum. «Ram und Ruud hatten recht, ich habe mich wie ein Alpha aufgespielt.»

Mit einer Ecke der Decke wischte sie die Feuchtigkeit von ihrer Wange. «Du hast nur für deine Prinzipien eingestanden, Luca!»

«Und wohin hat das geführt? Mein Tier tickte aus. Seitdem habe ich es kaum noch unter Kontrolle. Schon zweimal bin ich zum Schlächter geworden, in der Kolonie und im Chugach State Park.» Er setzte sich auf, als wollte er Raum zwischen Camille und sich bringen, weil er sich davor fürchtete, ihr versehentlich wehzutun.

«Du hast selbst gesagt, dass du dich nur gegen die Jäger am Eagle River Nature Center verteidigt hast.» Sie führte Zeige- und Mittelfinger zusammen, spreizte den Daumen ab und ahmte eine Waffe nach. «Sie hatten dich bereits umzingelte und die Läufe ihrer Gewehre auf dich gerichtet.»

Er zog die Beine an und umschlang seine Knie. «Es ist nett, dass du meine Ausraster zu entschuldigen versuchst, aber ich bin unberechenbar geworden und kann mir nicht einmal mehr selbst trauen, das hast du doch vorhin miterlebt.»

«Hast du die Werwölfe getötet?» Schwungvoll hob sie ihren Oberkörper an, setzte sich in den Schneidersitz und zog die Decke bis über die Brüste. «Nein! Du hast mich verteidigt und sie lediglich weggejagt.»

Er lächelte spöttisch. «Nachdem ich sie böse verletzt hatte.»

«Aber du hast sie nicht», sie wiederholte lauter, «nicht umgebracht. Genau das macht den Unterschied!»

Er geriet ins Grübeln. Da mochte etwas dran sein. Er wollte es gerne glauben, Camilles Worte schenkten ihm Hoffnung, doch seine Unbeherrschtheit machte ihm Angst. «Seit der grausamen Attacke in der Kolonie, durch die ich in einen Blutrausch fiel, ist meine Hemmschwelle gesunken. Ich muss sie wieder hochziehen, sonst wird die Bestie immer mehr von mir Besitz nehmen.»

«Meinst du deinen Pardelluchs?», fragte sie und lehnte sich an ihn.

Gefühlvoll strich er über ihr Haar. Wie sie ihn von unten herauf anschaute, ließ neues Begehren in ihm erwachen. «Nur seine aggressive Seite.»

«Die haben Menschen auch», sagte sie und küsste seine Schulter.

Worauf spielte sie an?

«Kennst du Carl Gustav Jungs Theorie über die Schattenseite der menschlichen Seele?» Da er verneinte, fuhr sie fort: «Er war ein Schweizer Psychiater und Begründer der Analytischen Psychologie. Grob gesagt behauptete er, dass jeder Mensch einen dunklen Ort in seinem Inneren besitzt. Darin befinden sich die Eigenschaften seines Charakters, die er ablehnt, verabscheut und vor sich selbst leugnet. Oberflächlich ausgedrückt: alles, was wir nicht sein wollen. Je weniger wir uns des Bereichs unserer Seele, der im Schatten liegt, bewusst sind, desto gefährlicher sind wir.»

«Auf was willst du hinaus?»

«Du kennst deine dunkle Seite bereits und genau dieses Bewusstsein birgt eine Chance.» Ihre großen braunen Augen leuchteten. «Ich kenne mich mit Gestaltwandlern nicht aus, kann mir aber vorstellen, dass ... nun, erst wenn du akzeptierst, dass dein Luchs auch eine wilde, ungezähmte Seite hat, wirst du wieder Frieden mit ihm schließen können.»

Da war etwas dran. Seit dem Vorfall hatte er das Gefühl, nicht mehr eins mit ihm zu sein. Sein Kater kämpfte zwar nicht gegen ihn, aber er ließ ihn im Stich, zum Beispiel was die Heilung seines Freak-Auges betraf. Diese Schmerzen waren nicht normal, ebenso wenig wie die Tatsache, dass sich Luca einsam fühlte, dabei sollte er das nicht, denn er trug seinen engsten Freund immer bei sich. Doch oft zog sich dieser so tief in ihn zurück, dass er ihn kaum noch wahrnahm. Auf einmal wurde er sich bewusst, was der Grund dafür war: weil Luca ihn nicht länger als seinen besten Freund betrachtete.

«C. G. Jung sprach natürlich nicht von Therianthropen.» Nervös zupfte sie einige Flusen von der Decke. «Es war bestimmt nicht nur dein Kuder, der ausgeflippt ist, als er die Nadel sah, sondern auch deine menschliche Seite.»

Er hob die Hände, als wollte er damit seine Unschuld beweisen. «Ich habe früher sogar ein schlechtes Gewissen gehabt, wenn ich nur eine Fruchtfliege zerquetscht habe.»

«In Wahrheit glaubst du doch, dass Menschen nicht so grausam sein können, oder?» Nach einer kurzen Pause sprach sie weiter: «Aber es gibt Kriege, Vergewaltigungen, Mord aus Habgier und viele andere schreckliche Taten. Schieb deinem Luchs nicht die ganze Schuld zu. Könnte es nicht sein, dass eure Wut sich vereint hat und ihr mit gemeinsamen Kräften ums Überleben gekämpft habt?»

«Möglich wäre es», gab er zerknirscht zu, unsicher, ob das eine gute oder schlechte Erkenntnis war.

«Jung sagt, dass man die Teile seiner Persönlichkeit, die man leugnet und die somit auf der Schattenseite liegen, oft auf andere projiziert», gab Camille zu bedenken.

Herrgott, da hatte sie ihm ganz schön viel zum Nachdenken gegeben. Er spreizte die Beine etwas, stemmte die Ellbogen auf den Knien ab und massierte seine Kopfhaut. Sein Luchs war hellwach und ganz Ohr. Er lauerte auf Lucas Reaktion, doch er würde eine Weile brauchen, um das, was Camille gesagt hatte, zu verdauen.

Plötzlich klopfte es laut an der Haustür. «Dr. Camille Brass. Öffnen Sie, und zwar sofort!»

Erstarrt saß sie neben Luca und blickte ihn an. Eben noch hatten ihre Wangen eine leichte Rötung gehabt, nun war Camille blass um die Nase.

«Camille, machen Sie sofort auf oder ich trete die verdammte Tür ein.»

Sie stand auf, wickelte die Decke um ihren Körper und machte einen Schritt in Richtung Diele. Abrupt blieb sie stehen und schaute unschlüssig zu Luca.

«Hier ist Claw. Machen Sie sich bemerkbar, falls Sie können. Wenn nicht, komme ich in zehn Sekunden rein.»

Ein erdiger Duft drang an Lucas Nase. Er schnupperte. Werwölfe! Sofort sprang er auf. Nur mit Mühe unterdrückte er ein Knurren. Er folgte Camilles Blick. Sie spähte zur Kommode in der Diele. Hatte sie ihre Handfeuerwaffe zurück in die Schublade gelegt? Wünschte sie sich, die Pistole in diesem Moment in der Hand zu halten?

Bestimmt nicht, um ihre Freunde, das Rudel, zu bedrohen, dachte er und rannte auf leisen Sohlen die Treppe hinauf. Seine Laune sank auf frostige Minusgrade. Wütend, dass er sich von Camilles Worten hatte einlullen lassen, kletterte er auf den Dachboden und sperrte die Luke auf, um sich zu verwandeln und in der Gestalt seiner Raubkatze über die Dächer der Nachbarhäuser das Weite zu suchen.

Hatte sie nur mit ihm geschlafen, um auf angenehme Art Zeit zu schinden, bis die Werwölfe kamen? Luca hatte ja nicht das ganze Telefonat mit ihrem Onkel Theo mit angehört.

Eventuell hatte sie lediglich gesagt, dass er sich gegenüber den Werkatzen und den Skua nur verteidigt hatte und ihn keine Schuld an der heftigen Reaktion seines Tieres traf, um ihn hinzuhalten.

Er schätzte sie nicht so abgebrüht ein, aber er konnte es auch nicht ausschließen, soeben von Camille eiskalt verraten worden zu sein.

Dreizehn

Als wäre er kurz vorm Verdursten, kippte Matt Jerkins den Inhalt des Schnapsglases hinunter. Wie er es bei anderen Gästen des *Squirrels* gesehen hatte, biss er in die Zitronenscheibe. Angewidert verzog er das Gesicht, weil sich sein Mund schmerzhaft zusammenzog.

So einen Mist trinken manche Menschen, fragte er sich und schob dem Barkeeper – das Schild auf einer Cola-Dose, die als Trinkgeldbox diente, wies ihn als Ronny aus – das Glas über die Theke zu. «Noch ein'n.»

Er gurgelte mit einem großen Schluck von seinem Coors, was ihm einen abfälligen Blick seines Tresennachbarn einbrachte, aber das kümmerte ihn einen feuchten Kehricht. Der Kerl sah aus wie Hoggle in dem Film *Die Reise ins Labyrinth* und hatte ja auch keine Ahnung, wie widerlich dieser mexikanische Dreck schmeckte, denn er nuckelte schon die ganze Zeit an einer einzigen Flasche Bud, während Matt schon zwei Tequila runtergewürgt hatte.

Normalerweise trank Jerkins nur Milch und hin und wieder eine Cola oder einen Kaffee, wenn er wach bleiben musste. Aber diese Getränke waren im Moment nicht stark genug. Definitiv nicht!

«Zur Hölle, was für eine scheiß Nacht!» Mürrisch gaffte der Gnom ihn an, aber Matt grinste nur. Dieser Typ hatte ja keine Ahnung, dass er jederzeit von einem Wertier gerissen werden konnte – wenn er sich in der Bar mit jemandem anlegte, später noch rasch in den Liquor Store ging, um sich eine Flasche Feuerwasser für zu Hause zu kaufen, oder wenn er einfach nur den Mann, der neben ihm saß, so dämlich anglotzte, wie er Matt gerade ansah. «Scheiße geil.»

Der Barkeeper stellte ein weiteres Glas vor ihn hin. Die Zitronenscheibe hing angeschnitten über den Rand.

Matt sah genauer hin. War er schon so besoffen oder stimmte damit etwas nicht? «Die ist schimmelig.»

«Is' sie nich», nuschelte Ronny mit vollem Mund, sodass ihm beinahe ein Klumpen zermatschter Pommes rausgefallen wäre.

«Doch, Mann, ganz bestimmt.» Matt drehte unentwegt den Salzstreuer in der Hand. «Ich will 'ne neue.»

Genervt rollte der Barmann mit den Augen. Er wischte sich mit dem Poliertuch Mayonnaise vom Kinn, steckte eine neue Zitronenscheibe auf das Schnapsglas und warf die schimmelige auf das Tablett mit den vorgeschnittenen Stücken.

Besser der Nächste kriegt sie als ich, dachte Matt, streute Salz auf die Zunge, kippte den dritten Tequila mit Todesverachtung hinunter und aß die Zitrone. Er trank dieses Gesöff nicht nur, um seine Angst totzusaufen und gleichzeitig zu feiern, sondern auch um auf Montalbán einen zu heben. Ohne den Mexikaner wäre der große Durchbruch nicht zum Greifen nah.

Er holte sein Mobiltelefon aus der Innentasche seiner Jacke, überlegte, ob er seinen neuen Freund anrufen sollte, und legte das Handy dann neben den Salzstreuer.

«Besser nich.» Zufrieden über diese Entscheidung trank er sein Coors halb leer. Warum sollte er den Erfolg mit jemandem teilen, wenn er ihn auch allein haben konnte? «Das wäre doch saudumm, nich wahr?»

Offenbar waren Hoggle Matts Selbstgespräche nicht geheuer, denn er bezahlte, sprang vom Barhocker, als wäre er zwei Meter hoch – und für den Gnom war er das wohl auch – und verließ das *Squirrel.*

Außerdem war ihm Montalbán nicht geheuer. Seine Faust hatte die Größe eines Kinderkopfes. Selbst sein Lachen klang grausam. Das Adrenalin, das durch seinen Körper pumpte, hatte selbst Matt gespürt. Er war ein Feigling, das gab er zu, aber nur wenn keiner zuhörte, und der Mexikaner hatte eine Angriffslust versprüht, die den Werwölfen, die er eben in Action erlebt hatte, in nichts nachstand.

Er traute dem Bullen zu, dass er, ohne auch nur eine Sekunde lang zu zögern, in die Elk Road fuhr und das Haus mit der Nummer neun dem Erdboden gleichmachte, wenn Matt ihm von dem Werluchs erzählte. Natürlich war es reine Spekulation, aber durchaus denkbar, dass es sich dabei um die Wildkatze handelte, die Montalbáns Jagdkumpel zerfleischt hatte. Dass ausgerechnet dort, wo sich angeblich das Rudel traf, ein Luchs auftauchte, war ein Zufall zu viel.

Ronny, der gerade ein Longdrinkglas mit dem Tuch polierte, das er eben noch als Serviette benutzt hatte, fragte: «Nummer vier?»

Ablehnend hob Matt seine Hand. «Lass ma. Ich muss noch fahr'n.»

Der Barkeeper grunzte und stellte das Glas in das Regal hinter ihm. Die fettigen Streifen passten gut zu dem Lippenstift auf der Champagnerflöte daneben.

Das war sein erster und letzter Besuch in diesem Saustall. Er hoffte, dass der Schnaps die Bazillen abtötete. Während er sein Bier austrank, rief er sich den Abend noch einmal in Erinnerung. Selten hatte er Glück im Leben gehabt, aber heute hatte er einen ganzen Sack davon auf einem Silbertablett serviert bekommen.

Weil die Theatervorstellung des Nostalgia Playhouse erst um Mitternacht anfing, war er zuerst in die Elk Road gefahren, um zu prüfen, ob Montalbán ihm keinen Bären aufgebunden hatte. Er parkte am Straßenrand und rauchte aus Langeweile eine nach der anderen, bis seine Lungenflügel brannten, und das wollte schon etwas heißen. Ausgerechnet als er zum Pinkeln in die Büsche ging, kam Dr. Brass nach Hause.

Eine schöne Frau, dachte er jetzt auch wieder und sah sie vor seinem geistigen Auge. Engelslocken, Rehaugen und eine schlanke Taille. Bei ihr hätte er gar keinen Grund gebraucht, um sie zu beobachten.

Damit Frau Doc ihn nicht bemerkte, wenn er seine Autotür öffnete, um wieder einzusteigen, hatte er sich einfach hinter seinen Wagen gehockt. Erst da sah er, dass er nicht der Einzige war, der sie beobachtete, und damit meinte er nicht die beiden Kerle, die so unauffällig wie Elefanten im Tutu waren – die zwei versuchten erst gar nicht, sich zu verstecken –, sondern den Mann, der auf der Garage lag. Als die beiden Werwölfe ihn witterten, riss er sich die Kleider vom Leib, verwandelte sich in einen Luchs und griff sie an.

Matt hatte Bauklötze gestaunt! Vor Angst hatten seine dünnen Beine geschlottert und ihm wäre beinahe die Milch wieder hochgekommen.

Den sauren Geschmack meinte er jetzt noch zu schmecken und trank sein Coors leer.

Es grenzte an ein Wunder, dass die Raubkatze ihn nicht angefallen hatte, als er ins Auto geflüchtet war. Er hatte noch versucht, seine Kamera vom Beifahrersitz zu nehmen und ein Foto durch die Frontscheibe zu schießen, aber der Luchs hatte ihn so zornig angefunkelt, dass sein Fuß auf das Gaspedal drückte, bevor seine Hände nach der Kamera hatten greifen können.

Aber Angsthasen machten keine Karriere. Er musste dorthin zurückkehren und sich genau überlegen, wie er vorgehen sollte, um ein Beweisfoto zu bekommen. Vielleicht brauchte er Montalbán doch. Als Bodyguard zum Beispiel. Allerdings hatte Matt den Eindruck, dass Mr Testosteron seine eigenen Pläne verfolgte. Perserkatzenfratze hatte ihn bestimmt nicht in sein Geheimnis eingeweiht, weil er ihn ins Herz geschlossen hatte.

Der Bulle hatte behauptet, ein Artikel von Matt hätte ihn auf die Spur des Anchorage-Werwolf-Rudels geführt. *«Du konntest deine Vermutung nicht untermauern, warst dir aber sicher. Gemeinsam wollten wir sie aufspüren und zur Strecke bringen …»*

«Wenn man's genau nimmt, hab ich ihn auf die Fährte der Fellträger gebracht, auch wenn ich mich nich mehr erinner», murmelte er. «Er schuldet mir was.»

Leider war Montalbán nicht der Typ, der irgendwem irgendetwas schuldete, sondern eher einer, der sagte: *Dein Pech, wenn du mir einen Gefallen getan hast.*

Plötzlich schlug Ronny mit seinem Tuch auf die Theke und schreckte Matt aus seinen Gedanken auf. «Willste jetzt noch was? Das *Squirrel* ist kein Wohnzimmer, wo du für lau abhängen kannst.»

Matt knallte das abgezählte Geld auf den Tresen, nahm sein Mobiltelefon und verließ den Drecksladen. «Auf nimmer Wiederseh'n!» Hoffentlich bekam er keinen Herpes.

Wütend ballte er die Hand um das Handy. Nicht wegen Ronny, der war nur ein armes Würstchen, das von seinem Boss in den Arsch getreten wurde, wenn er nicht genug Umsatz machte.

Vielmehr ärgerte sich Matt darüber, dass er inzwischen Montalbáns Vermutung teilte. Es war nur ein Gefühl, aber eins, das immer greifbarer wurde, je mehr er über die Gestaltwandler nachdachte, als würden seine Erinnerungen auf dem Boden eines Milchkanisters liegen und er musste sie Schluck für Schluck freilegen.

Dieses übernatürliche Pack hatte etwas mit seinem Kopf angestellt, damit er vergaß, dass sie existierten, er spürte es intuitiv. Aber das würde er ihnen heimzahlen.

«Mit Zinsen!», schrie er auf dem Parkplatz die Wolken an. Die kalte Luft ließ ihn wanken. Er hatte definitiv zu viel getrunken, dafür dass er normalerweise keinen Tropfen Alkohol anrührte.

Er wählte eine Nummer. Zuerst glaubte er, niemand würde abheben, aber dann meldete sich doch eine Stimme: «Verflucht, was willst du noch um diese Zeit? Du weißt doch, dass ich nach *Jeopardy!* ins Bett gehe, um von Alex Trebek zu träum'n.»

«Schon bald werde ich dich aus Kotzebue raushol'n und dir ein Haus in Juneau kauf'n, ein richtig großes mit einem Badezimmer auf jeder Etage, damit du es rechtzeitig auf Toilette schaffst und keine Einlagen mehr trag'n musst.» Die Person am anderen Ende schnappte entrüstet nach Luft. «Bald werde ich reich sein, Mama, stinkreich, und auf der ganz'n Welt berühmt, du wirst seh'n.»

Vierzehn

Claw war stinksauer, weil Camille ihn am gestrigen Abend minutenlang vor der Eingangstür hatte stehen lassen und man seinen Alpha nicht warten ließ.

Aber wann ist Ashton mal nicht sauer auf irgendwen oder irgendwas, dachte Theodore und musste sich ein Grinsen verkneifen, damit Sunbeam, die vor ihm in ihrem Wohnzimmer stand und schimpfte wie ein Rohrspatz, nicht glaubte, er würde sie nicht ernst nehmen. Der Leitwolf wollte nur das Beste für seine Gefährten und reagierte zuweilen etwas verbissen.

«Dein Rudel belagert mein Haus.» Energisch trat sie mit ihrem gesunden Fuß auf. Gewitterwolken verdunkelten ihr hübsches Gesicht.

«Sie treffen sich nur in deinem Garten. Der Eisenbahnwagen ist perfekt als neuer Treffpunkt. Mehr nicht. Keiner erwartet, dass du ihnen selbstgemachte Zitronenlimonade mit Eiswürfel servierst.»

«Vielleicht lieber einen Blutcocktail?» Sarkasmus troff aus jeder Silbe. Sie hob trotzig das Kinn und verschränkte die Arme, wie damals als Kind, als sie sich geweigert hatte, aus seinem Auto auszusteigen, denn sie hatte sich dazu entschieden, ab sofort bei ihm zu wohnen, da das Leben mit ihm ein Abenteuer sei. Leider hatte er sie nun in eins mit reingezogen, dessen Konsequenzen er nicht überschauen konnte.

«Werwölfe ernähren sich normal wie Menschen, auch wenn sie Fleisch bevorzugen, jedenfalls wirst du keinen Vegetarier unter ihnen finden.» Er seufzte sehnsüchtig. «Die Vampire sind zu den Meetings nicht eingeladen.»

«Aber du bist doch hier.»

«Das hat einen anderen Grund. Claw hat mich als Vermittler hergebeten.» Und um ihn zur Schnecke zu machen. Sei's drum. Es war nicht das erste Mal, aber wenn einer, neben Tala natürlich, mit dem Alphawolf umgehen konnte, dann er, Lupus. Obwohl Claw ihm seinen Status als Rudelmitglied aberkannt hatte, als sich Theo entschieden hatte, zum Vampir zu werden, um für Elise weiterzuleben, nannte Claw ihn noch immer bei seinem Wolfsnamen. Das sagte mehr aus als tausend Worte.

«Zwischen mir und ihm.» Wütend blinzelte sie.

«Dir und den Gestaltwandlern», korrigierte er sie. «Er vertritt die Lykanthropen nur.»

«Dafür kommandiert er sie aber ganz schön herum.»

Theodore schmunzelte. Ganz unrecht hatte sie nicht, aber sein dominantes Auftreten gehörte nun mal zur Rangordnung dazu. «Claw würde sein Leben für jeden einzelnen seiner Gefährten geben. Er will nur das Beste für sie und vermeiden, dass ihre Existenz bekannt wird.»

«Ich stelle keine Gefahr für sie dar», sagte Camille schon etwas versöhnlicher. Sie ließ die Arme locker hängen. Ihr Mund wirkte nicht mehr ganz so verkrampft.

«Aber der Werluchs.» Nur mit Mühe schaffte er es, für sich zu behalten, wie groß die Sorgen, die er sich um sie machte, wirklich waren, doch das hätte ihr nur Angst eingejagt und sie zöge sich womöglich noch mehr zurück, als sie eh schon lebte. «Er ist eine tickende Zeitbombe.»

Er spürte, dass sie absichtlich nicht auf das Thema einging. «Ich will nicht auf Schritt und Tritt verfolgt werden. Weißt du, wie ich mir vorkomme? Wie eine Verbrecherin.»

Claw hatte deutlich den Kuder in ihrem Haus gerochen. Und an ihr. Das hatte er Theo noch in der gestrigen Nacht am Telefon berichtet und ihm geraten, ihr ins Gewissen zu reden, bevor er es tat. Aber Theo fand einfach nicht die richtigen Worte. Gespräche über Sex gehörten zu Eugenes Aufgaben, er war schließlich ihr Vater. «Du gehörst jetzt zum Rudel, dort passt man aufeinander auf.»

«Ich gehöre ...», sie gestikulierte heftig, als würde sie um Fassung ringen. «Wie bitte?»

«Seitdem ich dich eingeweiht habe, du bist so etwas wie ein inaktives Mitglied.» Er zwinkerte. Talas Granny Onawa und die Schamanen der Indianerstämme der Aleuten, Athabascan und Yup'ik waren Sympathisanten, aber diese Bezeichnung traf nicht auf Camille zu. Hoffentlich würde sich das bald ändern.

«Oh», machte sie und Theo erkannte daran, wie sie mit den Schneidezähnen ihre Unterlippe massierte, dass sie angestrengt über diese Erkenntnis und ihre Folgen nachdachte.

Hoffentlich kam sie nicht zu dem Ergebnis, dass sie vom Regen in die Traufe gekommen und schon wieder Teil einer Familie war, die sie bevormundete. Aber anscheinend schien ihr der Gedanke zu gefallen, denn ihre Mundwinkel wölbten sich leicht nach oben.

Theodore drückte ihre Oberarme sachte. «Sie wollen dich nur beschützen.»

«Das brauchen sie nicht. Der Luchs hat mich nur verteidigt.» So locker, wie sie sprach, war sie gar nicht, denn ihr linkes Augenlid zuckte. «Er glaubte, die Wölfe würden mich angreifen.»

«Woher willst du das wissen? Es klingt ja fast so, als hättest du mit dem Gestaltwandler gesprochen.» Und mehr. Betont unschuldig sah er sie an. Würde sie auf seinen Köder hereinfallen und ihm verraten, was zwischen ihr und dem Fremden vorging?

Ihre Wangen röteten sich. «Ich bin Biologin und habe meine Dissertation über Berglöwen geschrieben, schon vergessen? Ich habe mich intensiv mit Wildkatzen befasst.»

Nicht nur mit ihnen, kam Theo in den Sinn. Er räusperte sich. «Halte dich von ihm fern.»

«Er ist zu mir gekommen», verteidigte sie sich und blinzelte hilflos.

Wenn sie ihn doch nur in die Beziehung zwischen dem Werkater und ihr einweihen würde! Aber brachial vorzugehen und sie zu bedrängen würde nur dazu führen, dass sie sich vollkommen zurückzog, das wusste Theo, schließlich kannte er Camille schon ihr ganzes Leben lang. «Hast du denn keine Angst vor ihm?»

Sie presste die Lippen aufeinander und schwieg. Offensichtlich doch, aber ihre Furcht war nicht so groß, wie sie sein sollte.

«Ihr könnt euch wohl gut riechen?», wagte er sich weiter vor.

Doch sie krauste nur die Stirn, ob nun vor gespielter Ahnungslosigkeit oder weil sie eben nicht wie ein Werwesen dachte.

«Wölfe haben einen höher entwickelten Geruchssinn als Katzen, aber das weißt du natürlich.» Er blickte zur Couch, an dessen Bezug der würzige Duft ihrer Verschmelzung haftete, wie Claw aufgebracht erzählt hatte. Theo dagegen roch nichts. Wehmütig dachte er an seinen Wolf zurück, den er für Elise geopfert hatte. Sein Magen krampfte sich zusammen. Er hatte schon so viel für sie aufgegeben. Vielleicht zu viel, denn er fühlte sich, als hätte man ihm das Herz herausgerissen, als wäre er ohne sein Tier genauso unglücklich wie ohne seine Ehefrau.

Die Röte in Camilles Wangen breitete sich bis zu ihren Ohren aus.

«Der Luchs hat fünf Menschen auf dem Gewissen. Auf den ersten Blick mag er harmlos wirken, aber es braucht nur einen klitzekleinen Auslöser und er wird zur reißenden Bestie.» Unbeabsichtigt fuhr er seine Krallen aus, eine blasse Variante der Dolche, die er als Werwolf gehabt hatte. Seufzend zog er sie wieder ein. «Er ist ein Killer, Camille!»

Betreten schaute sie zu Boden.

Die Dinge zwischen zwei Personen lagen nicht immer einfach, das wusste er selbst nur allzu gut.

Während Rufus nach dem Kampf mit dem Kuder Claw, der gerade einen Kurs im Kletterpark gab, informiert hatte, war Arctos zu Elise gefahren, angeblich, damit Theodore seine Wunden versorgte, dabei wusste er so sicher wie das Amen in der Kirche, dass er, Theo, im Nostalgia Playhouse sein würde, um die Zaubervorstellung vorzubereiten.

Alles nur Taktik, eiskalte Berechnung, ein fadenscheiniger Grund, um Elise zu treffen. Alleine.

Theo versuchte ein Knurren von sich zu geben, doch es stieg nur Magensäure in seiner Kehle auf, weil er versucht hatte, ein gerilltes Steak zu essen, was ihm jedoch postwendend wieder hochgekommen war. An das Trinken von Blut, so übermächtig sein Körper auch danach verlangte, konnte sein Verstand sich nicht gewöhnen. Es war ihm leichter gefallen, zum Werwolf zu werden als zum Vampir.

Wie es ihrem fursorglichen Charakter entsprach, hatte Elise sich um Arctos' Wunden gekümmert.

Vor Zorn biss sich Theodore auf die Innenseite seiner Wange. Sein eigenes Blut weckte diesen Hunger, mit dem er sich nicht anfreunden konnte, daher verabschiedete er sich vorsorglich von Camille, um in den Garten zu gehen. Die kühle Nachtluft ließ ihn frösteln, weshalb er seinen grauen Strickschal enger um den Hals zog. Schon als er den tarnfarbenen Eisenbahnwagen am Ende des Grundstücks sah, ahnte er, dass er aufpassen musste, nicht über Arctos herzufallen, wenn er ihm gleich begegnete, egal ob sein MacKenzie-Wolf nun tot war oder nicht.

Canis löste sich aus einer Dreiergruppe, die vor dem Trittbrett stand und sich eine Tüte Trockenfleisch teilte. Anscheinend war es in dem Abteil recht eng und einige warteten lieber im Freien, denn Wölfe hassten kleine Räume, das konnte Theo immer noch nachfühlen. Der Indianer kam zu ihm und schüttelte ihm die Hand.

«Wie ich gehört habe, hast du Mila ...», Theo grinste breit, «zum Essen eingeladen.» Er hatte sich die Bemerkung einfach nicht verkneifen können. Die beiden waren unter den Illusionisten das Tuschelthema Nummer eins.

«Dumme Idee, das wurde mir auch klar, als sie dankend ablehnte, weil Werwolfblut wie Gülle schmecken würde.» In einer verlegenen Geste fuhr sich Canis durch seine dunklen Haare, die er viel länger als früher trug, nicht mehr militärisch kurz, sondern modisch geschnitten. Vielleicht um Mila zu gefallen, überlegte Theodore. «Die Frage ist mir einfach rausgerutscht, ihre Husky-Augen haben mich wohl durcheinandergebracht.»

Mit ihren eisblauen Kontaktlinsen wirkte Mila auf Theo wie von einem anderen Stern. Er empfand Mitleid mit seinem alten Freund, der es gewohnt war, dass die Frauen ihn anschmachteten. Seine athletische Figur und sein athabascanisches Aussehen kamen an.

Aber Mila war keine normale Frau, sondern eine Vampirin, die genau wusste, wie Gestaltwandler tickten, weil sie selbst einmal einer gewesen war. Definitiv war sie ein harter Brocken, sie machte es Canis alles andere als leicht.

«Wir sind stattdessen in irgendeine Disco, aber die stampfenden Beats haben mein Tier rasend gemacht», erzählte Canis und bot ihm seinen Riegel Pemmikan an.

Theodore lehnte schweren Herzens ab und musste mit ansehen, wie sein Freund herzhaft ein Stück abbiss. Ihm lief das Wasser im Mund zusammen, obwohl er wusste, dass das mit Schmalz angereicherte Dörrfleisch, ein typischer Reiseproviant der Indianer, für ihn nach nichts schmeckte. Genau wie Truthahn, Maiskolben und diese köstlichen Schokoladenkekse mit Milchcremefüllung.

«Das kann ich mir gut vorstellen. Wölfe besitzen ein empfindliches Gehör», sagte Theo. Mila wusste das selbstverständlich, schließlich hatte auch in ihrer Brust einmal ein Werwolfherz geschlagen. Aber er erwähnte es nicht, denn Canis musste selbst erkennen, dass sie ihn an der Nase herumführte.

«Um drei Uhr morgens wollte ich dann doch mal ins Bett», schmatzend bohrte der Indianer mit seiner Stiefelspitze im nassen Gras, «aber sie war noch topfit.»

Theo verfolgte jede Kaubewegung. Sein Puls schlug höher, wenn der Klumpen würzigen Fleischs hervorblitzte. Unauffällig schnupperte er, um wenigstens etwas von dem Duft zu kosten, doch er roch nur das feuchte Gras unter seinen Schuhen.

«Kein Wunder. Des Blutsaugers Tag ist die Nacht.» Erst beim Reden bemerkte Theodore den erhöhten Speichelfluss. Mila musste dem jungen Mann ziemlich Nerven gekostet haben. Das geschah Canis recht! Es hatte Zeiten gegeben, da ging er mit zwei Frauen gleichzeitig aus. Mila dagegen forderte ihn eines Werwolfs würdig heraus. Die Frau gefiel Theo immer besser.

«Unser Lebensrhythmus ist total unterschiedlich. Das Date war ein einziges Desaster.» Der Indianer verschränkte die Arme vor dem Brustkorb und Theo fiel auf, dass er sich moderner kleidete, seit bei ihm die Ranzzeit begonnen hatte. «Wie schaffen Nanouk und Kristobal das?»

«Mit Verständnis und zahlreichen Kompromissen.» Davon wusste er selbst ein Lied zu singen, nur dass alles an Elise hängen blieb. Vielleicht hätte er damals dem Krebs einfach seinen Lauf lassen sollen, anstatt sich von Nanouk infizieren zu lassen. Dann hätte seine Frau nicht so viel mit ihm durchmachen müssen.

«Alles okay mit dir?», fragte Canis und schluckte das Pemmikan hinunter.

Gebannt beobachtete Theodore, wie das Dörrfleisch die Speiseröhre hinabrutschte. Es dauerte nur Sekunden, aber durch seine erhöhte Wahrnehmung kam es ihm vor, als würde der Film des Lebens für einige Sekunden in Slow Motion abgespielt werden. Die Wölbung, unter der sich das Fleisch verbarg, war den schlanken Hals hinabgeglitten, wie bei einer Python, die ihr Opfer hinunterwürgte. Neidisch leckte er über die Lippen.

«Sicher.» Er bemühte sich um ein Lächeln. Wie konnte er den anderen gegenüber seine Bedenken äußern, die falschen Entscheidungen getroffen zu haben, wenn alle mit ihren eigenen Problemen beschäftigt waren? «Lass uns reingehen. Es fängt an zu nieseln.»

Das Innere des Personenwaggons war gemütlicher, als Theo erwartet hatte. Mochte Camille ihn auch als Abstellkammer für ihre Gartenutensilien benutzen, so achtete sie doch peinlichst genau darauf, dass alles ordentlich aufgeräumt und sauber war.

Es gab sogar elektrisches Licht. Drei schmucklose Glühbirnen hingen an der Decke, nicht sehr hübsch, aber zweckmäßig.

Sitzreihen mit je zwei Plätzen säumten die Wände rechts und links. Im vorderen Bereich gab es auf jeder Seite einen Vierersitz mit eierschalenfarbenen Resopaltischen, im hinteren klaffte eine Lücke. Darin standen Haken, Rechen und andere Arbeitsgeräte neben einigen Lykanthropen, die sich zusammenquetschten, um denen, die dahinter saßen, nicht vollkommen die Sicht auf den Alphawolf am Eingang zu nehmen. Blumentöpfe stapelten sich in den Gepäckablagen über den Fenstern.

Das Türkis der Sitzpolster erinnerte Theo an die Kaugummi-Eiscreme, die Rufus im Sommer aß. Winkend saß der Junge auf dem hintersten Platz, obwohl nicht er, sondern Tala den niedrigsten Rang im Rudel bekleidete. Doch er himmelte sie immer noch an und akzeptierte schweigend, dass sie gleichzeitig der Omegawolf und die Alphawölfin war.

So etwas Verrücktes kann es nur in Claws Rudel geben, dachte Theodore wehmütig.

«Du kommst zu spät», murrte der Alpha.

«Freundlich wie immer.» Wie oft hatte er das schon zu Claw gesagt? Es schien fast zu einem Ritual geworden zu sein.

«Das bedeutet, wir unterhalten uns erst nach dem Treffen, Lupus.»

«Soll ich draußen warten?», fragte Theo, denn auch wenn Claw ihn noch mit seinem Wolfsnamen ansprach, gehörte er trotzdem nicht mehr zum Rudel. Er hatte sich selbst vom Mitglied zum Sympathisanten degradiert.

«Nein, bleib.» Der Alpha nickte ihm zu und wandte sich an Nubilus, der unschlüssig herumstand und den Gang verstopfte für die Gefährten, die hereinströmten und in den hinteren Teil des Waggons wollten.

Theo hatte fest damit gerechnet, hinausgeschickt zu werden. Zu seiner Überraschung – und entgegen der Regeln – durfte er bleiben und mit anhören, was nur für die Ohren der Gestaltwandler bestimmt war. Das Vertrauen, das Claw ihm damit aussprach, und ebenso, dass niemand seiner ehemaligen Wegbegleiter dagegen protestierte, rührte ihn so sehr, dass er sich gegen die Wand neben dem Eingang lehnen musste.

Arctos, der zwei Reihen entfernt saß, neigte sich vor und stütze sich mit den Unterarmen auf der Rückenlehne des Vordersitzes ab. «Elise lässt grüßen und fragt, welche Farbe du für die Küchentapete bevorzugst.»

Theodore spürte einen Stich im Herzen, der das Wohlgefühl, das er eine Sekunde zuvor noch empfunden hatte, mit einem Schlag zerstörte.

Der ältere Inuit war noch nicht fertig, sondern schoss nach: «Ich habe ihr zu Lindgrün geraten.» Sein rundes Gesicht glühte rot wie eine Signalboje.

Wäre Theo noch ein Werwolf gewesen, hätte er keinen Atemzug lang gezögert und wäre ihm längst über die Sitze an die Kehle gesprungen, um sein Territorium zu verteidigen. Offensichtlich wilderte Arctos in seinem Revier und machte keinen Hehl daraus. Er tat ja gerade so, als würde er mehr Zeit mit Elise verbringen als er, Theo? Aber vielleicht stimmte das sogar. Möglicherweise kam er öfters bei ihr vorbei und beide verschwiegen ihm die Besuche. Eifersucht schnürte seinen Hals zu, sodass er kein Wort herausbekam.

Die Blicke der anderen entgingen ihm nicht. Sie warteten auf eine Reaktion, manche sogar auf einen Kampf oder eine verbale Zurechtweisung, aber Theodore stand nur da wie ein begossener Pudel.

Warum machst du denn nichts, fragte er sich selbst, sag wenigstens etwas! Zuerst wusste er nicht, was mit ihm los war, dann erkannte er mit Schrecken, dass Arctos ihm nur einen Spiegel vorhielt. Der Alte hatte recht mit den Vorwürfen, die er zwischen den Zeilen äußerte. Theo verbrachte weitaus mehr Zeit mit Kristobals dunkler Gesellschaft. Tagsüber schlief er im Theater und nachts half er bei der Show. Er traf Elise immer nur kurz am Abend oder in den frühen Morgenstunden.

Zu einem Vampir zu werden hatte ihm zwar das Leben gerettet, aber es entfernte ihn von seiner Ehefrau, für die er seinen Wolf geopfert hatte.

«Sie würde gerne morgen mit dir in den Baumarkt gehen.» Mit den Fingerspitzen lockerte Arctos sein Haar, das noch viel fülliger als das von Theo war und weitaus weniger grau.

Da der Frühling nahte und es immer länger hell war, blieb kaum noch eine Tageszeit, um solch alltägliche Dinge mit Elise zu erledigen. Das Licht schränkte ihn ein. Durch seine Wandlung in ein Geschöpf der Nacht hatte er einiges gewonnen und anderes dafür wiederum verloren. Er hoffte, dass seine Frau nicht bald zu Letzterem gehörte.

Doch dann fiel ihm ein, dass sie neuerdings Geheimnisse vor ihm zu haben schien. Wie oft hatte Arctos sie schon hinter Theos Rücken besucht? Zorn wallte in ihm auf. Er fühlte sich verletzt von der Person, für die er alles aufgegeben hatte, und war plötzlich wütend auf sich selbst, auf die ganze verdammte übernatürliche Welt, die ihm Chancen gab, die man möglicherweise besser nicht bekommen sollte, und auf Elise.

Aus Trotz, vielleicht auch aus Hilflosigkeit, das wusste er selbst nicht genau, sagte er: «Geh du mit ihr die Farbe aussuchen.»

Ein Raunen ging durch die Reihen. Damit hatte er ihnen wohl bewiesen, dass er tatsächlich kein Werwolf mehr war, denn keiner von ihnen hätte sich derart auf der Nase herumtanzen lassen. Er war durcheinander und fühlte sich, als hätte er sich selbst verloren und müsste sich erst wiederfinden. Die dunklen Lords und Ladys redeten immer nur von der körperlichen Veränderung, wenn man zum Vampir wurde, aber niemand sprach jemals über die Psyche.

Selbstzufrieden lächelnd lehnte sich Arctos zurück. «Gerne.»

«Ich übernehme das.» Rufus in der letzten Reihe sprang auf. «Habe ja jetzt einen Führerschein und wohne bei ihr.»

Von dem Kampf mit dem Kuder sah Theo nichts mehr, außer einem Kratzer auf seiner Wange. Rufus sah noch immer aus wie ein Milchbubi von vierzehn Jahren, aber seine Haltung war aufrecht wie die eines Mannes.

Sein Verhalten war mutig oder leichtsinnig, das würde Arctos' Reaktion zeigen. Theodore wartete genauso wie die anderen Anwesenden, ob es zu einem Hierarchiegerangel kommen würde, doch der Inuit schwieg.

Mit einer ausladenden Geste zeigte Claw durch den Waggon. «Sag Camille, sie soll die Blumenerde, die Töpfe und Werkzeuge hier rausräumen.»

«Ich werde sie darum ...», Theo machte eine Pause, um das nächste Wort zu betonen, «bitten.» Manchmal vergaß der Alpha, dass er Menschen nicht so herumkommandieren konnte wie sein Rudel.

Doch dann sagte er etwas, das Theo erstaunte: «Wir werden ihr ein Gartenhaus bauen, gleich drüben unter der Kastanie. Nubilus, du wirst Holz, Nägel, Lack und Dachpappe besorgen.»

«Aye, aye, Sir.» Der bullige Frankokanadier salutierte.

Plötzlich kam Unruhe in die Reihen. Ihr einheitliches leises Knurren klang wie das Summen eines Hornissenschwarms. Obwohl alle auf ihren Plätzen sitzen blieben, waren sie zum Sprung bereit. Sie witterten Rafaela, bevor sie die junge Frau erblickten.

Selbst Theodore spürte die Anwesenheit der Vampirin. Seine Nervenbahnen kribbelten und er spähte aus dem Eisenbahnwagen. Sie stürmte durchs Wohnzimmer. Camille konnte gerade noch rechtzeitig die Schiebetür öffnen. Rafaela war so in Fahrt, dass nicht einmal Theo sicher war, ob sie nicht einfach durchs Fensterglas gesprungen wäre.

Während sie über den Rasen auf den Waggon zukam, flatterten ihre wasserstoffblonden Open Braids wie die Tentakel eines Albino-Oktopus'. Seit sie vor einem Monat ein Alicia-Keys-Konzert in der Atwood Hall besucht hatte, trug sie Cherokee Cornrows. Allein bei dem Anblick der eng am Kopf geflochtenen Zöpfe, die ab den Silberperlen im Nacken offen auf ihren Rücken fielen, bekam er Kopfschmerzen.

Ihr schiefergrauer Stoffmantel glitt bis zu ihrer schlanken Hüfte auf. War sie derart in Eile gewesen, dass sie sich nicht die Zeit genommen hatte, die untersten Knöpfe zu schließen? Da Blutsauger kaum eigene Wärme produzierten und selbst bei zwanzig Grad plus froren, verbuchte Theo das als ungutes Zeichen.

Sie trat so hart auf, dass das nasse Gras unter ihren aschefarbenen Stiefeln schmatzte. Als sie den Waggon betrat, bemerkte Theo, dass Nubilus und einige andere auf ihre langen Beine starrten, was er ihnen nicht verübeln konnte, schmiegte sich das taubengraue Leder doch wie eine zweite Haut unverschämt sexy an.

Geradewegs wandte sich Rafaela an Claw. «Kristobal ist verschwunden.»

Fünfzehn

«Was soll das heißen?», fuhr Nanouk dazwischen und senkte sofort unterwürfig den Blick, um sich bei Claw für das Vergehen zu entschuldigen, ihm über den Mund gefahren zu sein.

Der Leitwolf knurrte, doch Tala bat mit einem warmen Lächeln um sein Verständnis, sodass er Nanouk diese Unverschämtheit unter den gegebenen Umständen verzieh. Er legte seinen Kopf schief. «Eventuell ist er gerade unterwegs, um sich eine Zwischenmahlzeit zu gönnen.»

«Wir halten uns an die Abmachung und nähren uns nur von den Besuchern der Vorstellung, auch nur so viel, dass sie keinen Schaden nehmen und es nicht merken.» Rafaela stellte einen Fuß auf Canis' Sitz und ignorierte sein Murren. «Ein großzügiger Kompromiss, den unser Alpha euch gewährt, bringt er uns doch an unser Existenzminimum.»

Das stimmte, wie Theodore inzwischen aus erster Hand wusste. Aber aufseiten der Werwölfe war es ein ebenso großes Eingeständnis zu akzeptieren, dass die Vampire die Bewohner Anchorages als Nahrungsquelle benutzten.

Der Spott in Claws Miene verschwand. «Wann habt ihr ihn das letzte Mal gesehen?»

«Als sich unsere Wege nach der Mitternachtsshow trennten.» Rafaela zog den Kragen ihres Rollis höher.

«Danach war ich noch mit ihm zusammen.» Mit geröteten Wangen trat Nanouk in den Mittelgang. «Ich verließ ihn gegen halb zwölf mittags, weil ein Geschäftsmann mich in seiner Mittagspause für ein Personal Training gebucht hatte.»

«Er würde niemals bei Tageslicht das Theater verlassen.» Rafaela zitterte vor Kälte. «Zumindest nicht freiwillig.»

Nanouk warf Camille, die hinter Rafaela auf das Trittbrett trat, einen raschen Blick zu. «Ich habe den Werluchs am Hinterausgang gerochen.»

Jegliche Farbe wich aus Camilles Gesicht. «Wahrscheinlich ist er dir nur gefolgt, um herauszufinden, mit wem er es zu tun hat, schließlich habt ihr ihn gestern grundlos angegriffen.»

«He.» Protestierend erhob sich Rufus. «Es sah so aus, als wollte er dich zum Dinner verspeisen.»

«Und ist mit dem Alphavampir aneinandergeraten, nachdem Nanouk gegangen war?», warf Claw als Hypothese in den Raum.

Rafaelas Braids flogen hin und her, als sie den Kopf schüttelte. «Keine Anzeichen eines Kampfes. Es macht den Anschein, als hätte sich unser Alpha in Luft aufgelöst.»

«Luca hat mit dem Verschwinden von Kristobal nichts zu tun.» Mutig drängte sich Camille an der Vampirin vorbei und stellte sich vor das Rudel.

In Zeitlupe wölbten sich Claws Augenbrauen. «Luca?»

Nervös verlagerte sie ihr Gewicht von einem Fuß auf den anderen. Sie schob die Hände in ihre Hosentaschen, als wäre ihr kalt, doch Lupus entlarvte ihr Verhalten als Verlegenheit. «Er will nur seine Ruhe haben, das ist alles.»

Nun machte sich Theodore ernsthafte Sorgen um seine Nichte. Wenn sie den Werkater schon öffentlich verteidigte, schien er ihr viel zu bedeuten, und das war ganz und gar nicht gut. Er konnte sich kaum daran erinnern, wann er sie das letzte Mal mit einem Mann zusammen gesehen hatte. Jetzt hatte ausgerechnet ein übernatürlicher Killer ihre Aufmerksamkeit auf sich gezogen. Theo mochte sie vor dem Gestaltwandler schützen können, aber nicht vor einem gebrochenen Herzen, dabei wünschte er ihr mehr als alles andere, endlich die Liebe ihres Lebens zu finden.

Claws Kiefer mahlten. «Und wieso ist er dann überall, wo es Ärger gibt: im Chugach State Park, vor deinem Haus und dem Nostalgia?»

Darauf hatte Camille keine Antwort und trat beiseite, um nicht mehr im Mittelpunkt zu stehen.

Rafaela nahm den Fuß von Canis' Sitz. «Fakt ist, dass der Alphavampir nicht spurlos verschwinden würde, ohne uns Bescheid zu geben.»

«Vor allen Dingen mir.» Ein tiefes, aggressives Knurren stieg aus Nanouks Kehle auf.

«Ihm muss etwas zugestoßen sein.» Theo spürte es mit jeder Faser seines Körpers. «Aber wer ist mächtig genug, um es mit ihm aufzunehmen?»

«Ein Werluchs, der fünf Menschen getötet hat.» Nanouks Vorwurf ließ Camille zusammenzucken.

«Mir fällt spontan ein weiterer ein: der einzige dunkle Lord, dessen Kräfte ebenso schnell reifen und der noch eine Rechnung mit ihm offen hat.» Gedankenversunken kraulte Claw sein Kinn. Dann schaute er in die Runde. «Jarek.»

Sechzehn

Wie gut, dass J. D. Benderman kein Gestaltwandler ist, sonst könnte er Luca und die Werwölfe an mir riechen, dachte Camille und schenkte dem Bürgermeister das strahlendste Lächeln, das sie unter den gegebenen Umständen zustande brachte.

So musste sie ihm nur vormachen, dass alles in bester Ordnung und völlig normal war, und darin war sie gut, denn sie spielte seit ihrem Unfall tagtäglich allen dasselbe vor.

Sie schüttelte seine Hand und wischte heimlich ihre Handfläche an ihrem Hintern ab. Zu ihrer Bestürzung bemerkte sie erst jetzt, dass sich ein weiterer Mann im Raum aufhielt. Er hatte sehr wohl mitbekommen, was sie getan hatte. Doch er quittierte ihr unhöfliches Verhalten nur mit einem Grinsen, das Camille nicht einzuschätzen wusste.

«Mr Walter Sarks kennen Sie ja bereits.» Galant geleitete Benderman sie zu dem Stuhl, der neben dem von Mr Sarks vor dem wuchtigen Kirschbaumholzschreibtisch stand, aber seine Höflichkeit war ebenso aufgesetzt wie ihre, denn als sie den Blick von ihm abwandte, fiel sein Grinsen in sich zusammen – was sie dank der Spiegelung in der Fensterscheibe bestens mitverfolgen konnte.

«Nein, tut mir leid.» Sie begrüßte den zweiten Gast ebenfalls mit Handschlag und nahm Platz. Weil sie bemerkt hatte, dass Luca es mochte, wenn sie einen Rock trug, hatte sie an diesem Tag einen beige-weiß-karierten angezogen, um den Bürgermeister abzulenken oder einzuwickeln oder beides. Was bei dem einen Mann wirkte, mochte auch auf den nächsten zutreffen. Aber nun fühlte sie sich unwohl und zog den Saum tiefer, denn der Baumwollstoff bedeckte gerade einmal ihre Oberschenkel zur Hälfte. Wenigstens schützte die blickdichte Strumpfhose etwas. «Nett, Sie kennenzulernen.»

«Ebenso.» Sarks erhob sich kurz und ließ sich wieder in den Stuhl fallen. Zumindest achtete er nicht auf ihre Beine, sondern beobachtete ihr Gesicht, als würde er darin etwas suchen.

Camille behagte es nicht, wenn jemand sie derart fixierte, obwohl er keinen unfreundlichen Eindruck machte.

«Das verstehe ich nicht. Sie haben doch zusammengearbeitet.» Benderman blieb zwischen ihnen stehen, öffnete sein schwarzes Jackett und lockerte seine Krawatte, die in den Farben der Stadtflagge – zitronengelb und navyblau – gestreift war. Zum Vorschein kam eine Weste. Eine Kette spannte sich von einem Knopfloch zur Brusttasche. Befand sich eine Taschenuhr am anderen Ende?

Wollte er vortäuschen, es handelte sich um ein Treffen unter Freunden, indem er sich leger gab, fragte sich Camille. Die zur Schau gestellte Ungezwungenheit passte nicht zu seinem akkuraten Mittelscheitel. Auf seinem Schreibtisch befand sich nichts, außer einem Kugelschreiber und dieser lag exakt parallel zur Kante der ledernen Schreibunterlage. «Wir haben sozusagen Hand in Hand gearbeitet, aber uns nie persönlich getroffen.»

«Meine ehemalige Mitarbeiterin Tala Cocoon hat vermittelt», erklärte Sarks gelassen. Er faltete die Hände und Camille bemerkte, dass ihm der kleine Finger rechts fehlte. Ob eins der Wildtiere, die er innerhalb seiner Arbeit bei Wild Protection aus der Stadt zurück in den Wald brachte, ihn ihm abgebissen hatte?

«Ehemalig?» Mit seinem mexikanischen Oberlippenbart und seinen schwarzen Westernstiefeln sah Benderman aus wie Wyatt Earp. Wie ein Überbleibsel aus der Goldgräberzeit Alaskas. Camille neigte sich dezent vor, um zu prüfen, ob er einen Colt trug, sah aber nur, dass er seine Daumen in den Gürtel einhakte und mit den Zeigefingern über die breite Silberschnalle strich. «Wieso hat sie aufgehört?»

«Private Gründe.» Sarks zuckte mit den Achseln und verschränkte die Arme vor dem Körper.

Camille kannte die Wahrheit über Talas Kündigung. Nach dem Treffen von Claws Rudel in ihrem Garten am Abend zuvor war Tala als Einzige zurückgeblieben und hatte sich bis tief in die Nacht mit ihr unterhalten. Mit ihrer herzlichen Art hatte sie bei Camille Verständnis für die Lykanthropen geweckt. Sie verstand sie und ihre Reaktionen jetzt besser. Die Halbindianerin war ganz anders als die anderen, sie trat nicht so dominant auf und konnte sich besser in Camille hineinversetzen, weil sie selbst noch nicht lange eine Werwölfin war und sich noch gut an ihre Fassungslosigkeit erinnerte, als sie von der Existenz der Gestaltwandler erfahren hatte.

Nachdem sie zur Polarwölfin geworden war, war sie gezwungen gewesen, ihre Stellung bei Wild Protection aufzugeben, da die verirrten und verwirrten Wildtiere, um die sich die Organisation kümmerte, in ihrer Gegenwart aggressiv oder ängstlich reagierten. Walter Sarks wusste nichts von Talas wahrer Natur. Aber sein verklärter Gesichtsausdruck ließ Camille ahnen, dass sein Misstrauen geweckt worden war, wahrscheinlich auch wegen des Antiserums.

«Nun ...» Der Bürgermeister setzte sich hinter seinen Schreibtisch, lehnte sich vor und faltete seine Hände. Ganz in seinem Element schwang er seine wohlvorbereitete Rede: «Ich habe Sie zu mir gebeten, um mich bei Ihnen persönlich für Ihren Einsatz zu bedanken. Ohne Sie hätte meine Stadt eine Katastrophe erlebt.»

Seine Stadt? «Das ist doch selbstverständlich.» Eigentlich war es eine Ehre vom Bürgermeister persönlich eingeladen zu werden, aber Camille wurde das trügerische Gefühl nicht los, dass mehr dahintersteckte.

«Wie haben Sie das Wunder geschafft?», fragte er und schaute Walter an, als würde er einer Frau nicht viel zutrauen.

«Da müssen Sie sich an Dr. Brass wenden, Sir. Freiwillige Helfer und ich haben die Caniden nur geimpft und präparierte Köder ausgelegt. Es hat lange gedau-»

Ungeduldig unterbrach er ihn. «Dann erzählen Sie mal, Camille.»

Die vertraute Anrede missfiel ihr, aber sie sagte nichts dazu. Sie war auf der Hut! Es würde schwierig werden, die Entstehung des Serums zu erklären, ohne zu erwähnen, dass sie als Basis das Blut eines Vampirs – des mächtigsten, wie sie inzwischen wusste – benutzt hatte. Sie entschied, vage zu bleiben. «Ich habe eine Weile experimentiert, bis es mir gelang, ein geeignetes Antiserum herzustellen.»

«Das Virus war recht ungewöhnlich, oder nicht?»

«Nicht ungewöhnlicher als andere.» Camille bemühte sich, ruhig sitzen zu bleiben, damit ihre wachsende Nervosität nicht offensichtlich wurde.

«Ebenso besonders war das Mittel, das sie hergestellt haben, habe ich recht?» Da sie nicht antwortete, fuhr er fort, ihr Bröckchen hinzuwerfen: «Es funktionierte sowohl als Impfstoff als auch als Heilmittel für bereits infizierte Tiere.»

«Ganz so einfach war es nicht.» Nun gab sie doch ihrem Bewegungsdrang nach, schlag ein Bein über das andere und legte die Hände auf ihr Knie. «Beide hatten dieselbe Basis, aber die Verfahren, die sie durchliefen, waren natürlich unterschiedlich.»

Er lehnte sich zurück, legte die Arme auf den Lehnen ab und saß auf seinem großen Bürostuhl so würdevoll und erhaben wie ein König auf seinem Thron. «Also waren es im Grunde zwei verschiedene Mittelchen.»

«Ja», antwortete Camille kurz und bündig. Würde er jetzt endlich Ruhe geben?

«Aber sie haben beide aus dem Blut eines einzigen Tieres gewonnen.»

Das war korrekt und dennoch hatte es sich nicht nur um eine Sorte gehandelt: Da Kristobal sich von Blut ernährte, bestand seines aus einer einzigartigen Mischung verschiedener Blutgruppen, Geschlechter, Alter, menschlich und tierisch – und das seines Wolfes, der, wie Tala sie aufgeklärt hatte, noch rudimentär in ihm weiterlebte. Die Vampire waren früher einmal selbst Werwölfe gewesen, hatten aber einen Weg gefunden, ihr Tier während der Gestaltwandlung zu töten, ohne ihre menschliche Seite umzubringen, nur hatte die Methode bei Kristobal nicht hundertprozentig funktioniert, was sich als Glück herausstellte.

Ein tragikkomischer Gedanke formte sich in Camille. Wahrscheinlich brachte sie Claws Rudel nicht einmal in Gefahr, wenn sie die Wahrheit sagte, sondern man würde sie in einer Zwangsjacke aus diesem Büro führen und direkt in die Psychiatrie bringen. Sie konnte ja selbst kaum glauben, was sie alles gehört und gesehen hatte.

Der Bürgermeister räusperte sich, um ihr zu deuten, dass er auf eine Erklärung wartete. Da sie beharrlich schwieg, sagte er: «Das muss ein besonderes Exemplar sein. Da stimmen Sie mir doch zu, Mr Sarks.»

«Oh ja, Sir.» Neugierig weiteten sich Walters Augen und sicherlich auch seine Ohren, vermutete Camille.

Benderman wollte einfach nicht aufhören zu bohren, deshalb versuchte sie es mit einer neuen Strategie. Sie bombardierte ihn mit Fachwissen, das ihn mehr verwirrte als zur Aufklärung beitrug, und fing bei grundsätzlichen – und vor allen Dingen unwichtigen – Sachen an und blieb dabei allgemeingültig.

Ohne Luft zu holen erzählte sie, dass Viren aufgrund des fehlenden Zytoplasmas keinen Stoffwechsel haben, sie keine Proteine herstellen und sich auch nicht eigenständig fortpflanzen können, sondern dafür einen Wirt benötigen.

Sie holte weit aus, referierte, dass man ein Tier mit dem Krankheitserreger impft, dieses Antikörper im Kampf gegen das Virus bildet, und man das Prozedere wiederholt, um den Antikörper zu erhöhen.

Zufrieden nahm sie wahr, dass Benderman mit jedem weiteren Satz mehr den Faden verlor, bis sein Gesicht schließlich ein einziges Fragezeichen war.

Ungeduldig klopfte er mit den Fingerspitzen auf die Lederunterlage auf dem Tisch. «Schön, schön, hochinteressant. Aber kommen wir zum Antiserum.»

Unauffällig wischte sie ihre feuchten Handflächen an ihrem Rock ab. «Ich habe Ihnen doch schon alles dazu gesagt.»

«Ehrlich gestanden habe ich nichts verstanden, aber das muss ich auch nicht, dafür habe ich meine Leute.» Bei jedem Wort pochte er mit seinen Fingerknöcheln auf die Kirschholzplatte, als würde er seinen Ärzten Morsezeichen geben, damit sie wussten, dass Arbeit auf sie zukam. «Ich möchte, dass Sie mir das Tier bringen, Dr. Brass, und zwar noch heute.»

«Bringen?» Vor Schreck umschlang sie die Armlehnen ihres Stuhls so fest, dass ihre Handgelenke weiß hervortraten.

Benderman griff nach seinem Kugelschreiber und fuhr die Mine unentwegt aus und wieder ein. «War der noble Blutspender ein Wolf oder ein Köter?»

Das Klicken machte Camille noch nervöser. «Ein ... ein *canis lupus* irgendwie.» Rudimentär zumindest. «Aber ich kann Ihnen das Tier nicht liefern.»

«Auch gut, ich lasse es abholen.» Der Bürgermeister entnahm einer Schublade einen Schreibblock und schlug ihn auf. «Wo befindet es sich?»

«Ich kann das übernehmen.» Sarks' Augen leuchteten. Bisher hatte er fast reglos neben ihr gesessen, doch nun kam regelrecht Leben in ihn. Er setzte sich mit gespreizten Beinen auf die Stuhlkante, die Hände auf seine Oberschenkel gestützt, um sofort aufzuspringen, sobald er die Adresse erfahren hatte, so schien es.

Hatten die beiden das geplant? War Talas ehemaliger Chef nicht nur hier, damit der Bürgermeister ihn ebenfalls aufs Korn nehmen konnte? Camille sah sich auf einmal einer Übermacht gegenüber. Ehrlich antwortete sie: «Ich weiß nicht.» Kristobal war nun mal tatsächlich wie vom Erdboden verschluckt.

Benderman warf den Stift auf den Tisch. «Was sollen die Spielchen, Dr. Brass? Wollen Sie das Wundertier für sich alleine haben?»

«Der Wolf ist tot. Jawohl. Der Leichnam bereits entsorgt. Ich kann Ihnen nicht sagen, wo er sich befindet», redete sie hilflos drauflos und befürchtete, sich in ein Netz aus Lügen zu verstricken, das sie bald zu Fall bringen würde.

«Sie machen Witze!» Sein Hals wurde rot. Da sie den Kopf schüttelte, erhob er die Stimme: «Sie wollen nicht allen Ernstes behaupten, das Tier, das Ihnen den Durchbruch beschert hat, zur Schlachtbank gebracht zu haben.»

Die Ausflüchte gingen ihr immer schwerer über die Lippen. «Es starb.»

«Aber es war doch immun gegen den Erreger», polterte er, schmiss den Block in die Schublade und knallte diese zu.

Aufgeregt ging Camille in Gedanken alle Caniden-Krankheiten wie Staupe, Borreliose, den Herzwurm und den Parvovirus durch, aber diese hätte sie bei der Voruntersuchung festgestellt, daher blieb ihr nur eine Möglichkeit: «An Altersschwäche.»

«Was?», schrie er und machte mit seinem vor Zorn zerfurchten Gesicht Chucky, der Mörderpuppe, heftig Konkurrenz.

Sie quälte sich ein enthusiastisches Lächeln hervor. «Wenigstens hat es vor seinem Tod noch etwas Gutes getan.»

«Wir werden das nachprüfen», sagte er mit einem Mal kühl und führte sie zur Tür. Auch wenn er wie ein Gentleman ihren Arm hielt, blieb ein Rauswurf ein Rauswurf.

«Machen Sie das.» Camille verabschiedete sich von beiden Männern und eilte den Gang entlang zur Treppe, auch wenn sie dadurch hinkte, aber sie wollte so schnell wie möglich an die frische Luft.

Niemand wird den Wolf finden, das ist die gute Nachricht, dachte sie beim Verlassen des Gebäudes. Die schlechte war, dass der Bürgermeister und seine Mitarbeiter auch keinerlei Hinweise auf seine Existenz entdecken würden, weil Kristobal nie in ihrem Labor gewesen war und Camille alles vernichtet hatte.

Keine Versuchsnotizen. Keine Proben. Keine Zeugen. Das bot Nahrung für den Argwohn des Bürgermeisters und führte unweigerlich zu neuen Fragen.

Das Kapitel J. D. Benderman war noch lange nicht geschlossen.

Siebzehn

«Wenn dieser Fleischklops noch mal seine Hand auf ihren Rücken legt, reiß ich ihm den ganzen Arm ab!» Ein tiefes, bösartiges Knurren drang aus Lucas Kehle.

Sein Pardelluchs stieg bis nah unter die Oberfläche, während er aus einem sicheren Versteck heraus beobachtete, wie der Glatzkopf die Tür hinter Camille schloss. Der Neandertaler war kein Vampir, sondern ein Mensch, was Luca nicht an seinem Geruch erkannte, denn um ihn zu wittern, hockte er zu weit weg, hinter zwei Mülltonnen in einer Gasse auf der gegenüberliegenden Straßenseite, sondern weil die Aprilsonne hoch am Himmel stand und er sich nicht in Rauch auflöste.

Er fuhr seine Krallen aus, weil es ihm nicht passte, dass sich Camille hinter den Mauern des Nostalgia Playhouse befand, wo er sie nicht mehr beobachten konnte, dabei drängte es ihn herauszufinden, auf welcher Seite sie stand. Hatte sie ihn bei ihrem letzten Treffen verraten? Oder hatte der Alphawolf sie ebenso überrascht wie Luca?

Er hatte gehofft, eng an Camille gekuschelt einzuschlafen, aber Claw hatte ihn aus ihren Armen vertrieben. Das nahm er ihm übel. Sehr übel! Ebenso, dass er nun mit ihr im Theater war, dabei sollte er, Luca, der Mann an ihrer Seite sein.

Es hatte gutgetan, ihr sein Herz auszuschütten, aber nun bereute er seine Offenheit, denn die Werwölfe und Vampire mochten Camille gegen ihn verwenden. Redeten sie da drinnen auf sie ein? Manipulierten die Blutsauger sie? Schüchterten die Gestaltwandler sie ein, bis Camille sich ihnen unterwarf?

Fell wuchs auf seinem Handrücken. Er kratzte sich am Ohr, weil ihn die Pinsel darauf juckten. Obwohl er seinem Luchs gerne nachgegeben hätte, trieb er ihn zurück in sein Inneres und machte die Verwandlung rückgängig. Dies war nicht der richtige Ort, nicht die richtige Zeit.

Wenn nur der Müll in den Tonnen vor ihm nicht so übel riechen würde. Der Gestank der Zivilisation! Luca musste dringend mal raus aus Anchorage in die Wälder und durchatmen. Aber er klebte an Camille wie ein Kaugummi an ihrer Schuhsohle. Sein Kuder gab ein kreischendes Geheul von sich, das in einem Murren endete, und Luca presste seine Lippen so fest aufeinander, dass es wehtat, damit er keinen weiteren Ranzruf von sich gab.

Um sich von dem Winseln seines Katers abzulenken, ließ er seinen Blick über die Fassade des Nostalgia Playhouse schweifen. An zahlreichen Stellen blätterte der graue Putz ab. Ein handgemaltes Schild mit dem Namen des Theaters über der zweiflügeligen Tür stellte den einzigen Farbtupfer dar. Alle Fensterläden waren geschlossen. Ein weißer Aufsteller stand neben dem Eingang, der die Mitternachtsshow ankündigte.

Claw war nicht der Einzige aus dem Rudel, der Camille begleitete. Auch der Indianer, den Theodore in ihrem Garten Canis genannt hatte, gehörte zur Delegation.

«Hat euer viel gerühmter Geruchssinn euch im Stich gelassen?» Lucas Mund verzog sich zu einem hämischen Grinsen, denn er hatte sie am Vortag ausgetrickst, indem er sich in der Gestalt seines Luchses im Kot mehrerer Tiere gewälzt hatte. Er war auf einen Ahornbaum im angrenzenden Wald gleich hinter dem Eisenbahnwagen geklettert und hatte jedes Wort gehört, das die Werwölfe und Blutsauger gewechselt hatten.

Die Lykanthropen mochten so tun, als wären sie ihre Freunde, und ihr Onkel war einer der Vampire, aus eigener schmerzlicher Erfahrung wusste Luca jedoch, dass das übernatürliche Pack am Ende nur an sich selbst dachte.

Aber sorgten sie sich nicht ehrlich um diesen verschwundenen Alphavampir? Als diese Flippige mit den Cherokee Cornrows aufkreuzte, um sie von Kristobals Verschwinden zu unterrichten, hatte Luca deutlich die Rage der Anwesenden gespürt. Noch mehr erstaunt hatte ihn allerdings das Gemisch aus Traurigkeit, Angst und Verzweiflung, das er gewittert hatte.

Die Gefühle waren aufrichtig.

Angewidert schüttelte er sich, als wollte er die schmerzlichen Erinnerungen abstreifen. «Das hast du bei Tiago und Madalena auch gedacht.» Wenn es hart auf hart kam, kümmerte sich jeder nur um seine eigene Haut.

Plötzlich sah er aus dem Augenwinkel heraus einen Schatten. Schlagartig wandte er seinen Kopf, seine Muskeln spannten sich an und seine Nackenhaare stellten sich auf. Doch bevor er hinschauen konnte, war der Schemen auch schon wieder verschwunden. Während er schnupperte, blähten sich seine Nasenflügel. Derselbe Geruch wie im Zoo. Er knirschte mit den Zähnen. Das hatte ihm gerade noch gefehlt.

«Geh weg!» Luca knurrte drohend und legte seine Ohren an, wie kein reiner Mensch dazu in der Lage gewesen wäre, aber *sein* Schatten war bereits verschwunden.

Sein Pardelluchs wollte rennen. Am liebsten stundenlang durch die Wälder. Doch weglaufen würde diesmal nichts nutzen.

Aufgebracht rannte Luca durch die Gassen, er sprang auf die Dächer der umliegenden Häuser und prüfte die Fenster, aber das Nostalgia Playhouse schien hermetisch abgeriegelt zu sein. Er musste trotzdem dort hinein, musste hören, ob Camille sich gegen ihn aufhetzen ließ. Vielleicht bestand auch Gefahr für sie, und er war der Einzige, der sie aus dem Unterschlupf der Vampire herausholen konnte. Ihr Onkel gehörte zu den Blutsaugern, auf ihn konnte sie nicht zählen.

Camille brauchte ihn!

Als ein Van angefahren kam und der Neandertaler, der Camille hineingelassen hatte, aus dem Hinterausgang trat, war Lucas Chance gekommen. Er konzentrierte seine Sinne auf das Geschehen vor ihm. Geduldig wartete er im Eingang eines halb verfallenen Krematoriums in der Nachbarschaft und beobachtete, wie ein zweiter Mann, der dem Fleischklops glich wie ein Zwilling, aus dem Fahrzeug stieg.

«Willst du da rumstehen oder mir helfen, Caleb?»

«Was regst du dich auf, Caine?» Er streckte sein breites Kreuz und blieb auf dem Treppenabsatz stehen. «Ich bin doch schon unterwegs.»

«Das sehe ich nicht», blaffte der Größere der beiden, öffnete die Tür des Vans und schnappte sich einen Kasten mit Softdrinks. Er ging zu seinem Ebenbild, drückte ihm den Kasten in die Hand und kehrte zum Auto zurück. Er selbst nahm zwei und stolzierte an seinem Kollegen vorbei ins Theater.

Caleb fühlte sich wohl in seiner Ehre gekränkt, denn er holte einen Karton mit Kaffee aus dem Wagen, legte zwei Flaschen Wein darauf und balancierte ins Gebäude.

Einen Moment lang fragte sich Luca, weshalb er die Pappschachtel nicht auf den dicken Wülsten über seinen Augen trug, im nächsten jagte er auch schon zum Hintereingang und linste in den Gang, der dahinter lag.

Die Gerüche, die ihm entgegenschlugen, waren zwar schwach, aber eine unangenehme Mixtur aus menschlichen, wölfischen und vampirischen Körperdüften und einem Aroma aus Lemongras und süßen Lavendelblüten – sie irritierten ihn. Sein Luchs reagierte verunsichert. Dennoch stahl Luca sich vorwärts. Camille zog ihn an wie ein Magnet. Er konnte nicht anders, als sich Schritt für Schritt tiefer in das diffus beleuchtete Theater zu schleichen. Auch wenn er sich damit in Gefahr begab, kam er doch gleichzeitig immer näher an sie heran.

Plötzlich hörte er hinter sich einen Knall. Etwas traf ihn am Rücken. Ein brennender Schmerz folgte. Luca flog herum.

Am Hinterausgang stand Caine mit einem Gewehr in der Hand und grinste breit. «Ich hätte nicht gedacht, dass du so dumm bist und hier auftauchst.»

Die Welt um Luca verschwamm. Seine Beine gaben nach.

Camille hatte den Übernatürlichen als Köder gedient. Er erkannte die schmerzhafte Wahrheit, bevor er tot zusammenbrach.

Achtzehn

Es fiel Luca schwer, seine Augen zu öffnen. Benommen nahm er wahr, dass er auf dem Rücken lag. Seine Handflächen strichen über den rauen Betonboden unter ihm.

Als er die Gitterstäbe über ihm bemerkte, dachte er: Falls Gott Gestaltwandler nicht wegsperrt, um die anderen Himmelsbewohner vor ihnen zu schützen, muss ich noch leben.

Während sich seine Sinne sammelten, machte er eine Bestandsaufnahme. Er war angezogen, konnte seine Arme und Beine frei bewegen und spürte keinen Schmerz, nur das leichte Brennen der Einstichstelle knapp über seinem Steißbein. Wie lange hatte das Betäubungsmittel ihn außer Gefecht gesetzt? Er vermochte es nicht einzuschätzen.

Nun, da sein Verstand immer klarer wurde, spürte er fünf Herzschläge im selben Raum.

Kampfbereit sprang er auf alle viere. Er fuhr seine Krallen aus, verwandelte sein Gebiss – und schwankte. Das Mittel wirkte immer noch nach. Das Schwindelgefühl ärgerte ihn. Das Knurren seiner Raubkatze stieg aus seiner Kehle auf und hallte in dem Gewölbe wider, tief und bedrohlich. Obwohl eine einzelne Glühbirne von der Decke hing, hatten seine Fänger stattdessen Fackeln in den Ecken entzündet.

Da steht wohl jemand auf Theatralik, unkte Luca innerlich und vermutete, dass er sich in einem Kellerraum befand, denn die Wände waren nicht verputzt. Es gab kein einziges Fenster, keine Möbel, nichts, nur den Käfig, in den man ihn gesperrt hatte.

«Ruhig.» Camille machte mit ihren Armen eine beschwichtigende Bewegung. «Bleib ruhig, Luca.»

Seinen Namen aus dem Mund dieser Verräterin zu hören, ließ Galle in ihm hochsteigen. Außerdem kam er sich vor wie ein Köter, wenn sie so mit ihm sprach. Ein aggressives Kribbeln floss durch seine Adern und verteilte sich in seinem ganzen Körper. Es war elektrisierend. Gefährlich! Das Biest erwachte.

Doch dann bemerkte er, dass Camille zitterte. Sie schlang ihre Arme ineinander und hielt ihre Unterarme fest.

Offensichtlich hielt sie seinem Blick nicht stand, denn sie sah erst verlegen zu Boden und dann ihren Onkel an. «Muss das sein?»

«Das siehst du doch selbst.» Entschuldigend zuckte Theodore mit den Achseln und schaute den Mann neben ihm fragend an. «Radim?»

Wie ein faulender Fisch, so roch der Fremde für Luca.

«Er ist ein Monster.» Taktlos zeigte Radim mit einer Geste, die auf eine Bühne passte, aber in diesem kleinen Zimmer übertrieben wirkte, auf den Gefangenen.

«Weil er eine wilde Seite hat», Claw tat so, als würde er eine Fluse von der Brusttasche seines schwarzen Mantels schnippen, «wie wir Werwölfe?»

Blasiert hob der Vampir, der ein sternenübersätes nachtblaues Gewand trug, wie der Zauberer aus den Cartoons, die Lucas Neffe Joao immer guckte, seine zusammengewachsenen Augenbrauen. Nach ein paar Sekunden verzog sich der Mund in seinem schmalen Windhundgesicht zu einem aufgesetzten Lächeln. «Natürlich nicht. Schon vergessen? Wir waren auch mal – so.»

«So?», echote Canis hitzig und verlagerte sein Gewicht von einem Fuß auf den anderen. «Was meinst du damit?»

Fünf Gegner zählte Luca, unter ihnen würden der Indianer und der Alphawolf die stärksten Kämpfer sein.

«Er reagiert nur angriffslustig, weil ihr ihn eingesperrt habt.» Camille verteidigte ihn, das überraschte Luca, und so konzentrierte er sich stärker auf sie. Ihr Herz überschlug sich immer wieder, ihre Muskeln waren angespannt und sie schwitzte. Sein Schicksal schien ihr nicht egal zu sein.

Als er sprach, klang seine Stimme nicht mehr menschlich – so dicht saß sein Pardelluchs unter der Oberfläche, bereit dazu, jeden Moment die Kontrolle zu übernehmen –, sondern rau, das R rollend, als würde ein Knochen, den er gerade abgeknabbert hatte, zwischen seinen scharfen Zähnen stecken – jede Silbe vibrierte: «Du hast mich hierher gelockt.»

«Ich?» Sie schnappte nach Luft. Empört wollte sie auf den Käfig zugehen, aber Theo hielt sie an der Taille fest.

Schützend stellte sich Claw vor sie. «Wir wussten, dass du sie verfolgst. Dein Geruch war überall. Sie gehört jetzt zu uns, irgendwie, und wir können nicht zulassen, dass du ihr wehtust.»

«Das habe ich nicht vor.» Selbst wenn er es schaffte, seinem Gefängnis zu entfliehen, würde er zwar gegen die vier Männer kämpfen, aber sich eher selbst verletzen, als sich auf Camille zu stürzen. Außerdem schien sie nichts von dem Plan ihrer neuen Freunde, sie als Lockvogel zu nutzen, zu wissen oder auch nur geahnt zu haben.

«Du vielleicht nicht. Aber was ist mit deinem Tier?» Speichelfetzen aus Radims Mund flogen umher. «Fünf Männer hat deine Wildkatze getötet.»

Camille wollte an Claw vorbeigehen, blieb aber neben ihm stehen, da er sie mit zusammengekniffenen Augen warnend ansah. «Er hat sein Leben verteidigt!»

«Unter diesen Umständen macht man die verrücktesten Sachen», sagte Claw mit einer Gelassenheit, die etwas Bedrohliches ausstrahlte. «Ob Gestaltwandler, Vampir oder Mensch.»

Überrascht über das unerwartete Verständnis verwandelte sich Luca in einen Menschen zurück. Das Kribbeln wurde zu einem unangenehmen Kitzeln und ebbte glücklicherweise ganz ab. Seufzend lehnte er sich mit dem Rücken gegen die hinteren Gitterstäbe. Blut würde für immer an seinen Händen kleben. Daran würde nichts, was er tat, jemals etwas ändern. Er konnte seine eigene Geschichte nicht neu schreiben, sondern musste lernen, damit zu leben.

«Wo ist Kristobal?», donnerte Radim plötzlich so laut, dass Camille zusammenzuckte. Allein für den Schrecken, den er ihr eingejagt hatte, hätte Luca ihm liebend gerne mit seinen Krallen die buschigen Augenbrauen gezupft. «Was hast du mit dem Alphavampir gemacht?»

«Ich habe mit seinem Verschwinden nichts zu schaffen», antwortete Luca und zog seine Beine an.

Anklagend zeigte er auf ihn. «Du lügst!»

«Tut er nicht.» Camille sagte das leise, aber bestimmt. Heute trug sie ihre blonden Locken offen. Nervös steckte sie eine Strähne hinter ihr Ohr, doch sie löste sich wieder.

Verächtlich schnaubte er. «Woher willst du das wissen?»

Sie zögerte, sah Luca eine Weile an, als würde sie versuchen, tief in sein Inneres zu schauen, und schluckte schwer. Ihm war klar, dass sie nicht mit Sicherheit wissen konnte, dass er die Wahrheit sprach, schließlich war sie nur ein Mensch und ihre Sinne abgestumpft. Aber diese hübsche, verrückte Frau vertraute ihm, sie glaubte an das Gute in ihm – mehr als er selbst. Womit hatte er sie verdient?

«Zuneigung bringt uns nicht weiter.» Er spie ihr die Worte vor die Füße.

Ohne den Blick von dem Gefangenen zu nehmen, öffnete Claw den Gürtel seines Crown Coats und knöpfte ihn auf. «Ich spüre es.»

«Hätte er gelogen, wäre sein Puls gestiegen, sein Körpergeruch hätte sich verändert und sein Atem beschleunigt», erklärte Theo und Luca hörte deutlich die Sehnsucht heraus.

«Aber er ist ruhig geblieben.» Canis betrachtete den Vampir von oben bis unten. «Wärest du noch ein Werwolf, könntest du seine Unschuld ebenfalls wittern.»

«Danke, ich verzichte», gab Radim blasiert von sich, benässte die Spitzen seines Zeige- und Mittelfinger und zeichnete damit seine Augenbrauen nach. «Vielleicht ist er nur ein guter Schauspieler.»

Ein Lächeln milderte Claws harte Gesichtszüge. «Dieses Privileg gehört allein den dunklen Lords und Ladys.»

Radim schnaubte und suchte Unterstützung bei Theo, doch dessen Augen funkelten amüsiert.

Es war erniedrigend in Menschengestalt auf allen vieren an die Tür aus Gitterstäben zu kriechen, aber der Käfig war so niedrig, dass Luca nicht aufrecht stehen konnte. «Dann könnt ihr mich ja jetzt freilassen.»

«So einfach geht das nicht.» Claw schwang seinen Mantel auf und stemmte die Hände in die Hüften. «Wir stellen Bedingungen.»

Luca spitzte genauso die Ohren wie seine Raubkatze. Er mochte es nicht, dass man ihm sagte, was er zu tun und zu lassen hatte. Seit Tiago ihn zum Werluchs gemacht hatte, war sein Freiheitsdrang noch viel größer als vorher. Außerdem gab nicht gern klein bei.

Claw trat näher heran, er streckte seinen Rücken durch und baute sich förmlich vor ihm auf. «Du wirst Anchorage verlassen und nie wieder zurückkehren, denn deine Unbeherrschtheit gefährdet unsere geheime Existenz.»

Für alle hörbar atmete Camille ein. Sie setzte an, um zu protestieren, aber ihr Onkel legte seine Hand auf ihre Schulter und schüttelte kaum merklich den Kopf.

Im Grunde war das ein fairer Handel. Luca wollte ohnehin weiterziehen. Aber zu seinem eigenen Erstaunen hörte er sich selbst sagen: «Das geht nicht.»

«Ich höre?» Wie ein schwarzer Zinnsoldat stand Claw da. Seine ganze Haltung zeigte Luca, dass er nur an ihm vorbeikommen würde, wenn er auf seine Forderungen einging.

Aber er hatte nicht vor, sich zu unterwerfen. «Unerledigte Angelegenheiten.»

Claw warf Camille einen flüchtigen Blick zu. «Vergiss sie!»

«Das entscheide ich», stellte er klar und knurrte. Ihm lag es fern, einen Kampf zu erzwingen, aber niemand – niemand! – stellte sich zwischen Camille und ihn. Wenn sie ihn wegschickte, würde er mit eingezogenem Schwanz auf ewig verschwinden. Die Meinungen der anderen interessierten ihn nicht.

«Du wirst dich von ihr fernhalten.» Claw grollte und stellte sich so, dass er Camille mit seinem Körper verdeckte.

«He, ihr könnt nicht über mich bestimmen», rief sie und wollte um ihn herumgehen. «Keiner von euch.»

Erneut hielt Theo sie zurück, diesmal, indem er sie kräftig am Arm packte. «Zwei dominanten Männchen im Clinch kommt man besser nicht in die Quere, Sunbeam.»

Über seine Schulter hinweg sagte Claw zu ihr: «Ich bin dein Alpha, ob es dir passt oder nicht, und du wirst dich meinem Willen beugen. Gib Lupus die Schuld. Er hat dich über uns aufgeklärt. Jetzt gehörst du mir.»

Obwohl Luca wusste, dass der Leitwolf meinte, dass sie Teil seines Rudels war und er sie im Grunde nur beschützte, stellte er richtig: «Sie gehört mir!»

Claw legte den Kopf schief. «Willst du mich herausfordern?»

Auf leisen Sohlen zog Radim sich in eine Ecke zurück, während Canis interessiert lauschte.

«Hallo, Jungs», rief Camille dazwischen und versuchte, die Aufmerksamkeit erfolglos auf sich zu lenken, indem sie winkte. «Ich treffe meine eigenen Entscheidungen.»

«Nein!», antworteten Claw und Luca gleichzeitig, ohne ihr Blickduell zu unterbrechen.

Stille trat ein. Bei Luca formte sich ein Gedanke, der ihm nicht behagte. Möglicherweise waren er und sein Rivale sich ähnlicher, als ihm lieb war.

«Du bist nicht gut für sie», trat der Alphawolf verbal nach und verpasste Luca damit einen Schlag, der ihm die Luft aus den Lungen trieb.

Der Gestaltwandler hatte recht, und das schmerzte Luca mehr als tausend Bisse und Kratzer. Er ließ den Kopf hängen und schwieg. Sein Luchs winselte.

Eine Frau mit kurzen schwarzen Haaren betrat den Keller. Ein Ornament-Tattoo schlängelte sich von ihrem Haaransatz über ihre linke Schulter bis unter ihre dunkle Korsage, darunter trug sie hautenge schwarze Röhrenjeans.

Luca wunderte sich, wie jemand auf so hohen Hacken laufen konnte. Für eine Vampirin roch sie nicht einmal übel, mehr nach abgestandener Luft als nach aasigem Fisch wie Radim.

Ihre Augen faszinierten ihn und stießen ihn gleichzeitig ab. Hellblau und eiskalt wie Gletscherwasser. Einen kurzen Moment lang trafen sich ihre Blicke und er hatte das Gefühl, dass sie in ihn hineinschaute. Dämonisch! So unnatürlich, wie die Farbe war, musste es sich um Kontaktlinsen handeln.

Wie ein Soldat, der vor einem Feldwebel salutiert, nahm Canis Haltung an. Als die Frau ihn ansah, schnappte er unauffällig nach Luft. Sie bedachte ihn mit einem spöttischen Lächeln und wandte sich von ihm ab, worauf der Indianer seine Hand zur Faust ballte und verärgert sein Gesicht verzog.

So ist das also, dachte Luca amüsiert.

«Habt ihr Kristobal aufgespürt, Mila?» Radim kam auf sie zu, achtete aber darauf, dem Käfig nicht zu nahezukommen.

Sie sprach die Silben so scharf aus, dass sie für die Ohren von Lucas Kater wie das Klirren von Scherben klangen. «Keine Spur. Es ist, als hätte er sich in Luft aufgelöst.»

«Ist Nanouk mit dir zurückgekehrt?», fragte Claw besorgt.

Würdevoll schüttelte sie den Kopf, wodurch die Ohrringe mit den Malachit-Anhängern hin und her schaukelten. «Sie ist immer noch da draußen. Ihr Tier spielt völlig verrückt, weil wir nicht den kleinsten Hinweis auf seinen Verbleib gefunden haben. Jetzt sucht sie in Gestalt ihrer Timberwölfin die Wälder ab. Dabei hätte ich sie nur behindert.»

Plötzlich erschütterte eine Explosion das Nostalgia Playhouse.

Neunzehn

Keine zwei Sekunden später flog ein junger Vampir mit einer Hasenscharte in den Raum. Seine kurzen blonden Locken wippten, als er im Türrahmen stehen blieb. Er brachte einen dezenten Rauchgeruch mit, wie Luca alarmiert witterte.

Radim eilte auf ihn zu. «Was ist passiert, Adamo?»

Nervös versuchte der junge Vampir immer wieder seinen kleinen Finger in den Fleischtunnel in seinem Ohr zu stecken, aber er war zu dick. «Es gab eine Detonation im Lager mit den Getränken und Vorräten für die Theaterbesucher. Feuer ist ausgebrochen und droht auf das Zimmer mit den Kostümen und Gerätschaften überzugreifen.»

«Caleb und Caine haben eben neue Vorräte gebracht.» Nachdenklich rieb Radim über sein spitzes Kinn. «Ob jemand eine Bombe in einem der Kartons reingeschmuggelt hat?»

«Vielleicht derselbe, der Kristobal auf dem Gew–», Theodore stockte und korrigierte sich, «in seiner Gewalt hat.»

Schneller, als Luca es von dem alten Mann erwartet hatte, lief er hinter Adamo, Canis und Mila die Treppe ins Erdgeschoss hoch.

Schwungvoll wandte sich Radim um und zeigte auf Luca, als wäre sein Zeigefinger ein Magierstab, mit dem er ihn verzaubern wollte. «Er war es!»

«Dann wäre ich wohl kaum hinterher geschlichen.» Luca umfasste die Gitterstäbe und prüfte, wie solide sie waren. Sie gaben kein bisschen nach, auch die Verankerungen ließen sich nicht lockern. «Für wie dumm haltet ihr mich?»

Abfällig lachte der Illusionist. «Für dumm genug, in unsere Falle zu tappen.»

Wütend fauchte Luca. Er lernte die Vampire gerade erst kennen, wusste aber jetzt schon, dass er sie nicht leiden konnte. Nein, das war unfair, er konnte nur *diesen* nicht ausstehen.

«Du musst den Käfig aufschließen», bat Camille und legte die Handflächen aneinander.

Radims Augen weiteten sich. «Auf keinen Fall!»

«Er wird hier drinnen sterben.» Ihre Stimme hallte von den Wänden wider, sie zitterte vor Empörung.

Verständnislos schüttelte Radim den Kopf. «Ich werde ihn nicht rauslassen.»

Hilfe suchend wandte sich Camille an Claw, aber dieser sagte nichts, was Luca auch nicht anders erwartet hatte. Er spürte aber, dass der Alphawolf unruhiger wurde, weil der Rauchgeruch zunahm. Die Flammen im Erdgeschoss mussten nicht so leicht zu löschen sein.

«Verdammt, ihr könnt ihn nicht verbrennen lassen!», schrie Camille auf. Sie flog herum und näherte sich dem Vampir mit zorngeröteten Wangen. In diesem Moment schien es ihr völlig egal zu sein, dass sie vor Aufregung hinkte. Trotz ihrer Behinderung wirkte sie wie eine Amazone, fand Luca. Beeindruckend! Er merkte erst, dass er sie anschmachtete, als Claw schnaubte.

Bevor sie jedoch Radim packen konnte, blieb sie abrupt stehen. Sie schwankte benommen. Wie gebannt starrte sie ihn an. Luca nahm wahr, dass ein Ruck durch ihren Körper ging, im nächsten Moment versteifte sie sich. Dann verloren ihre Muskeln jegliche Spannung und sie kam ihm wie eine Marionette vor, die von einem Puppenspieler aufrecht gehalten wurde. Schließlich taumelte sie rückwärts. Nur weil Claw sie auffing, fiel sie nicht der Länge nach auf den Boden.

«Zieh dich aus ihrem Kopf zurück oder du bekommst es mit mir zu tun», zischte der Werwolf den Vampir an.

Luca fauchte, jedoch nicht in Radims Richtung, sondern in Claws, da dieser noch immer seine Arme von hinten um Camille geschlungen hatte. Der Alpha quittierte seine Eifersucht mit einem spöttischen Lächeln, lies sie aber tatsächlich los.

Sie strich sich über die Augen, sammelte sich und warf dem Blutsauger einen ärgerlichen Blick zu. «Mach das nicht noch einmal!»

«Sonst hetzt du dein Kätzchen auf mich?», bemerkte Radim spitz und sah zu Luca hinüber. «Er könnte Kristobal auf dem Gewissen haben und wollte wahrscheinlich das Theater abfackeln.»

Luca hörte das Prasseln von Flammen, ganz leise nur und für die Ohren eines Menschen zu weit weg, aber das Gehör seines Luchses nahm es wahr. Er umfasste die Gitterstäbe fester, voller Verzweiflung. Auch wenn das Feuer noch nicht auf das Kellergeschoss übergegriffen hatte – sollte das Erdgeschoss erst einmal in Brand stehen, würde es ihm den Fluchtweg versperren und er hier unten jämmerlich ersticken.

Claws Wolf musste sich der wachsenden Gefahr ebenfalls bewusst sein, denn er sagte zu Lucas Erstaunen: «Lass ihn frei.»

«Du hast hier nichts zu bestimmen.» Aufbrausend gestikulierte Radim wie ein Orchesterleiter, der ein dramatisches Musikstück dirigierte. «Das ist Kristobals Territorium.»

«Aber er ist nicht hier, und ich bin der einzige Alpha», sagte Claw mit einer Bestimmtheit, die keinen Widerspruch duldete. «Mach auf. Sofort!»

Luca spürte das markerschütternde Knurren des Werwolfs bis tief in sein Inneres, ein bedrohliches Vibrieren, das selbst die Nervenenden erreichte, die schmerzhaft zuckten, als wäre eine Nadelspitze in sie hineingebohrt worden, und die Angst direkt in die Eingeweide einpflanzte. Dieses dominante Männchen war dazu auserkoren zu führen, das erkannte nicht nur Luca, sondern auch Radim, denn er gab einen missmutigen Laut von sich, warf ihm den Schlüssel zu und stolzierte aus dem Kellerraum.

Claw packte Camilles Arm und führte sie unnachgiebig zur Tür. Bevor er mit ihr in die erste Etage hinaufstieg, schleuderte er den Schlüssel in Richtung Käfig. Dann verschwanden sie.

Wäre Luca frei gewesen, hätte er keine Sekunde gezögert, sondern wäre ihnen hinterhergerannt, um sie dem Leitwolf zu entreißen.

Grollend riss er an den Gitterstäben. Es ging in Knurren über, schließlich fauchte er wild. Verdammt, sein Gefängnis besaß nicht einmal eine Tür! Verzweifelt schnupperte er den Boden ab. Nichts deutete auf eine Öffnung hin.

Der Rauch stach in seine empfindliche feline Nase. Er spürte, dass die Bestie in ihm schwelte wie der Brand im Erdgeschoss. Das Kribbeln brannte in ihm, als würde Napalm durch seine Adern fließen. Aber er drängte diese unbändige Aggression mit aller Macht zurück, denn auch die wilde Seite seines Tieres würde ihn nicht aus seinem Gefängnis befreien können.

Das erste Mal seit seinem Blutrausch in der Kolonie siegte sein Menschenverstand.

Lucas Blick fiel auf den Schlüssel. Verwundert runzelte er die Stirn. Er streckte den Arm zwischen den Stäben hindurch, griff den Schlüssel und betrachtete ihn genauer. Seine Räute war mit Dornenranken verziert, sein Ende war nicht wellenförmig, sondern breit und flach, es besaß einen Bart an allen drei Seiten und erinnerte an ein Alligatorgebiss.

«Vielleicht gibt es doch eine Tür und ich suche nur falsch», murmelte Luca, schließlich befand er sich in einem Illusionisten-Theater.

Akribisch befühlte er die einzelnen Stangen. Als er schon glaubte, erneut auf dem Holzweg zu sein, ertastete er eine Öffnung außen an einer Ecke. Oder handelte es sich um einen Spalt? Hatten die Vampire das Gestänge nur nicht richtig zusammengesetzt?

Vorsichtig schob er den Schlüssel hinein. Er passte! Innerlich jubelnd drehte Luca ihn – und die ganze Ecke, vier aneinandergeschweißte Stäbe jeweils auf der rechten und linken Seite, löste sich aus dem Käfig.

Manchmal sind die Dinge eben nicht so, wie sie erscheinen, dachte er und stieg durch die Tür, die vorher nicht einmal zu erahnen gewesen war.

Schnell hastete er die Treppe hoch. Im Korridor schaute er in beide Richtungen. Flammen schlugen aus den zwei Räumen in der Nähe des Hinterausganges. Die Vampire und Werwölfe riefen sich Anweisungen zu, sie schafften Eimer mit Wasser herbei und gerieten sich dabei gegenseitig in die Quere.

Es herrschte Chaos. Niemand kümmerte sich um ihn, nicht einmal die Blutsauger, die ihn sahen. Der Weg ins Foyer war frei.

«Até logo», verabschiedete sich Luca. Es tat gut, seine Muttersprache mal wieder zu sprechen. «Adeus!»

Gerade als er das Weite suchen wollte, ließ eine zweite Detonation die Wände des Nostalgia Playhouse erzittern.

«Camille!» Luca sah sie nirgends. Sein Magen krampfte sich zusammen und sein Pardelluchs sprang an die Oberfläche, sodass sich seine Augen bereits verwandelten.

Wie von Sinnen sprintete er durch den Gang und stieß die Vampire zur Seite, die ihm entgegengerannt kamen wie Wildtiere, die vor einem Waldbrand flohen. Zuerst glaubte er, sie würden feige vor dem Feuer davonlaufen, aber das war es nicht, sondern sie brachten sich vor dem Licht in Sicherheit, das durch ein Loch in der Außenmauer ins Innere des Gebäudes fiel. Die zweite Bombe hatte die halbe Wand eingerissen. Der hereinströmende Sauerstoff nährte die Flammen. Das Knistern und der Gestank nach Rauch, verbranntem Gummi und Adrenalin machten seine Raubkatze verrückt. Sie wollte flüchten, aber Luca dachte nicht im Traum daran, den Schwanz einzuziehen.

Camille eilte mit feuchten Tüchern herbei. Als sie ihn sah, erhellte sich ihre Miene.

«Bist du in Ordnung?», fragte er und zog sie an sich. Er brauchte den Körperkontakt zu ihr dringend, nicht nur weil sein Kater sie mit seinem Duft als die seine markieren wollte.

Sie klang atemlos. «Du bist noch hier.»

Der Gestank des Feuers an ihrem Pullover und ihren Haaren passte ihm gar nicht. Sie musste sich nah an den Flammen aufgehalten haben, dieses närrische Weib. Wieso brachte sie ihr Leben in Gefahr für einen Haufen Vampire, die sich womöglich längst über ihr Blut hergemacht hätten, wäre ihr Onkel nicht einer von ihnen?

«Geh auf die Straße, dort bist du in Sicherheit.» Sanft schob er sie auf den Hinterausgang zu.

«Das geht nicht.» Sie befreite sich energisch aus seinem Griff. «Ich muss den anderen die Schals bringen, damit sie sie sich über Mund und Nase halten können.»

Etwas zu unbeherrscht riss er ihr den Stoff aus der Hand, im nächsten Moment tat es ihm bereits leid. «Raus aus dem Gebäude. Sofort! Oder ich leg dich über meine Schulter und bringe dich eigenhändig hinaus.»

Pikiert hob sie ihre geschwungenen Augenbrauen. «Behandele mich nicht wie Vieh!»

«Nicht wie Vieh, sondern wie mein Eigentum.» Liebevoll, aber bestimmt küsste er sie auf den Mund. Der Begriff Gefährtin hätte besser gepasst, doch jetzt war nicht die Zeit zum Süßholzraspeln. Sie gehörte ihm und seine oberste Priorität war es, sie zu beschützen.

Nachdem er sich von ihr gelöst hatte, lächelte sie breit wie die Grinsekatze aus *Alice im Wunderland* und folgte seiner Anweisung.

Widerwillig wagte sich Luca in die brennenden Räume. Er warf Claw, Canis, Caleb und Caine die feuchten Schals zu, die sie sich um ihre Köpfe banden, um überhaupt atmen zu können. Die Vorhänge brannten lichterloh, die Flammen fraßen sich durch die kleinen und großen Geräte, die die Illusionisten wohl bei den Vorstellungen benutzten, und züngelten bis zur Zimmerdecke, sodass sie an einigen Stellen schon rauchschwarz waren.

Draußen riefen die Vampire, aber Luca schenkte ihnen kein Gehör. Mit Schrecken bemerkte er, dass das Feuer auf den Korridor übergriff. Wie Fackeln sahen die Vorhänge aus, die um einen Spiegel drapiert waren, als wäre dieser ein Fenster.

Das Mauerwerk des Raums, in dem er stand, hatte durch die Explosionen zwei Löcher. Das eine führte in ein Lager mit Getränken und Lebensmitteln, das andere auf den Platz hinter dem Theater, auf dem die Mülltonnen standen.

Auf einmal fand sich Luca als Mitglied des Löschteams wieder und fragte sich, wie das passieren konnte, dabei hatte er doch weglaufen wollen, bevor die Blutsauger ihn wieder einfingen.

Claw packte gerade einen verkohlten Lederkoffer und hievte ihn durch die Öffnung nach draußen, als die brennende Guillotine umfiel. Der Sockel war fast weggebrannt, die Konstruktion hatte keinen Halt mehr und sah aus wie ein Flammenschwert, das umkippte.

Canis schaffte es nicht einmal mehr seine Arme hochzureißen, geschweige denn wegzuspringen. Das Schafott riss die Stange mit den Kleidern um und begrub den Indianer unter sich. Die Kostüme fingen sofort Feuer. Canis Schreie gingen Luca durch Mark und Bein.

Ohne zu zögern sprintete er zu ihm. Er packte die Holzkonstruktion, ignorierte den beißenden Rauch, die Hitze und den unerträglichen Schmerz an seinen Händen und stemmte sie hoch. Er brüllte vor Anstrengung und Qual, doch er schaffte es, die Guillotine von dem Indianer zu heben.

Schon war Claw an seiner Seite und riss die Gewänder von Canis. Aber es war zu spät. Das Feuer hatte ihn bereits grausam entstellt. Seine Haut stank verbrannt. Die Büffelhornknöpfe seines Sweatshirts, das unnatürlich an ihm klebte, waren geschmolzen und erinnerten an Einschusslöcher. Sein Brustkorb hob und senkte sich nicht mehr.

Hinter Luca kreischte eine Frau hysterisch. Über seine Schulter hinweg sah er, dass sich Mila aus dem Schatten vorwagte und die Hand ausstreckte, doch im letzten Moment schrak sie vor den Sonnenstrahlen zurück. Ihre eisblauen Augen waren weit aufgerissen und wirkten wie zwei große helle Tränen. Sie trippelte vor Machtlosigkeit auf der Stelle.

«Wickele das um deine Hände.» Claw riss den Schal, den er sich eben noch vor die Nase gehalten hatte, entzwei und reichte ihm die Stoffstücke.

Luca war froh, dass er mit dem Rücken zu Camille stand und sie seine Verbrennungen nicht sehen konnte. Sie wäre ausgeflippt! Der kühle Baumwollstoff tat gut, aber er verbarg nicht genug. Brandblasen übersäten seine Handflächen. Durch den Schmerz war ihm übel, doch Milas verzweifelte Schluchzer mobilisierten neue Kräfte.

Er fasste Canis' intakte Fußgelenke und zog ihn aus dem Tageslicht in den Korridor. Die Vampirin ließ sich auf die Knie fallen, beugte sich über den Werwolf und wimmerte. Nichts war mehr von ihrer kühlen Beherrschtheit übrig. Aufgelöst bebte sie, wollte Canis berühren, wagte es jedoch nicht. Schließlich küsste sie ihn, obwohl selbst seine Unterlippe schwarz war.

Als Canis mühsam die Augen öffnete, fiel Luca auf, dass er keine Wimpern mehr hatte. Mila löste sich von seinem Mund. Er sah sie an, sein Blick flackerte. Dann stöhnte er und wurde ohnmächtig.

Feuerwehrsirenen waren in der Ferne zu hören.

«Lass mich mal sehen.» Behutsam drängte Theodore Mila zur Seite, aber sie wehrte sich. «Ich bin Arzt, das weißt du doch, und habe auch das Rudel jahrelang behandelt, ich kenne mich mit ihnen aus.»

Widerwillig rückte sie zwei Zentimeter von Canis fort, sodass Theo ihn untersuchen konnte.

«Mein Gott, oh, mein Gott», wiederholte Camille immer wieder und deutete auf Lucas verkohlte Finger. Ihre Wangen waren aschfahl.

«Das wird schon wieder», versuchte er sie zu beruhigen, wusste aber, dass die Regeneration eine Weile dauern würde. Starke Verletzungen brauchten ihre Zeit. Mühsam unterdrückte er ein Keuchen, denn es tat verdammt weh, doch er wollte nicht, dass sie sich noch mehr Sorgen machte. «Mein Luchs beschleunigt die Heilung.» Ob Canis' Wolf allerdings stark genug sein würde, konnte Luca nicht einschätzen.

«Gibt es im Theater keinen Feuerlöscher?», warf er den Vampiren an den Kopf.

«Selbstverständlich.» Radim rümpfte die Nase, anscheinend gekränkt über solch einen Vorwurf. «Alles vorschriftsmäßig.»

Wut über so viel Blasiertheit wallte in Luca auf. «Und warum benutzt ihr ihn nicht?»

Geräuschvoll stellte der Vampir seinen Wassereimer ab. Er strich seine Robe glatt und hustete gekünstelt. «Er funktioniert nicht.»

«Alles vorschriftsmäßig, was?», brummte Luca. Sie hatten den Kampf gegen das Feuer verloren. Es loderte schon zu stark, um es mit den vorhandenen bescheidenen Mitteln noch in den Griff zu bekommen.

Der Illusionist unterstrich seine Worte mit theatralischen Gesten. «Hast du eine Ahnung, wie problematisch es ist, wenn man alles nur bei Nacht erledigen kann? Welche Firma arbeitet denn noch so spät?»

«Und die beiden?» Luca zeigte durch das Loch in der Wand auf Caleb und Caine, die auf dem Hof neben den Mülltonnen standen und auf irgendetwas mit ihren feuchten Mundtüchern schlugen, als verprügelten sie jemand.

«Holzköpfe, wie die Marionetten, die sie gerade zu löschen versuchen.» Seufzend zuckte Radim mit den Achseln. «Die gehören uns gar nicht, sondern hingen schon bei unserem Einzug im Lager.»

Ein Löschzug parkte hinter den zwei Fleischklopsen, deren Glatzen vor Schweiß speckig glänzten. Wie eine Schar Mäuse huschten die Vampire ins Obergeschoss und nahmen Canis mit. Wie sollten sie auch erklären, dass sie dem Sonnenlicht auswichen? Luca schaute ihnen unschlüssig hinterher.

«Ich bin stolz auf dich. Danke.» Camille küsste ihn und eilte zu den Feuerwehrmännern.

Tut das gut, von dieser Frau angehimmelt zu werden, dachte Luca. Doch nun, da sie fort war, spürte er die Pein wieder stärker. Er hatte so starke Schmerzen, dass er sich die Hände am liebsten abgeschnitten hätte. Stattdessen tauchte er sie kurz in Radims Wassereimer, den dieser einfach stehen gelassen hatte.

Zeit zu gehen. Er musste seine Wunden woanders lecken. Auch er wollte nicht in Erklärungsnot geraten, weshalb seine Verbrennungen von selbst heilten. Seine Fingernägel wuchsen bereits nach. Außerdem drängte es ihn in die Wälder, wo er sein Leid hinausschreien konnte. Die Qualen waren mörderisch.

Als er sich jedoch durch den Korridor zum Vordereingang schleppte, stellte sich Claw ihm in den Weg. Wollte er ihn aufhalten? Würde er gegen ihn kämpfen und ihn wieder in den Käfig sperren?

Der Alphawolf baute sich vor ihm auf. Auch sein Körper wies Verbrennungen auf. Er hatte seinen Mantel ausgezogen und die Ärmel seines Pullis hochgeschoben. Eindringlich sah er Luca an. Die Zeit schien stillzustehen. Hinter ihnen schrie ein Feuerwehrmann: «Wasser marsch.»

Zu Lucas Überraschung sagte er: «Danke, du hättest uns nicht helfen brauchen.»

«Ich wollte nur Camille retten», erwiderte er trocken.

Ein Lächeln umspielte Claws Mundwinkel. Schließlich nickte er würdevoll. «Deshalb glaube ich dir, dass du die Explosion nicht verursacht hast. Du hättest sie niemals in Gefahr gebracht.» Er trat zur Seite, um ihn passieren zu lassen, und verschränkte die Arme vor seinem breiten Oberkörper.

Luca war baff. Für einen kurzen Moment fühlt er sich ihm nah. Sie waren in diesem Augenblick zwei Gleichgesinnte, zwei Außenseiter, zwei einer seltenen Spezies und indirekt Verbündete. Gestaltwandler, Wertiere.

Er lief an ihm vorüber, darauf gefasst, dass der Alpha ihn doch noch packen und gegen die Wand schleudern würde, doch Luca trat unbehelligt ins Freie. Hinter ihm fiel die rechte Flügeltür ins Schloss. Alleine stand er auf dem Gehweg vor dem Nostalgia Playhouse, in Freiheit, aber anstatt aufzuatmen, war sein Brustkorb ebenso eine offene Wunde wie seine Hände.

Das erste Mal, seit er die Werkatzen-Kolonie auf Victoria Island verlassen hatte, sehnte er sich danach, irgendwo dazuzugehören, zu einer Familie wie Claws Werwolf-Rudel.

Sein Luchs mochte ein Einzelgänger sein, seine menschliche Seite war es nicht.

Zwanzig

Zitternd stand Camille neben den Besuchertoiletten. Immer wieder schaute sie sich verstohlen um. Ein schlechtes Gewissen quälte sie, dabei war sie niemandem eine Erklärung schuldig und konnte tun und lassen, was sie wollte.

Dennoch drehte sie sich von dem Fußweg weg, der hinter dem Gehege der Eisbären zu den WCs führte, als sie an ihrer Menthol-Zigarette zog.

«Es handelt sich doch nicht um einen Joint.» Sie schnaubte und verbarg den Glimmstängel trotzdem mit ihrem Körper.

Schlotternd rieb sie mit ihrer freien Hand über ihren Oberarm. Der Mai begann ebenso sonnig, wie der April aufgehört hatte, aber die Sonne hatte noch keine Kraft und so waren die Temperaturen nicht höher als zehn Grad über null gestiegen. Camille wusste, dass sich das bald ändern würde. Der Juni gewährte dieser kühlen Region meist schon achtzehn Grad Celsius. Wenigstens gab es wenig Niederschlag. Im Moment empfand Camille das als schwachen Trost, denn ihr Trenchcoat wärmte sie nicht genug.

Seit Luca ihr geraten hatte, das Rauchen ganz aufzugeben, weil dadurch ihre Küsse besser schmeckten, hatte sie keine einzige Zigarette mehr angerührt. Seinetwegen.

Seinetwegen war sie allerdings auch an diesem Mittag rückfällig geworden. Seit zwei Tagen wartete sie darauf, dass er sich meldete, um ihm zu sagen, dass Onkel Theo angeboten hat, auch ihn zu verarzten.

Kraftvoll stieß sie den Rauch aus den Lungen aus. «Herrgott noch mal, ich mache mir Sorgen!»

Bei der Erinnerung an seine verkohlten Handflächen drehte sich ihr der Magen um und sie warf die Kippe in den dafür vorgesehenen, mit Sand gefüllten Behälter, der zwischen den Eingängen zu den Bedürfnisanstalten für Damen und Herren stand.

Theo hatte versucht, sie zu beruhigen, indem er ihr wieder und wieder über die Selbstheilungskräfte von Gestaltwandlern erzählt hatte. Aber an manchen Stellen war die Haut so stark verbrannt gewesen, dass sie sogar das rohe Fleisch hatte sehen können.

Und wenn Luca Wundbrand bekam? Er konnte schließlich nicht einfach einen Arzt aufsuchen. Konnten Werkatzen überhaupt daran leiden?

Camille lief ein Schauder über den Leib, sie schob ihn auf die Kälte. Rasch steckte sie die Schachtel in die Innentasche ihres Mantels und ging zügig zum Hauptweg, der durch den Alaska Zoo in Form eines Rundganges an allen Revieren vorbeiführte.

Sie klappte den Kragen hoch und hielt ihn fest. Während sie forsch zum Verwaltungsgebäude schritt, formte sich ein furchtbarer Gedanke in ihr. Es war durchaus denkbar, dass Luca Anchorage längst verlassen hatte, weil er vermeiden wollte, dass die Dark Defence, wie sich die Gemeinschaft der Vampire und Werwölfe laut Theo nannte, ihn erneut einsperrte.

Ihn in diesem Käfig zu sehen wie ein Tier, hatte sie fast körperlich gequält. Kein Wunder, dass er davon ausgegangen war, sie hätte ihn in diese Falle gelockt.

Sie passierte eine weitläufige Weide und die Karibu-Herde stob auseinander. Kurz blieb sie stehen und schaute ihnen nach. Die trächtigen Weibchen würden bald gebären. Dem Zoo standen aufregende Zeiten bevor, ebenso wie Camille.

Ihr Leben entwickelt sich ganz und gar nicht so, wie sie es sich erträumt hatte. Sie war mit der Hoffnung nach Alaska gekommen, ihre Ruhe zu haben und einen Mann zu finden, mit dem sie glücklich wurde. Nun hatte sie sich ausgerechnet in einen Werluchs verliebt, der sowohl ein Killer als auch ein Lebensretter war, ihr Onkel hatte sich als Vampir entpuppt, der früher ein Werwolf gewesen war, und ihr Alltag war turbulenter und gefährlicher als jemals zuvor.

Das, was sie jedoch erschreckte, war die Erkenntnis, dass sie sich gut dabei fühlte.

Das erste Mal seit Langem begehrte ein Mann sie körperlich, er sexualisierte sie, was sie erregte, und, womit er besonders bei ihr punktete, seine Worte und sein Verhalten troffen nicht vor Mitleid. Außerdem kam sie nach anfänglichen Schwierigkeiten Claws Rudel immer näher, denn sie hatte erkannte, dass sie genauso *anders* waren wie sie selbst.

Stimmen drangen an ihr Ohr. Ein Mann und eine Frau lachten. Als Camille am Coffeeshop vorbeikam, sah sie die beiden, gekleidet in Kostüm und Anzug, vor dem angrenzenden Gewächshaus stehen, das augenscheinlich für eine Feier angemietet worden war. Auch ohne zu hören, was sie miteinander tuschelten, war klar zu erkennen, dass sie flirteten.

Lächelnd setzte Camille ihren Weg fort und passierte die Moschusochsen, die träge in der Sonne dösten.

Ihr Leben war risikoreich, aber aufregend und es lenkte sie von den trüben Gedanken ab, die sich wie ein Schleier über sie legten, wenn sie alleine zu Hause war. Eigentlich durfte sie sich nicht beschweren, schließlich war die Einsamkeit ein selbst gewähltes Schicksal.

«Aber nur aus Bequemlichkeit und Feigheit», murmelte sie und bog nach links zum Souvenirshop ab. Dahinter lag schon das Verwaltungsgebäude, in dem angenehme Wärme sie erwartete.

Camille wollte nicht auf ihre Prothese reduziert werden, aber nun stellte sie überrascht fest, dass vor allen Dingen sie selbst diejenige war, die das tat.

Plötzlich legte sich eine Hand von hinten auf ihren Mund. Ein Arm schlang sich um ihre Taille und jemand drückte sie an sich. Sie wurde ins Gebüsch gezogen, noch bevor sie sich zur Wehr setzen konnte. Ihr Herz setzte einen Taktschlag aus.

«Wo bist du nur mit deinen Gedanken?»

Luca!, durchfuhr es sie wie ein Blitz. Im ersten Moment freute sie sich unbändig und hielt sich an seinem Arm fest, als wollte sie ihn nie wieder loslassen, im zweiten schlug sie darauf ein, weil er sie erschreckt und achtundvierzig Stunden lang im Ungewissen gelassen hatte. Nachdem sie sich wieder beruhigt hatte, fiel ihr auf, dass er Handschuhe trug. Mitfühlend streichelte sie ihn.

«Könntest du dich mal entscheiden?» Seine sinnliche Stimme jagte ihr wohlige Schauer über den Leib. «Zuckerbrot oder Peitsche?»

Er ließ zwar zu, dass sie seine Hand von ihren Lippen wegzog, jedoch nicht, dass sie sich zu ihm umdrehte, sondern presste weiterhin ihren Hintern schamlos gegen die sanfte Wölbung in seinem Schritt. «Wie geht es dir? Brauchst du Hilfe? Mein Onkel würde dich gerne behandeln.»

«Die Heilung ist keine Sache von einem Tag, aber sie schreitet gut voran. Ich brauche von Lupus keine Hilfe.» Neckend biss er in ihren Hals.

Die Spitzfindigkeit, dass er Theodore bei seinem Werwolf-Namen nannte, blieb ihr nicht verborgen, aber sie ging nicht darauf ein, weil seine Finger über ihren Bauch tiefer wanderten. Ihr Unterleib kribbelte sehnsüchtig.

Doch anstatt ihre Mitte zu berühren, schob er seine Hand zwischen ihre Beine und kraulte gefühlvoll ihren Oberschenkel, zwar nah an ihrer Spalte, aber nicht unmittelbar. «Wo bist du mit deinen Gedanken?», wiederholte er im Flüsterton.

Bei dir, wollte sie antworten, gönnte ihm aber die Genugtuung nicht, zu erfahren, wie viel Raum er in ihrem Leben bereits einnahm, ob er nun körperlich anwesend war oder nicht. Es fühlte sich so gut an, ihn zu spüren, von ihm berührt zu werden, ihm nah zu sein! Verführerisch knabberte er an ihrem Ohr.

Dann legte er seine Wange an die ihre. «Pass auf! Gleich wird eine Indianerin an uns vorübergehen. Schau sie dir genau an.»

Wieso dachte er in dieser Situation an eine andere Frau? Camille bohrte die Fingernägel in seinen Unterarm. Was scherte sie eine andere? Nicht die Bohne! Und Luca hatte sie noch weniger zu interessieren. «Na, und?»

Er lachte leise. «Eifersüchtig?»

«Natürlich nicht!» Ihre Stimme klang eine Nuance zu schrill.

«Und warum hörst du dich dann so bissig an?» Seine Zungenspitze kreiste über die erogene Stelle hinter ihrer Ohrmuschel.

«Du bist vogelfrei», brachte sie gepresst hervor und versuchte sich loszureißen, aber sein Arm lag wie ein Schraubstock um ihre Hüften.

«Bin ich nicht», sagte er und seine Worte ließen ihre Gegenwehr schmelzen. «Ich habe mein Herz in Anchorage verloren.»

Sie lächelte, ließ aber spöttisch fallen: «Du hast dich in diese Stadt verliebt. Wie schön für dich!»

Er zwang ihr Kinn in die Höhe, sodass ihr Hinterkopf an seiner Schulter lag. Sie atmete schwer, denn die Hand zwischen ihren Schenkeln wanderte nach oben und legte sich besitzergreifend auf ihre Scham. Sein Tier knurrte, während er Camille sanft massierte. Hitze flammte in ihrem Schoß auf. Je weicher sie in Lucas Armen wurde, desto mehr ging das Knurren in Schnurren über. Schließlich leckte er über ihren Hals und rieb sich an ihr.

In diesem Augenblick tauchte die Indianerin auf, von der er gesprochen hatte. Sie passierte die Büsche in einiger Entfernung, blieb plötzlich stehen, schaute sich um, als hätte sie etwas verloren, und eilte zum Souvenirshop. Dort hielt sie an, zog den Reißverschluss ihrer mit Knochenreihen und Fransen verzierten Lederjacke hoch und linste verstohlen um die Ecke. Unschlüssig spielte sie mit der weißen Feder an ihrem Haarband. Ihr Kinn lief spitz zusammen und ihre Augen waren so pechschwarz, dass sie wie Löcher wirkten. Diese Frau umgab eine negative Aura.

Luca hörte mit der wundervollen Stimulation auf, zog seine Hand jedoch nicht weg, sondern ließ sie in ihrem Schoß ruhen. «Sie verfolgt dich schon die ganze Zeit.»

Bevor sie ihrer Empörung Luft machen konnte, wisperte er: «Scht.» Was hatte das zu bedeuten? Er musste sich geirrt haben. Weshalb sollte jemand sie beobachten?

«Kennst du sie?» Sein Mund war nah an ihrem Ohr.

Sachte schüttelte sie den Kopf.

«Kommt sie dir nicht vielleicht irgendwie bekannt vor?»

«Nein», flüsterte Camille und betrachtete die Fremde genauer, blieb aber dabei, denn sie hätte sich garantiert an die Narbe, die den linken Mundwinkel der Indianerin verlängerte, erinnert. «Sie gehört bestimmt zu Claw.»

Hauchzart rieb er über ihre empfindlichste Stelle. «Das glaube ich nicht.»

«Kannst du nicht wittern, ob sie ein Mensch oder ein Gestaltwandler ist?», fragte sie atemlos, da er ihre Lust durch sachten Druck auf ihre empfindliche Stelle aufrecht hielt. Immerhin konnte sie aufgrund der Tageszeit die Vampire ausschließen, allerdings beschäftigten sie menschliche Mitarbeiter wie Caine und Caleb. «Eventuell hat Theo sie beauftragt, mich im Auge zu behalten.»

«Sie ist zu weit weg und der Wind steht schlecht, deshalb kann ich ihren Duft nicht wahrnehmen.» Als er seine Hand von ihrer Mitte nahm, hätte sie beinahe enttäuscht geseufzt. «Wenn ich mich zu nah an sie heranwage und sie tatsächlich ein Therianthrop ist, wird sie auch mich erkennen, das muss ich vermeiden. Aber ich werde einen Weg finden, mich ihr zu nähern, ohne dass sie es überhaupt merkt. Bis dahin musst du vorsichtig sein, hast du mich verstanden?»

«Schurke!»

«Wie bitte?»

«Du weißt genau, was ich meine.» Abermals wehrte sie sich gegen seine Umarmung und zu ihrem Erstaunen ließ er sie los.

Allerdings nur, um sie herumzudrehen und sich an ihre Vorderseite zu schmiegen. «Lust auf eine Wette?»

Lust schon, dachte sie verschmitzt, aber auf dich.

«Wenn sich herausstellt, dass die Indianerin zu deinen neuen Freunden gehört, werde ich zu Ende bringen, was ich eben begonnen habe, und dich mit allen mir zu Verfügung stehenden Mitteln verführen. Und du weißt, dass das mehr ist, als ein reiner Mann zu bieten hat.» Lasziv leckte er sich über die Unterlippe.

Camille fand, dass seine Zunge anders aussah, und dachte daran, wie er sie mit seiner rauen Katzenzunge stimuliert hatte. Die Erinnerung allein ließ ihre Klitoris anschwellen. Ein erregtes Vibrieren erfasste sie, doch sie war auf der Hut. «Und wenn du recht hast und die Frau nicht zu meinem Schutz abgestellt wurde?» Was bedeuten würde, dass die Indianerin nichts Gutes im Schilde führte. Camille bekam Angst, bemühte sich aber, das nicht zu zeigen.

Doch die Sinne von Lucas Pardelluchs waren scharf. «Du brauchst dich nicht zu fürchten. Ich bin dein Bodyguard und dein Wachhund in einem.» Liebevoll hauchte er ihr einen Kuss auf die Lippen. «Aber du darfst nicht die Heldin spielen. Tu so, als hättest du sie nicht bemerkt. Ich bin dicht bei dir.»

Camille strich mit der Nasenspitze über seine Wange. «Was ist mit der Wette?»

«Wenn ich gewinne», sein Zeigefinger glitt über ihre Lippen hinab zu ihrem Hals und zwischen ihren Brüsten hindurch, «wirst du dich mir wie eine Katze hingeben.»

«Was meinst du damit?» Misstrauisch kniff sie ihre Augen zusammen.

Er legte seine Hand in ihren Nacken und streichelte sie dort, doch selbst diese harmlose Geste hatte einen erotischen Beigeschmack. «Du wirst es mir erlauben, dich wie ein Kuder zu nehmen.»

«Von hinten?», fragte sie etwas zu laut und schaute zu der Indianerin, doch sie war glücklicherweise weitergegangen. Hitze stieg in Camilles Wangen und Schoß.

Sein Blick glitt über ihre Rundungen und schien sie förmlich auszuziehen. «Das und mehr.»

Seine vagen Andeutungen machten sie nervös. Und erregten sie. Ihr Kopfkino lief auf Hochtouren. Vor ihrem geistigen Auge sah sie zwei verschwitzte, kopulierende Körper. Animalischer Sex, wild und zügellos. Sie wurde noch feuchter, als sie es ohnehin schon war.

«Deine Krallen zeigst du ja manchmal schon.» Er packte den Kragen ihres Mantels und zog ihr Gesicht nah an das seine heran. «Zum Beispiel, wenn du eifersüchtig bist.»

Bevor er sie küssen konnte, drehte sie ihr Gesicht weg. «War ich gar nicht!» Kaum hatte sie das ausgesprochen, bereute sie es schon. Sie benahm sich wie ein bockiger Teenager. Das war ihr nicht nur peinlich, sondern es bestätigte auch noch Lucas Behauptung indirekt.

Seine Hand vergrub sich in ihren Locken. Er zwang sie, ihn anzusehen, dann küsste er sie hart, als wollte er sie unterwerfen und ihr beweisen, dass sie ihm gehörte. Die natürliche Dominanz seines Tieres gefiel ihr. Sie rieb ihren Unterleib an der Wölbung in seinem Schritt. Doch als er seinen Griff lockerte, riss sie sich los und stürzte lachend aus dem Gebüsch. So leicht würde sie es ihm nicht machen!

Hinter sich hörte sie sein Grollen. «Und denk dran, keine Eigeninitiative! Überlass mir die Nachforschungen.»

Übermütig vor Lust und Verliebtheit rannte Camille am Souvenirshop vorbei, erstaunt darüber, wie leichtfüßig sie an diesem Tag trotz ihrer Prothese war – und prallte gegen ihre Verfolgerin.

«Entschuldigung», sagte die Fremde. Anscheinend hatte sie sich umgedreht und war zurückgekommen. Nun, da sie sah, wen sie fast umgelaufen hatte, weiteten sich ihre Augen.

Von Nahem sah sie aus wie eine indianische Nofretete, fand Camille. «Wieso verfolgen Sie mich?», fragte sie impulsiv und befürchtete, Luca würde jeden Augenblick aus dem Gebüsch gesprungen kommen, aber das geschah nicht. Sie spürte förmlich, wie er sich hinter ihr anspannte und seine Krallen ausfuhr, da es keine zwei Sekunden gedauert hatte, bis sie seine Anweisung missachtet hatte.

«Wie kommen Sie darauf?»

«Wiegeln Sie es erst gar nicht ab. Es hat keinen Sinn, mir etwas vorzumachen. Ich habe Sie schon lange bemerkt», log Camille, ohne mit der Wimper zu zucken.

Die Brünette holte ein Taschentuch aus ihrer Hosentasche und putzte sich die Nase. «Ich habe mir nur spontan überlegt, einen Cappuccino im Coffeeshop zu trinken.»

«Sie suchen mich doch, deshalb haben Sie am Souvenirladen kehrtgemacht und sind zurückgekommen. Aber Sie sind geradewegs in meine Falle gelaufen.» Drohend machte Camille einen Schritt auf sie zu und wähnte, dass sie zu viel Zeit mit den Gestaltwandlern verbrachte und schon gewisse Verhaltensmuster annahm.

«Unsinn!» Nofretete lachte gekünstelt, wobei ihre Nikotin gelben Zähne hervorblitzten und Camille erwägte, endlich ernsthaft mit dem Rauchen aufzuhören, und steckte das Tuch umständlich zurück.

«Dann macht es Ihnen sicher auch nichts aus, mit mir zur Polizei zu gehen, damit sie uns hilft, die Angelegenheit zu klären.»

«Zu den Cops?»

«Der Zoopolizei.» Camilles Ehrlichkeit siegte. «Das Wachpersonal ruft im Zweifelsfall das APD hinzu.»

Abwehrend hob die Indianerin die Hände. «Hören Sie, es tut mir leid, wenn ich Sie erschreckt habe. Vielleicht sind wir zufällig denselben Weg gegangen.»

Camille fragte sich, woher ihre Coolness kam, vielleicht lag es daran, dass Luca in der Nähe hockte und sicherlich sprungbereit war, um ihr zu Hilfe zu eilen, sollte sie welche brauchen, denn sie hob in einer spontanen Eingebung den Arm, winkte theatralisch und tat so, als hätte sie einen Wachmann gesehen. «Bob, hallo Bob, könntest du bitte Jack und Tony von der Security Bescheid geben. Ich brauche sie hier sofort. Danke.»

Erschreckt blickte sich die Indianerin um. Obwohl sie niemanden sah, lenkte sie ein. «Hören Sie, Dr. Brass. Wir können das unter uns regeln. Ich wollte Ihnen keine Angst einjagen.»

Nun, da Camille bestätigt bekam, dass die Fremde ihre Identität kannte, wurde ihr doch flau. Mit einem Mal fror sie wieder. Sie schlang die Arme um ihren Oberkörper. «Hat Theo Sie geschickt, damit Sie ein Auge auf mich werfen?»

Selbst als die Frau die Stirn runzelte, waren nur wenige Fältchen zu sehen. «Wer?»

«Oder Claw?» Der Alphawolf schien manchmal etwas übermäßig beschützend zu sein. Eigentlich ein Pluspunkt für ihn, doch für Camille war das ungewohnt, hatte sie sich doch seit ihrem Auszug von zu Hause immer um sich selbst gekümmert.

Während die Indianerin überlegte, tippte sie mit dem Zeigefinger gegen ihre schmalen Lippen. «Sagt mir nichts. Ist das ein Spitzname? Wenn Sie mir den richtigen Namen nennen würden ...»

Camille kicherte nervös, denn etwas stimmte hier nicht. «Sind die wilden Kerle immer noch hinter Luca her? Oder die Bleichgesichter?»

«Ich komme von Mr J. D. Benderman.» Nofretete atmete schwer aus, als hätte sie ein Geheimnis, das sie eigentlich für sich hatte behalten sollen, verraten. «Er hat mich auf Sie angesetzt. Ich soll Sie lediglich ein wenig beobachten.»

Der Bürgermeister war hinter ihr her! Die Erkenntnis schockierte Camille. Er misstraute ihr, das war ihr klar. Aber er wollte es nicht dabei belassen, sondern ging seiner Vermutung, dass sie etwas vor ihm verheimlichte, sogar nach.

«Um ehrlich zu sein, arbeite ich als Privatdetektivin. Bitte, wir brauchen keine Cops.» Die Brünette faltete die Hände zusammen und sagte eindringlich: «Mein Name ist Witashnah. Ich bin auch eine von den Guten, das müssen Sie mir glauben, Dr. Brass.»

Abwesend nickte Camille. Ganz bestimmt würde sie die Polizei nicht informieren, denn das würde nur noch mehr Staub aufwühlen. Aber Bendermans Interesse an ihr und dem Wolf, dessen Blut die Herstellung des Antiserums ermöglicht hatte, brachte das Rudel und die Vampire in Gefahr. Und nicht nur die Dark Defence, sondern auch Luca. Sie durfte ihn vorerst nicht mehr treffen, damit der Bürgermeister nicht auf ihn aufmerksam wurde!

Zu dumm nur, dass er ihre Wette gewonnen hatte und sie ihm eine Nacht voller hemmungsloser Ausschweifungen schuldete. Luca würde seinen Gewinn einfordern, das stand für sie fest, immerhin war er ein dominantes Männchen.

Außerdem waren Wettschulden Ehrenschulden und Camille bezahlte immer prompt und komplett – und in diesem Fall äußerst gerne.

Einundzwanzig

Camille parkte ihren Wagen in der Nähe des Nostalgia Playhouse und warf dem bunten Frühlingsstrauß auf dem Beifahrersitz einen zweiflerischen Blick zu. Ob er sich halten würde, bis sie zu Hause eintraf und ihn in eine Vase stellten konnte? Das würde noch eine Weile dauern.

Sie hatte die Blumen nicht annehmen wollen. «Das kann ich doch nicht machen. Theo hat sie schließlich *dir* geschenkt.»

«Sie sind nicht von deinem Onkel, Sunbeam.» Elises Wangen hatten verlegen geleuchtet. «Arctos hat sie mitgebracht, er ist ein Mitglied in Claws Rudel. Es ist sowieso besser, wenn Theodore sie nicht sieht.»

«Ist alles okay zwischen euch?»

«Es ist nicht einfach mit jemandem zusammenzuleben, dessen Tag-Nacht-Rhythmus gegensätzlich ist. Außerdem hat er jetzt eine zweite Familie, die ihn sehr einspannt, mehr als das Rudel damals.»

Daraufhin hatte Camille geschwiegen, nicht nur weil sie es nicht wahrhaben wollte, dass es in der Ehe ihrer Tante und ihres Onkels kriselte, wo sie doch das perfekte Paar verkörperten, sondern auch, da sie sich nicht fragen wollte, ob es für Luca und sie eine Zukunft gab.

Sie blieb noch einige Minuten sitzen und schaute sich die vorbeifahrenden Fahrzeuge an. Niemand interessierte sich für sie, keiner schien sie zu verfolgen. Seufzend stieg sie aus. Sie hatte das Problem Benderman für sich behalten wollen, mit der Hoffnung, es würde sich von selbst lösen, leider sah es momentan eher danach aus, als würde es schlimmer werden. Der Bürgermeister hatte Lunte gerochen. Es brauchte nur einen winzigen Funken und er würde seine Hilfssheriffs ausschicken, um *seine* Stadt, wie er sie bezeichnet hatte, auf den Kopf zu stellen, bis er die Wahrheit erfuhr.

Die Zeit war gekommen, um Onkel Theo einzuweihen. Er würde den Werwölfen und Vampiren schon behutsam beibringen, dass sich jemand auf ihre Spur gesetzt hatte. Glücklicherweise wusste der Mayor bisher nicht, nach was er genau suchte. Noch waren sie im Vorteil. Sie hoffte nur, dass die Dark Defence nicht zu drastischen Mitteln griff.

Als Caine sie durch den Vordereingang ins Theater ließ, hatte sie auf der Zunge liegen, ihn zu fragen, ob er seine Nase nicht besser von Theodore untersuchen lassen wollte, weil die Spitze so blass aussah, als würde sie absterben. Doch dieser massige Mann verschwand hinter den Kulissen, bevor sie überhaupt ihren Mund öffnen konnte.

Als sie vom Foyer in den Vorstellungsraum ging, erkannte sie den Grund für sein merkwürdiges Verhalten. Die Anspannung der versammelten Werwölfe und Vampire war deutlich spürbar. Offenbar hatte sich Caine dazu entschlossen, lieber Abstand zu halten. Diese Option kam für Camille nicht infrage, denn Theo stand im Mittelgang zwischen den Stühlen, einem Sammelsurium von Sitzgelegenheiten aus den verschiedensten Epochen. Ein langer roter Teppich führte vom Entree zur Bühne.

Vermutlich um den ausgetretenen Pfad zu verdecken, dachte Camille schmunzelnd und betrachtete die Gemälde an den Wänden. Flohmarktschätze, kam ihr als Erstes in den Sinn, und sie hoffte, den Blutsaugern kein Unrecht zu tun und ihre Ahnen zu beleidigen, aber wie sie von ihrem Onkel erfahren hatte, waren die Vampire lange nicht so alt, wie man denken mochte. Romane und Filme stellten sie immer als uralt dar, aber jeder wurde irgendwann einmal geboren – oder erschaffen.

Im diffusen Licht der Kerzen, die durch die hitzige Diskussion zwischen den Gestaltwandlern auf der rechten und den dunklen Lords und Ladys auf der linken Seite aufgeregt zuckten, sahen die Personen auf den Malereien wie Geisterwesen aus. Ein muffiger Geruch lag über allem, aber die Atmosphäre besaß dennoch etwas Behagliches. Camille kam sich zurückversetzt in eine Zeit vor, in der die Menschen noch über Taschenspielertricks staunten und Illusionisten keine Trucks oder Schlösser verschwinden lassen mussten, um zu begeistern, die Frauen lange Kleider und Hüte und die

Männer Galoschen trugen und sie mit Pferdekutschen ins Theater fuhren.

Theodore bemerkte sie und kam zu ihr. Er sprach leise: «Nimm es mir nicht übel, Liebes, aber du kommst zu einem ungünstigen Zeitpunkt.»

«Was ist passiert?», fragte sie und betrachtete den Ast in seiner Hand. Das Holz war kunstvoll geschmückt mit einem Stück Fell, Federn, Tierknochen, einer Kralle und einem Zahn.

«Ich habe jetzt keine Zeit.» Wachsam sah er sich um und fügte zögerlich hinzu: «Es ist besser, wenn du aus der Schusslinie gehst.»

Eine dumpfe Befürchtung lag ihr schwer im Magen. «Hat es etwas mit Luca zu tun?»

«Luca?» Seine buschigen Augenbrauen wölbten sich.

«Der Werluchs», fügte sie erklärend hinzu, als wüsste er nicht genau, wen sie meinte.

«Schlag ihn dir aus dem Kopf. Ich war ein Gestaltwandler mit Leib und Seele, trotzdem wünsche ich dir einen reinen Mann als Partner. Zu viele Kompromisse», sanft pochte er mit dem Zeigefinger gegen ihre Schulter, «und du würdest die meisten eingehen müssen, nicht er.»

«Bitte, ich muss es wissen. Sind sie immer noch hinter ihm her?», wollte sie flüsternd wissen und knabberte an der Innenseite ihrer Wangentasche.

Eine Weile starrte er sie mit diesem Blick an, mit dem Väter normalerweise ihre unverbesserlichen Töchter abstrafen. Seufzend schüttelte er den Kopf. «Nach Kristobal ist auch Claw verschwunden.»

«Nein!» Sie fühlte sich, als hätte er ihr einen eiskalten Waschlappen ins Gesicht geschleudert. Der Alphawolf war herrisch und verbohrt – aber sie stand kurz davor, ihn als eine Art großer Bruder zu betrachten. Mürrisch, aber mit einem Herzen so groß wie ein Menhir. Er hatte es nicht gutgeheißen, dass Lupus, wie er ihn immer noch nannte, sie zu einer Mitwisserin gemacht hatte, und trotzdem beschützte er sie wie einen seiner Rudelgefährten. Seine Fürsorge war nicht immer sofort ersichtlich, aber wenn man hinter sein dominantes Gehabe schaute, erkannte man seine guten Absichten.

«Sie haben Luca als Verdächtigen ausgeschlossen, weil die Wahrscheinlichkeit gering ist, dass er zwei Alphas überwältigt hat, ohne einen Hinweis, wie beispielsweise seinen Werkatzen typischen Duft zu hinterlassen.» Theo zog den Reißverschluss seiner Wollstrickjacke bis oben zu. Anscheinend fror er, dabei war es im Gebäude brütend heiß.

Erleichtert atmete sie auf und öffnete ihren Trenchcoat. «Wer könnte es gewesen sein?»

«Jemand, mit dem Claw und Kristobal nicht gerechnet hatten, der aus dem Nichts aufgetaucht ist und sie überrumpelt hat. Aber vor allen Dingen eine oder mehrere Personen, die wussten, was sie sind, sonst hätte er ihre sensiblen Sinne nicht überlisten können.»

Camille nickte. Jemand hatte dem Rudel und der Vampirgesellschaft die Ruder entrissen. Nun trieben sie führerlos über das Meer. «Also, ein Eingeweihter?»

«Es war Jarek, ich sag es euch», schrie Radim, als hätte er das Gespräch von Camille und Theo belauscht, doch er schaute nicht einmal in ihre Richtung, sondern sprach zur Dark Defence. «Er ist neben Kristobal der einzige Vampir, der Werwölfe beeinflussen kann.»

Mila erhob sich von ihrem Stuhl. Ohne ihre Kontaktlinsen wirkte sie nur halb so gefährlich, fand Camille. «Außerdem hat er mit den beiden Alphas noch eine Rechnung offen. Sie haben ihn daran gehindert, die Führung unseres Clans zu übernehmen. Es liegt nahe, dass er sich auf einer Vendetta befindet.»

«Er versucht uns zu verunsichern und Chaos zu stiften, vielleicht sogar uns gegeneinander aufzuhetzen, aber das dürfen wir nicht zulassen. Wir brauchen einen neuen Alpha, einen, der beide Gruppen vereint, bis wir Claw und Kristobal gefunden haben. Wir sollten unsere Kräfte bündeln», donnerte Radim und breitete seine Hände aus. «Und da ich direkt hinter Kristobal stehe, ist es naheliegend –»

«Du bist nur ein Schwätzer», sagte Mila scharf, stellte einen Fuß auf ihren Sitz und machte auf Camille den Eindruck, so stolz und mutig zu sein, wie Xena, die Kriegerprinzessin. «Ich dagegen bin eine Kämpferin und ein Kampf ist es, was uns bevorsteht. Reden wird uns kein Stück weiterbringen.»

Radims Lächeln wirkte so süß wie Zuckerwatte. «Kannst du nicht Gegenstände bewegen, Liebste?»

Camille hätte es nicht für möglich gehalten, aber Mila wurde noch blasser als die Blutsauger ohnehin schon waren.

«Jeder von uns Lords und Ladys entwickelt andere Fähigkeiten. Bei dir ist es die Psychokinese», säuselte Radim, aber plötzlich verfinsterte sich seine Miene und er wetterte: «Und warum hat deine Begabung versagt, als die Guillotine auf Canis fiel? Wieso hast du sie nicht aufgefangen, weggestoßen oder von ihm heruntergehoben? Im entscheidenden Moment hast du versagt, weil deine Zuneigung dich gelähmt hat.»

Mila ballte die Hände zu Fäusten, dann nahm sie schweigend Platz und blickte zu Boden. Das Bild der Kriegerin zerfiel innerhalb von Sekunden, als hätte jemand einen Stein in einen Spiegel geworfen. Zurück blieb nicht die Mila, die sie darstellen wollte, sondern das Häufchen Elend, das sie nach Canis' Unfall war.

«Sie hat keine Alpha-Qualitäten, ich schon. Ich kann Personen wahrnehmen, die sich in einem Raum aufgehalten haben. Meine Fähigkeit ist noch nicht so ausgereift, dass ich das Gesicht erkennen konnte, aber ich habe mit meinem dritten Auge gesehen, dass ein einziger Mann Kristobal überfallen hat, als dieser durch den Hinterausgang zu seinem Wagen gehen wollte. Unsere Nummer eins hat die Tür geöffnet, der Fremde hat ihn mit flüssigem Stickstoff aus einer Art Feuerlöscher besprüht und somit seine Körpertemperatur binnen Sekunden extrem heruntergefahren. Er ist in eine Starre gefallen, wodurch der Angreifer ihn ohne Gegenwehr entführen konnte.»

«Wer sagt, dass ein Vampir der Anführer der Dark Defence wird?», warf Arctos ein, neigte sich vor und stützte sich auf seinen Knien ab. «Canis wird eines Tages ein Alpha sein, das wissen wir alle. Er wäre der Richtige für diese Aufgabe.»

«Ihm geht es noch zu schlecht.» Radim tat bekümmert, aber selbst Camille nahm ihm sein Mitgefühl nicht ab. Er mochte ein guter Illusionist sein, aber kein guter Schauspieler. «Er wird noch Zeit brauchen, um zu genesen. Aber wir benötigen sofort eine Art Einsatzleiter.»

Camille trat dicht an ihren Onkel heran und fragte leise: «Wie geht es Canis? Er sah schlimm aus, so als ob er sich womöglich nicht erholen würde.»

«Sein Herz ist stark, aber sein Fleisch heilt langsam, weil die Verbrennungen viele Hautschichten zerstört haben. Er hat schon wieder Flaum auf dem Kopf und er pellt sich. Nicht gerade ansehnlich.» Theo hielt kurz inne, als würde er sich Canis' Aussehen in Erinnerung rufen, und machte eine bestürzte Miene. «Er kann immer noch nicht laufen, isst aber schon kleine Happen und genießt es, von Mila bemuttert zu werden.»

Camille ließ ihren Trenchcoat von den Schultern gleiten und legte ihn über den Arm. «Sind die beiden zusammen?»

«Sie haben noch nicht darüber gesprochen. Aber wenn du mich fragst», sein freches Grinsen ließ ihn um einige Jahre jünger aussehen, «ein Kuss ist ein Kuss, nicht wahr.»

Hoffnung keimte in ihr auf. Wenn Paarungen zwischen Vampir und Werwolf funktionierten, dann möglicherweise auch zwischen Mensch und Werluchs. «Wo sind Nanouk und Tala?»

«Sie suchen gemeinsam ein weiteres Mal die Stadt und die umliegenden Waldgebiete nach Spuren ab. Diese Ungewissheit bringt sie fast um. Ihre Tiere stehen kurz davor durchzudrehen oder vor Gram zu vergehen. Noch stützen sie sich gegenseitig, aber bald wird das nicht mehr reichen. Ihre Wölfinnen brauchen ihre Gefährten, um sich vollkommen zu fühlen.» Er seufzte tief und Camille fragte sich, ob er an Elise dachte. «Tala gab mir extra diesen *talking stick*, damit er hilft, die Diskussion zu lenken.»

«Hat er etwas mit ihrem Volk, den Athabascan, zu tun?»

«Viele Indianerstämme benutzen ihn, andere setzen eine Feder, eine Friedenspfeife, ein Wampum, das ist eine Muschelkette, oder etwas ähnlich Heiliges ein. Derjenige, der das Objekt in der Hand hält, darf sprechen, die anderen müssen schweigen und ihm zuhören. Normalerweise hält der Chief ihn zuerst und sagt seine Meinung.» Mit einem verzweifelten Ausdruck im Gesicht zuckte er die Achseln. «Aber wir haben ja keinen Alpha. Also wem soll ich den Stab als Erstes geben?»

Ein Mann auf der Seite der Lykanthropen erhob sich. Er war breit gebaut, strahlte jedoch keinerlei Aggression aus, was auch an seinem treuen Dackelblick lag. Claw hatte ihn bei ihrer ersten Begegnung mit dem Namen Nubilus angesprochen. Er zeigte auf Theodore und sprach mit einem frankokanadischen Akzent. «Bevor er das Rudel verließ, stand er hinter Claw an zweiter Stelle der Hierarchie. Ich bin dafür, dass Lupus uns anführt.»

Abehrend riss Theo die Hände hoch. Die Federn, die an perlengeschmückten Lederbändern von dem *talking stick* herabhingen, schlugen gegen den Ast. «Nein, nein.»

«Er besitzt Kampfgeist und bleibt selbst im Gefecht besonnen», fuhr Nubilus fort, als hätte er die Einwände nicht wahrgenommen. «Einen besseren Ersatz-Alpha können wir nicht finden.»

«Auf keinen Fall. Meine Wandlung zum Vampir ist noch zu frisch. Ich fühle mich noch nicht», er schaute ziellos umher und schien nach dem richtigen Begriff zu suchen, «fertig.»

Radim schnalzte. «Was kann er schon? Er beginnt heilende Fähigkeiten zu entwickeln, aber die würden uns in einem Kampf auch nicht weiterhelfen. Wir brauchen jemanden mit Biss.»

«Einen Lykanthropen, also.» Laut klatschte Arctos in die Hände, sichtlich zufrieden. «Na, prima, dann sind wir uns ja einig.»

«Nichts sind wir.» Mit einer unwirschen Geste wiegelte der Illusionist ab. «Auch wir Vampire haben spitze Eckzähne.»

«Zum Saugen, wie niedlich. Ihr wollt also mit eingebauten Strohhalmen in den Krieg ziehen.» Schenkelklopfend lachte Nubilus. «Wir dagegen können mit unseren Hauern eine Kehle herausreißen.»

Rafaela sprang so aufbrausend auf ihren Sitz, dass ihre Cornrows umherflogen. Sie zeigte ihr Vampirgebiss und fauchte, doch im Gegensatz zu Luca klang sie wie ein Kätzchen, fand Camille. «Unsere sind genauso tödlich wie eure.»

«Diese Debatte scheint noch lange nicht beendet zu sein», murmelte Camille und fragte sich, wie die beiden Fraktionen jemals hatten die Dark Defence gründen können.

«Komm, ich bringe dich zur Tür, bevor sie noch hitziger wird.» Theo nahm ihren Arm und führte sie aus dem Saal. Hinter ihnen ging die verbale Auseinandersetzung weiter.

Arctos kam hinter ihnen her ins Foyer. «Du könntest das Streitgespräch beenden, in dem du den Job übernimmst. Früher warst du anders – ein Kämpfer. Aber seit du zum Blutsauger geworden bist, scheinst du dich um nichts mehr zu kümmern. Du hast das Interesse an allem und jedem verloren.»

«Was willst du damit andeuten?» Theodores Stimme bekam einen dunklen, drohenden Klang. Er ließ Camille los.

«Du besuchst das Rudel nur, wenn Claw dich darum bittet, dabei sehen alle noch immer den Bruder in dir. Nur du allein denkst, das Band zu uns wäre zerrissen, weil du jetzt anders bist als wir.»

Erstaunt öffnete Theo den Mund und Camille stellte das erste Mal fest, wie weiß seine Zähne durch die Wandlung geworden waren. Wer brauchte noch Bleaching, wenn ein Vampirkuss die Beißerchen auf ewig bleichte?

«Dasselbe gilt für Elise.»

Mit zornig gefurchter Stirn trat Theo näher. «Sprich nicht von ihr.»

«Warum nicht? In deiner Welt scheint sie ja kein großes Thema mehr zu sein.»

«Sie bedeutet alles für mich!»

«Wieso lässt du sie dann so oft alleine? Tagsüber schläfst du im Nostalgia und nachts bewachst du die Vorführung und das nachfolgende ...», Arctos leckte sich über seine Fangzähne, «Mahl.»

«Ich passe nur auf, dass die Vampire die Abmachung mit euch einhalten und sich nicht zu viel an den Besuchern nähren.»

«Nobel.» Lässig verschränkte Arctos die Arme. «Aber wo bleibt Elise in deiner Lebensplanung?»

«Du kümmerst dich doch recht gut um sie.» Theo legte den Kopf schief. Plötzlich schnellte seine Hand hervor. Er packte Arctos am Kragen und zog sein Gesicht so nah heran, dass sich ihre Nasenspitzen fast berührten. Drohend drückte er den *talking stick* gegen seinen Hals. «Halte dich von ihr fern! Wenn ich noch einmal höre, dass du sie hinter meinem Rücken besucht hast, suche ich dich und sauge dich bis auf den letzten Tropfen leer, selbst wenn es stimmt, dass Werwolf-Blut wie Gülle schmeckt. Hast du mich verstanden?»

«Na, endlich. Ich hatte die Hoffnung schon fast verloren.»

Mit Arctos Gelassenheit hatte er wohl nicht gerechnet, denn er ließ ihn los.

«Wenn wir zusammen sind, redet Elise nur von dir, und da habe ich einen Plan ersonnen. Ich habe mich um sie bemüht, um deine Eifersucht zu schüren, damit du endlich aufwachst, dein Revier verteidigst und dich an deine Gefährtin erinnerst.»

Theo war so perplex, dass er den Stab beinahe fallen ließ. Im letzten Moment fing er ihn auf.

«Ich kann mir vorstellen, wie quälend für dich die Umstellung ist, plötzlich ohne deinen Wolf zu leben. Aber du suhlst dich ja förmlich in deinem Leid.» Arctos griff seine Schultern und schüttelte ihn. «Du läufst Gefahr, Elise zu verlieren.»

«Ich weiß», sagte Theo nüchtern. «Wenn Kristobal zurück ist, werde ich mit ihm reden. Ich werde wieder zu Hause schlafen, ob ihm das passt oder nicht. Alle anderen Vampire haben keinen menschlichen Partner, ich schon. Es ist alles meine Schuld.»

«Ist es nicht.» Brüderlich klopfte Arctos ihm auf die Schulter. «Es ist das erste Mal für sie, dass sie zurückstecken muss. Bisher hat sie in deinem Leben immer an erster Stelle gestanden, selbst als du ein Gestaltwandler warst. Jetzt, wo du ein Wesen der Nacht bist, ist es schwieriger für sie, den Kontakt nicht zu dir zu verlieren, denn sie möchte dir die Freiheit lassen, mit deinesgleichen zusammen zu sein.»

«Sie ist so eine gute Frau.» Theos Augen wurden feucht.

Am liebsten hätte Camille ihn in den Arm genommen, aber sie wollte die Aussprache zwischen den beiden Männern nicht unterbrechen.

«Was würde ich für eine Liebe wie die eure geben. Wirf sie nicht weg. Du hast dich dazu entschieden, ein Vampir zu werden, nun leb damit, mach das Beste daraus und hör auf zu jammern!» Schwungvoll drehte sich Arctos um und schritt energisch in den Hauptraum zurück.

«Puh, er hat mir ganz schön den Kopf gewaschen.» Theo lächelte verlegen und kratzte sich am Haaransatz.

Camille war erleichtert, dass die Fronten geklärt waren. Jetzt musste er nur noch mit Elise sprechen und Kristobal so schnell wie möglich finden, damit Theo ihn bitten konnte, die Regeln der dunklen Gesellschaft für ihn zu lockern. «Ich halte dich auch für eine gute Wahl. Du könntest die Werwölfe und die Vampire vereinen.»

«Die Blutsauger wissen, dass ich nie einer von ihnen werden wollte, sondern diesen Schritt nur für Elise gemacht habe. Und die Wölfe nehmen mir den Mord an meinem Tier übel.» Mit der Handfläche wischte er sich über sein Gesicht und massierte seinen Nasenrücken. «Auf mich hört doch niemand, weil ich weder zu den Lykanthropen noch zu den dunklen Lords und Ladys gehöre.»

Camille gab einen missbilligenden Ton von sich. «Arctos hat recht. Seit deiner Wandlung scheinst du unter Depressionen zu leiden. Früher hast du gesagt, das Glas ist halb voll, jetzt ist es für dich halb leer.»

«Wie bitte?» Ganz Gentleman half er ihr, ihren Mantel anzuziehen.

«Du gehörst zu beiden Gruppen, siehst du das nicht?» Während sie weitersprach, knöpfte sie ihren Trenchcoat zu und schloss ihren Gürtel. «Mit dem Herzen bleibst du ein Rudelmitglied, aber du lebst nun als Vampir mit den Illusionisten. Du bist ein Bindeglied zwischen ihnen.»

Er überlegt eine Weile. Als sich seine Miene erhellte, erkannte Camille, dass sie zu ihm durchgedrungen war und ihm die Augen geöffnet hatte. Aber bevor er zu seiner alten Form zurückfinden konnte, musste er erst die Probleme mit Elise lösen, sonst würde er sich nicht konzentrieren können. Die Dark Defence jedoch brauchte sofort einen neuen Alpha, denn sie vergeudeten unnötig Energie mit diesen sinnlosen Auseinandersetzungen; Kraft, die sie in die Suche nach Claw und Kristobal investieren sollten.

Camille fiel nur eine Person ein, die den Mut, die Erfahrung und die nötige Dominanz besaß, diese schwierige Aufgabe zu übernehmen, doch ausgerechnet er wies konsequent jegliche Alpha-Qualitäten von sich.

Zweiundzwanzig

Eine Treppenstufe knarrte unter seinem Fuß. Luca blieb stehen, da Camille unten in der Diele aufhorchte. Sie war eben erst heimgekommen und hängte gerade ihren Trenchcoat, dessen Farbe im warmen Licht der Dielenlampe wie ein gelbstichiges Beige aussah und ihn an das Fell einer Raubkatze erinnerte, an den Wandhaken. Er spürte ihre Anspannung, da sie wusste, dass ein Einbrecher hinter ihr auf der Treppe stand. Ihr Blick schweifte zu der Schublade, in der ihre Waffe lag.

Langsam setzte er seinen Weg von der ersten Etage ins Erdgeschoss fort. «Das hatten wir doch schon.»

«Luca! Musst du mich immer so erschrecken?» Sie fuhr herum. Als sie sah, dass er nackt war, wandelte sich ihre Wut in Überraschung. Sie errötete. «Kannst du nicht wie ein normaler Mann an der Tür klingeln?»

«Ich bin kein normaler Mann.» Er hatte seine Kleidung in dem Motel gelassen, in dem er schlief, und seinem Pardelluchs ein wenig Auslauf gegönnt. Den ganzen Weg zu Camille hatte er vor Vorfreude Haken geschlagen. Glücklicherweise stand die Dachluke ihres Häuschens immer noch offen, aber er würde Camille ermahnen, sie zu schließen und vorsichtiger zu sein. Man konnte nie wissen, welcher Lüstling unbemerkt eindrang. Bei dem Gedanken schmunzelte er.

Sie verdrehte die Augen. «Dir wenigstens etwas anziehen.»

«Wozu denn?» Er kam im unteren Stockwerk an und spürte, wie ihre Nervosität mit jedem Schritt, den er näherkam, stieg. Wahrscheinlich sollte er es nicht so genießen, sie durcheinanderzubringen. Kein Genuss blieb ohne Folgen, er band Luca jedes Mal enger an sie. «Wir werden doch eh gleich animalischen Sex haben.»

Zufrieden nahm er wahr, dass ihre Körpertemperatur anstieg. Sie wich vor ihm zurück, zitternd, doch nicht vor Angst, sondern vor Lust.

Er drängte sie gegen die Kommode, stützte sich darauf ab und schmiegte seine Lenden, die längst zum Leben erwacht waren, an ihren Unterleib. «Wie wäre es im Garten?»

«Auf gar keinen Fall.» Eindringlich schüttelte sie den Kopf. Das veilchenblaue Band, das ihre Haare im Nacken locker zusammengehalten hatte, fiel auf das Telefon hinter ihr. Er mochte es, wenn ihre Locken ihr Gesicht einrahmten. Damit sah sie wild aus. Ganz nach seinem Geschmack!

Ihre Empörung erregte ihn. Sein Geschlecht zuckte. «Mein Luchs liebt die Natur.»

«Mein Nachbar könnte durch die Hecke linsen», beeilte sie sich in einem vorwurfsvollen Ton zu sagen, als würde sie sich fragen, ob er noch ganz bei Trost war.

Solche Unverschämtheiten konnte er nicht durchgehen lassen. Deshalb drehte er sie um, umschlang ihre Taille von hinten und schob Camille unnachgiebig vom Flur ins Wohnzimmer und auf die Terrassentür zu.

«Luca!»

Er blieb stehen, hielt sie fest und lachte sinnlich. «Was hältst du vom Küchentisch?»

«Hör auf.» Halbherzig versuchte sie sich aus seinen Armen zu befreien. Dabei schlug ihr Herz in einem verführerischen Rhythmus, ein lockendes Trommeln, das sein Tier verrückt machte.

«Lieber auf dem Dielenboden? Ich leg auch einen Läufer unter deine Hände und Knie, wenn du auf allen vieren vor mir kniest und mir deinen Po entgegenstreckst.» Er liebt es, wie sich ihre Stupsnase vor Entrüstung so putzig kräuselte. «Oder magst du es gruselig und willst es lieber im Keller unter den Spinnweben an der Decke treiben?»

«Wie wäre es mit dem Schlafzimmer», über ihre Schulter hinweg, sah sie ihn an und schürzte die Lippen, «in einem normalen Bett?»

«Dann kannst du es also auch nicht mehr abwarten und willst es sofort.» Er formulierte das als Feststellung, nicht als Frage. Behutsam hob er sie auf seine Arme und trug sie zurück in die Diele.

Ihr Protest klang lahm in seinen Ohren. «Das hatte ich doch gar nicht gesagt.»

«Aber gemeint.» Lächelnd stieg er die Treppenstufen hoch. Es fühlte sich so gut an, Camille zu halten. Sie war so leicht, schien so zerbrechlich. Sein Beschützerinstinkt erwachte gewaltig und er drückte sie enger an sich.

«Kannst du jetzt schon Gedanken lesen?» Sie schlang einen Arm um seinen Hals und hielt sich an ihm fest.

«Das nicht, aber deine Spalte duftet bereits ganz köstlich.» Das war nicht einmal pure Neckerei, sondern die Wahrheit.

Mit ihrer kleinen Faust schlug sie sachte auf seinen Nacken. «Tu nicht so, als würde *ich* dich verführen.»

«Aber das tust du doch.» Im Obergeschoss angekommen ging er geradewegs ins Schlafzimmer. «Ich bin nur auf einen Kaffee vorbeigekommen.»

«Unbekleidet?»

Er gab der Zimmertür mit dem Fuß einen Schubs, sodass sie zufiel. Vorsichtig setzte er Camille ab und stellte sich vor den Ausgang. «Das bringt das Gestaltwandeln nun mal mit sich.»

«Du schiebst wohl alles auf deinen armen Kuder, was?» Missbilligend kniff sie die Augen zusammen, weil er ihr den einzigen Fluchtweg versperrte. Ihre Wangen leuchteten rosig vor Verlegenheit, und sie bemühte sich sichtlich angestrengt, nicht seinen halb erigierten Schaft anzuschauen. Dennoch bemerkte er ein Funkeln in ihrem Blick, ein Verlangen, das ihn wärmte.

«Nein, ich begehre dich mehr, als mein Kater dich begehrt. Ich möchte dich halten, dich lieben, dich besitzen», säuselte Luca. Hörte er sich wie ein verliebter Gockel an? In der Tat, stellte er fest und fand es erstaunlicherweise nicht einmal schlimm. «Geht das in Ordnung?»

Lapidar zuckte sie mit den Achseln. «Du hast unsere Wette gewonnen.»

«Vergiss sie! Ich möchte, dass du mich ebenso sehr willst.» Er trat dicht vor sie. Wie entzückend ihr Grübchen von Nahem aussah! «Ich werde dich nicht nötigen, dich mir hinzugeben. Du kannst diesen Raum verlassen, ich werde dich nicht aufhalten. Solltest du das tun, werde ich leise verschwinden und dich in Ruhe lassen.»

Zuerst rieb sie mit ihrem Zeigefinger unter ihrer Nase, als würde diese jucken, dann räusperte sie sich. «Wo du schon mal da bist ...»

Überrascht wölbte er seine Augenbrauen. «Wo ich schon mal da bin?», echote er und knurrte.

Anstatt sich zu erklären, lächelte sie, und zwar so bezaubernd, so rein und ehrlich, so verliebt, dass er nicht anders konnte, als seine Hand in ihren Haaren zu vergraben, ihr Gesicht heranzuziehen und sie zu küssen – besitzergreifend und dennoch zärtlich.

Nachdem er sich von ihr gelöst hatte, aber nur wenige Millimeter, weil er es genoss, von ihrem Atem gestreichelt zu werden, sagte er: «Du bist unglaublich!»

«Ich bin nur eine Frau.» Sie zwinkerte. «Du dagegen bist ein Werluchs und somit unglaublich.»

«Nein, ich bin nur, was ich bin, aber du hast die Stärke und den Mut, einen Mann zu begehren, der eine Raubkatze in sich trägt und eine wilde Seite hat.» Langsam drängte er sie in Richtung Bett, bis sie mit ihren Waden dagegen stieß.

«Ich schätze, die wirst du mir jetzt zeigen.» Ihr Hals färbte sich rot.

Als Luca ihr den Pullover auszog, hob sie bereitwillig die Arme. Sie ließ es zu, dass er ihren Büstenhalter öffnete, und bekam eine Gänsehaut. Er schob ihre Hose samt Slip über ihre Hüften nach unten, doch sie hielt sie fest.

«Lass mich erst meine Schuhe gegen Stiefel tauschen», sagte sie und klang angespannt. «Sie stehen unten in der Diele.»

Ihm blieb ihre Unsicherheit nicht verborgen, aber in diesem Punkt war ihm an diesem Abend nicht danach, nachgiebig zu sein. «Ich will die Prothese sehen.»

Sie versteifte sich. «Auf keinen Fall!»

«Wenn es nicht anders geht, werde ich dich zwingen.» Dies sagte er so sanft wie eben möglich.

Erschreckt weiteten sich ihre Augen. «Das würdest du nicht wagen. Du hast gesagt, du wirst mich nicht drängen.»

«Nicht zum Sex, wohl aber dazu.» Es tat ihm leid, dass sie fassungslos nach Luft schnappte, dennoch gab er nicht klein bei. «Ich möchte dir beweisen, dass mir dein Stumpf nichts ausmacht.»

«Dann erwartest du sogar von mir, dass ich meinen Kunstfuß abstreife?» Ihre Stimme wurde schrill.

«Ein Schritt nach dem anderen, so weit werden wir dieses Mal nicht gehen.» Da sie ihr Gesicht wegdrehte, rieb er seine Nasenspitze an ihrer Wange. «Hab keine Angst. Ich will doch nur alles von dir wissen und jeden Zentimeter deines Körpers kennen. Nichts wird etwas daran ändern, dass ich mich zu dir hingezogen fühle. Du verlierst nicht an Attraktivität, indem du dich mir öffnest, sondern wir kommen uns dadurch näher.»

Die Tränen, die sie mühsam versuchte wegzublinzeln, zerrissen ihn innerlich.

Er küsste ihre Schläfe. «Ob nun ein Körperteil mehr oder weniger, was macht das schon?»

Camille gluckste. «Und wenn ich acht Schamlippen hätte?»

«Dann hätte ich mehr, um dich zu verwöhnen.» Liebevoll strich er mit dem Daumen über ihr Kinn. «Du hast etwas zu wenig. Na, und? Ich habe etwas zu viel, nämlich ein Tier, das in mir lebt, das ein eigenständiges Wesen und trotzdem ein Teil von mir ist. Das ist viel skurriler als so ein fehlender Fuß.»

Ein zaghaftes Lächeln umspielte ihre Lippen. Sie zauderte, schaute an sich herab und saugte ihre Wange zwischen ihre Zähne ein. Luca gab ihr Zeit, über seine Worte nachzudenken. Als er schon befürchtete, sie würde sich nicht überwinden können, ließ sie ihre Hose los.

«Ich versuche es.» Sie sah ihn an und innerhalb weniger Sekunden huschten die verschiedensten Emotionen über ihr Gesicht: Zweifel, Mut, Trotz, Traurigkeit und Hoffnung. «Wenn es nicht geht, musst du mir versprechen, sofort aufzuhören.»

Er nickte. Wie tapfer sie war! Am liebsten hätte er sie in diesem

Moment in Watte gehüllt, aber damit hätte er ihr nicht geholfen, sondern ihr Schneckenhaus auch noch ausgepolstert.

Während er ihre Hand hielt, damit sie einen festen Stand hatte, stieg sie aus den Hosenbeinen und aus den Schuhen. Beides schob sie mit dem gesunden Fuß beiseite, ohne nach unten zu schauen. Sie starrte an die Wand hinter Luca, ihr Brustkorb wogte auf und ab.

Er ließ seinen Blick über ihre zarten Rundungen gleiten. Sie war so wunderschön und hatte keine Ahnung davon. Aber er würde ihr zeigen, wie begehrenswert sie war, und sie daran erinnern, dass ihr Körper und auch ihre Seele Berührungen brauchten. In manchen Momenten kam sie ihm vor wie eine Sonnenblume, wunderschön und strahlend, doch die Blätter am Stiel vertrockneten bereits, da sie zu wenig Wasser bekamen.

Erst verliebter Gockel, jetzt Poet, wo soll das noch hinführen, fragte er sich amüsiert und drückte Camille auf ihr französisches Bett nieder. Hüllenlos saß sie vor ihm, unschlüssig, ob sie ihre Hände auf die Oberschenkel oder in den Schoß legen sollte.

«Lehn dich leicht zurück und stütz dich hinter deinem Rücken ab», half er ihr. «Und vor allen Dingen, entspann dich.»

Tatsächlich folgte sie seiner Anweisung. Luca schob ihre Beine so weit auseinander, dass er sich dazwischenhocken konnte. Tief sog er den Duft ihres Geschlechts ein und ließ sich davon berauschen. Mit halb geschlossenen Lidern beobachtete Camille ihn, doch sie wich seinem Blick immer wieder aus. Fast schien es so, als ob es sie irritierte, weil er sich nicht sofort ihrer Prothese widmete. Aber er wollte ihr ermöglichen, sich an die Situation zu gewöhnen.

Ein wenig Ablenkung würde ihr guttun, beschloss er und neigte sich vor, um ihren Hals zu küssen. Mit gespitzten Lippen fuhr er über das V auf ihrem Dekolleté, zwischen ihren Brüsten hinab und stupste ihre Brustwarze an. Er zupfte gefühlvoll an ihren Warzenhöfen und leckte über ihre Haut, um sie zu schmecken.

Als er ihren linken Nippel sachte einsaugte, seufzte sie, worauf vermehrt Blut in sein Geschlecht floss und es sich weiter aufrichtete.

Mit flinken Zungenschlägen neckte Luca ihn. Abrupt sog er fest daran, bis Camille immer unruhiger wurde und er losließ.

Sein Mund glitt tiefer, dorthin, wo ihr betörender Duft zunahm. Ihr mild-würziger Geruch lockte seinen Luchs an die Oberfläche, aber Luca drängte ihn zurück, denn Camille gehörte ihm allein. Noch. Er würde sein Tier erst entfesseln, wenn sie bereit für seine Wildheit war.

Weit streckte er seine Zunge heraus. Er leckte über ihre äußeren Schamlippen und umkreiste ihren Kitzler, ohne diesen direkt zu berühren. Geschickt zog er ihre Lippen auseinander und schob das Häutchen, das ihre Klitoris schützte, zurück.

Als er ihre empfindsamste Stelle anhauchte, erschauerte Camille. Luca küsste ihre Klitoris und entlockte Camille einen Seufzer. Er leckte langsam mit der ganzen Länge seiner Zunge darüber und spürte, wie Camille die Schenkel anspannte. Ihr Unterleib hob und senkte sich unruhig. Sie erzitterte und stöhnte.

Zu seinem eigenen Bedauern ließ er von ihrer Perle ab, aber er konnte es nicht mehr erwarten, sie dort zu spüren, wo sie warm und feucht war. Verlangend starrte er auf ihre Öffnung, die ihm gehörte. Nur ihm! Mit seinem Mund streichelte er ihren Eingang. Endlich drang er in sie ein.

Er schob seine Zunge so tief in sie hinein, wie es ihm möglich war. In sanften Wellen schlängelte er vor und zurück. Camille krallte ihre Finger in seine Schultern, aber er nahm den Schmerz kaum wahr.

Eine Weile hielt er seine Augen offen, weil es ihn unglaublich anmachte, ihrer Spalte so nah zu sein. Er bekam kaum Luft, obwohl er ihre Schamlippen noch immer auseinander hielt, doch das scherte ihn nicht. Irgendwann schloss er seine Lider und konzentrierte sich auf ihr Inneres. Seine Zunge strich über die Wände ihrer Öffnung. Sie schmeckte besser als alles, was er jemals gekostet hatte!

Es fiel ihm schwer, seinen Oberkörper aufzurichten, aber es gab noch einen Intimbereich zu erobern, der noch jungfräulich war, den noch kein Mann zuvor gesehen oder berührt hatte.

Luca strich mit dem Daumen die Feuchtigkeit von seinen Lippen und leckte ungeniert seinen Finger ab. Camilles Brustkorb hob und senkte sich, als er ihr perfektes Bein auf seine Schulter hob. Er küsste die Innenseite ihres Oberschenkels, ihre Wade und ihren Fußrücken.

Sie beobachtete ihn. Ob sie wusste, dass ihr Mund ein Stück weit offen stand? Sie sah niedlich aus mit diesem ängstlich-erregten Blick, ihren wogenden Brüsten und den schamlos gespreizten Beinen. Ihre geöffnete Mitte zog ihn magisch an. Ihre Schamlippen waren schon leicht gerötet, sie schwollen bereits an.

Luca stellte ihren gesunden Fuß auf dem Schlafzimmerboden ab und hob ihr zweites, ebenso perfektes Bein, auch wenn Camille das anders sah, auf seine Schulter.

Auch dieses überschüttete er mit Küssen, doch diesmal schaute sie weg. Sie atmete heftig und zitterte leicht, doch er blieb standhaft und erlöste sie nicht von dieser emotionalen Tortur, sondern drückte seine Lippen auf ihr Knie, ihr Fußgelenk und die Silikonprothese, die sich an den Stumpf schmiegte.

Luca schüttelte seinen Kopf über so viel Dummheit. Das Silikonimitat hatte fast dieselbe Hautfarbe wie Camilles Bein und die Zehen waren täuschend echt nachempfunden. Es sah überhaupt nicht schlimm aus. Sie trug nicht einmal einen Fixateur, der den falschen Fuß mit ihrer Wade verband. Nun, da er mit seiner Wange über das Silikon strich, als wäre es Camilles Haut, erinnerte er sich, dass sie eine Mittelfußamputation erwähnt hatte. Jetzt ahnte er, was das bedeutete.

Nun sah sie ihn doch wieder an, verunsichert und gleichsam erstaunt.

«Hier kannst du dir sogar noch ein Tattoo stechen lassen.» Zärtlich strich er über ihr Fußgelenk.

Sie schluchzte. «Vielleicht mache ich das tatsächlich.»

«Wie wäre es mit einem Pardelluchs?», schlug er nicht ganz uneigennützig vor. Eine Tätowierung wäre eine moderne Art, sie als die seine zu markieren.

Tief atmete sie durch. «Wenn du dir eine blond gelockte Frau stechen lässt.»

«Darüber ließe sich reden.» Ihr Puls beruhigte sich wieder, nahm Luca zufrieden wahr. Gleichzeitig meldete sich die Raubkatze in ihm und sie wollte mit dem Spiel fortfahren, sodass Camilles Herzschlag wieder diesen aphrodisischen Rhythmus annahm. Er tat so, als würde er nachdenken und betrachtete sie dabei. «Ich sehe das Bild schon vor mir. Wie auf den Oberarmen eines Bikers. Mit nacktem Oberkörper und üppigen Brüsten, die zufällig aussehen wie deine.»

«Wag es ja nicht!» Drohend packte sie seine rechte Brustwarze und erreichte damit nur, dass er noch härter wurde. «Sonst lasse ich mir dein Gesicht mit Backenbart und Pinselohren tätowieren.»

Blitzschnell stand er auf, sodass Camille erschrocken einen Schrei von sich gab, sogleich jedoch lachte, noch während er seine Arme um ihre Hüften schlang und sie in die Mitte des Bettes zog. Mit seinem Körper drückte er sie in die Laken. Er spreizte ihre Schenkel mit seinen Beinen und presste seinen Schaft auf ihren Schoß, worauf Camille seufzte.

Ihre Hände hob er über ihren Kopf und hielt sie dort fest. Es erregte ihn, sie zu unterwerfen, denn nicht nur sein Luchs besaß eine natürliche Dominanz. «Du magst es also doch wild.»

«Ich mag dich.» Sie schaute ihn mit ihren großen braunen Augen an, die in einem Moment Verletzlichkeit und im nächsten Stärke ausstrahlen konnten, und er wurde sich bewusst, was er bereits geahnt hatte – er war ihr längst verfallen.

Leidenschaftlich küsste er sie. Sekunden wurden zu Minuten. Seine Lippen massierten die ihren, während er sein Glied an ihrer Spalte rieb. Immer wieder spannte sie kurz ihren Unterleib an und ließ wieder locker. Als er seinen Mund einladend öffnete, stöhnte sie hinein. Es folgte ihre Zunge, die die seine gierig umkreiste. Sie versuchte ihre Hände loszubekommen, doch Luca hielt sie unnachgiebig fest. Er küsste ihre Wangen und ihr Kinn in einem fort. Zärtlich biss er hier und dort in ihren Hals. Sie wehrte sich spielerisch und wand sich unter ihm, doch das führte nur dazu, dass ihre Nippel seinen Brustkorb streichelten, dass Bauch über Bauch, Haut über Haut strich und ihre Mitte seinen Penis liebkoste.

«Du machst mich wahnsinnig.» Seufzend gab er ihre Handgelenke frei und stellte sich auf alle viere, als wollte er sich in seinen Luchs verwandeln. Er kämpfte mit sich. Eigentlich wünschte er sich, das Vorspiel noch länger hinauszuzögern, doch sein Kater begehrte Camille so stark, dass die Instinkte fast die Kontrolle übernahmen. Er schüttelte sich, als wäre er in Raubkatzengestalt und sein Fell feucht.

Plötzlich spürte er eine zarte Berührung an seinem Schaft und schaute zwischen seine Beine. Camilles kleine Hand an seinem Geschlecht war atemberaubend. Ihre Fingerspitzen tasteten über seinen harten Schaft, von der Wurzel bis zur Eichel, immer wieder. Gefühlvoll fuhren sie über sein Penisbändchen, suchten die kleine Öffnung an der Spitze und kreisten darum.

Luca konnte kaum glauben, dass noch immer die scheue Camille unter ihm lag, denn nun lutschte sie sinnlich an ihrem Zeigefinger, wobei sie ihn aufreizend anschaute, und massierte ihre Feuchtigkeit in seine Eichel ein.

Stöhnend schmolz er unter ihren Fingerfertigkeiten dahin. Seine Arme zitterten vor Lust, als sie seine Vorhaut vor und zurück schob. Er spannte seine Pomuskeln an und bemühte sich, seine Erregung zu zügeln, aber das war nicht einfach, da Camille fester zupackte. Dann knetete sie seine Hoden. Sie schlang ihre Finger um seine Peniswurzel, drückte zu und liebkoste die Spitze umso behutsamer.

Dieses Zusammenspiel von Hart und Zart machte ihn unglaublich an. Jedes verdammte Härchen an seinem Körper stellte sich auf. Seine Eichel sonderte einen Tropfen ab.

Vielleicht hatte Camille das bemerkt, eventuell war es purer Zufall, dass sie genau in diesem Moment ihre Beine anzog, vor ihrem Bauch wieder schloss und zwischen seinen Schenkeln ausstreckte. Geschickt kroch sie unter ihm tiefer, sodass sich ihr Gesicht genau unter seinem Geschlecht befand.

Sie hob ihren Kopf an und küsste seine Penisspitze. Einmal. Zweimal. Nach dem dritten Mal leckte sie darüber. Lucas Schaft zuckte. Lächelnd schnappte Camille mit ihrem Mund danach, fing ihn und nahm ihn in sich auf.

Obwohl Luca seinen Luchs in Schach hielt, gab er animalische Laute von sich. Zu sehen, wie sein Phallus zwischen ihren Lippen verschwand, raubte ihm fast den Verstand. Er fragte sich, ob er nicht zu übertrieben reagierte, aber egal wie die Antwort lautete, er konnte sich ohnehin nicht gegen seine Gefühle wehren. Mit Camille zu schlafen war anders als mit allen anderen Frauen in seinem Leben. Diese Verschmelzung war sogar anders als die erste mit ihr auf der Couch. Damals war sein Herz bereits für sie entflammt, doch an diesem Abend brannte es lichterloh.

Du wirst noch zum Alpha des Schmalzes, unkte er in Gedanken. Wenn du so weitermachst, wirst du bald alles in Rosa sehen.

«Aaah», stieß er aus, als Camille ihre Lippen über sein Glied gleiten ließ. Ob sie wusste, wie schwer es ihm fiel, sich zurückzuhalten. Inzwischen zitterten sogar seine Unterschenkel. Die Muskulatur in seinem Hintern spannte sich an. Doch noch immer hielt er Camille nicht davon ab, seinen Phallus zu stimulieren. Sie presste nicht nur ihre Lippen auf seine Härte, sondern auch ihre Zunge. Vorsichtig saugte sie an seiner Eichel, sie bohrte ihre Zungenspitze in die kleine Öffnung und knetete seine Hoden.

Luca musste große Willenskraft aufbringen, um sich von ihr zurückzuziehen, aber die Gefahr, in ihrem Mund zu kommen, war zu groß. Noch immer lag sie unter seinem Glied. Eine Vision tauchte vor seinem geistigen Auge auf, in der ein Tropfen seiner Samenflüssigkeit auf ihre Stirn, ein zweiter auf ihre Wangen und ein weiterer in ihren bereitwillig geöffneten Mund fiel, doch so schön dieser Tagtraum war, er fühlte sich falsch an.

Etwas zu ungestüm, da seine Lust weit fortgeschritten war, zog er Camille höher, rollte sie auf den Bauch und hob sie an, sodass sie auf allen vieren vor ihm kniete, ihr appetitliches Gesäß direkt vor seinen Augen. Einen kurzen Moment erlaubte er sich, in dem

Anblick ihrer geschwollenen Spalte und der sternförmigen Öffnung zu versinken.

Dann gewann seine Gier wieder die Oberhand. Er neigte sich über Camille und stieß von hinten mit seiner ganzen Länge in sie hinein. Ihr feuchter Eingang hieß ihn schmatzend willkommen. Er hielt sie an den Hüften fest, spreizte ihre Schenkel weiter und drückte sich noch tiefer hinein. Auch wenn es nur wenige Millimeter ausmachte, er wollte sie so sehr ausfüllen wie kein Mann zuvor, wollte sie besitzen wie kein Liebhaber zuvor, und so ungezähmt nehmen, dass sie nie wieder an einen anderen dachte.

Mit einem wilden Knurren entfernte er sich aus ihr, nur um sogleich heißblütig in sie hineinzustoßen. Sofort fiel er in einen temperamentvollen Rhythmus. Er schob sich jedes Mal so kraftvoll in ihre glühende Mitte, dass sie sich am Geländer am Kopfende des Bettes festhalten musste, um seinen Stößen entgegenzuwirken. Doch er überforderte sie nicht, sondern seine Wildheit fachte ihre Lust offensichtlich an, denn sie legte den Kopf in den Nacken und stöhnte so brünstig, wie er es nicht von ihr erwartet hatte.

Auch in ihr lauerte ein Tier, nur dass sie sich nicht verwandeln konnte.

Sie spannte ihre Beinmuskulatur an und versuchte, ihm ihren Hintern hinzuhalten, aber jedes Eindringen schob sie wieder nach vorne. Das machte ihn verrückt, daher hörte er widerwillig auf, griff nach ihrem Kopfkissen und schob es unter sie. Er legte seine Hand auf ihren Rücken und drückte sie mit dem Bauch darauf.

Nun hatte Luca sie genau, wie er sie haben wollte. Ihr Po lag erhöht, ihre Schultern etwas tiefer, ihre Beine waren weit geöffnet und ihr Geschlecht hochrot und geschwollen. Schwer atmend wartete sie darauf, wieder von ihm erobert zu werden. Ihre Finger krallten sich in die Bettdecke, als er erneut in sie hineinglitt.

Er ließ es zu, dass sein Kater an die Oberfläche stieg. Ein Grollen stieg aus seiner Kehle, gefährlich und lasziv. Berauscht beugte er sich über Camille, hielt ihre Locken beiseite und biss in ihren Nacken, aber so behutsam, dass er sie weder verletzte, noch ihr wehtat. Unter ihm versteifte sie sich zwar im ersten Moment, erschauerte dann jedoch wohlig.

Langsam glitt er in ihre Feuchte. Er fuhr fort, sie zu nehmen, wie Mann und Kuder es gefiel. Seine Stöße wurden rasch heftiger. Immer feuriger schob er sich in sie hinein, bis er sie stürmisch nahm.

Nun verließ er sich ganz auf seine Instinkte. Er ließ der Natur ihren Lauf. Seit Langem vertraute er seinem Pardelluchs wieder vollkommen. Wenn es um Sex ging, waren sie sich einig.

Wild und hemmungslos ritt er Camille, die er gleichzeitig so sanft wie möglich unterwarf.

Dass sich ihr Duft änderte und sich jeder Muskel ihres Körpers anspannte, zeigte ihm, wie nah sie einem Orgasmus war. Sie stöhnte ebenso laut wie er selbst. Als sie kam, hielt sie sekundenlang die Luft an, sodann stieß sie sie mit einem erstickten Schrei aus und zuckte unter ihm, als stände sie unter Strom.

Erst nachdem er mit weiteren Stößen ihre Ekstase wach gehalten hatte, erlaubte er es sich, sich seinem eigenen Höhepunkt hinzugeben. Ohne ihren Nacken loszulassen, fauchte er, glitt noch einige Male raus und rein und fiel einfach um. Keuchend lag er neben Camille.

Aus halb geschlossenen Augen blickte er sie an. Sie lächelte. Schweißperlen glänzten auf ihrer Stirn. Ihr Teint war gerötet, aber sie machte einen so gelösten Eindruck, wie er ihn noch nie bei ihr gesehen hatte. Sie deckte weder ihren Körper zu, noch versteckte sie ihre Prothese unter der Bettdecke. War das Funkeln in ihren Augen ein Zeichen von Verliebtheit oder wünschte er sich nur, dass sich seine eigenen Gefühle in ihr spiegelten?

Camille zog das Kissen unter ihr weg, drehte sich auf die Seite zu ihm und verschränkte ihre Beine mit seinen. Eine Weile schauten sie sich schweigend an, satt und zufrieden. Nein, nicht nur zufrieden, sondern glücklich!

Irgendwann – Luca hatte jegliches Zeitgefühl verloren – strich sie ihm eine seiner dunkelbraunen Haarsträhnen aus der Stirn. Mit ihren Fingerknöcheln streichelte sie seine Wange, fuhr über seinen

Hals hinab zu seinem Brustkorb und ließ ihre Hand auf seinem Arm ruhen.

In der nächsten Sekunde zerstörte sie die himmlische Stimmung mit einer einzigen Frage, und er wünschte sich, sie hätte sie nie gestellt: «Kannst du dir vorstellen, die Werwölfe und Vampire als Alpha zu vereinen und anzuführen?»

Dreiundzwanzig

«Nein!», sagte Luca hart. Der frostige Klang ließ Camille erschaudern. «Wieso sollte ich auch? Sie haben bereits Alphas. Kristobal mag untergetaucht -»

«Entführt, wie wir inzwischen wissen.» Für Camille war es komisch, von *wir* zu sprechen, aber es fühlte sich richtig an. Auch wenn sie selbst nur ein Mensch war, verband das Wissen über die Existenz der Übernatürlichen sie auf ewig mit ihnen.

«Der Alphawolf kann auch die Vampire anführen.» Er drehte sich auf den Rücken, verschränkte die Arme unter dem Kopf und starrte an die Zimmerdecke.

Es schmerzte sie, dass er den Körperkontakt abgebrochen hatte, weil sie ein unangenehmes Thema ansprach. Aber sie wusste, dass nicht sie oder die Dark Defence der Grund waren, sondern die grausamen Erlebnisse in der Werkatzen-Kolonie. «Claw ist verschwunden.»

«Was?» Abrupt setzte er sich auf und schaute bestürzt auf sie hinab. Er blinzelte und Camille fragte sich, ob sein entstelltes Auge wehtat.

«Es gibt immer noch keine Spur von Kristobal.» Sie schlüpfte unter das Laken, da sie eine Gänsehaut bekam, und zog es bis unter ihr Kinn. «Die Gestaltwandler und die Illusionisten sind sozusagen kopflos.»

«Es gibt Hierarchien. Die Zweitbesetzung steigt auf.» Obwohl er seine Stirn runzelte, sah Camille bemerkenswert wenige Falten in seinem Gesicht. Selbst jetzt, wo schlechte Laune aufkam, war er ungemein attraktiv. Seine olivfarbene Haut schimmerte noch feucht von der Verschmelzung, seine Lippen schienen geschwollen von den vielen Küssen und er trug immer noch seinen Schlafzimmerblick.

«So einfach scheint es nicht zu sein. Sie streiten und verlieren wertvolle Zeit.» Dass sie sich nicht gegenseitig zerfleischen, ist alles, dachte sie in Erinnerung an die Diskussion im Nostalgia Playhouse, der sie zufällig beigewohnt hatte.

Er brummte, zog die Beine an und schlang seine Arme um die Knie. «Das ist nicht mein Problem, nicht mein Kampf.»

«Theodore steht zwischen den Stühlen und muss seine Ehe mit Elise kitten, Canis ist zu schwer verletzt, die anderen haben entweder nicht den Schneid oder die nötige Dominanz, um sich gegen die Konkurrenz durchzusetzen und die Nummer eins zu werden.» Genüsslich betrachtete sie seinen nackten Körper. Athletisch, Muskeln an den richtigen Stellen und geschmeidig wie sein Luchs. «Aber du, Luca, du hast den Mut, die Kraft und den Willen -»

«Ich sagte, nein!» Stur schaute er geradeaus zur Tür. Erstarrt und ebenso schön wie die Statue eines griechischen, sie korrigierte sich, portugiesischen Gottes.

«Ich erkenne deine Alphaqualitäten», sprach sie sanft. Da er einen spöttischen Laut von sich gab, setzte sie sich auf und berührte ihn kurz mit der Hand an der Schulter. «Sie haben sich gezeigt, als du mich in meinem Vorgarten gegen zwei Werwölfe verteidigen hast und im Playhouse in einen Raum gegangen bist, in dem alles in Flammen stand. Anstatt deine eigene Haut zu retten, hast du versucht, das Feuer zu löschen. Außerdem hast du Canis gerettet.»

«Es ging nicht um das Theater, nicht um die Illusionisten, nicht einmal um mich», sein Blick flackerte und seine Stimme klang nicht mehr so fest, «sondern ich wusste, dass du beim Löschen helfen und dich in Gefahr bringen würdest.»

Ihr Herz ging auf. Sie schmiegte sich an seinen Rücken und spürte seine Anspannung. «In meinen Augen bist du der Einzige, der die Vampire und Werwölfe vereinen und anführen kann, um Claw und Kristobal zu finden. Wenn du diese Aufgabe nicht übernimmst, werden sie wie aufgeschreckte Hühner in alle Richtungen flattern. Chaos wird sie keinen Schritt näher an die beiden entführten Alphas heranbringen, sondern sie werden sich gegenseitig auf die Füße treten, vielleicht sogar zu viel Aufmerksamkeit bei ihrer unkontrollierten Suche erregen, und ihre Bemühungen werden verpuffen.»

«Ich bin nicht einmal einer von ihnen.»

«Du gehörst zur Welt der Übernatürlichen.»

«Wie du weißt, bin ich schon daran gescheitert, einen Haufen Werkatzen zu vereinen.» Er sah sie an und zeigte auf sein Freak-Auge. «Mit verheerenden Folgen. Ich musste meine Art verlassen, seitdem sind sie sich selbst überlassen.»

Hörbar atmete sie aus, da sie sich vorkam, als würde sie vor eine Mauer rennen und kein Stück vorwärtskommen. Sie konnte nachvollziehen, dass er Angst hatte, wieder zu versagen, dabei hatte er das ihrer Meinung gar nicht. «Du warst gezwungen zu gehen, sonst hätten dich deine Gegner getötet. Sie waren in der Überzahl.»

«Weil ich den Rest des Clans nicht auf meine Seite ziehen konnte.» Er fuhr sich durch das Haar und murmelte: «So viel zum Thema Dominanz.»

«Sie waren feige. Claws Rudel und Kristobals dunkle Gefolgschaft sind das nicht. Sie sind heiß darauf, dem Feind gegenüberzutreten. Nur finden sie ihn nicht, du musst sie auf seine Fährte führen.»

«Wie ein Leithund beim Husky-Rennen?» Abfällig krauste er die Nase. «Ich bin ein Kater und lasse mich nicht einspannen.»

Sie ließ ihn so schnell los, als wäre er eine Eisskulptur, und wickelte das Laken enger um ihren Körper. «Was erwartest du vom Leben, Luca? Du scheinst resigniert zu haben.»

«Ich will nur meine Ruhe.» Einen Moment lang ließ er den Kopf hängen, dann richtete er ihn wieder auf.

«Die wirst du an keinem Ort finden.»

Er fixierte wieder die Tür. «Deswegen habe ich beschlossen, mit dem Wind zu ziehen. Katzen sind nun mal Einzelgänger.»

Luca wollte weg! Etwas zerbrach in Camille. Sie fühlte sich tief verletzt. War Sex alles, was er von ihr wollte? Warum hatte er sich dann die Mühe gemacht, ihr zu zeigen, dass ihre Prothese ihn nicht störte, wenn er das Liebesspiel auch ohne Geplänkel hätte haben können?

Wieso hielt er sich noch in Anchorage auf und suchte immer wieder den Kontakt zu ihr?

«Wie ein Karussellpferd, das läuft und läuft und doch nie ans Ziel kommt?» Sie machte sich nicht die Mühe, ihren Hohn zu verbergen. «Du kannst nicht vor dem Leben davonlaufen, Luca Sócrates. Es holt dich immer wieder ein.»

Gequält stöhnte er und rieb sich über das Gesicht.

«Tala hat mich kürzlich zu Onawa nach Valdez mitgenommen. Ihre Granny arbeitet in einer Indianerwerkstatt. Dort habe ich ein Bild gesehen, ein Stück weißer Stoff, bunt bestickt und eingerahmt.» Ihre Stimme drohte zu versagen, doch sie riss sich zusammen. «Es hat mir bewusst gemacht, dass ich ein Teil des Rudels sein möchte. Ich habe es mir nicht ausgesucht, es ist einfach passiert, aber es fühlt sich gut an. Außerdem traf ich dich.»

Er wandte ihr das Gesicht zu.

«Auch das habe ich mir nicht ausgesucht», sagte sie und kniete sich aufs Bett neben ihn. «Sondern du bist in mein Leben geschneit und hast es gehörig erschüttert.»

Sichtlich unsicher, was nun folgen würde, musterte er sie.

«Es hätte mir nichts Besseres passieren können, denn ich bin endlich glücklich. Ich hatte mich fast damit abgefunden, nie einen Partner zu finden, doch du hast mich aufgerüttelt und mir gezeigt, dass ich haben kann, was ich mir so sehr wünsche, aber dazu musste ich erst lernen, mich selbst zu mögen.» Obwohl die Frage gewagt war, denn damit lief sie Gefahr, sein Tier herauszufordern, sprach Camille sie aus: «Magst du dich, Luca?»

Er schwang seine Beine über den Rand und setzte sich auf die Bettkante. Camille nahm es nicht persönlich, dass er ihr den Rücken zuwandte, denn er wollte sie bestimmt nicht brüskieren, sondern sie deutete diese Geste als Antwort auf ihre Frage. Er schämte sich wohl dafür, die Werkatzen zurückgelassen zu haben.

«Nein, das tust du nicht.» Sie hauchte einen Kuss auf seinen Nacken. «Du hasst dich für das, was in der Kolonie geschah, doch dich trifft keine Schuld.»

«Ich habe getötet.»

«Nur in Notwehr.» Das traf auch auf die Begegnung mit den Skua im Chugach State Park zu.

Seine Hand ballte sich zur Faust. «Ich bin eine Bestie.»

«Die wilde, rasende Seite deines Tieres hat sich lange nicht gezeigt, nicht einmal, als du im Käfig gefangen warst, nicht einmal, als Flammen dich umgaben.»

Er hieb auf das Bett. «Aber sie ist noch in mir.»

«Eine Bestie lebt in jedem von uns.» Ob altklug oder nicht, sie glaubte daran: «Wenn unser Leben bedroht wird, ist jeder von uns zu allem fähig, ob Mensch, Gestaltwandler oder Vampir.»

Von der Seite sah sie ihn mit den Zähnen knirschen.

«Auch ich bin jahrelang von einer Arbeitsstelle zur nächsten gezogen, um der Gängelei meiner Eltern und dem Mitleid von Freunden zu entgehen und behaupten zu können, dass ich keine Beziehung haben kann, weil ich ständig den Bundesstaat wechseln muss. Alles Ausreden!» Auf der einen Seite tat es ihr weh, das zuzugeben, auf der anderen war es befreiend, geradezu reinigend. «Ich bin weggerannt vor meiner Behinderung. Wie dumm von mir! Denn egal, wo ich hinzog, nahm ich sie mit.» Sie tippte sich mit dem Finger gegen ihr Brustbein. «Nicht meine Prothese war das Problem, sondern ich, wie ich mit ihr umgegangen bin. Und das hast du mir bewusst gemacht!»

Eine Weile herrschte eine Stille im Schlafzimmer, die Camille kaum ertrug. Aber sie musste Luca Zeit geben, über ihre Worte nachzudenken.

Als sie schon befürchtete, er würde schweigend den Raum, ihr Haus und ihr Leben verlassen, weil sie sich zu weit vorgewagt hatte, räusperte er sich leise. «Was stand auf dem gestickten Bild in der Werkstatt von dieser Onawa?»

«Ein indianischer Spruch.» Sie neigte sich vor und sprach leise von hinten in sein Ohr: «Wenn man schnell vorankommen will, muss man alleine gehen. Wenn man weit kommen will, muss man zusammen gehen.»

Sehnsüchtig schmiegte sie sich an ihn, auch wenn er sich immer noch abweisend verhielt, aber sie konnte den Schmerz, den er empfand, nachvollziehen. Es brauchte Mut, gegen einen fremden Gegner zu kämpfen. Am meisten Stärke erforderte es jedoch, sich den eigenen Dämonen zu stellen.

Vierundzwanzig

Als ob es nicht peinlich genug wäre, aus dem Damen-WC zu kommen, schaute Direktor Zebediah Birch auch noch auf seine Armbanduhr und wischte mit einem Stofftaschentuch über seine hohe Stirn. «Wir warten schon fünf Minuten auf Sie, Camille. Was haben Sie denn so lange da drinnen gemacht?»

Vor Schreck wäre ihr beinahe die Akte von Pitch aus der Hand gefallen, dem nächsten Kandidaten, den Dr. Cassey einschläfern lassen wollte. Vor ihrem Rückzug auf die Toilette hatte sie ein hitziges Gespräch mit ihm darüber geführt, dass der Fischotter nur altersschwach war und der Tierarzt nicht jeden Patienten so einfach zur ewigen Ruhe schicken konnte, doch er fühlte sich in seiner Berufsehre gekränkt. Glücklicherweise wusste Zebediah noch nichts von dem Disput.

«Vielleicht hat sie die Dokumente mit ihrer Handykamera abfotografiert.» J. D. Benderman lehnte lässig gegen die Wand. Als er sich mit einem Fuß abstieß, spiegelte sich das Deckenlicht kurz in dem Metallbeschlag seines Westernstiefels.

Sie packte ihr Smartphone fester, um nicht vor Wut zu platzen. «Das könnte ich leichter haben. Kopierer und Faxgerät stehen in meinem Büro.»

«Das war doch nur ein Scherz.» Der Direktor setzte sein Marketinglächeln auf, und Camille fragte sich nicht zum ersten Mal, ob er seine Zähne aufhellen ließ. «Der Bürgermeister ist höchstpersönlich gekommen, um Ihnen als Dankeschön für das Antiserum ein Präsent zu überreichen. Hätte ich das vorher gewusst, hätte ich der *Alaska State News* Bescheid gegeben. Vielleicht hat die PR-Abteilung eine Kamera. Soll ich mal nachfragen?»

«Keine Umstände. Ich bleibe nicht lange. Können wir in Ihr Büro gehen, Dr. Brass?» Nonchalant kehrte Benderman ihm den Rücken zu, wandte sich an Camille und formte lautlos mit den Lippen: «Um ungestört zu sprechen.»

Schützend hielt sie die Akte vor den Oberkörper. Was wollte er noch von ihr? Wollte er mit eigenen Augen sehen, wo sie das Gegengift hergestellt hatte? Hatte er vor, sie weiter unter Druck zu setzen, wenn nötig, mithilfe ihres Vorgesetzten? «Bitte folgen Sie mir.»

Dr. Cassey kam ihnen aufgeregt entgegengeeilt. Er hob seine Hand und rief schon von Weitem: «Auf ein Wort, Mr. Birch.» Erst als er näher kam, erkannte er den Bürgermeister, lief hochrot an und begrüßte ihn so hündisch, dass Camille die Nase rümpfte. Sein schwarzes, gewelltes Haar klebte an den Schläfen und verdeckte nicht mehr die Narbe, die sich von seinem Ohr bis zur Stirn zog und, wie er ihr berichtet hatte, daher rührte, dass er als Kind in die Scherben einer Bierflasche seines Vaters gefallen war. Sein Halstuch war verrutscht, deshalb konnte Camille die stecknadelgroßen Warzen sehen, die er darunter versteckte.

«Gehen Sie nur», sagte Mr. Benderman zum Direktor, der zuerst protestierte, dann jedoch perplex verstummte, da sein Gesprächspartner Camille in ihr Büro schob und die Tür hinter ihnen schloss.

Ihr war unwohl. Sie legte die Akte und das Smartphone ab und fühlte sich, als hätte man sie mit einem tollwütigen Gorilla in einen Käfig gesperrt. Genauso jähzornig sah der Bürgermeister in diesem Moment auch aus.

Seine Stimme dagegen troff vor zuckersüßer Freundlichkeit. Er sprach unnötig laut, vermutlich damit der Direktor ihn hörte: «Ich freue mich, Ihnen dieses Präsent als Zeichen meiner Anerkennung überreichen zu können, Dr. Brass.» Worauf er eine kleine Schachtel aus der Innentasche seines Nadelstreifenjacketts zog und ihr hinhielt.

Misstrauisch hob Camille die Augenbrauen. Sie betrachtete das Geschenk. Was mochte es sein? Ein Kugelschreiber vielleicht? Oder ein Feuerzeug? Eigentlich wollte sie es nicht annehmen, egal, was es war, aber sie entschied, sich dennoch zu überwinden, um ihn nicht noch mehr gegen sich aufzubringen und Ärger mit Zebediah zu bekommen. Cassey palaverte vor der Tür, bis der Direktor «Scht» machte und sie sich entfernten.

Just als Camille nach der Packung greifen wollte, steckte Benderman sie zurück in seine Tasche. Seine Worte klangen hart wie Stahl. «Kommen wir zur Sache. Meine Zeit ist kostbar.»

Überrascht machte sie einen Schritt zurück und stieß mit den Beinen gegen den Schreibtisch.

Er öffnete sein Jackett, als würde er darunter einen Colt tragen und sich mit ihr duellieren wollen, strich über seine Weste hinab zu der Silberschnalle und hakte seine Daumen in seinen breiten Ledergürtel ein. «Was haben Sie mit Witashnah gemacht?»

«Mit wem, bitte?» Der Name kam ihr bekannt vor, aber sie konnte ihn nicht einordnen.

«Spielen Sie mir nichts vor! Sie wissen genau, von wem ich spreche», ungehalten schnaubte er, «der Privatdetektivin, die ich zu Ihrem Schutz abgestellt hatte.»

Jetzt klingelte es bei ihr. Er meinte die Frau, die ihr im Zoo hinterherspioniert und die Camille zur Rede gestellt hatte. «Zu meinem Schutz? Das ist doch lächerlich.»

«Haben Sie eins Ihrer Tiere auf sie gehetzt?»

Dieser Kerl war verrückt! Lief herum wie Wyatt Earp und stellte wilde Verschwörungstheorien auf. «Ich habe keinen blassen Schimmer, wovon Sie sprechen.»

«Nur Sie haben die Möglichkeit dazu, sie so zuzurichten.» Ungeniert zeigte er mit dem Finger auf sie.

«Zurichten?» Ein mulmiges Gefühl breitete sich in ihrem Magen aus.

Er presste die Worte heraus, sodass Speicheltropfen aus seinem Mund flogen. «Haben Sie eine der Raubkatzen aus dem Zoo auf sie gehetzt? Haben Sie sie leiden lassen, als Warnung für mich?»

«Jetzt machen Sie aber mal halblang, Herr Bürgermeister!» Sie baute sich vor ihm auf und stemmte die Hände in die Hüften. Äußerlich strahlte sie Stärke aus, doch innerlich hatte die Erwähnung einer Großkatze sie verunsichert. «Ich weiß nicht, was Sie von mir wollen, und habe auch keine Lust mehr auf dieses Ratespiel und Ihre Anschuldigungen. In meinem ganzen Leben habe ich Ihre

Detektivin nur ein einziges Mal gesehen und sie erfreute sich bester Gesundheit, wie Sie bestätigen können, denn offenbar haben Sie noch mit ihr gesprochen, nachdem ich sie enttarnt hatte.»

Schnaubend wiegelte er ab. Eine Weile musterte er sie grüblerisch. Dann endlich klärte er Camille auf. «Witashnah wurde von einem Tier angefallen. Sie liegt mit schweren Verletzungen im Krankenhaus.»

«Das kann nicht sein», murmelte sie entsetzt.

«Die Mediziner vermuten, dass es eine Wildkatze war, eine kleine Rasse nach den Kratzern zu urteilen.»

Pardelluchse waren klein. Camille schaffte es nicht, den Kloß in ihrem Hals hinunterzuschlucken, griff nach der Flasche Mineralwasser auf ihrem Schreibtisch und trank. «Haben die Ärzte Abdrücke von den Bisswunden genommen?»

«Es gab keine Bisswunden.»

«Das kann nicht sein», sagte sie kopfschüttelnd und stellte die Flasche ab. «Eine Katze würde versuchen, nach der Kehle seines Opfers zu schnappen. Irgendwo muss Witashnah gebissen worden sein, zum Beispiel an ihrem Arm, als sie das Tier abwehrte.»

Es sei denn, es handelte sich bei dem Angreifer um einen Therianthropen, der verhindern wollte, die Indianerin zu infizieren und ebenfalls zum Gestaltwandler zu machen. Bei dem Gedanken wäre Camille beinahe das Wasser wieder hochgekommen.

Sie kannte nur eine Werkatze. Aber Luca würde doch niemals einer Frau etwas zuleide tun. Oder gab die Bestie in ihm etwa keine Ruhe? Hatte er Camille vor der Schnüfflerin schützen wollen, wie er sie vor den beiden Werwölfen verteidigt hatte?

«Sie ziehen dieselben Schlüsse wie ich, habe ich recht?»

Verständnislos sah sie ihn an. Ihr Blutdruck sackte ab, aber noch hielt sie sich wacker. Wusste er von der Existenz der Übernatürlichen?

«Der Überfall erinnert an den Skua-Mord.» Selbstgefällig nickte er. «Die Parallelen sind da. Die Kratzer der Krallen an Witashnah und den Körpern der Männer ähneln sich.»

Luca hatte die fünf Jäger im Blutrausch getötet. War er bei der Indianerin genauso ausgetickt? Machte die Liebe Camille blind und er blieb unberechenbar?

Benderman trat dicht an sie heran. «Was geht hier vor, Dr. Brass? Ich sehe Ihnen an, dass Sie etwas wissen.»

«Nein, nein», sagte sie etwas zu heftig. Sein penetrantes Aftershave verstärkte ihre Übelkeit noch, aber sie konnte nicht zurückweichen, da hinter ihr der Schreibtisch stand.

«Ich glaube Ihnen, dass Sie nichts mit der Sache zu tun haben. So abgebrüht sind Sie nicht», lenkte er zu ihrer Überraschung ein. «Aber Sie wissen, wer die Raubkatze auf die Menschen hetzt, nicht wahr?»

Obwohl sie eben etwas getrunken hatte, war ihr Mund nun staubtrocken.

Er lächelte und sprach leise auf sie ein: «Vertrauen Sie sich mir an. Sagen Sie mir den Namen. Helfen Sie, die Bürger von Anchorage vor diesem Monster zu schützen.»

«Ich weiß es wirklich nicht.» Das war nicht einmal gelogen. Luca hatte zugegeben, die Jäger in Notwehr angegriffen zu haben. Aber ob er auch Witashnah auf dem Gewissen hatte, war reine Spekulation. Außerdem brachte sie die gesamte übernatürliche Welt in Gefahr, sollte sie einen von ihnen verraten.

«Ist es jemand aus dem Zoo? Ein Mitarbeiter, der nachts eine der Großkatzen aus dem Gehege entführt, um seine hübsche Kollegin zu rächen?», fragte er und wickelte eine ihrer lockigen Haarsträhnen um seinen Finger.

«Unsinn!» Sie schlug seine Hand fort. «Wenn es so wäre, wie passt der Vorfall im Chugach State Park ins Bild?»

Sein Lächeln erstarb. Er trat zurück und Camille atmete durch. «Das finde ich noch heraus. In meiner Stadt bleibt kein Verbrechen ungesühnt. Wenn Sie mir etwas verschweigen, machen Sie sich genauso schuldig wie der Täter, und ich werde Sie ebenfalls zur Rechenschaft ziehen.»

In diesem Augenblick ging die Tür auf und Zebediah Birch trat ein, worauf Benderman sich verabschiedete.

Verwundert schaute der Direktor ihm hinterher. Er zuckte mit den Achseln und wandte sich an Camille. Seine Tränensäcke schienen tiefer zu hängen als noch wenige Minuten zuvor. «Ich hatte eben ein intensives Gespräch mit Dr. Cassey über Pitch und Kompetenzen im Allgemeinen. Seien Sie unbesorgt, ich stehe voll hinter Ihnen. Sie sind die Kuratorin des Alaska Zoos, also liegt die letzte Entscheidung bei Ihnen. Ich vertraue Ihnen vollkommen, denn Sie haben ein ausgezeichnetes Gespür für Tiere.»

Das trifft wohl nicht auf Gestaltwandler zu, dachte sie und setzte sich auf die Schreibtischkante, da ihr schwindelig wurde. Ihr Herz glaubte an Lucas Unschuld, aber ihr Verstand räumte die berechtigte Möglichkeit ein, dass die Bestie in ihm immer noch aktiv war.

Fünfundzwanzig

Matt Jerkins trank einen Schluck, ohne den Mann aus den Augen zu lassen, schraubte den Kanister zu und stellte ihn auf den Beifahrersitz. Nun, da die Milch das Nikotin von seiner Zunge gewaschen hatte, verspürte er den Wunsch nach einer weiteren Zigarette. Aber er verkniff sie sich, weil der Kerl zur Kasse ging.

«Doch noch nicht?» Unruhig rutschte er auf dem Fahrersitz seines Wagens herum und lehnte sich schließlich vor, um sich auf dem Lenkrad aufzustützen. Der Typ, den er durch die Fenster des Waffenladens beobachtete, stellte zwar seinen Einkaufskorb auf den Verkaufstresen, ging dann allerdings erneut zwischen den Regalen auf und ab und packte dieses und jenes in einen zweiten.

«Will er 'ne ganze Armee ausrüst'n?», fragte Matt die Zombie-Wackelfigur auf seinem Armaturenbrett und schüttelte ungläubig den Kopf. Der Bulle war gefährlich, keine Frage. Seine Miene sah immer zornig aus, er schien stets unter Dampf zu stehen. Von solchen Menschen hielt man sich besser fern, denn ein falsches Wort und aus Freundschaft wurde Feindschaft.

Aber Matt hatte keine Wahl und stieg aus dem Auto aus. Er überquerte die Straße, warf einen Blick zu den tief hängenden Wolken über ihm, und wartete neben dem Eingang, weil er so einen Drecksladen nicht betreten wollte. Waffen konnte er nicht ausstehen! Er schoss nur scharf mit Worten, zumindest in Zeitungsartikeln. Ansonsten hielt er sich lieber bedeckt, denn er wollte keinen Ärger.

Jetzt zündete er sich doch noch eine Zigarette an. Nervös verlagert er sein Gewicht von einem Fuß auf den anderen. Er vermisste das Herunterrutschen der Hose, dann hätte seine freie Hand wenigstens auch etwas zu tun gehabt. Mit der Fast-Food-Fresserei hatte er aufgehört, schließlich wollte er nicht so fett werden wie –

«Montalbán», rief Matt, als der Fleischberg aus dem Geschäft trat.

Der Mexikaner zuckte zusammen. Beinahe hätte er die beiden bis oben gefüllten Tragetaschen fallen lassen. «Erschreck mich doch nicht so, Mann. Das kann böse ins Auge gehen, weißt du?»

Sein Pullover war weniger dezent als die neutralen Tüten. *Salute me or shoot me*, stand in weißen Blockbuchstaben auf dem schwarzen Stoff.

«Man erschreckt keinen, der aus einem Waffenladen kommt, es sei denn, man ist lebensmüde. Merk dir das!» Montalbán stapfte zu seinem Jeep, der unweit am Straßenrand parkte, schloss ihn auf und stellte den Einkauf auf den Rücksitz. «Woher wusstest du, dass ich hier bin?»

«Ich hab meine Quell'n», sagte Matt stolz, dabei war es ein Kinderspiel gewesen, ihn zu finden.

Wo sonst sollte ein Jäger auftauchen, wenn nicht in einem der Jagd- und Waffenshops? Matt hatte ein bisschen herumgefragt und nicht einmal ein Foto des massigen Kerls zeigen müssen. An das Knautschgesicht und das Schnaufen, weil er durch die platte Nase schlecht Luft bekam, erinnerte sich jeder. Montalbán war schon in allen Läden gewesen, in denen es Munition, Pistolen, Gewehre, Messer und sonstige Dinge gab, um die Matt normalerweise einen Bogen machte, nur in diesem noch nicht, daher war es nur eine Frage der Zeit, bis er erscheinen würde. Und Matt hatte nicht einmal lange warten müssen. Es machte den Eindruck, als wollte der Skua alle Waffenläden in der Stadt leerkaufen. Was hatte dieser Verrückte vor?

«Ich bin zu den Adressen gefahr'n, die du mir gegeb'n hattest.» Die Zigarette war schon halb heruntergebrannt und er hatte noch kein einziges Mal daran gezogen. Tief inhalierte Matt das Nikotin und stieß den Rauch aus, während er sprach: «Ich glaub dir jetzt.»

Der Mexikaner murrte und warf die Autotür zu. «Wie schön.»

In Matts Ohren klang das nicht ehrlich. «Wollten wir sie nicht gemeinsam auffliegen lass'n?»

«So oder so ähnlich.» Ungeduldig trommelte er auf dem Wagendach herum. «Hör mal, ich hab jetzt keine Zeit. Wir reden ein andermal, 'kay?»

Der Kerl stieg einfach ein und ließ ihn hier stehen, als wäre er ein Idiot. Aufgebracht war Matt selten, aber in diesem Moment zogen sich seine Eingeweide vor Verärgerung zusammen. Er wurde das Gefühl nicht los, dass sich Montalbáns Pläne geändert hatten und er die Werwölfe und Vampire ohne ihn hochgehen lassen wollte. Aber das würde die Story seines Lebens werden. Diese Chance vermasselte ihm niemand, erst recht nicht Schweinchen Dick!

Ungefragt sprang er auf den Beifahrersitz, bevor der Mexikaner losfahren konnte. «Erst heiß machen, dann kalt stell'n, das zieht bei mir nicht», platzte es aus ihm heraus, selbst erstaunt über seinen Mut.

Überrascht würgte Montalbán den Motor ab. Fluchend schlug er auf das Lenkrad. Rote Flecken zeigten sich auf seinem Hals, ob nun vor Zorn oder vor Verlegenheit wusste Matt nicht. «Was willst du, Mann?»

«Wissen, wie wir weiter vorgeh'n.» Matt schnippte seine Zigarette auf den Bürgersteig und zog die Tür zu.

Der Bulle drehte sich zu ihm und umschlang die Kopfstütze seines Sitzes, als wollte er sie würgen. «Wir?»

«Du hast mich zurück ins Spiel geholt. Ich war längst drauß'n.» Demonstrativ schnallte sich Matt an. «Wenn du nicht mehr für mich hast als das Nostalgia Playhouse und Dr. Camille Brass, werde ich die beiden als Aufhänger für meinen Artikel nehmen müss'n. Du hast sicher nichts dagegen einzuwend'n, wenn ich dich namentlich nenne, oder? Gegen ein bisschen Ruhm hat keiner was.»

«Fuck, Mann», stieß sein Gegenüber aus und starrte ihn an. In diesem Moment hatte Matt echt Angst, dass der Bulle sich auf ihn stürzen würde. Stattdessen startete er den Wagen erneut und fuhr los. «Du kriegst deinen Scheißartikel, aber lass mich da raus.»

Zufrieden verschränkte Matt die Arme.

«Wir sind noch nicht so weit.» Montalbán schaute in den Rückspiegel, als fühlte er sich verfolgt. «Ich habe eine Überraschung für dich.»

«Ach, ja?» Im ersten Augenblick freute sich Matt wie ein kleines Kind, dann blubberte es komisch in seinem Magen, was immer ein schlechtes Zeichen war. «Was denn?»

«Wenn ich das sagen würde, wäre es ja keine Überraschung mehr.» Montalbán lachte, aber es hörte sich künstlich an.

Während sie durch Anchorage in Richtung Stadtrand fuhren, wurde Matt immer besorgter. Wen meinte er mit *wir*? Seine fünf Kumpels waren doch tot. Wo wollte er hin? Würde der Mexikaner ihn leben lassen?

Was hätte er für einen Schluck Milch gegeben! Seine Zunge fühlte sich an, als würde eine Schicht Teer darauf kleben. Er musste dringend wieder die alte Zigarettenmarke rauchen. Diese war zu stark für ihn, er gewöhnte sich nicht daran.

Als Montalbán seinen Jeep aus Anchorage herauslenkte, versteifte sich Matt. Dann bog er auch noch in die Wälder ab, die durch den grauen Himmel noch dunkler als sonst wirkten, und Matt hätte beinahe die Autotür aufgerissen und wäre rechtzeitig herausgesprungen, doch er konnte sich nicht bewegen. Er hatte sich mit dem Falschen eingelassen, wurde ihm klar, er hatte den Kerl gereizt und war zu weit gegangen.

Hätte ich doch keine Forderungen gestellt, jammerte er in Gedanken, während sie einen Hügel hinauffuhren. Hätte ich mich zufriedengegeben mit dem, was ich wusste, und ich wäre am Leben geblieben, um von den Gestaltwandlern und Vampiren zu berichten.

Dann hätte er eben so lange vor dem Theater oder vor Dr. Brass' Haus gelauert, unter Umständen Wochen oder Monate, bis er endlich Fotos von den Geschöpfen hätte machen können. Aber nein, er hatte ja den Schnellzug nehmen müssen und gehofft, von Montalbán die Beweise auf einem Silbertablett serviert zu bekommen.

«Wehe, du verpfeifst unser Versteck!» Der Bulle parkte vor einer Höhle, die in einen grasbewachsenen Fels hineinführte. Er winkte einem Typen im Tarnanzug, der davor stand und Wache zu halten schien. «Bereit für eine Freakshow?»

Was glaubte er, was er war?, fragte sich Matt, bemüht, das «Ich habe einen Zug geküsst»-Gesicht nicht anzuglotzen, und nickte, obwohl er keine Ahnung hatte, was er meinte.

Er sprang aus dem Wagen und folgte dem Mexikaner, der ihn ermahnte, nicht vom Weg abzuweichen, durch den mit oliv- und schlammfarbenen Tarnnetzen verhangenen Eingang hinein. Als er dabei an dem Wachmann vorbeikam, fielen ihm die eintätowierten Buchstaben N-I-G-E-L auf seinen Fingerknöcheln auf, denn seine Hand lag am Abzug.

Im Inneren zerlegte gerade ein Zweiter mit ebenso militärisch kurzem Haarschnitt genau unter der Funzel an der Decke ein Gewehr. Er hatte sich *Fight* in die Stoppeln über dem rechten Ohr rasieren lassen. Als er ihnen sein Gesicht zuwandte, bemerkte Matt, das Wort *hard* über dem Linken.

Ob das Söldner waren? Wie Freunde verhielten sich die drei Männer jedenfalls nicht, denn Montalbán sagte scharf: «Putz die MG ja sauber, Larry!», und der Mann antwortete ernst: «Ja, Sir.»

Eine Matratze stach aus den Waffen, den Munitionskisten, Seilen und Fangeisen heraus. Daneben lagen eine Bananenschale, einige Flaschen Wasser und zwei Sporttaschen. Für Matt machte es den Eindruck, als würden sich Nigel und Larry die Schlafgelegenheit teilen. Aber bestimmt schliefen sie nicht zusammen darauf. Nicht Supermachos wie die beiden. Woraus er schlussfolgerte, dass immer einer Wache hielt, während der andere ein Nickerchen machte.

«Es gibt einen zweiten Raum, der ist allerdings kleiner.» Montalbán zeigte auf einen engen Durchgang.

Sie folgten den Kabeln, die vom Stromgenerator in die zweite Höhle führte. Das Rattern klang dort seltsam dumpf in Matts Ohren, was vielleicht auch an dem Anblick der beiden Gefangenen lag, die ihn so sehr erschreckten, dass er beinahe rückwärts getaumelt wäre, doch er fing sich rechtzeitig wieder. Bei all dem Testosteron wollte er sich nicht wie ein Weichei verhalten.

Was er sah, machte ihn sprachlos, und normalerweise war er nicht auf den Mund gefallen.

Eins der Stromkabel führte zu einem Metallkäfig, in dem ein breitschultriger Kerl mit braunem Pullover und schwarzer Jeans stand, dessen zornverzerrte Visage klar machte, dass er keine Sekunde zögern würde, seine beiden Besucher in Stücke zu reißen, sollte er die Möglichkeit dazu bekommen. Das andere Kabel war mit einer Kupferhaube verbunden. Montalbán und seine Schergen hatten den Mann, der sie trug, zusätzlich an einen schweren Eisenstuhl gefesselt. Mit seinem Brokat-Gehrock aus rotem Samt, den Posamenthaken vorne zusammenhielten, der schwarzen Hose und den Lederstiefeln erinnerte er an einen Edelmann aus längst vergangenen Tagen.

Matt bekam eine Gänsehaut. Am liebsten wäre er aus der Höhle geflüchtet, aber etwas hielt ihn davon ab, und es war nicht das Perserkatzengesicht, sondern das untrügliche Gefühl, den Kerl im Käfig schon einmal gesehen zu haben. Es brodelte in seinem Unterbewusstsein. Er musterte den Kerl genauer. Sein Gesicht kam ihm bekannt vor, er musste ihm schon einmal begegnet sein. Nur wo?

Auch dieser Raum wurde nur von einer einzelnen Glühbirne beleuchtet, die mit einem Haken an der Höhlendecke befestigt war, daher trat er zögerlich näher. Der Typ war zwar hinter Gittern, aber man wusste ja nie. Matt konnte seine Aggressivität spüren. Filigrane Tropfen fielen durch den Luftschlitz, der so groß war, dass ein Kind durchpasste, der aber halb mit Gras zugewachsen war. Draußen hatte es angefangen zu regnen. Der Mann im Käfig schüttelte sich wie ein Hund mit nassem Fell, als würde er den Sprühregen spüren, dabei war sich Matt sicher, dass das unmöglich war, denn die Tropfen waren zu fein und zu spärlich.

«Claws echter Name ist Ashton Tracer, falls du das noch nicht wusstest. Er ist der Alpha des Werwolf-Rudels.» Ungeniert pulte sich Montalbán in den Zähnen herum und schluckte herunter, was auch immer er gefunden hatte.

Matt musste würgen.

«Ein toller Anführer, der sich einfangen lässt, was?» Das schäbige Lachen des Mexikaners hallte von den Wänden wider. «Er ist eben doch nur ein dummes Tier.»

Das Knurren, das Claw von sich gab, klang keineswegs menschlich in Matts Ohren. Seine Nackenhaare stellten sich auf. Der Mann krauste seine Nase wie ein zähnefletschender Köter und schaute den Bullen von unten herauf mit einer Wut an, die Matt eine Scheißangst einjagte.

Plötzlich veränderten sich seine Augen und sahen mit einem Mal aus wie die eines Wolfes. Instinktiv machte Matt einen Schritt rückwärts und hielt kurz die Luft an. Bildete er sich das nur ein? Handelte es sich um einen billigen Trick? Er hoffte nicht, er hoffte es so sehr.

Fasziniert traute er sich wieder dichter heran. Seit seiner Kindheit hatte er von solch einer Begegnung geträumt, hatte sich vorgestellt, wie es wäre, einem übernatürlichen Wesen gegenüberzustehen, und nun wurde sein Wunsch Wirklichkeit. Allerdings war die Kreatur in seinen Träumen nie eingesperrt gewesen. Sie war stark, wild und angriffslustig, aber immer schlossen sie Freundschaft. Das Geschöpf akzeptierte ihn, nur ihn. Es war gefährlich für andere, aber niemals für Matt.

Diese Situation, nun in der Realität, schien nicht richtig. «Nicht richtig», murmelte er und knabberte an seinem Nagelbett.

Etwas brach in seinem Kopf auf. Zuerst machte es ihm Angst, doch dann wurde ihm mit einem Mal bewusst, woher er Claw kannte. «Ich habe dich damals verfolgt. Du ... du und diese Frau und dieser ... alte Mann, ihr seid nach Valdez gefahr'n. Es hatte geschneit wie blöd und ich bin hinterher, dabei konnte man auf der Straße durch die Berge kaum die Hand vor Augen seh'n.»

Atemlos sprudelte es aus ihm heraus. Er lief aufgeregt hin und her und fuchtelte mit seinen Händen herum. «Ich habe euren Wagen auf der Rückfahrt verlor'n, weil so ein dämlicher Wolf mich anfiel. Im Krankenhaus musst'n meine Wunden genäht werd'n.»

Sein Mitleid schmolz dahin. Dieser Claw war nicht das Wesen aus seinen Träumen, sondern ein Monster. Er zeigte mit dem Finger auf den Gefangenen. «Du warst das!»

Der Werwolf gab einen Laut von sich, der Matt zurückweichen ließ.

«Keine Sorge, Kumpel. Der Käfig steht unter Strom.» Der Mexikaner zeigte auf den Boden des Gefängnisses, einer Metallplatte. Er sprach den Namen spöttisch aus: «Mr Tracer kann nicht raus und der permanente Schmerz schwächt ihn.»

Magensäure stieg in Matts Kehle auf, denn ihm fiel ein, dass das andere Kabel ja mit dem Kupferhelm des zweiten Gefangenen verbunden war.

Ohne mit der Wimper zu zucken, umschlossen Claws Hände die Gitterstäbe, als wollte er ihnen demonstrieren, dass er noch lange nicht am Ende seine Kräfte war. Die Muskeln an seinem Hals spannten sich an, eine Ader trat auf seiner Stirn hervor und sein Gesicht wurde krebsrot. Er fing an zu zittern, hielt aber noch eine Weile durch, bevor er schließlich losließ. Seine Augen wurden wieder menschlich.

Matt ärgerte sich ein Loch in den Bauch, dass seine Kamera im Wagen lag, der noch immer vor dem Waffengeschäft parkte. Normalerweise trug er sie immer bei sich, als wäre sie an ihm festgewachsen, nur ausgerechnet jetzt nicht.

Er zeigte auf einige Aufnahmen, die an der Höhlenwand hingen. «Kann ich mir deinen Fotoapparat ausleihen?»

Montalbáns Blick wurde düsterer, je näher Matt den Bildern kam, aber er musste sie sich einfach von Nahem ansehen.

Innerlich seufzte Matt, weil leider keine Werwölfe während der Verwandlung zu sehen waren oder Vampire, die gerade ihre Zähne in den Hals eines Opfers bohrten. Es fehlte Blut, Dramatik, aufgerissene Münder, Fangzähne und Klauen. Beweise! Stattdessen nur Menschen. Er erkannte das Nostalgia Playhouse, das Haus in der Elk Road und den Alaska Zoo wieder, die anderen Gebäude sagten ihm genauso wenig wie die Personen, die abgelichtet worden waren. Bis auf eine.

Eine Nahaufnahme zeigte einen attraktiven Mann mit kurzen schwarzen Haaren. Seine dunklen Augen strahlten etwas Geheimnisvolles aus, sie schienen förmlich in Matt hineinzuschauen, obwohl es nur ein Schnappschuss war. Irgendwo war er diesem Kerl schon einmal begegnet. Vielleicht beim Blutspenden letzten Monat? Beim Metzger, als er Pansen gekauft hatte, um ihn als Köder für den Chupacabra zu benutzen?

Für einen Moment schloss Matt die Augen und konzentrierte sich auf dieses Gesicht. Dahinter war alles schwarz. In welcher Umgebung hatte er ihn getroffen? Hatten sie miteinander gesprochen oder waren sie nur aneinander vorbeigegangen? Letzteres konnte nicht zutreffen, denn dann wäre ihm der Typ nicht aufgefallen. Sie mussten Kontakt gehabt haben.

Noch immer blieb es in seinem Kopf dunkel. Allerdings hörte er auf einmal ein Wispern. Es hörte sich angenehm an, wie das leise Plätschern eines Baches, das schläfrig machte. Jemand flüsterte ihm etwas zu. Ein Mann. Er hatte eine warme Stimme, eine, der man gerne lauschte, die betörte, die bannte.

Plötzlich wich das Schwarz zurück und machte seiner Erinnerung Platz. Matt hatte in seinem Apartment gesessen. Auf dem Lokus. Als es an der Tür klingelte, wollte er nicht aufmachen, da er gerade ein altes X-Men-Comic las, das er zufällig im Schrank mit dem Klopapier entdeckt hatte, aber jemand rief nach ihm und bat ihn aufzumachen. Hatte der Fremde wirklich nur diesen einen Satz gesagt? Hatte er tatsächlich, stellte Matt jetzt fest, aber dabei klang er so überzeugend, dass Matt seine Lesepause auf der Toilette unterbrochen hatte und zur Tür gegangen war.

Und da hatte er ihn gesehen. Den Kerl auf dem Foto. Er stand vor seinem Apartment, lächelte und flüsterte andauernd irgendwelches Zeug. Nettes Zeug. Danach wurde alles in seinem Kopf schwarz, als hätte man sein Hirn in Gülle getaucht. Selbst jetzt sah er nur einen Bruchteil, vieles war immer noch voller Jauche.

Nun riss er seine Augen auf und tippte hektisch auf das Bild. «Er hat meine Gedanken geklaut.»

«Kein Wunder. Das ist Kristobal, das Alphamännchen der Vampire.» Mit stolz geschwellter Brust zeigte Montalbán auf den Mann mit dem Kupferkessel auf dem Kopf. «So mächtig und trotzdem hat er sich von ein paar Menschen gefangen nehmen lassen.»

Matt fuhr herum. Ein Vampir? Das erklärte alles. «Wieso habt ihr ihm nicht einfach die Augen verbunden?»

«So ist es sicherer. Er kann mit Blicken und mit seiner Stimme beeinflussen. Geknebelt ist er auch.» Der Mexikaner schritt zu Kristobal, verschränkte die Arme vor dem Brustkorb und stellte sich breitbeinig vor ihn. «Angeblich können Blutsauger nicht sterben, das werden wir bald wissen. Eine Herausforderung, auf die ich mich besonders freue. Jedenfalls haben wir schon herausgefunden, dass sie schmerzempfindlich sind, besonders am Schädel. Kupfer leitet ziemlich gut.»

Das war barbarisch! Aber waren Werwölfe und Vampire das nicht auch? Claw hatte ihn körperlich und Kristobal ihn psychisch verletzt.

«Steht der Helm auch unter Strom wie Claws Käfig?», fragte Matt. Seine Zunge klebte am Gaumen, aber er hätte nicht einmal einen Schluck Milch herunterbekommen.

«Der Schmerz macht ihn harmlos wie ein Kätzchen.» Montalbán strich mit Zeige- und Mittelfinger über seine Oberlippe, als hätte er seinen Schnurrbart noch, immer wieder von der Nase zu den Mundwinkeln, und zeichnete dadurch ein auf dem Kopf stehendes Victory-Zeichen auf sein Gesicht.

Eine Zigarette wäre cool gewesen, aber Matt traute sich nicht, eine anzustecken, weil dann aufgefallen wäre, dass er zitterte. «Was habt ihr mit ihnen vor?»

«Ich», stellte der Mexikaner klar. «Nigel und Larry tun alles, wofür ich sie bezahle. Ich werde das Wölfchen mit dem kleinen Schwanz und den Blechmann ...» Er lachte schäbig. «Der Blutsauger ähnelt mit dem Kupferkopf doch *Tin Man* aus *Der Zauberer von Oz*, habe ich recht? Natürlich habe ich das.» Zufrieden rieb er sich über den Bauch, als wollte er die beiden verschlingen. «Ich werde sie durch die Wälder jagen, wie die legendären Skua es geplant hatten.»

Matt räusperte sich. Er hatte einen Geschmack auf der Zunge, als würde die Milch in seinem Magen gären, dabei musste sie längst verdaut sein. «Aber wir wollten sie doch gemeinsam der Öffentlichkeit präsentier'n.»

«Das bin ich meinen Freunden schuldig», donnerte Montalbán, sodass Matt zusammenzuckte. «Die Skua hatten den Plan, das größte und gefährlichste Tier zur Strecke zu bringen. Gefunden hatten wir es, nur zur Hatz ist es nicht mehr gekommen. Ich werde unseren Traum wahr werden lassen. Für sie! Daran wird niemand etwas ändern, auch du nicht.» Mit hochrotem Kopf stapfte er auf Matt zu.

Dieser wich zurück. Er hatte es mit einem Wahnsinnigen zu tun. Der Mexikaner war nicht minder gefährlich als die übernatürlichen Wesen. Beschwichtigend riss Matt die Hände hoch. «Okay, okay. Mit Träumen kenn ich mich aus.» Nur drohte seiner zu platzen. «Was ist mit dem Rudel und dem Vampir-Clan?»

«Ich hole sie mir. Einen nach dem anderen. Gegen alle gleichzeitig komme ich nicht an, das haben die Skua und ich schon versucht. Aber nur Trottel lernen nicht aus Fehlern, deshalb greife ich sie mir einzeln.» Mit einer Geste deutete er an, dass er sie in der Hand zerquetschen wollte. «Somit werde ich auch mehr Spaß mit ihnen haben. Ich kriege sie alle! Und für jeden werde ich mir eine neue, qualvolle Art zu sterben ausdenken.»

«Und was ist mit mir?» Matt betete, dass der Bulle nicht vorhatte, ihn in eine ähnliche Folterkonstruktion zu stecken, aber er entdeckte keine. Doch nicht etwa zu Claw in den Käfig? Er quälte sich ein Lächeln hervor und wollte ihn kumpelhaft mit der Faust an der Schulter berühren, doch im letzten Moment zog er seine Hand zurück.

Montalbán neigte sich vor und sprach leise, bedrohlich: «Du kommst mir besser nicht in die Quere, sonst könnte dich ein Querschläger treffen.»

Matt sah seine Felle davonschwimmen. Er war so nah dran, so verdammt nah, sich endlich zu beweisen und zu zeigen, dass er kein Idiot war, der an Dinge glaubte, die nicht existierten. Doch sein Freund, der eigentlich mit ihm an einem Strang hatte ziehen sollen, verfolgte nun seine eigenen Pläne und die standen dummerweise im Gegensatz zu Matts. Vermutlich hatte der Mexikaner ihn nur kontaktiert, weil er zu dem Zeitpunkt noch geglaubt hatte, er würde seine Hilfe brauchen, um sich an den übernatürlichen Geschöpfen zu rächen. Doch nun stand er dem Plan des Jägers im Weg. Er lief

Gefahr, selbst zur Zielscheibe zu werden. Aber er brauchte diese Fotos! Er würde jetzt nicht aufgeben und weglaufen, denn möglicherweise war dies seine letzte Chance, Beweise für die Existenz von Gestaltwandlern und was sich sonst noch hinter der menschlichen Fassade verbarg zu bekommen.

Sein Blick schweifte über die Fotografien an der Höhlenwand und blieb an dem Haus Nummer neun in der Elk Road hängen. Doch er beachtete das Hauptgebäude nicht, sondern starrte wie gebannt die Garage an. Plötzlich fiel es ihm wie Schuppen von den Augen. Er schlug sich mit der Handfläche gegen die Stirn und kam sich vor wie ein Depp, weil er nicht vorher daran gedacht hatte. Auf einmal einem wahrhaftigen Werwolf und einem Vampir gegenüberzustehen, hatte ihn so aus der Bahn geworfen, dass er die Werkatze völlig vergessen hatte. Sein Ass im Ärmel!

«Du schießt Tiere, ich Fotos.» Obwohl seine Hose nicht rutschte, zog er sie hoch, nur um der alten Zeiten willen. In den letzten Wochen war er dank dieses Kristobals durch den Wind gewesen, aber jetzt lief er wieder zu Hochtouren auf. «Wir beide haben eine Leidenschaft und ich will meine genauso ausleb'n wie du. Du hast mir Bilder versproch'n, ich will sie haben!»

«Drohst du mir?»

«Keineswegs, mein Lieber.» Beinahe hätte sich Matt an dem letzten Wort verschluckt. «Wir sind Partner, schon vergess'n? Ich verspreche dir, dass du auf keinem der Schnappschüsse zu seh'n sein wirst. Deinen Namen werde ich nicht im Artikel erwähn'n. Wir haben uns nie getroff'n. Aber ich will bei der Jagd dabei sein, um Aufnahmen zu machen, wie sich der da», er zeigte auf Claw, «verwandelt.»

«Du kannst froh sein, hier heil rauszukommen, denn jeder Zeuge ist ein Risiko.» Gereizt baute sich der Bulle vor ihm auf. «Du hast kein Recht, Forderungen zu stellen, kleiner Mann.»

Klein war Matt nicht, wohl aber schmächtiger als Montalbán. Aber manchmal waren Worte stärker als Fäuste. «Wie wäre es mit einer dritten Kreatur?»

Der Jäger legte den Kopf schräg. «Was meinst du damit?»

«Ein weiteres Subjekt für deine Sammelleidenschaft, eins mit Fell, Fangzähnen und Krallen, aber kein Wolf.» Matt machte hinter seinem Rücken eine Siegerfaust. Er hatte den Fisch bereits am Haken. «Ein Luchs.»

Verdutzt krauste Montalbán die Stirn.

Matt ließ sich die folgenden zwei Worte auf der Zunge zergehen: «Ein Werluchs.»

Er sah ihm an, dass es in seinem Kopf ratterte. Schließlich schnappte der Mexikaner nach Luft. Er murmelte etwas von Eagle River Nature Center und Chugach State Park, zählte wohl eins und eins zusammen, lief dunkelrot an, sodass Matt befürchtete, sein Schädel würde explodieren, und schrie: «Wo ist das Schwein, das meine Freunde abgeschlachtet hat?»

«Wenn ich meine Fotos bekomme, kriegst du deine Rache.» Mutig hielt er ihm die Hand hin.

Montalbán schlug so fest ein, dass Matts Handgelenk beinahe brach.

Sechsundzwanzig

Camilles Worte bei ihrem letzten Treffen ließen Luca nicht los. Unruhig tigerte er vor dem Alaska Zoo auf und ab und suchte ihren Wagen, fand ihn jedoch nicht. Ob es einen Mitarbeiterparkplatz gab?

Die Werwölfe und Vampire waren genauso unvernünftig wie die Werkatzen in der Kolonie. Anstatt an einem Strang zu ziehen, stritten sie und erreichten dadurch nur, dass Chaos herrschte.

«Das stimmt nicht ganz», murmelte er und schaute unschlüssig zum Personaleingang. Im Gegensatz zu den Therianthropen verfolgte die Dark Defence immerhin dasselbe Ziel. Sie wollten Claw und Kristobal finden. «Das ist doch schon mal ein Fortschritt.»

Aber er konnte ihnen nicht helfen. Und vor allen Dingen wollte er das auch nicht. Er würde sich aus allem heraushalten. Wenn er sich einmischte, würde die Situation nur aus dem Ruder laufen, so wie auf Victoria Island.

Camille betrachtete ihn mit falschen Augen, was ihm, nachdem er sie am gestrigen Abend verlassen und darüber nachgedacht hatte, zeigte, dass sie genauso viel für ihn empfand wie er für sie. Bei dem Gedanken wurde ihm heiß. Er zog den Reißverschluss seiner Lederjacke herunter und sah sein Spiegelbild in einer Fensterscheibe. Es grinste albern.

Doch er hatte seine Alphaqualitäten schon ausgetestet und war grandios gescheitert.

Er besaß einfach nicht das Charisma und die Überzeugungskraft, um zu begeistern, zu einen und zu leiten. Dominanz alleine reichte nicht, diese Eigenschaft war bei allen Gestaltwandlern mehr oder weniger vorhanden. Es brauchte einen starken Willen, Durchsetzungsvermögen und auch ein gewisses Maß an Zorn, um ein ganzes Rudel zu unterwerfen.

Unglücklicherweise weckte Aggression die Bestie in ihm, weshalb er unter allen Umständen jeglichen Ärger vermeiden musste.

Ungeduldig ging er zum Eingang und rüttelte an der Tür, aber sie war verschlossen. Von außen gab es nur einen Knauf, der sich nicht drehen ließ. Offenbar konnte man sie nur mit einem Schlüssel öffnen. Wo blieb Camille nur? Es war bereits dunkel. Sie musste doch langsam Feierabend machen.

Er konnte es kaum erwarten, mit ihr zu reden. Schon den ganzen Tag lang suchte er nach den richtigen Worten und fand sie nicht, sodass er beschlossen hatte, sich keine Gedanken mehr darüber zu machen und einfach sein Herz sprechen zu lassen.

«Ich war so dumm», sagte er und schüttelte den Kopf. Er hatte ihr zu verstehen gegeben, dass er bald weiterziehen würde. Was musste sie Schreckliches von ihm denken? Dass er sie verlassen wollte und zu seinem Vergnügen benutzt hatte. Aber das traf nicht zu! Er hatte ihr nah sein wollen, nah sein *müssen*, auch jetzt verspürte er dieses Bedürfnis. Der Streit zwischen ihnen belastete ihn sehr, er hatte den ganzen Tag kaum etwas gegessen und selbst sein Luchs hatte sich tief in ihn zurückgezogen.

Bevor er wusste, was er tat, fuhr er seine Krallen aus und kratzte an der Tür wie ein Kater, der unartig gewesen und deshalb von seinem Frauchen ausgesperrt worden war. Verlegen zog er sie wieder ein und schaute sich um, aber niemand schien ihn beobachtet zu haben.

Plötzlich wurde die Tür aufgerissen und Luca erschreckte sich, sodass er nur ein Fauchen unterdrücken konnte, weil sich sein Tier im hintersten Winkel verkrochen hatte. Der Mann, der das Gebäude verlassen wollte, war ebenso baff, riss die Augen auf und blieb im Rahmen stehen.

Auf dem Namensschild, das in einer Folie steckte und mithilfe eines Klips an der Brusttasche seines grauen Blazers hing, las Luca seinen Namen und presste die Lippen aufeinander, um nicht zu knurren. Das war also Dr. Cassey, der den sibirischen Tiger eingeschläfert und Camille auf ein Date eingeladen hatte. Er konnte ihn nicht leiden.

«Ich möchte zu Dr. Brass.» Intensiv achtete Luca darauf, wie der Tierarzt reagierte, doch er witterte keine Sexualpheromone. Offenbar hatte der Arzt das Interesse an seiner Kollegin verloren, was auch gesünder für ihn war.

Als Cassey einen Blick zum Himmel, der so schwarz wie seine gewellten Haare war, warf, verrutschte sein Halstuch, und Luca bemerkte die Flecken an seinem Hals. Zuerst wusste er nicht, was er da sah, denn die Punkte waren weiß, dann erkannte er, dass es Warzen waren. Er roch eine chemische Substanz und vermutete, dass der Arzt sie mit einer Tinktur bestrichen hatte.

Cassey trat heraus und zog die Tür hinter sich zu. «Nicht da.»

«Sie hat früher Feierabend gemacht?» Immerhin lungerte Luca schon seit geraumer Zeit vor dem Zoo herum. Er hatte sie nicht schon wieder bei der Arbeit überfallen, sondern wie ein Freund auf seine Freundin artig warten wollen. Das stellte sich nun als Fehler heraus. Der normale Weg schien nicht der seine zu sein.

Der Arzt nahm seine Tasche in die andere Hand und legte einige Haarsträhnen über die Narbe, die sich über seine Schläfe schlängelte. «Sie ist heute erst gar nicht erschienen.»

«Sie war nicht arbeiten?» Da Cassey an ihm vorbeigehen wollte, stellte sich Luca ihm in den Weg. Das Lid seines Freak-Auges zuckte unaufhörlich. «Ist sie krank?»

«Woher soll ich das wissen?» Sein schnippischer Ton zeigte Luca, dass er nicht gut auf Camille zu sprechen war, was ihm weitaus lieber war als seine Flirtversuche. Doch was der Tierarzt dann sagte, lockte seine Raubkatze aus ihrem Refugium. «Sie geht nicht ans Telefon. Und jetzt entschuldigen Sie mich. Ich muss noch zu einem Treffen der örtlichen Veterinärmediziner.»

Ein unwohles Gefühl nagte an Luca. Das Augenzucken machte ihn nervös. Er rieb mit dem Finger über das Lid. Tatsächlich hörte es auf, dafür tat die Pupille weh, als würde sein Kater von innen an den Nerven zerren, um ihm mitzuteilen, dass er sich verwandeln und so schnell wie möglich in die Elk Road rennen sollte.

Stattdessen nahm er sich ein Taxi. Es fraß die Hälfte seines Lohns, den er an diesem Tag im Sägewerk verdient hatte. Er mochte es, vogelfrei und ungebunden zu sein und immer neue Herausforderungen zu meistern, aber manchmal bekam er als Tagelöhner Knochenjobs. Doch auch ein Gestaltwandler brauchte Geld. Er redete sich ein, dass die einsetzenden Kopfschmerzen von dem Geräuschpegel der Sägemaschine ausgelöst wurden, aber damit belog er sich selbst.

Camilles Haus lag im Dunkeln. Die Jalousien waren oben. Nichts wies darauf hin, dass sie zu Hause war. Aber wo sollte sie sonst sein? Oder gab es Neuigkeiten bei der Dark Defence und sie hatte die Arbeit geschwänzt, um ins Theater zu fahren?

Artig, wie es ihr gefallen hätte, klingelte Luca an der Haustür, wie ein normaler Mann. Leider bekam sie davon nichts mit oder tat wenigstens so, denn sie öffnete nicht. Nichts regte sich im Inneren. Lag sie im Bett? Ging es ihr nicht gut?

Besorgt ging er zum Gartentor, aber es war abgeschlossen. Ein unauffälliger Blick zu allen Seiten und schon nahm er Anlauf, um über das ein Meter achtzig hohe Tor zu springen. Sein Luchs wartete dicht unter der Oberfläche darauf, die Kontrolle übernehmen zu dürfen, aber Luca ließ nur zu, dass er ihm seine Fähigkeiten zur Verfügung stellte, denn je höher sein Tier stieg, desto mehr unterstützen die Katzensinne die seinen. Er untersuchte jeden Winkel im Garten, doch er roch nur die Werwölfe, die sich in der letzten Nacht im Eisenbahnwagen getroffen hatten, und seine Reviermarkierungen, die er regelmäßig erneuerte.

Er spähte durch die Terrassentür. Nichts. Kein Licht, keine Bewegung, kein Zeichen, dass Camille daheim war. Bis auf ihre Handtasche. Oder irrte er sich?

Luca drückte die Nase gegen die Scheibe. Ohne die Fähigkeit seines Katers, das Restlicht zu verstärken, hätte er die Handtasche in der Dunkelheit nicht erspäht. Aber sie stand tatsächlich auf der Garderobenablage in der Diele. Camille trug sie immer bei sich. Folglich musste sie zu Hause sein. Vielleicht redete er sich das aber auch nur ein, weil er wollte, dass sie sich versteckte, um ihn für seine Worte zu bestrafen. Er wollte gerne ihre Strafpredigt hören und sie verwöhnen, bis sie ihm verzieh, wenn er sie doch nur endlich finden würde.

Diese ganze Situation behagte ihm nicht.

Aber was sollte schon passiert sein? Er witterte keinerlei Gefahr, keine Ausschüttung von Stresshormonen oder fremde Düfte. Zumindest nicht hier draußen. Er musste unbedingt hineingelangen!

Ihm fiel die Luke ein. Ohne diesmal zu prüfen, ob ihn jemand beobachtete, sprang er auf die Garage und kletterte auf das Dach. Sie stand immer noch offen. Während er durch die Öffnung in den Speicher stieg, wusste er nicht, ob er sich darüber freuen oder sich selbst eine verpassen sollte, da er vergessen hatte, Camille darauf hinzuweisen. Möglicherweise spielte sein eigenes Ego dabei eine Rolle, denn es gefiel ihm, plötzlich nackt vor ihr zu stehen und sie erröten zu sehen. Aber wenn er das konnte, konnten andere das auch.

«Du Hornochse!» Luca schloss das Fenster und schlich in die erste Etage. Dort blieb er stehen und lauschte. Er hörte weder das leise Umblättern von Buchseiten, weil Camille krank im Bett lag, noch das Plätschern von Badewasser. Nicht einmal Kerzenschein war auszumachen, allerdings auch keine Anzeichen eines Kampfes oder Einbruchs – aber die hatte es bei Claw und Kristobal auch nicht gegeben.

Wahrscheinlich machte sich Luca gerade zum Narren und reagierte völlig übertrieben. Aber er machte sich Sorgen. Nicht nur das, er hatte regelrecht Angst um Camille. Das alles sah ihr nicht ähnlich. Bisher hatte sie sich immer berechenbar verhalten, war meistens zwischen Zoo und Haus hin und her gependelt und hatte höchstens einen Abstecher zum Supermarkt gemacht.

Vielleicht war ihr allerdings eben diese Berechenbarkeit zum Verhängnis geworden.

Auf leisen Sohlen ging er die Treppe hinunter. Da entdeckte er ihr Schlüsselbund neben dem Telefon.

Ein stechender Schmerz bohrte sich in sein entstelltes Auge. Luca krümmte sich und presste seinen Handballen auf das Lid. Warum, fragte er sich, warum ausgerechnet jetzt? Er hatte keine Probleme mehr damit gehabt, seitdem sich Frau Doktor um ihn kümmerte.

Camille war seine Medizin. Aber jetzt war sie nicht da, und er litt unter Entzug. Oder manifestierten sich böse Vorahnungen?

Nach ein paar Sekunden tat es nicht mehr weh, aber es pochte hinter der Pupille. Bevor er weiterging, blinzelte er die Tränenflüssigkeit weg, um wieder sehen zu können.

Er hielt sich am Geländer fest, bis er unten ankam, und betrachtete das Bund entsetzt, als würde Camilles Zunge vor ihm liegen. Niemals würde sie ohne ihre Schlüssel weggehen, nicht einmal zu einem Nachbarn. Etwas musste passiert sein. Vielleicht befand sie sich sogar noch im Haus. Gefesselt. Geknebelt. Unfähig, sich bemerkbar zu machen.

Ihm fiel ein Taschenbuch auf, das aus ihrer Umhängetasche lugte. Neugierig zog er es heraus, da eine gelbe Haftnotiz darauf klebte und Luca sich einen Hinweis auf Camilles Verbleib erhoffte. Als er seinen Namen auf dem Post-it las, weiteten sich seine Augen.

Der Einband nannte Khalil Gibran als Autor. Im Innenteil erfuhr Luca, dass er ein libanesisch-amerikanischer Maler, Philosoph und Dichter war, der im Libanon geboren wurde und 1931 in New York starb. «Was hat das mit mir zutun?»

Neugierig klappte er das Buch an der Stelle auf, an der zwischen den Seiten eine getrocknete Sonnenblume steckte. Camille hatte zwei Zeilen unterstrichen. Leise las Luca: «Das Leid brachte die stärksten Seelen hervor. Die allerstärksten Charaktere sind mit Narben übersät.»

Beeindruckt hielt er inne und lauschte in sich hinein. Die Worte berührten ihn. Tief in seinem Inneren. Sie schenkten ihm Hoffnung. Zu seiner Überraschung spürte er eine Kraft in sich, die er verloren geglaubt hatte. Dass er aus der Kolonie vertrieben wurde, bedeutete zwar das Ende, aber nur für diesen einen Traum, nicht für alle seine Träume, wurde ihm mit einem Mal bewusst. Er war seinen Prinzipien treu geblieben. Er war sich treu geblieben. Das fühlte sich gut an.

Vielleicht konnte er eines Tages wie Phönix aus der Asche steigen. Diese Aussicht nährte seine Stärke. Denn eins hatte sich seit

Victoria Island gravierend geändert: Er wandelte nicht länger ziellos ... freudlos umher. Allerdings hingen all diese positiven Gefühle mit Camille zusammen. Und sie war verschwunden.

Plötzlich nahm er einen fremden Geruch wahr. Sein Freak-Auge und das Buch hatten ihn abgelenkt, sodass er sich mehr auf sich selbst, als auf seine Umgebung konzentriert hatte. Doch jetzt witterte er einen fremden Mann.

In diesem Moment bemerkte er einen Schatten in der Küche.

Siebenundzwanzig

Matt Jerkins hatte nicht geahnt, dass er so viel kriminelle Energie besaß. Er hatte schon so manches krumme Ding gedreht, um an Informationen zu kommen, aber die waren gegen den Coup jetzt nur Peanuts. Diese Entscheidung jedoch könnte ihn für lange Zeit hinter Gitter bringen. In den Himmel würde er auf keinen Fall mehr kommen. Aber er wollte sowieso lieber in die Hölle. Dort würde er wenigstens die Kreaturen treffen, die er sein Leben lang gesucht hatte.

Er griff das Lenkrad fester und starrte hilflos auf die Straße. Eigentlich war es keine richtige Straße, jedenfalls war sie nicht asphaltiert, sondern lediglich ein Wirtschaftsweg für den Ranger, um tief in den Park zu kommen. Spaziergänger und Wanderer blieben meistens auf den befestigten und ausgewiesenen Pfaden.

Irritiert schaute er sich um. Ein Baum sah aus wie der andere. Der Weg wurde immer schmaler und grasbewachsener.

«Hier ist schon lange keiner mehr langgefahren.» Was bedeutete, dass Matt seine Abfahrt verpasst hatte. Das wunderte ihn nicht, denn Montalbán hatte seinen Jeep bei ihrem gemeinsamen Ausflug kreuz und quer gelenkt, sodass Matt die Orientierung verloren hatte.

Aber er würde den Unterschlupf schon wiederfinden. Sein erster Versuch am Morgen war gescheitert. Doch er war Rückschläge gewohnt. Die brachte sein Job mit sich, besonders wenn man sich auf Wesen spezialisierte, die die meisten Menschen ins Reich der Mythen und Legenden einordneten.

Mittags hatte er sich die Frage gestellt, ob er nicht lieber das Providence Alaska Medical Center aufsuchen sollte. Das Kätzchen – so nannte er es zu seinem eigenen Seelenfrieden – wollte gar nicht mehr aufwachen. Das Betäubungsspray, das der Typ im *Squirrel* ihm verkauft hatte, musste zu stark gewesen sein. Die Katze hatte nicht einmal ihre Krallen ausfahren können, so schnell ging alles. Handgreiflichkeiten lagen ihm sowieso nicht.

Aber wenn er zum Krankenhaus gefahren wäre, hätte er sofort zur Polizei gehen können, daher hatte er sich am späten Nachmittag das zweite Mal auf den Weg in den Wald gemacht. Seitdem irrte er umher und versuchte sich verzweifelt daran zu erinnern, wie der Mexikaner gefahren war. Zweifelsohne hatte der Verrückte seinen Wagen mehrmals im Kreis gelenkt, um Matt zu verwirren, aber dieses Wissen machte es auch nicht leichter, das Versteck zu finden.

Inzwischen war es dunkel, was die Suche nicht gerade vereinfachte. Er hörte ein dumpfes Klopfen. Möglicherweise kam es aus dem Kofferraum, doch zu seiner eigenen Beruhigung redete er sich ein, dass die Schlaglöcher, die das altersschwache Auto erschütterten, die Ursache waren. Bald würde er sich ein neues leisten können. Kein neues Gebrauchtes, sondern eins direkt vom Band.

Er warf einen raschen Blick zu dem Taser auf dem Beifahrersitz und entspannte sich etwas. Seufzend wendete er und fuhr zurück.

Plötzlich sprang ein Mauswiesel über den Weg. Erschrocken bremste Matt und gaffte ihm hinterher, bis es zwischen zwei umgefallenen Bäumen hindurchhuschte und verschwand.

«An denen sind wird gestern vorbeigekomm'n.» Ein breites Grinsen wölbte seine Mundwinkel nach oben. Er fuhr vom Weg ab und lenkte seinen Wagen mitten durch die Botanik. Er erinnerte sich an immer mehr Details, nun, da er die richtige Richtung eingeschlagen hatte. Dennoch verfranzte er sich mehrmals und es dauerte eine weitere Stunde, bis er die Höhle gefunden hatte.

Nigel richtete das Gewehr auf ihn. Wie ein Zinnsoldat stand er vor dem Eingang und nahm ihn ins Visier. Matt wagte kaum zu atmen. Langsam nahm er seine Hände hoch.

Da kam auch schon Montalbán herausgestürzt, rechts hielt er eine Taschenlampe und links eine Handfeuerwaffe. Einen Augenblick lang bereute Matt, hierhergekommen zu sein, einen weiteren, sich überhaupt mit solchen Kerlen eingelassen zu haben, doch sein Wunsch, endlich als seriöser Reporter für Paranormales anerkannt zu werden, siegte.

Der Mexikaner drückte den Lauf von Nigels Gewehr zu Boden. Mit sauertöpfischer Miene stapfte er zum Wagen und riss die Fahrertür auf.

«Was hast du dir dabei gedacht, Mann? Eine falsche Bewegung und er hätte dich eiskalt abgeknallt.»

«Ich wollte dir ein Geschenk bringen.» Triumph schmeckte süß, stellte Matt fest. Er kostete ihn viel zu selten.

Montalbáns Augen leuchteten. «Den Werluchs?»

Matt nickte zögerlich. Kurz überlegte er, ob er das Elektroschockgerät mitnehmen sollte, aber er wollte den Jäger und seine Söldner, denn nun ließ auch Larry sich blicken, nicht provozieren. Er stieg aus und ging um seinen Wagen herum, aufgeregt wie ein kleiner Junge, der seinem Papa einen Schmetterling, den er gefangen und in ein Glas gesperrt hatte, zeigen wollte.

«Im Chugach State Park hat unsere Fehde angefangen, hier wird sie enden, Kuder.» Lautstark pochte Montalbán auf das Wagendach. «Jedenfalls für dich.»

Matt lächelte verlegen und strich über die Kofferraumhaube, als würde er eine Katze streicheln. «Noch nicht.»

«Was meinst du damit?»

Matt bereute es, den Taser im Wagen gelassen zu haben, allerdings nicht wegen seiner Fracht, sondern wegen des Bullen. «Ihr seid die Jäger.»

«Und verdammt gefährlich, auch für jemanden, der uns verarscht.»

«Ich jage nur Storys, mehr hab ich nicht drauf. Außerdem scheint der Gestaltwandler keinen festen Wohnsitz wie die Vampire und Werwölfe zu haben.» Er würde einen Teufel tun und versuchen, eine Raubkatze einzufangen. Die Drecksarbeit konnten diese Spinner ruhig selbst übernehmen. «Deshalb habe ich euch einen Köder mitgebracht.»

Bevor der Skua ihm an die Gurgel ging, öffnete er den Kofferraum. Aber als der Lichtkegel von Montalbáns Taschenlampe auf die vor Angst weit aufgerissenen Augen von Dr. Camille Brass fiel, begriff Matt endgültig, dass er zu weit gegangen war.

Doch es war zu spät.

Achtundzwanzig

Am Vortag hätte Luca Theodore fast zerfleischt.

Der Alte hatte ihn in Camilles Haus nur erschrecken können, weil er abgelenkt war und Blutsauger kaum Körpergeruch ausströmen, dabei hätte der ehemalige Werwolf wissen müssen, dass man sich nie von hinten anschleicht.

Erst recht nicht an ein Raubtier!

Aber nach Theos Angaben hatte er sich gar nicht angeschlichen, sondern war lediglich genauso auf der Suche nach Camille gewesen wie Luca. Nach Feierabend war sie nicht zum verabredeten Spieleabend bei Elise und ihm aufgetaucht. Ihr Vampironkel hatte sich vorgenommen, wieder mehr Zeit mit seiner menschlichen Familie zu verbringen, da sie seine Heimat, wie er es nannte, waren. Er schlief auch tagsüber wieder bei seiner Frau. Die Vampire waren nicht begeistert darüber, dass er sich manchmal absonderte.

Aber wer sollte ihn davon abhalten, seinem Herzen zu folgen? Kristobal war ja nicht da.

All das hatte er nur erzählt, um seine Nervosität zu überspielen, ahnte Luca. Obwohl Theos Wolf tot war, witterte auch er die Gefahr, doch sie blieb nicht greifbar. Im Haus fanden sie keinen Hinweis auf Camilles Verbleib.

Die ganze Nacht über und den darauffolgenden Tag hatte Luca die Orte, an denen sie sich üblicherweise aufhielt, abgeklappert. Das gesamte Zoogelände. 5th Avenue Shopping Mall. Anchorage Police Department. Rathaus. Nichts. Er war in ihr Haus zurückgekehrt, hatte sich in seinen Pardelluchs verwandelt und war mit der Schnauze dicht am Boden erneut durch alle Räume und den Garten gelaufen.

Ganz schwach hatte er in der Diele den Geruch eines fremden Mannes wahrgenommen, eines Menschen. Ob er jedoch etwas mit Camilles Verschwinden zu tun hatte, war ungewiss, da Luca nicht einmal ihre Angst roch.

Oder der Überfall, falls es einen gegeben hatte, war sehr schnell vonstattengegangen.

Nun lag er mit offenen Augen in ihrem Bett und starrte an die Decke. Er atmete ihren Duft ein, stellte sich vor, sie würde neben ihm liegen und sich jeden Moment an ihn kuscheln, doch das geschah nicht. Sein Brustkorb zog sich zusammen. Als er sein Bein anwinkelte, streichelte ihn die Bettdecke, wie Camille es getan hatte.

Die Ungewissheit zerriss ihn beinahe innerlich.

Das diffuse Licht der Straßenlampen fiel durch die Jalousien. Wie spät mochte es sein? Neun ... zehn Uhr abends vielleicht? In Camilles Schlafzimmer stand kein Wecker, vermutlich nutzte sie die entsprechende Funktion ihres Smartphones. Sein Blick, trüb vor Verzweiflung und Müdigkeit, da er höchstens drei Stunden geschlafen hatte, schweifte durch den Raum und blieb an ihren Stiefeln hängen. Sie standen vor dem Kleiderschrank, einer war umgefallen. Erinnerungen an die intimen Stunden auf der Couch quälten ihn.

Camille würde nicht einfach so verschwinden, selbst nicht nach ihrem Disput.

Plötzlich hörte er ein Geräusch. Er setzte sich kerzengerade auf und lauschte. Schritte waren im Erdgeschoss zu hören. Von einer Person. Dann betrat eine weitere und noch eine die Diele.

Luca sprang aus dem Bett, zog den Saum seines Hoodies herunter und schlüpfte in seine Schuhe. Leise ging er zum Treppenabsatz. In der erleuchteten Diele stand Theo mit zwei Männern, eindeutig Vampire. Das gefiel Luca ganz und gar nicht. Nur weil Camille nicht da war, konnten sie hier nicht ein- und ausgehen, wie es ihnen passte. Aber tat er nicht dasselbe?

Das war in seinen Augen etwas anderes. Er fühlte sich wie der Hausherr. Camille gehörte zu ihm. Das Grundstück war sein Revier.

Während er die Treppe herunterstieg, trat er fest auf.

«Pst, Adamo kann Stimmen hören. Wir müssen still sein, damit er sich konzentrieren kann.» Theodore, der sich anscheinend nicht wunderte, ihn hier anzutreffen, legte den Zeigefinger an seine

Lippen. «Und Radim ist fähig, Personen, die sich mal in einem Raum aufgehalten haben, zu sehen.»

Ja, klar, dachte Luca skeptisch und baute sich vor den drei Männern auf. «Und welche Fähigkeiten besitzt du?»

«Ich kann nur heilen, mehr nicht.» Theos Wangen glühten.

«Das konntest du vor deiner Wandlung auch», bemerkte Luca spöttisch. «Du warst schließlich Internist.»

«Das bin ich immer noch.»

Der Junge mit der Hasenscharte stellte sich mal in die eine Ecke der Diele, mal in die andere, setzte sich auf eine Treppenstufe, stand wieder auf, stützte sich auf der Kommode ab, genau über dem Schlüsselbund, und schloss seine mit Kajal schwarz umrandeten Augen.

Nachdem er sie wieder geöffnet hatte, schaute er scheu zu Luca, dann machte er einen Schritt zurück und stieß gegen die Garderobe.

«Hast du etwas vernommen?» Radim, den Luca noch aus dem Keller des Theaters kannte, schüttelte Adamo. «Nun sag schon.»

Nervös betastete er den Fleischtunnel in seinem Ohr. «Weiß nicht. Ich bin noch ungeübt.»

«Trau dich!» Aufmunternd und hoffnungsvoll sah Theo ihn an.

«Manchmal sind es Stimmen aus der Vergangenheit, manchmal aus der Zukunft. Ich kann das noch nicht unterscheiden.» Der Junge steckte sich eine blonde Locke hinter das Ohr, aber sie hielt nicht, sondern fiel ihm sofort wieder ins Gesicht.

«Brauchst du einfach noch ein bisschen Zeit, um dir etwas auszudenken?», stichelte Luca. «Gib schon zu, dass das alles Humbug ist.»

Aufgebracht trat Adamo vor. Als er sprach, klang seine Stimme anders als zuvor, tiefer, männlicher: «*Ich verlange es! ... Und wenn ich mich weigere? ... Werde ich dich zwingen. ... Erzähl niemandem von mir, hast du verstanden? Absolut niemandem! ... Sonst kommst du wieder und belässt es nicht bei einer Warnung? ... Du weißt, zu was ich, Luca Sócrates, fähig bin.*»

Überrascht sahen die drei Luca an. Er selbst riss die Hände hoch. «Ich war es nicht. Ich habe Camille nicht entführt. Wäre ich sonst noch hier?»

«Hast du ihr gedroht, oder nicht?», fragte Radim und fuhr seine filigranen Krallen aus, über die Luca nur lachen konnte, doch in diesem Moment war ihm nicht danach.

Ja, hatte er, aber doch nur um sie einzuschüchtern. Niemals hätte er ihr ein Haar gekrümmt. Aus der Nummer kam er nicht wieder raus.

«Ihr Verschwinden muss etwas mit den beiden Alphas zu tun haben. Kristobal habe ich noch nie in meinem Leben getroffen und Claw hat mich aus dem Käfig im Nostalgia befreit. Ich habe keinen Grund –»

«Papperlapapp. Du hast die fünf Skua abgeschlachtet.» Mit einer Kralle deutete Radim auf ihn. «Dir traue ich alles zu!»

Dieser Fehltritt würde ihm ewig angelastet werden. Ein Teil seiner Vergangenheit war mit Blut geschrieben, das würde sich nie wieder ändern lassen. Aber Camille hatte ihm bewusst gemacht, dass er sich auf dem Weg der Besserung befand, dass er sich nur verteidigt hatte und auch gute Seiten besaß. Sie war sein Rettungsanker, nun war sie fort und er wieder sich selbst überlassen.

Mit einer Geste bedeutete Theo Radim die Krallen einzufahren und wandte sich an den Angeklagten. «Wir vermuten, dass sie in den frühen Morgenstunden entführt wurde. Wo warst du zu dem Zeitpunkt?»

«Ich habe gearbeitet, aber schwarz.» Entschuldigend zuckte er mit den Achseln. Als Tagelöhner musste er die Jobs annehmen, die er angeboten bekam. «Niemand wird das bestätigen wollen.»

«Wie passend!», warf Radim ein, entdeckte eine Fluse auf seiner Schulter, nahm und betrachtete sie. «Ich tippe auf Kuder. Das Haaren hat mich immer sehr gestört, als ich noch ein Werwolf war.»

Theo verdrehte die Augen, trat dichter an Luca heran und legte seine Handflächen aneinander. «Kannst du deine Unschuld irgendwie beweisen?»

«Nein.» Luca stöhnte. Wieso geriet er immer wieder in solche Situationen? Doch dann kam ihm eine Idee. Er nickte in Richtung Radim. «Aber er kann es.»

Der dünne Vampir hob blasiert seine zusammengewachsenen Augenbrauen. «Wie bitte?»

«Ich habe gestern Abend den schwachen Duft eines Mannes gerochen, hier in der Diele.» Luca forderte ihn heraus: «Falls du wirklich hellsehen kannst, tu es jetzt und sei ehrlich.»

Anscheinend fühlte sich Radim an seiner Ehre gepackt und wollte Adamo in nichts nachstehen, denn er posaunte: «Und ob ich das kann! Meine Fähigkeiten sind gereifter als die der anderen, weshalb ich übrigens der beste Kandidat wäre, um Kristobal zu ersetzen.»

«Vertreten», korrigierte Theo ihn kühl.

«Natürlich.» Radims einlenkendes Lächeln verfehlte seine Wirkung, zumindest bei Luca, der dachte, dass man einem Windhund schließlich auch nicht ansah, wenn er grinste.

Der Vampir spreizte theatralisch die Arme ab und bewegte seine Finger, als würde er auf einem unsichtbaren Klavier spielen. Mit geschlossenen Lidern, leise summend, drehte er sich langsam im Kreis.

«Scannt er den Raum auf Reste verbliebener Aura?», fragte Luca spöttisch. Das war Schmierentheater! Für ihn stand fest, dass der Magier eine Show abzog und gleich selbstverständlich ihn beschuldigen würde. Er hatte dieses Haus ja auch mehr als einmal betreten, sogar am Vortag. Wieder einmal standen die Zeichen gegen ihn. Seit dem Tag, an dem er mit Joao den *Circo Mágico* besucht hatte, klebte Scheiße an seinen Händen.

Radim öffnete die Augen wieder. Seine Pupillen drehten sich nach oben, bis nur noch das Weiß zu sehen war. Das Summen wurde zu einem Wispern, aber Luca verstand die Worte nicht. Er bekam eine Gänsehaut. Hatte der Vampir doch hellseherische Fähigkeiten? Wenn es übernatürliche Wesen gab, warum dann nicht auch paranormale Phänomene und außersinnliche Wahrnehmungen?

Plötzlich fiel der Blutsauger in sich zusammen. Adamo und Theo packten ihn unter den Armen und stellten ihn wieder auf die Füße. Seine Pupillen waren wieder normal. Er schaute Luca selbstzufrieden an, was diesen zu dem Schluss kommen ließ, dass alles doch nur inszeniert war. Beinahe wäre er darauf hereingefallen.

Allerdings sagte Radim etwas, das Luca kurzzeitig sprachlos machte: «Matt Jerkins hat Camille.»

«Der Reporter?» Theo ließ ihn erstaunt los.

«Er hat geklingelt und, als sie die Haustür öffnete, sie mit einem Spray betäubt.» Während Radim erzählte, hielt er sich an der Kommode fest, weil der Blick in die Vergangenheit ihn wohl angestrengt hatte. Seine Beine zitterten leicht. «Ansonsten hat er ihr nichts getan, außer sie zu fesseln und ihren Mund mit einem Klebeband zu verschließen. Er fing sie sogar auf, damit sie nicht auf dem Boden aufschlug, nachdem sie das Bewusstsein verloren hatte.»

«Ich suche ihn.»

Luca wollte zur Tür eilen, aber Theo hielt ihn am Arm fest. «Nubilus und Rafaela sind noch da draußen unterwegs. Sie wissen, wo er wohnt. Ich sage ihnen Bescheid. Du bleibst besser hier, denn du bist zu aufgebracht.»

«Ich kann nicht untätig warten.» Erst jetzt, da Luca sich zum Wohnzimmer wandte, sah er durch die Terrassentür die Gestaltwandler im Garten. Einige waren in Menschen-, andere in Wolfsgestalt. Im Inneren des Eisenbahnwagens brannte Licht. «Was machen die hier?»

«Sie wollen noch einmal alles untersuchen, falls wir beide Spuren übersehen haben.» Theos Worte nahmen Adamo und Radim zum Anlass, ins Obergeschoss zu gehen.

«Es gibt keine», zischte Luca ihnen hinter. Er erschrak selbst über die Aggressivität in seiner Stimme. «Ich habe alles so oft geprüft, dass ich jeden Riss in der Mauer, jeden Fleck auf dem Teppich und jeden Sprung in den Kacheln kenne.»

Theo streckte den Arm aus, um ihn an der Schulter zu berühren, zog ihn jedoch vorher zurück. «Beruhige dich. Du liebst Camille, nicht wahr?»

Lucas Brustkorb wurde eng. «Mit jeder Faser meines Körpers.»

Und er hatte es ihr bisher nicht einmal gesagt. Hoffentlich würde er noch die Chance dazu bekommen.

Neunundzwanzig

Ein blonder Junge mit einem Feuermal auf der rechten Wange drückte sich von außen die Nase an der Terrassentür platt, wedelte mit einem blau-weißen Halstuch und formte mit seinen Lippen: «Ich hab was gefunden.»

«Das gehört Camille, es hing an der Garderobe. Was fällt dir ein?» Mit drei Schritten durchquerte Luca das Wohnzimmer. Er schob die Tür beiseite und riss dem Werwolf das Tuch aus der Hand. Er erkannte ihn sehr wohl. Es war einer der beiden, mit denen er vor dem Haus in Tiergestalt gekämpft hatte.

Theo tauchte hinter ihm auf. «Rufus hat es sich nur ausgeliehen, um ihren Duft aufzunehmen. Er hat den sensibelsten Riecher im Rudel.»

«Frag beim nächsten Mal», sagte Luca nun schon sanfter, denn der Junge zog den Kopf zwischen die Schultern und senkte den Blick. Nun regte sich Mitgefühl in ihm, denn er hatte dem Rotwolf ganz schön zugesetzt.

Ganz so unterwürfig war der Kleine dann doch nicht, denn er entgegnete: «Wen denn? Camille ist doch nicht da.»

Mich, wollte Luca ganz selbstverständlich sagen, aber er war nicht ihr Gefährte und besaß ebenso wenig Rechte wie alle anderen. Es wurde Zeit, seine Reviermarkierungen zu erneuern, das hatte er vernachlässigt. Zuhause würde er hier allerdings erst sein, wenn Camille ihn einlud zu bleiben.

Luca schnupperte an dem Seidentuch und die Sehnsucht nach ihr meldete sich mit einem intensiven Schmerz, den er nicht rein psychisch, sondern sogar körperlich spürte, zurück. «Du kannst nichts entdeckt haben, was uns weiterhilft. Ich habe das Gelände zigfach durchkämmt.»

«Auch den angrenzenden Wald hinter dem Waggon?» Von unten herauf schaute Rufus ihn an.

«Alles!» Es war unmöglich für Luca sein Alter zu bestimmen, er mochte älter sein, als er aussah. Was ihm an dem Kleinen gefiel, war, dass seine Augen enthusiastisch funkelten, er schien tatsächlich überzeugt, einen Hinweis entdeckt zu haben, doch das war unmöglich. Drohend knurrte Luca. «Halte mich nicht für nachlässig. Ein Leben steht auf dem Spiel.»

«Drei», wagte Rufus ihn zu korrigieren und lief hochrot an. Rasch drehte er sich um und rannte über die Wiese davon. «Ich zeig es euch.»

Wohl oder übel folgte Luca ihm gemeinsam mit Theodore vorbei an den Gestaltwandlern, die ihnen interessiert hinterherschauten, in den Wald. Seine Neugier wuchs. Er würde Rufus gehörig den Kopf waschen, sollte sich herausstellen, dass er ihm unnötig Hoffnung gemacht hatte, wovon er ausging. Er hatte gründlich gesucht. Unzählige Male. Doch als er zwischen den Bäumen hindurchging, bemerkte er überrascht die Furche im Waldboden, als wäre etwas – oder jemand – weggezogen worden.

Der junge Werwolf kniete sich hin und hielt seine Nase dicht über das Erdreich. «Ihr Duft ist schwach, aber er ist da. Die Fährte führt in den Chugach State Park hinein.»

«Gleich hinter Camilles Haus fängt der Chugach an?» Unangenehme Erinnerungen erwachten in Luca. Ein schlechtes Omen? Sein Magen geriet in Aufruhr und ihm fiel ein, dass er lange nichts mehr gegessen hatte. «Das wusste ich nicht.»

Er ließ sich auf sein rechtes Knie nieder und schnüffelte. Tatsächlich, der Kleine hatte recht. Verdammt! Was ging hier vor sich? Jedenfalls nichts Gutes. «Gestern war weder die Schleifspur noch Camilles Geruch da. Ich schwöre es! Nicht einmal vor ein paar Stunden, denn bevor ich mich aufs Ohr gelegt habe, habe ich noch einmal jeden Winkel überprüft.»

«Manchmal machen uns Sorgen blind, ich spreche aus eigener Erfahrung», sagte Theo hinter ihm und legte ihm eine Hand auf die Schulter. «Matt Jerkins ist kein ernst zu nehmender Feind.»

Verärgert schüttelte Luca sie ab. «Glaubst du wirklich, dieser Reporter ist dazu fähig, Claw und Kristobal zu entführen?»

Theo antwortete zögerlich, aber eindeutig: «Nein.»

Mit einem Satz stand Rufus wieder auf seinen Füßen. «Wir müssen ihr sofort folgen.»

Luca packte sein Fußgelenk und hielt ihn davon ab loszurennen. «Das ist eine Falle. Jemand will uns reinlegen. Jerkins muss nur eine Marionette sein, wenn es stimmt, was Theodore sagt.» Und Camille nur ein Köder. Er presste seine Kiefer so fest aufeinander, dass es wehtat.

«Wir können doch nicht noch länger rumsitzen und warten.» Entsetzen und Furcht spiegelten sich auf dem Gesicht des Jungen.

«Da seid ihr selbst schuld», brachte Luca gepresst hervor, ließ seinen Fuß los und erhob sich. Auch in seinen Adern brannte das Feuer der Ungeduld. Er konnte sich selbst kaum davon abhalten, der Fährte zu folgen, aber die Alarmzeichen in seinem Hinterkopf klingelten einfach zu laut. «Es wäre dumm, die Verfolgung zu überstürzen. Wir müssen gut überlegen, wie wir vorgehen, sonst tappen wir alle in einen Hinterhalt.»

Fassungslos schüttelte Rufus den Kopf. «Wie kannst du so gelassen bleiben?»

«Ich bin nicht ruhig, ganz und gar nicht, das solltest du doch wahrnehmen, Werwolf. Daran sieht man doch schon, wie sehr dich deine Panik ablenkt. So unaufmerksam wirst du eine leichte Beute sein.» Hinter Luca versammelten sich immer mehr Lykanthropen. Er drehte sich zu ihnen um und sah auch Radim und Adamo. Wütend schrie er die Versammelten an: «Aber wir müssen uns konzentrieren, müssen zusammenhalten und wie ein Rudel funktionieren, das solltet ihr doch alle besser wissen als ich.»

Ächzend stieg Canis aus dem Waggon und humpelte gebeugt heran. Mila stützte ihn, bis er bei einem Baumstumpf war, auf den er sich setzte. Mit der Handfläche wischte er über sein krebsrotes Gesicht, wodurch einige abgestorbene Hautfetzen herabsegelten. «Du vergisst, dass ein Rudel einen Leitwolf braucht.»

«Ich hatte mich ja angeboten», warf Radim verschnupft ein.

Mila stellte einen Fuß auf den Baumstumpf, schob die Stiefelspitze unter Canis' Hintern und stützte sich auf ihrem Oberschenkel ab.

«Wenn wir uns nicht auf einen Anführer einigen können, wählen eben die Vampire und die Werwölfe jeweils einen Ersatz-Alpha.»

Allgemeines Gemurmel entstand. Luca nahm Unsicherheit wahr. Wieder standen die Übernatürlichen untätig herum, wieder stritten sie, wieder passierte nichts.

«Wenn man schnell vorankommen will, muss man alleine gehen. Wenn man weit kommen will, muss man zusammen gehen», zitierte er. Innerlich bebte Luca, aber er versuchte, es nicht zu zeigen. «Ihr braucht *einen* Alpha, der beide Gruppen zusammenschließt, denn ihr habt ein und dasselbe Ziel. Nur als Gemeinschaft könnt ihr es erreichen.» Zu seiner eigenen Überraschung hörte er sich sagen: «Folgt mir!»

«Wir sollen uns dir unterwerfen?» Radim rümpfte seine Hakennase. «Niemals!»

«Ich habe eure ständigen Diskussionen so satt! Unternehmt endlich etwas.» Die Wut brach aus ihm heraus. «Ich sehe niemanden, der diese Aufgabe übernehmen könnte, außer mir. Manche von euch überschätzen sich.» Luca schaute von Radim zu Theo. «Andere wiederum sind zu unsicher oder zu verrückt vor Sorge.» Sein Blick streifte Tala und Nanouk. «Andere sind verletzt oder besitzen nicht das nötige Durchsetzungsvermögen.» Er sah von Canis zu Mila, dann einen nach dem anderen an. «Aber ich will Camille finden. Ich *werde* sie finden, auch wenn es das Letzte ist, was ich tue.» Sein Pardelluchs schoss an die Oberfläche, sodass Luca Krallen und Fangzähne wuchsen. «Und wo Camille ist, da sind auch Claw und Kristobal, das spüre ich. Ich weiß es einfach, wie nur ein Alpha es wissen kann.» Er gab ein wildes Fauchen von sich. «Hört mir gut zu, ich sage euch das im Guten. Ich werde mich auf die Suche nach ihnen machen und ihr habt zwei Möglichkeiten.» Die Pinsel auf seinen Ohren juckten, aber er kratzte sich nicht, da das zu sehr nach niedlichem Kater ausgesehen hätte. «Entweder ihr ordnet euch mir unter und folgt meinen Anweisungen oder ihr kommt mir besser nicht in die Quere. Sollte euer chaotisches, unüberlegtes Vorgehen Camille töten, werde ich euch alle in Stücke reißen, weil ich in dem Fall nichts mehr zu verlieren habe, denn dann bin ich bereits innerlich gestorben.» Ein bedrohliches Knurren entstieg seiner Kehle. «Habe ich mich klar ausgedrückt?»

Er hatte damit gerechnet, dass sich alle auf ihn stürzen würden, und sich für einen Angriff gewappnet, doch Milas Reaktion überraschte ihn: «Wow! Ich bin beeindruckt.»

«Du erinnerst mich an Claw. Genauso starrköpfig wie zielstrebig.» Tala bedachte ihn mit einem rügenden Blick, dann wölbten sich ihre Mundwinkel langsam nach oben. «Ich glaube, du könntest diesen Wahnsinn tatsächlich schaffen, und ich werde dir folgen.»

«Wenn unsere Alphawölfin dich akzeptiert, werden wir das auch», sagte Canis. «Das Anchorage-Werwolf-Rudel steht hinter dir wie ein Mann.»

Die Befehle kamen Luca wie selbstverständlich über die Lippen: «Du wirst hier die Stellung halten und auf Nubilus' und Rafaelas Nachricht warten, ob sie Jerkins gefunden haben.»

«Ich werde mitkommen», protestierte der Athabascan.

«Auf keinen Fall! Du bist noch zu krank.»

«Es wird schon gehen.» Canis strafte sich selbst Lügen, indem er vor Schmerz das Gesicht verzog, als er aufstand. «Du wirst mich daran hindern müssen.»

Das wurde Luca, aber nicht körperlich, sondern verbal. «In deiner Verfassung wärest du nur ein Klotz am Bein.» Schockiert hielten die anderen die Luft an. «Du würdest uns ausbremsen und dich und uns in Gefahr bringen. Wir können nicht auf dich achtgeben. Wir werden in den Kampf ziehen, dabei können wir dich nicht gebrauchen. Eine Gruppe ist immer nur so stark wie ihr schwächstes Glied und Schwäche können wir uns nicht erlauben.»

Zu seiner Verwunderung lenkte Canis ein. «Ein Alpha spricht immer Klartext. Du hast recht. Ich wäre nur hinderlich. Das Wohl der Gruppe steht über dem Einzelnen.»

«Die dunkle Gesellschaft wird sich deinen Anweisungen ebenfalls fügen.» Nanouk band ihre braunen Haare zu einem Zopf, als wollte sie ein Zeichen setzen, dass sie bereit war aufzubrechen.

Empört riss Radim die Augen auf. «Sagt wer?»

«Ich, die Alphawölfin der Vampire!» Stolz baute sie sich vor ihm auf. Braunes Leder schmiegte sich eng an ihre Rundungen. «Er ist heiß darauf, Camille zu finden. Nichts und niemand kann ihn aufhalten. Liebe ist ein starker Motor. Genau deshalb werden wir uns ihm anschließen.»

«Er hat Biss», gab er zerknirscht zu und zuckte leidlich mit den Achseln.

Luca konnte kaum glauben, dass er plötzlich der Alpha der Werwölfe und Vampire war. Er hatte diese Position nicht haben wollen, sah aber auch keine andere Möglichkeit, Camille zu retten. Sie mussten es mit einem mächtigen Gegner zu tun haben, wenn er Claw und Kristobal entführen konnte. Und derjenige wusste Bescheid über ihre wahre Natur. Luca vermochte sie nicht alleine zu befreien, falls sie denn noch lebten. Dazu brauchte er die Übernatürlichen und sie brauchten ihn.

Er spähte in den Wald, der für einen Menschen bei Nacht wie ein dunkles Loch erschien, doch dank des Restlichtverstärkers in seinen Augen konnte er sogar noch den Uhu erkennen, der in einiger Entfernung vom Boden abhob und in seinen Krallen eine Maus in die Luft trug.

Adrenalin pumpte durch seinen Körper. Das verlockende Kribbeln der Bestie spürte er als Erstes in seinem Nacken, bevor es seine Wirbelsäule hinabkroch. Aber entgegen der anderen Male schoss sie nicht hervor, sondern versuchte ihn zu verführen, sie herauszulassen.

Sollte er sie durchbrechen lassen? Der Sieg über den oder die Entführer wäre ihm sicher. Mit der grausamen Seite seines Tieres konnte er nur gewinnen. Wahrscheinlich würde er Camille auf diese Weise zurückbekommen. Aber dem Killer in ihm erneut die Kontrolle zu überlassen, bedeutet gleichzeitig den endgültigen Untergang für Luca selbst.

Es war das erste Mal, dass die Bestie ihm eine Entscheidung ließ – und sie betraf ausgerechnet Camilles Leben.

Dreissig

Immer tiefer führte Luca die Übernatürlichen in den Chugach State Park.

Sein Pardelluchs saß unmittelbar unter der Oberfläche, bereit dazu, jeden Moment die Kontrolle zu übernehmen. Lucas Gesicht war halb verwandelt. Der Backenbart wirkte wie ein Schalltrichter, der sein Gehör verbesserte. Die Pinselohren nutzte er als eine Art Antennen. Gelb-schwarzes Fell bedeckte seinen Körper, aber es war nicht dicht, man sah noch die Haut hindurch. Die Krallen an den Händen schoben sich zu ihrer vollen Länge heraus, an den Füßen blieben sie jedoch beim Gehen Luchs typisch in den Hauttaschen.

Zu seinem Leidwesen wuchs nun auch sein Stummelschwanz und er war froh, noch vollkommen bekleidet zu sein.

Seine Nackenhaare stellten sich auf. Die Spur, der sie folgten, roch nicht stark nach Camille, eher seltsam indirekt. Das irritierte Luca schon die ganze Zeit, bis ihm klar wurde, dass nicht Camille selbst durch den Wald gezogen worden war, sondern nur ihre Kleidung. Er malte sich aus, wie der Entführer sie gezwungen hatte, sich vor ihm zu entblößen, um ihre Hose und ihren Pullover einem Sack, einem Stamm oder einer Schaufensterpuppe überzustreifen, wie er sie halb nackt eingesperrt hatte, verängstigt und beschämt, und hieb seine Tatze wütend in eine Eiche.

«Ich markiere nur unseren Weg», erklärte er sich leicht verlegen, dabei hatte er sich vorgestellt, der Baum wäre der Kidnapper.

Inzwischen nahm Luca auch dessen Körpergeruch wahr, vage, aber er war da. Vermutlich hatte sich der Mann in Schlamm und Exkrementen gewälzt, wie sein Luchs es tat, um von seinem Beutetier nicht im Voraus gewittert zu werden. Der Drang, genau das zu tun, war stark. Vor den Werwölfen hätte er sich nicht einmal geschämt, denn sie verhielten sich auf der Jagd genauso. Auch dass er noch nicht vollkommen verwandelt war, hätte ihn nicht gekümmert, schließlich befand er sich auf der Pirsch. Doch die Anwesenheit der Illusionisten mit ihrer adretten Kleidung, den polierten Lackschuhen und akkuraten Frisuren hielt ihn davon ab.

Am Waldrand hatten die Sterne und der Halbmond ihnen den Weg geleuchtet. Doch je weiter sie in den Park eindrangen, desto enger standen die Bäume. Sein skurriles Rudel blieb dicht hinter Luca, der dank seiner Katzenaugen das Restlicht nutzte und am besten von ihnen allen sah. Hinter sich hörte er die Gestaltwandler schnuppern. Die Vampire traten fast so leise auf wie er.

«Bist du sicher, dass wir noch auf der richtigen Fährte sind?»

Luca machte sich nicht die Mühe, Radim über die Schulter hinweg anzuschauen. «Selbstverständlich.»

«Ich meine ja nur.» Der Blutsauger seufzte blasiert. «Wir steuern auf einen Felsen zu.»

«Das bedeutet nicht, dass es von dort aus nicht weitergeht», antwortete Luca, um Geduld bemüht. Sie konnten den Hügel rechts oder links umrunden, und sein Luchs vermochte sogar leicht auf ihn draufzuklettern, noch etwas, das er den anderen voraushatte.

Ungeduldig preschte Rufus vor. «Ich wittere eine zweite Spur», rief der Junge ihm aufgeregt zu.

Plötzlich gab es ein zischendes Geräusch. Seile pflügten den Boden durch. Rufus wurde nach oben gerissen. Zappelnd hing er in einem Netz, gefangen zwischen zwei Kastanien. Er war aschfahl. Seine Augen riss er ängstlich auf und spähte hilflos zu seinen Rudelmitgliedern hinab, die zu ihm liefen und die Falle in luftiger Höhe betrachteten.

Sein Herz pochte so laut, dass Luca es unten hörte. «Man erwartet uns.»

Behände kletterte er auf eine der Kastanien und versuchte die Seile zu lösen, aber sie hatten sich festgezerrt. Er hieb mit seinen Krallen darauf ein, aber die Stricke waren zu dick. Erst als er sein messerscharfes Gebiss zu Hilfe nahm, schaffte er es, zwei von ihnen zu kappen, sodass das Netz aufklappte und Rufus herausfiel. Die Werwölfe fingen ihn auf.

Luca dagegen sprang einfach hinunter, denn sein Tier konnte nicht nur über drei Meter hoch-, sondern auch hinunterspringen. Doch kaum berührten seine Füße den Boden, witterte er, dass etwas nicht in Ordnung war. Es vergingen nur Sekunden, in denen er auftrat, an sich hinabschaute und die Bärenfalle bemerkte, die sich blitzschnell um seinen rechten Fuß schloss. Sie schnappte zu, aber zu Lucas Verwunderung bohrten sich die Metallzähne nicht in sein Fleisch. Kurz vorher hielten die beiden Eisenbögen an. Sie zitterten. Noch immer standen sie unter Spannung.

«Ich empfehle dir, dich sofort daraus zu entfernen, denn ich weiß nicht, wie lange ich die Metallkiefer noch halten kann», sagte eine weibliche Stimme so langsam, als hätte ihre Besitzerin Angst zu atmen. «Beim letzten Mal habe ich versagt.»

Erst jetzt wagte Luca aufzuschauen. Mila stand fünf Schritte von ihm entfernt, den Blick auf die Bärenfalle gerichtet. Sie war hoch konzentriert und so angespannt, dass die Sehnen an ihrem Hals hervortraten.

«Aber diesmal nicht. Danke.» Vorsichtig zog Luca seinen Fuß heraus. In diesem Augenblick schnappte die Falle zu. Das Eisen kratzte sogar noch über seine Schuhsohle, so knapp war es gewesen. Er ärgerte sich maßlos über sich selbst. Was war er nur für ein Alpha? Er hatte sich von der erfolgreichen Rettung Rufus' ablenken lassen, und das wäre beinahe ins Auge gegangen.

Konzentriere dich, ermahnte er sich wütend. Wie willst du Camille retten, wenn du nicht einmal auf dich selbst aufpassen kannst?

«Ich höre Stimmen.» Adamo schloss die Augen und machte einen Schritt vorwärts auf den Fels zu.

«Bleib stehen! Hier sind überall Fallen versteckt», rief Luca, doch es war zu spät.

Rechts von ihm hörte er ein Geräusch. Geschwind drehte er sich um. Ein Pfeil schoss direkt auf den jungen Vampir zu. Auf der Jagd hatte Lucas Kuder schon mal bei einem Sprint siebzig Kilometer pro Stunde erreicht, daher zögerte er nicht, sondern rannte los. Er sprang Adamo an und riss ihn um. Im ersten Moment war er erleichtert, doch dann hörte er ein Jammern unter sich und sah, dass der Pfeil Adamos Arm getroffen hatte.

Luca hockte sich neben ihn und schaute sich den Einschuss an. Die anderen kamen näher, blieben aber stehen, als Luca abweisend seine Hand hob. «Nicht! Es ist zu gefährlich. Wir sollten die Kastanien als Grenzen betrachten. Ich bringe ihn zu euch.»

«Du musst ihn rausziehen.» Mit schmerzverzerrtem Gesicht richtete Adamo seinen Oberkörper auf. «Die Wunde heilt noch schneller als bei Gestaltwandlern. Aber er brennt wie Feuer.»

«Die Spitze muss in Gift getaucht worden sein. Bist du bereit?» Da Adamo nickte, packte Luca den Pfeil und riss ihn mit einem Ruck heraus.

Der junge Vampir schrie auf und presste seine Hand auf das zehn Cent große Loch in seinem Oberarm. Blut quoll zwischen seinen Fingern hindurch. Plötzlich wirkte sein Blick entrückt. Sein Mund stand offen. Speichel tropfte aus dem Mundwinkel.

«Was –»

«Ich höre sie», flüsterte Adamo. Schon war der Spuk vorbei. Seine blassen Wangen bekamen einen fiebrigen Glanz. Verlegen wischte er sich die Spucke vom Kinn. «Der Schmerz hat meine Wahrnehmung verstärkt. Es sind nur zwei Männer. Menschen.»

«Unterschätze sie nicht. Sie wissen, was sie tun.»

«In dem Felsen gibt es irgendwo eine Höhle. Davor haben sie eine Art Minenfeld aus Fallen aufgebaut.»

«Dann muss sich in der Höhle etwas sehr Wichtiges befinden.» Camille, ihr Name hallte in Luca wider, der Köder.

Adamo wickelte sein Halstuch ab, knüllte es zusammen und presste es auf die Wunde. «Sie hätte längst aufhören müssen zu bluten.»

«Das Gift verzögert wahrscheinlich die Heilung», sagte Luca und half ihm aufzustehen. Während sie zu den anderen gingen, behielt er den Boden und die Umgebung im Auge. «Geh zum Theater zurück.»

«Nein, ich will mit euch kämpfen.»

«Du bist verletzt. Was für Canis gilt, gilt auch für dich. Wer weiß, was für Auswirkungen das Gift auf deinen Körper haben wird.»

«Bitte.»

Luca hatte Mitleid mit ihm, nicht wegen seiner Hasenscharte, sondern weil Feuer in Adamos Augen loderte. Der Junge wollte kämpfen, wollte sich beweisen. Er brachte ihn geradewegs zu Theodore. «Kannst du mit deinen vampirischen Fähigkeiten seine Genesung beschleunigen? Wir brauchen ihn.»

Nicht nur Adamos Brust schwellte sich vor Stolz, sondern auch Theos. «Und ich dachte, meine Gabe sei zu nichts nutze.»

«Jede Gruppe braucht einen Heiler.» Luca nickte ihm zu. «Ihr bleibt hier. Ich werde die Umgebung absuchen.»

«Wie willst du das machen, wenn hier überall Fallen sind?», fragte Radim und klang, als würde er an ihm zweifeln.

«Sie wurden von Menschen gelegt. Für Menschen. Aber ich bin ein Werkater. Und ich kann sogar fliegen.» Hinter einem Baum zog er sich aus und verwandelte sich in seinen Pardelluchs. Dann kletterte er hinauf und sprang von Ast zu Ast über das Fallenmeer hinweg, nah an den Berg heran, der wie eine kleine graue Variante des Ayers Rock anmutete und hie und da von Gras bewachsen war.

Zuerst erspähte er den Lauf eines Gewehres. Es lugte hinter einer Tanne hervor. Als der Halter vortrat, sah Luca auch den Mann. Er trug einen Tarnanzug und scannte die Umgebung durch das Nachtsicht-Zielfernrohr.

Alarmiert hockte sich Luca auf einen Ast, sodass der Stamm ihn verdeckte, und schaute nur hin und wieder daran vorbei. Er vernahm ein Rattern, ganz leise, und konnte es zuerst nicht einordnen. Schließlich erkannte er das Geräusch. Es musste von einem Stromgenerator stammen. Also befand sich die Höhle ganz in der Nähe.

Als der zweite Mann wie aus dem Nichts auftauchte, als wäre er aus dem Felsen getreten, wusste Luca auch, wo sie sich befand. Ein tarnfarbenes Netz verbarg den Eingang.

Leise schlich er vorwärts. Er sprang von Baum zu Baum, wie er in Portugal als Kind von Stein zu Stein gehüpft war, um ein Flussbett zu durchqueren und keine nassen Füße zu bekommen. Doch der zweite Kerl setzte sich auf einen Findling, sodass Luca bewegungslos verharrte, um seine Aufmerksamkeit nicht zu erregen.

Er prägte sich jedes Detail der Umgebung ein. Dabei fiel ihm eine Öffnung auf dem Felsen auf. Zuerst glaubte er, es handle sich nur um einen Spalt, doch als er sich darauf konzentrierte, hörte er zum einen, dass das Rattern daraus aufstieg, zum anderen bemerkte er, dass die Ränder mit Gras bewachsen waren, daher vermutete er, dass das Loch größer war, als es auf den ersten Blick schien. Das musste die Luftzufuhr für die Höhle sein.

Luca würde sich jedoch nicht an dem Mann, der sich das Wörtchen *Fight* in die Haare rasiert hatte, vorbeischleichen können, ohne von ihm gesehen zu werden. Mit einem Kerl wurde er fertig, aber nicht, wenn der zweite mit einer Waffe im Anschlag keine drei Meter entfernt stand.

Es sei denn, er ließ die Bestie frei.

Es kribbelte in seinen Eingeweiden. Eine Erregung erfasste ihn, die Adrenalin durch seine Adern und Blut in seinen Unterleib pumpte. Das Gefühl von Macht erwachte in ihm. Er konnte alles schaffen und jeden Kampf gewinnen, wenn er die brutale Seite seines Tieres nicht länger zurückhielt.

Aber damit würde er sich selbst verlieren. Und Camille. Sollte sie tatsächlich in der Höhle gefangen sein, würde er sie in Gefahr bringen – durch ihn.

Das durfte er nicht zulassen! Auf keinen Fall würde er diese Mission allein durchführen können. Er brauchte die Übernatürlichen, wie sie ihn brauchten. Mit hängendem Kopf kehrte er zu ihnen zurück, so leise, dass sie ihn erst im letzten Moment wahrnahmen und aufschreckten.

Im Schutz einer Tanne verwandelte er sich zurück, schlüpfte aber lediglich in seine Jeans. Die Nacht war kühl, aber er schwitze, weil die Bestie sein Blut in Wallung brachte. Sein Freak-Auge brannte, sein Lid zuckte. Er zwinkerte ein paar Mal, aber es wurde nicht besser. Bemüht, die Kontrolle über seine Aggressionen zu behalten, ging er zu seinem Rudel. In einiger Entfernung hockte Theo neben

Adamo, der auf dem Waldboden saß, und hielt seine Hände über die Wunde. Einen Moment glaubte Luca aus seinen Handflächen ein Licht, das dem einer Aurora Borealis ähnelte, austreten zu sehen, doch er musste sich getäuscht haben.

Er stellte seinen Fuß auf einen umgestürzten Stamm. «Adamo hatte recht. Ich habe die zwei Männer gesehen. Sie sind bewaffnet und tragen US-Army-Kampfanzüge, daher vermute ich, es handelt sich um ehemalige Soldaten.»

«Söldner?» Nanouk sah ihn von unten herauf an, wie ein Wolf, der ihn ins Visier nahm.

«Möglich.» Luca nickte. «Jedenfalls sind sie Profis. Ich habe die Höhle gefunden. Aber wegen der beiden Wächter und den Fallen können wir nicht einfach dort hineinmarschieren.»

Talas Stimme vibrierte vor Besorgnis. «Was sollen wir deiner Meinung nach tun?»

Die Werwölfe und Vampire stellten sich im Kreis um ihn und warteten auf seine Antwort. Sie schienen ihn wirklich als Alpha zu akzeptieren. Luca würde sich ihres Vertrauens als würdig erweisen. «Wir müssen die Fallen vorsichtig umgehen oder auslösen und unser Willkommenskommando von ihrem Versteck weglocken.»

«Beide Gefahren gleichzeitig im Auge zu behalten, wird nicht gerade einfach werden», sagte Nanouk und stemmte die Hände in die Hüften.

«Es gibt eine Öffnung auf dem felsigen Hügel. Sie ist so klein, dass nur ein Kind hindurchpasst.» Wie groß genau der Spalt war, konnte Luca erst feststellen, wenn er unmittelbar in der Nähe war. «Wir müssen die Kerle ablenken oder ausschalten, einer von uns dringt durch das Luftloch ein, befreit Camille und bringt sie durch den Vordereingang heraus. Eine andere Möglichkeit gibt es nicht.»

Rufus klopfte sich auf die Brust. «Ich kann mich da durchzwängen.»

«Selbst du wärest schon zu groß. Nur ich kann diese Aufgabe übernehmen. Mein Tier gehört zur kleinsten Luchsrasse.» In der Werkatzen-Kolonie war er manchmal neidisch auf Ruud und Ram

Avtar gewesen – ausgerechnet! –, weil ihre Kater kräftig gebaut waren. In manchen Moment sah sein Pardelluchs sogar zahm wie eine Miezekatze aus, aber das täuschte.

Schmollend verschränkte der junge Werwolf die Arme vor dem Oberkörper. «Mein Rotwolf ist auch klein.»

«Kann aber nicht auf Bäume klettern.» Luca lächelte, nicht aus Herablassung, sondern weil der Mut des Jungen ihm imponierte. «Beide Aktionen müssen gleichzeitig stattfinden. Sollte es euch nicht gelingen, die Männer auszuschalten, lenkt ihr sie wenigstens durch den Angriff so weit ab, dass ich mit Camille flüchten kann.»

«Du bist unser Anführer. Dein Wort gilt», beendete zu seinem Erstaunen Radim den Disput, aber Luca beschlich das Gefühl, dass es dem Vampir recht war, dass sich ausgerechnet der Außenseiter in das Auge des Tornados wagte.

Dort war es zwar ruhig, denn der Sturm tobte um die Mitte herum, doch die Chance, heil dort herauszukommen, ging gen null.

Einunddreissig

Als Milas Schmerzensschrei an Lucas Ohr drang, zweifelte er kurz an seinem riskanten Schlachtplan. Er setzte sich auf einen Ast und leckte über seine blutende Pfote, denn er hatte sich beim letzten Sprung eine Kralle verletzt. Was mochte der Kämpferin zugestoßen sein? Vampire waren zäher als jede andere Rasse, aber auch sie litten, wie unschwer zu hören war. Auf jeden Fall wussten die Söldner nun, dass sich ihre Feinde näherten.

Luca ging es gegen den Strich, die Werwölfe und Blutsauger als Kanonenfutter zu benutzen, aber eine andere Möglichkeit sah er nicht. Am liebsten hätte er sich Seite an Seite mit ihnen durch das Fallenmeer gekämpft, aber schlauer war es, zu taktieren. Sie mussten vorgehen wie ein Wolfsrudel, das Opfer einkreisen und von mehreren Seiten aus angreifen, um es am Ende zu erlegen.

Die Lykanthropen und Illusionisten verstanden das. Sie vertrauten ihm, unterwarfen sich seinem Willen und folgten ihm wie *ein* Mann.

Obwohl eine Stinkwut in ihm gärte, fühlte er sich gut. Er hatte ein schlechtes Gewissen wegen dieses Gefühls, war es doch unangebracht in dieser Situation, aber er bekam endlich das, was er sich auf Victoria Island so sehr gewünscht hatte. Man erkannte ihn als Alpha an und vertraute seinem Instinkt und seinen Visionen.

Sie taten nicht, als wären sie ein Rudel, sondern sie waren in diesem Augenblick eins.

Leichtfüßiger als zuvor setzte er seinen Weg über die Baumkronen fort. Er behielt die Männer im Blick, als er sich dem Felsen näherte. Sie hatten ihre Maschinenpistolen im Anschlag, suchten mit ihren Nachtsicht-Zielfernrohren die Umgebung ab und schwenkten die Gewehrläufe nervös hin und her. Luca war inzwischen so dicht an ihnen dran, dass er mithilfe seiner ausgezeichneten Katzensinne die eintätowierten Buchstaben N-I-G-E-L auf den Fingerknöcheln des einen Mannes erkennen konnte, als dieser mit der Hand über den Gürtel mit Handgranaten strich.

Adrenalin pumpte durch seinen Luchskörper, weil sich die Kerle mit all ihren Waffen und Fallen bestimmt überlegen vorkamen, dabei befand sich der Feind längst in ihrem Lager.

Leise, als könnte er tatsächlich fliegen, sprang er vom Baum auf den Hügel. Er legte sich flach hin. Das Gras, das auf einem Teil des Felsen wuchs, kitzelte ihn an seinem Backenbart. Geduckt kroch er an das Luftloch heran. Es stellte sich als kleiner heraus als erhofft. Selbst er würde sich hindurchpressen müssen.

Auf keinen Fall würde er Camille auf diesem Weg aus der Höhle herausbringen können. Er würde heimlich hinein, aber nicht wieder heimlich hinauskommen. Die Flucht über den Vordereingang war riskant, aber Luca musste seinen neuen Freunden ebenso vertrauen wie sie ihm.

Schnüffelnd hielt er die Nase in den Spalt. Camille roch er nicht, wohl aber den Gestank von Aggression. Von Wut. Doch er war erdiger als bei einem Menschen.

Claw! Lucas Herz schlug schneller. Er nahm noch einen anderen Geruch wahr. Scharf wie Essig. Schmerz.

Luca musste sofort dort hinunter. Wild entschlossen machte er sich so klein wie möglich und drückte sich durch das Loch, bis er hinabfiel. Er kam auf dem Boden auf, fuhr seine Krallen aus und zeigte seine Zähne, ohne zu fauchen, um nicht unnötig Aufmerksamkeit zu erregen. In der Höhle war es dunkler als auf dem Felsen, aber seine Katzenaugen stellten sich innerhalb von Sekunden darauf ein. Er schaute sich um und konnte kaum fassen, was er sah.

Claw trat an die Gitterstäbe seines Käfigs heran und legte den Zeigefinger an seinen Mund. «Strom», formte er sodann mit seinen Lippen und deutete auf sein Gefängnis und die Kupferhaube des Mannes, der unweit auf einen Stuhl gefesselt saß; sein Kopf lag nach hinten geneigt. Kraftlos richtete er ihn auf, wandte sein Gesicht ab, als würde er sein Ohr Luca zudrehen, um, da er nichts sah, besser hören zu können, konnte ihn jedoch nicht aufrecht halten, sodass er zur Seite kippte. Er stöhnte gequält.

Das musste Kristobal sein. Zuerst hielt Luca die Flecken auf seinem Brokat-Gehrock für Blut, doch als er genauer hinsah, erkannte er, dass der rote Samt lediglich beschmutzt war. Der Alphavampir bewegte unablässig seine Stiefelspitzen, sodass er kleine Mulden im Sandboden erzeugt hatte.

Luca lief auf leisen Sohlen zu der Stromleitung, um sie mit einem einzigen Tatzenhieb zu kappen. Den Generator, der im Vorraum stand, einfach auszustellen, war keine Option, da das fehlende Rattern die Söldner misstrauisch gemacht hätte.

Doch bevor er zuschlagen konnte, tauchte ein Mann in dem Durchgang, der in einen zweiten Raum und von dort zum Ausgang führte, auf. Es handelte sich nicht um einen der beiden Söldner. Eine dritte Person war in die Entführung involviert. Und Luca kannte seine platte Visage nur allzu gut.

«Montalbán», rief Claw warnend.

So hieß also der Kerl, der überlebt hatte – der ihn am Eagle River Nature Center hatte töten wollen. Luca fauchte wild. Zorn brannte in seinen Adern, unbändig und verführerisch, denn er setzte eine Kraft in ihm frei, die ihn mächtig machte. Die Bestie lachte siegessicher ihn ihm. Sie ließ ihn gestochen scharf sehen, er hörte das Rauschen von Montalbáns Blut, witterte es und wurde durstig. Sein Puls lockte Luca an, er stellte sich vor, seine sechs Schneidezähne in das Fleisch seines Opfers zu schlagen und ihm die Kehle herauszureißen, seinen Körper zu zerfetzen. So gut, es würde sich so gut anfühlen, Rache zu üben, zu triumphieren, zu töten.

Der Mexikaner würde keine halbe Minute mehr zu leben haben, falls Luca dem Feuer nachgab. Doch wenn er es tat, würde nicht einmal Claw in dem unter Strom gesetzten Käfig vor ihm sicher sein. Alle würden sterben!

Blutrausch. Einmal losgelassen wäre er unmöglich zu stoppen.

Luca schaute seinen Feind knurrend von unten herauf an und sah ihn wie durch einen Rotfilter. Montalbán war rot, die Wände der Höhle, der Boden, ja sogar die Decke waren rot, blutgetränkt, Fleischfetzen klebten an den Waffenkisten und ein Stück Darm hing von der Glühbirne. Luca meinte sogar das Blut zu riechen, so köstlich, so greifbar nah.

Aber das war nur ein Blick in die Zukunft gewesen. Noch war nichts davon passiert.

Nein, nicht meine Zukunft, dachte Luca, sondern so, wie die Bestie sie sich vorstellt. Sie schickte ihm Hass und Brutalität, aber auch positive Gefühle, wie Triumph und Macht, und eben jene waren am verführerischsten.

Denk an etwas Reines, denk an Liebe, an Camille, redete sich Luca gut zu. Als er die Werkatzen auf der kanadischen Insel und später die fünf Jäger getötet hatte, hatte er keinerlei Perspektive gehabt. Doch jetzt hatte er Camille, sie gab ihm Hoffnung, und er wollte mit ihr zusammen sein, aber das konnte er nur, wenn er die Kontrolle über die wilde Seite seiner Raubkatze behielt.

Wahrscheinlich befand sie sich im Nachbarraum, wenige Schritte von ihm entfernt, unmittelbar hinter dem Bullen. Sollte Luca die Bestie freilassen, könnte die Darmschlinge auf der Funzel in seiner Vision nicht dem Mexikaner, sondern ihr gehören.

Auf keinen Fall, schrie es in ihm.

Während sich Montalbán langsam nach einer Pump Gun bückte, verschwand das Rot vor Lucas Augen. Er sah wieder klar. Die Aggression loderte immer noch in ihm, aber sie drohte ihn nicht länger zu verbrennen, sondern schenkte ihm Kraft und Mut.

Der Mexikaner richtete sich auf und Luca zögerte nicht länger. Sein Kater bewies, dass er ein Sprintmeister war, er rannte zu ihm, sprang ihn an und warf ihn um. Wäre Luca ein Bengaltiger gewesen, hätte Montalbán keine Chance gehabt. Aber sein Pardelluchs war klein und leicht. Der Bulle rammte ihm sein Gewehr in den Magen und schleuderte ihn weg.

Luca schlug mit dem Rückgrat auf der Kante einer Munitionskiste auf und gab einen Schmerzenslaut von sich. Mühsam rappelte er sich auf. Da zog sein Gegner auch schon den Vorderschaft seiner

Flinte zurück, schob ihn wieder nach vorne, um eine Patrone zu laden, zielte und drückte ab.

Luca spürte noch den Luftzug des Geschosses, das neben ihm einschlug. Für sein ausgezeichnetes Gehör klang es laut wie eine Explosion. Doch er flüchtete rechtzeitig hinter die Handgranaten, die zu einem Haufen aufgetürmt lagen. Der Mexikaner zögerte.

Blitzschnell schaute Luca sich im Vorderraum der Höhle um. Nur haufenweise Waffen und eine Matratze. Keine Camille. Aber er witterte sie, wenn auch nur sehr schwach. Vor Stunden musste sie hier gewesen sein. Jetzt war sie weg. Luca fuhr seine Krallen wieder aus, selbst auf die Gefahr hin, dass sie ihn beim Laufen hinderten.

Montalbán lud in Seelenruhe nach. Plötzlich flog etwas gegen seine Stirn. Erschrocken schoss er, riss die Pump Gun jedoch wohl wegen der Granaten nach oben, sodass die abgeschossene Patrone gegen die Decke prallte und sich in den Boden mitten im Raum bohrte.

Claw musste einen Stein oder etwas Ähnliches geworfen haben, vermutete Luca, und preschte los. Er hieb seine Krallen in Montalbáns Schultern und hielt sich an ihm fest. Bevor er jedoch seine Zähne in dem fleischigen Hals versenken konnte, hieb der Mexikaner ihm gegen die Kehle und schleuderte ihn wütend in den hinteren Bereich der Höhle, wobei er so laut vor Schmerz schrie, dass es in Lucas Ohren klingelte.

Nach Luft ringend blieb Luca in der Nähe des Käfigs liegen, desillusioniert und zweifelnd. Er war eben doch nur ein kleiner Luchs. Eine Wildkatze, ja, aber zu harmlos. Vielleicht lag das Problem aber auch woanders. Er wollte nicht mehr töten. Zu viel Blut hatte er schon vergossen.

Wie aus weiter Ferne hörte er, wie Claw ihn anfeuerte. Er gab ein Wolfsgeheul von sich und einige Wölfe draußen antworteten ihm. Die Lykanthropen und Vampire mussten sich schon recht nah an die Höhlen herangearbeitet haben. Leider waren auch Schüsse zu hören.

Montalbán war schon über Luca und richtete den Lauf der Flinte auf seinen Kopf. War das wirklich das Ende? Würde er jetzt sterben?

Im Tod lag Frieden. Kein Ringen mit der Bestie, keine Einsamkeit, kein Beweisen seiner Alpha-Qualitäten.

Auf einmal nahm Luca Camilles Duft wahr, er haftete an Montalbán. An diesem Scheißkerl! Was hatte er ihn angetan? Hatte er sie ausgezogen, um ihre Kleidung über den Waldboden zu ziehen?

Niemals würde Luca aufgeben. Allein der Gedanke, Camille in der Hand dieses schmierigen Kerls zu lassen, war unerträglich. Er würde Claw nicht im Stich lassen, denn er war eine verwandte Seele, vielleicht würden sie sogar eines Tages Freunde werden. Außerdem wollte er sein Rudel nicht enttäuschen und Kristobal endlich von seinen Qualen erlösen. Alle zählten auf ihn.

«Du bist tot, Kuder.» Der Mexikaner grinste und lud nach.

Unglücklicherweise war die Situation recht eindeutig. Luca sah nur eine Möglichkeit: Er musste seinen Gegner ablenken, um einen Gegenangriff zu starten. Ihm fiel nur ein Weg ein – Luca verwandelte sich.

Er war eben doch nicht nur ein kleiner Luchs, sondern ein Therianthrop!

Montalbáns Augen weiteten sich. Er wurde blass. Luca zweifelte nicht daran, dass er wusste, dass er einen Gestaltwandler vor sich hatte, aber anscheinend hatte er noch keine Verwandlung von Nahem gesehen. Das erste Mal roch Luca Angstschweiß.

Gut so, dachte er erregt und schlug ihm das Gewehr aus der Hand. Mit einem Satz sprang er auf die Füße. Noch war er mehr Luchs als Mensch, aber er ging aufrecht und genoss es, dass der Mexikaner vor Angst zurückwich.

Ein Tatzenhieb und Montalbáns Brust war blutüberströmt. Die Bestie meldete sich in Luca. Er schnupperte, sog den Duft des Blutes tief in sich auf und bebte vor Mordlust. Der Moment war gekommen. Nun konnte die Vision Realität werden. Doch er wollte nicht töten, nicht einmal diesen Scheißkerl, um seine Seele zu retten.

Der Bulle boxte ihm in den Magen. Er schlug ihm ins Gesicht und wunderte sich, dass Luca seine Attacken so leicht wegsteckte, aber sein Tier schenkte ihm eine übermenschliche Kraft.

Luca wurde sich wieder bewusst, dass er die Bestie nicht brauchte, um zu gewinnen. Sein Pardelluchs und er kamen sehr gut allein zurecht.

Blitzschnell zog Montalbán ein Jagdmesser aus seinem Stiefel, machte einen Schritt nach vorne und wollte es in Lucas Bauch rammen. Doch Luca wich geschickt aus. Er packte das Handgelenk des Mexikaners, nutzte den Schwung und riss ihn nach vorne, sodass er das Gleichgewicht nicht halten konnte und hinfiel.

Es schmerzte Luca bis in die Eingeweide, als er den Kupferhut von Kristobals Kopf nahm. Beinahe hätte er ihn sofort fallen gelassen. Der Strom floss in seinen Körper und quälte ihn. Seine Muskeln spannten sich krampfhaft an. Sein Kopf fühlte sich an, als würde er jeden Moment explodieren. Und seine Blase drohte sich zu entleeren, aber er kämpfte, weil er diese Schmach nicht zulassen wollte.

Montalbán rappelte sich auf. Noch auf allen vieren blickte er mit zornverzerrtem Gesicht zu Luca auf, das Messer hielt er in der Hand. «Ich mach dich fertig. Du wirst nicht einfach nur sterben, sondern ich werde dich von oben bis unten aufschlitzen, dich häuten und deine Wunden mit Salz –»

Anstatt den Satz zu beenden, schrie er vor Schmerz, denn Luca setzte ihm den Helm auf. Während Kristobal langsam wieder zu sich kam, nach vorne sackte und seinen Kopf mit den Händen stützte, packte der Mexikaner die Schutzhaube, um sie sich vom Kopf zu reißen, doch sein Kampf erlahmte zusehend, weil der Strom ihm zusetzte. Eine Weile zuckte er unkontrolliert, dann blieb er völlig verkrampft liegen und stöhnte nur noch leise.

Luca stürzte zu Claw. «Die Käfigtür hat kein Schloss.»

«Sie ist elektronisch gesichert. Dieser Nigel hat den Öffner.»

Und der kämpfte draußen. «Mist!»

Der Alphawolf zeigte zum Vorraum. «Du musst den Generator ausstellen.»

«Dann kommt Montalbán aber auch frei.» Das gefiel Luca gar nicht. Wenn sie flüchteten, wollte er keinen Verfolger im Nacken haben, zumal sie an den beiden Söldnern vorbei und durch das Fallenmeer mussten.

«Anders komme ich hier nicht heraus.»

«Tut mir leid, Kumpel», lapidar zuckte Luca mit den Achseln, «dann müssen wir dich wohl zurücklassen.»

Claw verwandelte seinen Mund in eine Wolfsschnauze, fletschte die Zähne und knurrte bedrohlich.

«War nur ein Scherz. Bist du immer so aufbrausend?», fragte Luca mit einer großen Portion Galgenhumor und zerfetzte das Kabel. «Wo ist Camille?»

Claw trat gegen die Tür des Käfigs, sodass sie aufschwang und von außen gegen das Gitter knallte. «Sie haben sie weggebracht. Mehr weiß ich nicht.»

Ein Schmerz durchfuhr Luca, der viel schlimmer war als der Kontakt mit dem unter Strom stehenden Helm. Camille befand sich gar nicht mehr in der Höhle. Die Männer konnten sie überallhin verschleppt haben. Vielleicht hatten sie sie auch umgebracht und ihre Leiche verscharrt.

Nein, nein, das hättest du gerochen, redete er sich ein, dabei musste die Tötung gar nicht in der Nähe stattgefunden haben. Er fühlte sich so benommen, als würde er den Kupferhut tragen.

Brüderlich schlug Claw ihm auf die Schulter. «Wir werden Camille finden, das verspreche ich dir. Aber lass uns erst Kristobal hier rausbringen.»

Durch die tagelange Elektrofolter erholte sich der Alphavampir sehr langsam. Er konnte sich nicht alleine aufrecht halten. Luca und Claw mussten ihn stützen, dabei zitterten die Beine des Alphawolfs, weil er auf der stromdurchfluteten Metallplatte gestanden hatte.

Vorsichtig hielten sie das Tarnnetz am Ausgang beiseite. Die Söldner befanden sich in ausreichender Entfernung, sodass Luca, Claw und Kristobal ungesehen flüchten konnten. Als der Alphawolf sein Rudel witterte, verwandelte er sich noch weiter in sein Tier, aber auch er achtete darauf, noch aufrecht zu gehen.

Luca leckte über seine Handfläche und wischte damit über sein rechtes Pinselohr. «Wir sehen aus wie Freaks. Zwei halb verwandelte Gestaltwandler und ein Zombie.»

«Das habe ich mitbekommen», murmelte Kristobal, öffnete ein Auge, sah Luca vorwurfsvoll an und schloss es wieder. Er hatte immer noch Mühe, seinen Kopf aufrecht zu halten, und stöhnte.

«Das wird er dir heimzahlen», sagte Claw sichtlich amüsiert. «Die Illusionisten sind doch so eitel.»

«Ich bin offen für neue Erfahrungen. Mit Blutsaugern habe ich mich bisher noch nicht gemessen.» Lucas Backenbart, der wie ein Schalltrichter wirkte, nahm einige Schwingungen auf. «Jemand kommt.»

«Zwei Fahrzeuge.» Claw nickte in Richtung eines Jeeps, der mit Tarnnetzen und Laub bedeckt war, aber von Nahem erkannte man seine Silhouette.

Lucas Herz blieb fast stehen. Er ließ Kristobal los, um zum Wagen zu eilen, aber da der Vampir zusammensackte, fasste er ihn wieder unter dem Arm und an der Hüfte. «Camille könnte im Kofferraum eingeschlossen sein.»

«Wahrscheinlich ist Verstärkung im Anmarsch.» Während Claw sprach, spähte er zu den Scheinwerfern der sich nähernden Autos, die wie Augen zweier großer Tiere wirkten. «Wir müssen uns erst selbst in Sicherheit bringen und Camille später holen. Los! Bleiben wir dicht am Felsen. Dort ist die Chance groß, nicht in eine der Fallen zu tappen.»

Innerlich weinte Luca, aber der Alpha hatte recht. Sie würden Camille nicht befreien können, wenn man sie wieder schnappte und einsperrte. Seine Schritte weg vom Eingang – und vom Geländewagen – fühlten sich schwer und falsch an. Er ließ sie zurück, ließ sie im Stich, dabei war er nicht einmal sicher, dass sie wirklich in dem Auto lag, gefesselt und geknebelt oder Schlimmeres.

«Ich kann nicht gehen, ohne vorher nachgeschaut zu haben», presste Luca hervor und hielt nach wenigen Metern an. Noch immer konnten sie den Jeep sehen.

Je näher die beiden Wagen kamen, desto ruhiger wurde es im Wald. Die Werwölfe und Vampire zogen sich zurück. Selbst die Söldner hörten auf zu schießen und schauten sich nervös um. Im letzten Moment flohen sie in die Dunkelheit. Einer von ihnen schrie auf und Luca vermutete, dass eine seiner eigenen Fallen ihm zum Verhängnis geworden war.

Als die beiden Autos vor der Höhle parkten, bemerkte Luca das APD-Emblem an den Seiten. Die Polizisten stiegen aus, ebenso ein Mann, der an seiner Uniform unschwer als Ranger zu erkennen war.

Luca und Claw nahmen rasch ihre Menschengestalt an. Sie setzten Kristobal hin, hockten sich daneben und machten sich so klein wie möglich. Eng pressten sie ihre Rücken an den Fels. Neidisch beäugte Luca, selbst splitterfasernackt, Claws Kleidung. Die Nähte seines Pullovers und seiner Jeans waren zum Teil aufgerissen, aber wenigstens war sein Schritt bedeckt und seine Schuhe intakt.

Einer der Cops löste den Sicherheitsbügel an seinem Holster. «Sie hatten recht. Hier hat sich jemand illegal eingenistet.»

«Diese zwei Kerle in den Army-Outfits sind bestimmt da drin.» Nervös schob der Ranger seinen Hut nach hinten, um ihn sofort wieder zur Stirn vorzuziehen. «Denken Sie daran, Mr Challenger –»

«Sie sind bewaffnet, das sagten Sie bereits mehrfach.»

Die Polizisten zogen ihre Pistolen. Vorsichtig gingen sie auf den Eingang zu.

Plötzlich stürmte der Mexikaner heraus. Den Kupferhelm hatte er zwar abgestreift, aber er war immer noch orientierungslos, denn er schwankte und fuchtelte mit seiner Pump Gun herum, blinzelnd, weil er offenbar nicht sofort erkannte, wer vor ihm stand.

Sofort stürzten sich die Cops auf ihn. Bevor der Mexikaner reagieren konnte, traten sie ihm die Flinte aus der Hand, warfen ihn zu Boden und fesselten seine Hände auf dem Rücken. Er schüttelte den Kopf und würgte.

Einer sagte: «Das ist Josué Montalbán.»

«Der vermisste Skua?» Challenger ließ sich auf ein Knie nieder, legte seine Hand unter das Kinn des Bullen und hob sein Gesicht an.

«Tatsächlich. Auf dem Fahndungsfoto sieht er anders aus. Er hat sich den Schnurrbart abrasiert und die Haare schwarz gefärbt. Haben wir dich Schwein endlich!»

«Das ist der Typ, der am Eagle River Nature Center seine Freunde ermordet hat?» Da niemand dem Ranger antwortete, bohrte er weiter. «Hat er wirklich einen Luchs eingefangen und ihn auf seine Freunde gehetzt?»

«Das wird erst ein Gerichtsverfahren feststellen.» Challenger stand auf und räusperte sich. «Aber ja, das vermuten wir. Die Skua werden beschuldigt, in anderen Bundesstaaten Löwen und andere Tiere illegal gejagt zu haben. Für die Chugach-State-Park-Jagd hatten sie sich wohl eine Raubkatze ausgesucht.»

«Kurz vorher kam es zum Streit», überlegte der Ranger laut.

Widerwillig nickte der Cop. «So stellt sich die Situation für uns dar. Warum sonst sollte der Kerl abhauen, anstatt aufs Revier zu kommen und den Mord an seinen Freunden anzeigen?»

«So verhält sich nur jemand, der etwas damit zu tun hat», sichtlich zufrieden mit seiner Kombinationsgabe lächelte der Ranger, «der sich schuldig fühlt.»

Challenger gab seinen Kollegen ein Zeichen, worauf diese den Mexikaner auf die Füße stellten und zu einem Polizeiauto zerrten. «Kein Wort zu irgendwem! Die Presse erfährt noch früh genug davon. Und Mutmaßungen helfen uns nicht weiter.»

Luca und Claw sahen sich an. Ganz langsam wölbten sich ihre Mundwinkel nach oben. Dann erhoben sie sich, halfen Kristobal auf und setzten ihren Weg leise fort. Sie blieben immer am Felsen.

Lucas gute Laune hielt nicht lange an. Was würden die Cops erst sagen, wenn sie das Waffenlager, den Käfig und den Folterstuhl im Höhleninneren entdeckten? Montalbán würde für eine lange Zeit nicht mehr auf freien Fuß kommen. Das bedeutete aber auch, dass er Luca nicht verraten konnte, wo er Camille versteckte und was er ihr angetan hatte. Er musste die Söldner finden, um die Informationen aus ihnen herauszupressen. Am besten noch in dieser Nacht. Vielleicht hatte Camille kaum Luft zum Atmen. Oder das Wasser stand ihr nicht nur bildlich gesprochen bis zum Hals. Oder sie war so gut weggesperrt, dass sie niemals irgendjemand finden würde. Oder Montalbán hatte sie von einem dritten Helfer außer Landes bringen lassen. Oder –

Plötzlich fiel Luca. Im letzten Moment verkniff er sich einen Aufschrei. Er breitete die Arme aus und bekam Erdreich zu fassen, aber seine Finger rutschten vom Rand des Lochs ab. Seine Krallen rissen Waldboden und abgestorbene Wurzeln mit. Obwohl er tief fiel, kam er auf den Füßen auf und hatte sofort wieder einen festen Stand, wie es wohl nur einer Katze gelang.

Drohend fauchte er, gefolgt von einem tiefen Knurren. Blätter rieselten auf ihn nieder. Seine Augen mussten sich trotz Restlichtverstärker erst an die Dunkelheit gewöhnen. Dann sah er *sie* und wollte seine Freude herausbrüllen, stattdessen fasste er sie behutsam an den Oberarmen an. Er musterte sie von oben bis unten, aber sie schien unverletzt und wohlauf zu sein.

Camille wuschelte durch ihre blonden Locken, um Erde und Blätter zu entfernen. Dicke Tränen rannen über ihre schmutzigen Wangen. Sie wischte ihre Hände an Pullover und Hose ab, die sie zu Lucas Erleichterung wieder trug.

Sie schluchzte so herzzerreißend, dass er ihre Worte kaum verstand: «Du tauchst ja schon wieder nackt bei mir auf.»

Zärtlich küsste er sie und schnurrte dabei so laut, dass Claw über ihnen verächtlich schnalzte und feixte: «Nun hör dir das an.»

«So klingt Liebe.» Kristobals Stimme klang schon kräftiger.

«Es wird Zeit, dass wir zu Tala und Nanouk zurückkehren.»

«Hilf mir auf, mein Freund!»

Zweiunddreissig

Ach, wie gut, dass niemand weiß, sang Matt Jerkins in seinem Kopf und wäre am liebsten wie Rumpelstilzchen herumgehüpft. Stattdessen blieb er stocksteif in seinem Versteck sitzen und presste die Fotokamera inbrünstig an seine Brust, als wäre sie seine Geliebte. Im Grunde war sie das sogar. Mit niemand anderem verband ihn eine intimere Beziehung. Leidenschaft eben. Hätte er in diesem Moment einsam in seinem Apartment gesessen, hätte ihn dieser Gedanke wohl traurig gemacht. Doch hier im Hochsitz war er nicht alleine, sondern trug all diese sensationellen Schnappschüsse bei sich.

Ein Traum war bereits wahr geworden – er hatte echte übernatürliche Geschöpfe gesehen. Wirklich echte, verdammte Scheiße noch mal, dachte er und blinzelte die Feuchtigkeit aus seinen Augen weg. Ein weiterer würde bald Realität werden, nämlich wenn er den Zeitungsredaktionen die Bilder präsentierte und sie sich gegenseitig überboten. Mit der Veröffentlichung waren ihm Geld und Ruhm sicher.

Fast hätte er sich in die Hose gepisst vor Freude.

Er würde endlich allen, die ihn für einen Spinner hielten, einen gehörig vor den Latz knallen. Seine Mama wäre endlich stolz auf ihn. Sie würde sich schon nach einer Eingewöhnungsphase über das neue große Haus in Juneau freuen. Er selbst wünschte sich nichts, zumindest nichts Materielles, außer Genugtuung. Allen wollte er beweisen, dass er keine Flasche war. Er hatte gegen alle Widerstände fest an etwas geglaubt und dieser starke Glaube hatte ihn schließlich ans Ziel geführt.

Matt neigte sich vor und schaute durch das Guckloch. Die Polizisten stießen Montalbán gerade ins Auto. Einer passte auf ihn auf, die anderen betraten die Höhle, um sie zu untersuchen. Wenn sie sahen, was sich darin befand, würden sie sofort Verstärkung rufen. Binnen einer halben Stunde würde im Chugach State Park die Hölle los sein. Matt musste sofort weg!

Rasch suchte er mit seinem Nachtsichtgerät die Umgebung ab. Von den Werwölfen und Vampiren war nichts mehr zu sehen. Auch der Kuder war weg. Er hatte ihn in Luchsgestalt auf dem Felsen abgelichtet und später, als er aus dem Unterschlupf des Mexikaners kam, halb verwandelt. Ein bizarrer Anblick! Als sich dann auch noch der Lykanthrop vor Matts Kameralinse teilverwandelte, war Matt die Kinnlade heruntergefallen. Ein Insekt war in seinen offen stehenden Mund geflogen. Sein erster Reflex war, es auszuspucken und zu husten, doch das hätte ihn verraten. Deshalb hatte er es heruntergewürgt. Nun, da er daran dachte, wurde ihm wieder übel.

Er beeilte sich, von dem Hochsitz herunterzusteigen, und rannte in Richtung seines Wagens. Hoffentlich hatte man die Rostlaube nicht entdeckt. Matt hatte sie in der Nähe des Forstwegs geparkt, so gut es ging von einigen Büschen verdeckt, und war die ganze Strecke bis zur Höhle durch die Dunkelheit gelaufen. Ängstlich schaute er sich immer wieder um, aber die Gestaltwandler und Blutsauger waren in Richtung Stadtrand davongestoben. Dennoch hämmerte sein Herz, sein Puls raste und er schwitzte Blut und Wasser.

Matt kam wohlbehalten an seinem Auto an. Seine Furcht war umsonst gewesen. Er hatte alle ausgetrickst – Montalbán, die übernatürlichen Wesen und die Cops. Das Zittern führte er auf den Nikotinmangel zurück, denn er hatte seit Stunden nicht geraucht, wegen der empfindlichen Nasen der Wölfe und der Raubkatze. Sehnsüchtig schaute er zu den Kippen und dem Kanister auf dem Beifahrersitz. Andere würden den Durchbruch wahrscheinlich mit Champagner und Kaviar feiern. Er bevorzugte Altbewährtes: Zigaretten und Milch.

Nun fiel ihm doch etwas ein, was er mit dem Geld durch die Fotos und Talkshow-Auftritte machen wollte. Er würde das *Squirrel* kaufen und den Drecksladen dichtmachen! Niemand behandelte ihn mehr schlecht und guckte ihn schräg an. Er war jetzt wer.

Matt küsste seine Kamera und hielt sie hoch wie eine Trophäe. Endlich hatte er die Story seines Lebens.

Dreiunddreissig

Camille schmiegte sich eng an Luca, während er sie über die Schwelle ihres Hauses trug wie ein Bräutigam seine Braut.

Hinter ihnen schloss Theodore die Terrassentür und gab Nubilus und Arctos im Garten letzte Anweisungen. Sie würden Wache halten. Nur für alle Fälle. Falls die Söldner auftauchten. Oder die Polizei. Das Rudel und die Vampire kehrten in ihre Unterschlüpfe und Wohnungen zurück, um ihre Wunden zu versorgen und einige wenige Stunden zu schlafen, denn bald schon würde die Sonne aufgehen und für die Werwölfe ein neuer Arbeitstag beginnen, und die Blutsauger mussten sich vor dem Licht verstecken.

«Für meinen Geschmack hast du Kristobals nackten Oberkörper etwas zu lange und verträumt angesehen.» Behutsam setzte Luca sie in der Diele ab.

Camille warf Kristobals schwarzem Hemd, das nun um Lucas Hüften geschlungen war und seinen Unterleib bedeckte, einen raschen Blick zu. Sein Brustkorb hatte aber auch appetitlich ausgesehen! Glatt und wohlgeformt. Camille hatte sich dabei ertappt, wie sie sich vorstellte, dass ihre Handfläche über sein Brustbein streichelte, dabei war es Nanouks gewesen. Auch Frauen waren nicht immun gegen Schönheit.

«Wer will schon einen Vampir als Liebhaber? Sie sind kalt wie Fische, diese ewige Angst um das eigene Blut und so, du weißt schon.» Als sie den Kopf schüttelte, rieselte immer noch Erdreich aus ihrem Schopf. «Du solltest Kristobal dankbar sein, dass er dir etwas gab, um dich zu bedecken.»

Luca schnippte ihr ein Blatt aus dem Haar. Die Sehnen an seinem Hals spannten sich an. «Als Claw sich die Fetzen seines Pullovers vom Körper riss, haben sich deine Augen geweitet und du hast dir über die Unterlippe geleckt. Ich habe dich beobachtet.»

Beinahe hätte sie gesabbert, denn der Alphawolf hatte ein Rückgrat wie ein Bodybuilder, aber auf eine ästhetische Art, einfach lecker. Nach Talas Kuss auf seinen üppigen Bizeps hatten sich seine Brustwarzen zusammengezogen, und Camille hatte demonstrativ weggeschaut, innerlich seufzend. Diese übernatürlichen Männer waren aber auch attraktiv.

Aber der Anziehendste stand vor ihr! Um nichts in der Welt würde sie Luca gegen irgendjemanden eintauschen, denn nur er berührte ihr Herz.

«Wer steht schon auf Muskelpakete? Sie fühlen sich viel zu hart an.» Sie winkte in einer vielleicht etwas zu übertriebenen Geste ab und fuhr mit beiden Händen an Lucas Seiten hinab bis zu seinen Hüften. «Ich mag meinen Mann geschmeidig wie eine Raubkatze.»

Mit einem Ruck zog er sie an sich heran. «Du kostest meine Eifersucht aus, habe ich recht?»

«Du bist eifersüchtig?», fragte sie unschuldig und hob eine Augenbraue. Sein drohendes Knurren empfand sie als sinnlich. Es ging ihr durch und durch. «Das ist mir gar nicht aufgefallen.»

Eng schlang er seinen Arm um ihre Taille, besitzergreifend und begehrlich. Er hob ihr Kinn an und blickte ihr tief in die Augen. «Ich liebe dich, Camille Brass.»

Camille strahlte. Sie konnte kaum glauben, was sie da hörte, nachdem er verkündet hatte, ein Nomade sein und bleiben zu wollen, und den letzten Stunden voller Angst. Als die Männer sie in das Erdloch steckten, hatte sie befürchtet, dort unten zu sterben. Tatsächlich schwebte sie in diesem Moment im siebten Himmel, aber sie lebte noch und fühlte sich so lebendig wie zu keinem Zeitpunkt seit dem Unfall. «Und ich liebe dich, Luca Sócrates. Mehr als alles in der Welt.»

Sein Mund kam immer näher. Er spitzte ihn, bereit sie zu küssen. Sie konnte es kaum erwarten, ihn zu schmecken, seine Zunge in sich aufzunehmen und mit ihr zu spielen.

Doch bevor sich ihre Lippen berührten, zog er sich wieder zurück und lächelte verschmitzt, denn er wusste genau, dass er ihre Sehnsucht schürte, indem er sie anheizte, aber nicht befriedigte. «Lass mich erst die Jalousien schließen. Auf wölfische Zuschauer habe ich keine Lust.»

«Schuft», rief sie ihm hinterher, denn er war schon auf dem Weg zur Terrassentür.

«Bin ich das wirklich?», fragte er über die Schulter hinweg. «Würde ich alles verbarrikadieren, wenn ich dich nur küssen wollte?»

«Oh», machte Camille. Nun prickelte nicht nur ihr Mund voller Verlangen, sondern ihr ganzer Körper.

«Zuerst werde ich dich baden, damit du dich nach den Strapazen entspannst», geradezu lasziv ließ er die Jalousie herunter, «und weil saubere Haut angenehmer zu lecken ist.»

Camille gluckste. Zwischen ihren Schenkeln wurde es warm. Luca vermochte nur mit Worten, das Feuer der Lust in ihr zu entfachen. Sie hatte befürchtet, den Rest der Nacht albtraumgeplagt in ihrem Bett zu liegen. Dort würde sie vermutlich auch landen, doch nicht um zu schlafen. Dank Lucas Therapie würde sie hoffentlich kaum noch einen Blick zurückwerfen und das Geschehen rasch vergessen.

«Dann werde ich dich mit dem Rücken auf die Treppe drücken», ließ er beiläufig fallen, während er an ihr vorüber zur Haustür schritt.

«Auf die Treppe?»

«Genau dort», sagte er, ohne sich umzudrehen.

«Nicht im bequemen Bett?»

Er prüfte, ob der Eingang verschlossen war. «Dort haben wir uns doch schon geliebt.»

«Wird dir immer so schnell langweilig?» Als Camille die Arme vor der Brust verschränkte, spürte sie, dass ihre Nippel hart waren.

Nun wandte er sich zu ihr um und starrte auf den Reißverschluss ihrer Hose. «Ich werde deine Beine spreizen, schnuppern und meine Zunge tief in dich hineinschieben.»

Camille presste die Hände auf ihren Venushügel. Sie war schon feucht. Aber auch Lucas Hemd, das er um die Hüften trug, hob sich verdächtig.

«Danach werde ich dich auf den Bauch drehen –»

«Immer noch auf den Stufen?», hakte sie ungläubig nach. Das Prickeln in ihrem Schoß schwoll an.

«Selbstverständlich.» Während er fortfuhr, kam er langsam näher. «Ich werde dich von hinten nehmen, werde in dich hineinstoßen, bis du so heftig kommst, dass dein Lustschrei durch die Diele hallt und die Nachbarn, die zur Arbeit aufbrechen, dich hören.»

Camille schluckte schwer. «Bis dahin sind es aber noch ein paar Stunden.»

«Ich lecke lange ... ausgiebig ... genüsslich.» Er blieb vor ihr stehen, fuhr mit seiner Zungenspitze über ihre Oberlippe und sagte lasziv: «Ich werde dich immer wieder an den Rand des Höhepunkts treiben und mich dann zurückziehen.»

«Du bist doch ein Schuft.» Sie klang atemlos. Am liebsten hätte sie ihn an sich gerissen und geküsst, bis ihm die Luft wegblieb, aber dazu fehlte ihr die Kraft.

«Das magst du doch an mir.» Er lächelte anzüglich und ging durch den Korridor in Richtung Küche. «Aber wenn du glaubst, ich bluffe, liegst du falsch. Ich meine jedes Wort, das ich sage.»

Hoffentlich, dachte sie glücklich und konnte es kaum erwarten. «Ich lasse uns schon mal ein Bad ein.»

«Keinen Badezusatz, bitte», rief er aus der Küche. «Ich möchte deinen nackten Körper durch das Wasser sehen können und mein Luchs mag den Geschmack auf der Haut nicht.»

Aufgeregt stieg sie in das Obergeschoss hoch. Sie fragte sich, ob es nach der Entführung und dem qualvollen Warten im Erdloch nicht zu früh war, höchst unanständige Gedanken zu hegen. Onkel Theo hätte vermutlich verständnislos den Kopf geschüttelt. Aber Luca half ihr über vieles hinweg, nicht nur die Entführung.

Camille ging ins Bad und drehte schmunzelnd vor Vorfreude den Hahn an der Wanne auf. Glücklicherweise hatten der komische Kauz mit dem Betäubungsspray und die drei Waffennarren ihr nichts getan. Sie waren weit entfernt davon gewesen, Gentlemen zu sein, aber immerhin hatten sie sie weder geschlagen noch sich ihres Körpers bedient. Sie hatten Camille sogar mit einer Strickleiter in das Loch heruntergelassen, anstatt sie einfach hineinzuwerfen. Die Zeit in der Gefangenschaft war kein Zuckerschlecken gewesen, aber es hätte schlimmer kommen können.

Nun wollte sie nichts mehr als vergessen – nicht so sehr das Geschehen an sich, denn bei der Versammlung morgen im Nostalgia Playhouse würde sie der Dark Defence alles haarklein erzählen müssen, sondern die dunklen Gefühle, die sie gehabt hatte, allen voran Angst. Luca würde sie durch Liebe und Lust ersetzen.

Mit den Gedanken bei ihm knöpfte sie ihre Bluse auf und strich über ihre erigierten Brustwarzen. Ein wohliger Schauer rieselte durch sie hindurch. Sie fürchtete sich noch immer davor, ihre Prothese abzuschnallen und Luca ihren Stumpf zu zeigen, aber sie war bereit dazu, gemeinsam mit ihm diese Furcht zu überwinden. Schließlich hatte er den falschen Fuß bereits von Nahem betrachtet, mehr als das, er hatte ihn liebkost wie einen echten. Nun fühlte sie den Wunsch, einen Schritt weiter zu gehen, denn sie vertraute ihm. Sie wollte sich ihm offenbaren, wie sie sich bisher niemandem offenbart hatte. Nur so funktionierte Liebe.

Sie beschloss, die Jalousien in der ersten Etage zu schließen, damit Luca schneller bei ihr war, und kehrte in den Korridor zurück. Doch als sie am Treppenabsatz vorbeikam, um im gegenüberliegenden Gästezimmer anzufangen, sah sie aus dem Augenwinkel heraus, wie jemand die Stufen heraufschlich.

Irritiert blieb sie stehen und wandte sich um. Ein Luchs kam geduckt herauf. Stufe für Stufe, langsam und bedrohlich. Er knurrte leise und ließ sie nicht aus den Augen.

Die Angriffslust, die dieses Tier ausstrahlte, ließ Camille erschaudern. Ihre Nackenhaare stellten sich auf. «Was soll das, Luca?»

Er reagierte nicht. Witterte er Gefahr? Warum fixierte er dann sie?

«Was ist los?» Sie wich zurück, doch nach zwei Schritten stieß sie mit dem Rücken gegen die Wand. «Habe ich etwas falsch gemacht?»

Sie wollte sich nicht vor ihm ängstigen, denn das war nicht richtig. Gar nichts war richtig in diesem Moment. Eben noch hatte er von Leidenschaft gesprochen und jetzt erweckte er den Eindruck, als wollte er sich auf sie stürzen. «Ich liebe dich, vergiss das nicht.»

Camille hatte ihm die Stirn bieten und stehen bleiben wollen, doch als er wild fauchte und ihr sein tödliches Gebiss zeigte, lief sie hinkend zurück ins Badezimmer. Panisch knallte sie die Tür hinter sich zu. Der Luchs sprang mit voller Wucht dagegen. Die Tür öffnete sich einen spaltbreit.

«Was ist nur in dich gefahren?», rief sie, stieß sie zu und lehnte sich dagegen. Unglücklicherweise existierte kein Schlüssel. Der Vormieter hatte ihn verloren und Camille hatte vom Besitzer keinen Ersatz verlangt, weil sie alleine lebte. Gelebt hatte. Nun wohnte ein Werluchs bei ihr, der dummerweise außer Kontrolle geraten war.

Verzweifelt forderte sie ihn auf: «Lass nicht zu, dass die Bestie dein Handeln übernimmt, bitte, lass das nicht zu. Sei stark! Im Kampf eben im Park hast du sie doch auch unterdrückt.»

Womöglich lag hier das Problem. Konnte es sein, dass sich die Gier zu töten aufgestaut hatte und jetzt herausdrängte, wie Magma, das unter der Erdoberfläche brodelt, bis es irgendwann zum Vulkanausbruch kommt? Wenn es so war, vermochte ihn niemand aufzuhalten, nicht einmal Camille.

Sie schaute zur Verbindungstür und rannte auch schon hindurch ins Schlafzimmer, um von dort zurück in den Flur zu gelangen. Auf einmal fühlte sich ihre Prothese schwer wie ein Stein an. Doch die Raubkatze erwartete sie bereits auf dem Flur. Camilles Herz pochte schmerzhaft, was sie nicht nur in ihrem Brustkorb, sondern auch in ihrem Stumpf spürte. Sie warf die Korridortür zu und zerrte eine Kommode davor.

Schon prallte das Tier dagegen. Erschreckt taumelte Camille rückwärts. Sie flog herum, humpelte zum Fenster und spähte hinaus, doch weder Nubilus noch Arctos waren zu sehen. Wahrscheinlich standen sie noch im Garten. Die Werwölfe waren Camilles einzige Rettung.

Grässliche Laute von sich gebend kratzte der Luchs an der Tür.

Mit einem Puls von hundertachtzig hastete sie zurück ins Bad und betrat von dort aus den Flur. Das Tier wandte sich zu ihr um. Es schaute sie von unten herauf böse an. Erneut knurrte es.

Camille sah zum Gästezimmer und schätzte die Entfernung ab. Würde sie es schaffen, heil dort anzukommen, die Tür hinter sich zu schließen und den Schlüssel im Schloss herumzudrehen, bevor Luca sie erwischte? Er war schließlich nicht nur ein Luchs, sondern ein Gestaltwandler und somit noch schneller, noch stärker und noch tödlicher.

Was für eine Wahl blieb ihr? Sich im Schlafzimmer zu verschanzen, betrachtete sie nicht als Option, denn sie war sich hundertprozentig sicher, dass er einen Weg finden würde, hineinzugelangen. Der Blutrausch setzte Kräfte in ihm frei, gegen die fünf Jäger keine Chance gehabt hatten.

Sie war so gut wie tot.

Camille brauchte Hilfe. Alleine würde sie diese Nacht nicht überleben. Selbst Nachbarn konnten ihr nicht helfen. Im Gegenteil, sie wären ebenfalls in Gefahr. Wenn jemand Luca aufhalten konnte, dann Lykanthropen. Sie musste Nubilus und Arctos auf ihren Überlebenskampf aufmerksam machen, sie musste den Korridor durchqueren, die Treppe passieren, das Gästezimmer erreichen, sich dort einschließen, das Fenster aufreißen und schreien, bis ihre Lungen brannten.

Die Wahrscheinlichkeit, über Punkt eins ihres Plans hinauszukommen, war gering, denn Luchse waren extrem gute Sprinter und Camilles Fußprothese machte es ihr unmöglich, schnell zu laufen. In freier Wildbahn starben verletzte Tiere immer als Erste. Aber sie musste es versuchen. Aufgeben würde sie auf keinen Fall. Und darauf kam es am Ende an. Auf den Überlebenswillen.

Camille preschte los, selbst erstaunt darüber, dass sich ihr Silikonimitat schon viel leichter anfühlte als noch wenige Minuten zuvor. Dennoch kam sie nicht schnell genug voran. Die Raubkatze tat etwas, mit dem sie nicht gerechnet hatte. Sie lief ihr nicht hinterher, sondern sprang auf das Geländer und machte einen Satz, um den Treppenabgang mit einem einzigen Sprung zu überwinden und sich gleichzeitig auf ihr Opfer zu stürzen.

Wie in Zeitlupe sah Camille ihn auf sich zufliegen, die Krallen ausgefahren und das Maul weit aufgerissen, ein übernatürlicher Killer, der nur aus Muskeln, scharfen Waffen und Zorn bestand.

Plötzlich schnellte ein Mann heran. Wie aus dem Nichts flog er aus dem Untergeschoss herauf, pflückte den Luchs aus der Luft und warf ihn gegen die Wand neben Camille.

«Luca!» Überrascht riss Camille die Augen auf. Sie keuchte erleichtert und flüchtete in seine Arme.

Er untersuchte sie auf Verletzungen. «Bist du okay?»

Sie nickte. Ihre Augen wurden feucht. Er hatte sie nicht angegriffen, die blutrünstige Seite seines Tieres war nicht erneut ausgebrochen, weder bei der Befreiungsaktion im Chugach State Park noch in dieser Situation. Sie war so unendlich stolz auf ihn!

In sicherer Obhut beobachtete sie den Luchs, der einige Sekunden lang benommen liegen blieb, dann den Kopf schüttelte und sich aufstellte, um sogleich zu fauchen. Nun, da sie Zeit hatte, ihn zu betrachten, fiel ihr auf, dass er etwas kleiner, aber stämmiger als Lucas Tiergestalt war. Es handelte sich um einen *lynx rufus*. Im Moment der Angst hatte sie das nicht erkannt, zu gering waren die Unterschiede, da es sich bei diesem um ein junges Exemplar handelte.

Der Rotluchs verwandelte sich. Camille staunte nicht schlecht, als auf einmal eine junge Frau vor ihr stand. Sie schätzte sie auf siebzehn. Die Brüste der Gestaltwandlerin waren klein und fest, ihre Hüften schmal und ihr Bauch flach. Sie machte keinerlei Anstalten, ihre Blöße zu bedecken, sondern warf aufreizend ihre langen blonden Haare über die Schulter zurück. Eine Mischung aus einer jungen Barbarella und Vanessa Paradis.

Unauffällig prüfte Camille Lucas Reaktion. Er zeigte sich unbeeindruckt. Zu seinem eigenen Glück. Sonst hätte sie ihm gezeigt, dass sich auch in ihr eine Wildkatze verbarg und ihm die Augen ausgekratzt.

Doch er beachtete den nackten Körper der Frau nicht, sondern starrte ihr wütend ins Gesicht: «Ich habe dich im Alaska Zoo und vor dem Theater gewittert. Hör auf mich zu verfolgen, Lynx. Ich habe schon einen Schatten und brauchen keinen zweiten!»

«Spricht man so mit einer Verbündeten?» Obwohl sie ihren Blick senkte und sich ihm unterwarf, wirkte sie keineswegs demütig, sondern sie nutzte diese Geste offensichtlich als weiteren erotischen Schachzug.

«Du bist nicht meine Verbündete!»

«In der Werkatzen-Kolonie war ich die Einzige, die dir beim Kampf gegen Ram und Ruud geholfen hat.» Lynx stellte sich breitbeinig hin, sodass ihre mit einem zarten blonden Flaum bedeckte Scham aufklaffte. Ihre kleinen Schamlippen standen hervor.

Camille ballte die Hände zu Fäusten. *Dieses kleine Biest!*

Luca, der ihre Anspannung spürte, drückte sie enger an sich und streichelte sie beruhigend. «Ich hatte dich nicht darum gebeten und bin dir nichts schuldig.»

«Bist du sicher?» fragte Lynx und hob selbstbewusst ihr Kinn. «Ich habe dir schließlich deine Verfolgerin vom Hals geschafft.»

Zuerst wusste Camille nicht, wovon sie sprach, dann ging ihr ein Licht auf. «Du hast Witashnah angegriffen, sodass sie ins Krankenhaus eingeliefert werden musste?»

Die Werkatze ignorierte sowohl die Frage als auch ihre Konkurrentin.

«Die Privatdetektivin war hinter mir her, nicht hinter ihm», stellte Camille klar und fügte in Gedanken *dumme kleine Göre* an.

Nun schaute das Mädchen sie doch an. Einen Moment wirkte es verwirrt, schließlich zuckte es mit den Achseln wie ein bockiger Teenager.

«Ich dachte, sie würde deine wahre Natur kennen, Luca, und wäre deshalb hinter dir her.»

«Ich brauche keinen Bodyguard.»

«Als ob ich das nicht wüsste.» Sie musterte ihn von oben bis unten und leckte über ihre Lippen.

«Auch keine Gefährtin», sein Griff um Camilles Taille wurde enger, «denn ich habe schon eine.»

«Eine Menschenfrau.» Abfällig schnaubte Lynx. «Was du brauchst, ist ein Weibchen, eine Katze.»

Luca schob Camille hinter sich, wohl um sie in Sicherheit zu wissen. «Ich liebe sie.»

Lautlos zeigte das Mädchen seine scharfen Fangzähne. Einen kurzen Moment bröckelte ihre selbstbewusste, frivole Fassade und Schmerz zog über ihr Gesicht hinweg.

«Drohst du ihr, drohst du mir. Fordere mich nicht heraus! Ich würde keine Sekunde zögern, dich zu verletzen, um Camille zu schützen.» Er ging zu ihr, packte ihren Oberarm und führte sie die Treppe hinunter in die erste Etage zum Ausgang. «Hast du das verstanden?»

Sie schmollte und schaute mit großen Augen zu ihm auf. Als sie anscheinend merkte, dass sie bei ihm nicht landen konnte, verwandelte sie sich in einen Rotluchs, Luca ließ sie aus dem Haus und Lynx suchte das Weite. Seufzend kehrte er in die erste Etage zurück.

«Tut mir aufrichtig leid. Hat sie dich sehr erschre–» Plötzlich deutete er hinter sie und rief: «Gleich schwappt es über!»

Camille flog herum. Die Wanne war fast vollkommen gefüllt. Sie hatte das Rauschen des Wassers vollkommen ausgeblendet. Seite an Seite eilten sie ins Badezimmer. Während Camille den Hahn abdrehte, schmiegte sich Luca an ihre Kehrseite.

Nachdem sie ihren Oberkörper aufgerichtet hatte, küsste er ihren Hals. «Haben wir jetzt alle Probleme beseitigt?»

«Es steht nichts mehr zwischen uns.» Zärtlich knabberte er an ihrer Ohrmuschel.

«Keine Scheu wegen meiner Prothese», sie stöhnte, weil er ihr so gut tat, «deine Bestie ist Vergangenheit.»

Er zupfte an den Härchen in ihrem Nacken. «Keine Jäger ... keine Werwölfe oder Vampire ...»

«Keine weiteren Frauen aus deiner Vergangenheit?»

Schwungvoll drehte er sie herum und drückte sie an sich. «Eifersüchtig?»

«Genauso wenig wie du auf Claw und Kristobal.» Sie schmolz bei seinem ungemein attraktiven Schmunzeln dahin.

«Zurück zu meinem Plan. Erst das Bad, dann die Treppe», sagte er amüsiert und streifte ihr die Bluse von den Schultern.

Ein seltsames Gefühl beschlich Camille, als hätten sie eine Gefahr außer Acht gelassen. Aber vermutlich sprach nur die Angst aus ihr, das unfassbare Glück, nach dem sie sich so lange verzehrt hatte, wieder zu verlieren.

Schon als Luca ihren Büstenhalter aufhakte, vergaß sie ihre Furcht, etwas oder jemand könnte ihre neue Liebe zerstören, und löste den Knoten an dem Hemd um Lucas Hüften.

ER RUF DES BLUTES
K. BECK

sanwältin Sara Constantine ist Feuer und Flamme über
Beförderung – bis sie herausfindet, dass sie nun Vampire
Verwölfe strafrechtlich verfolgen muss. Der erste Ange-
e ist Lucius Dragos, just der sexy Unbekannte, mit dem sie
ich eine heiße Nacht erlebte.
ucius die schöne Dame neben ihm in der Bar küsst, hofft
entlich nur, dem Mann nicht aufzufallen, den er töten
Aber was mit diesem ersten Kuss beginnt, wird zur alles
hlingenden Leidenschaft.
Mordes angeklagt weiß Lucius, dass Sara ihn hinter Schloß
Riegel bringen will, koste es was es wolle. Seine letzte
ce ist, sie davon zu überzeugen, dass er nicht das Monster
r das sie ihn hält. Doch das bedeutet womöglich, das
e Opfer überhaupt zu bringen ...

DER RUF DES BLUTES
DIE ALLIANZ DER SCHATTEN – BAND 1
J.K. BECK

Taschenbuch
12 x 18 cm, 368 Seiten
ISBN: 978-3-939239-28-4
12,95 Euro [D]
13,40 Euro [A]

NATHANAEL
KIM LANDERS

Die junge New Yorkerin Tessa McNaught lebt den amerikanischen Traum: Sie wohnt in Manhattan, ist erfolgreich als Bankerin und verlobt mit dem richtigen Mann. Doch der mysteriöse Tod einer Freundin stellt ihr bisheriges Leben in Frage.

Unfähig an einen Selbstmord zu glauben, beginnt Tessa auf eigene Faust zu ermitteln. Doch dunkle Mächte sind im Spiel und ziehen Tessa immer tiefer in die düstere Welt der Gefallenen und Dämonen.
Tessas letzte Chance ist der Blutengel Nathanael, ein Sohn des Erzengels Michael. Eigentlich wollte der attraktive Dämonenjäger nie wieder den Auftrag eines Menschen annehmen. Doch Tessas Sinnlichkeit kann er nicht widerstehen und so werden beide in einen tödlichen Kampf verwickelt, bei dem es nicht nur um Tessas Körper und ihre unsterbliche Seele geht, sondern auch um ihr Herz ...

NATHANAEL
KIM LANDERS

Taschenbuch
12 x 18 cm, 320 Seiten
ISBN: 978-3-939239-15-4
12,95 Euro [D]
13,40 Euro [A]